KB142212

팀장님은 신혼이 피곤하다 3

# 팀장님은
# 신혼이
# 피곤하다

## 3

**강하다** 장편소설

팩토리나인

# 목 차

# 진실에
# 잡아먹히는 순간

신경 쓸 건 많은데 당장 해결할 수 있는 건 하나도 없어서 곤란하기만 한 수요일 오후였다. 주말 내내 답신은커녕 전화도 받지 않던 양은화 팀장으로부터 연락이 왔다.

오늘 오후 다섯 시에 얼굴 좀 볼까?
내가 기 팀장 신혼집 근처 카페에서 자리 잡고 기다릴게.
아 참, 도담 씨도 꼭 같이 나왔으면 해.
따로 확인할 게 있거든.
기 팀장이 협조해 주는 만큼 나도 협조해 줄게.
그럼 이따 봐.

본인의 용건만 간략하게 적은 이메일은 통보나 다름없었다. 만남 장소를 본부가 아닌 외부로 잡는 건 그렇다 치고, 온도담을 꼭 대동하고 나오라니. 그 부분이 미심쩍었던 주원은 곧바로 그녀에게 전화를 걸었다.

Rrrrrr Rrrrrr Rrrrrr.

하지만 양 팀장은 전화를 받지 않았다. 이견은 받지 않겠다는 그녀의 고집이었다. 의심은 눈덩이처럼 불어나지만, 맞닥뜨리는 것밖에는 해결할 방법이 없었던 주원은 휴대폰을 내려놓았다. 어쩐지 불안한 기운에 착잡한 표정으로 한숨을 내쉴 무렵, 마침 밖으로 나온 도담이 그에게 물었다.

"무슨 일 있어요?"

잠시 고민하던 주원은 그녀에게 솔직히 털어놓기로 했다.

"양 팀장님한테 답신이 왔어. 오늘 오후 다섯 시에 이 앞 카페에서 기다리겠다고."

"그래요? 피하시는 줄 알았더니."

"피해봤자 더 도망칠 곳은 없다고 판단한 거겠지. 그보다, 신경 쓰이는 게 있는데…."

"어떤 거요?"

"그 사람이 널 만나고 싶어 해."

"네…?"

주원이 꺼낸 소식은 도담도 당황하게 만들었다. 그녀가 이번 임무의 보고서를 간간이 확인한다는 건 알고 있었지만, 이렇게 직접적으로 면담을 요청한 적은 단 한 번도 없었기 때문이다.

"저를 왜 만나고 싶어 하시는데요?"

"너한테 꼭 확인해야 할 게 있다고 했어."

"저는 그분한테 말씀드려야 할 게 없는 것 같은데요."

"나도 같은 생각이야. 하지만 너까지 와야 순순히 협조해 주겠다고 억지를 부리더군."

"원래 그렇게 본인 방식대로 밀고 나가시는 분이셨나요?"

"아니, 그 반대였지. 언제나 한 걸음 뒤에서 상황을 지켜보면서, 충돌하는 의견들을 조율하는 중재자 역할."

그 중재자가 이렇게까지 강하게 나오는 건, 분명 이상한 일이었다. 이번 일에 필요 이상으로 얽혀있는 양 팀장이 불안했던 도담은 잔뜩 긴장한 표정으로 주원에게 조언을 구했다.

"제가 그분을 만나서 어떻게 하면 될까요?"

주원은 그런 그녀를 보며 담담하게 대답했다.

"평소처럼 굴어. 아무것도 모르는 것처럼. 니가 위험인물이 아니라는 확신이 서면, 두 번 다시는 널 건드리지 않을 거야."

"하지만 전 팀장님이랑 같은 팀이잖아요. 모르는 척하는 게 더 어색할 거예요."

"연기할 필요는 없어. 넌 약속 장소에 얼굴만 비추는 것뿐이고, 입한 번 안 열어도 돼. 그 사람을 상대하는 건 내 역할이야."

언뜻 태연해 보였지만, 주원은 전쟁을 준비하는 중이었다. 예리하게 날을 세운 그의 눈빛은 여차하면 양은화 팀장에게 맞설 각오까지도 되어있었다. 매사에 이성적이던 그가 감정적으로 대처하는 이유는 오로지 한 사람 때문이었다.

"너한테는 말도 못 걸 거야. 그러기 전에 내가 다 차단할 거니까.

더러운 뒷공작에 널 끌어들이지도 못할 거야. 너한테 손이라도 뻗는 순간, 내가 물고 뜯어낼 거니까."

"팀장님…."

"넌 내 뒤에 숨어있어. 아무도 널 해치지 못하도록. 지금까지 혼자 고군분투해 왔으니까 이젠 그래도 돼."

한때는 거대한 철벽처럼 느껴졌던 남자. 같이 무언가를 하고 있어도 혼자 동떨어진 것 같은 외로움만 주었던 남자. 그 남자의 세계가 한 여자를 중심으로 돌아가고 있다는 것은 그야말로 굉장한 일이었다. 지금 그의 중심이 된 도담은 불안하고 착잡한 와중에도, 엄청난 변화에 가슴 설렜다.

"준비하고 나와. 아, 이번 일은 아무한테도 알리지 말고."

이런 마음을 아는지 모르는지, 주원은 무표정하게 등을 돌려 제 서재로 향했다. 그의 널찍한 등은 정말 모든 위협에서부터 그녀를 잘 숨겨줄 수 있을 것만 같아서, 머릿속에 있는 걱정들이 사르르 녹아드는 듯했다.

* ♦ *

당연히 먼저 대기하고 있을 거라 생각했던 양 팀장은 약속 시각을 십오 분이나 넘겼으면서도 나타나지 않았다.

고의적으로 모습을 드러내지 않는 건 아니었다. 주원과 도담이 이 카페에 들어서자마자 카운터의 점원은 양 팀장의 이름을 대며 아는 척을 했고, 그들을 자연스럽게 구석 자리로 안내했으니까.

"어디 가신 걸까요?"

주원의 옆에 앉은 도담은 전면에 있는 유리창 밖을 갸웃거리며 양 팀장을 찾았다. 주원은 그런 그녀의 턱을 붙잡고, 고개를 정면으로 돌려놓으며 대답했다.

"최대한 자연스럽게 앉아있어. 눈에 띄는 행동 하지 말고."

"평소에는 이렇게 늦으신 적 없었는데…."

"지금은 평소와 같은 상황이 아닌가 보지."

태연한 척하고는 있지만 주원의 눈빛은 이미 날이 서있었다. 하긴, 원래부터 지각하는 걸 제일 용서치 못하던 그였으니까. 그렇게 얼마나 더 그녀를 기다렸을까.

"더 이상은 못 기다려주겠군…."

참다못한 주원이 휴대폰을 들고 일어서려 할 때쯤 딸랑 하는 청량한 종소리와 함께 낯익은 얼굴이 등장했다.

"미안, 많이 기다렸지?"

싸늘한 테이블의 분위기를 파악하지 못하고 웃으면서 다가오는 그녀는 다름 아닌 양은화 팀장이었다.

"아, 안녕하십니까!"

도담은 습관적으로 벌떡 몸을 일으켜 구십 도로 허릴 숙여 인사했다.

"도담 씨는 얼굴이 폈네. 요즘 많이 행복한가 봐."

양 팀장이 너스레를 떨었다. 주원과 도담의 미묘한 기류를 이미 눈치채고 있다는 듯이. 도담과 친한 혜인도 알지 못하는 개인사를 발 빠르게 파악하는 양 팀장은 확실히 경계 대상이었다. 도청으로 어디부터 어디까지 들은 건지. 도담은 그녀의 새까만 속내가 의문스러울 뿐이다.

"앉아, 앉아. 뻘쭘하게 서 있지 말고."

양 팀장은 그녀를 불안한 눈빛으로 주시하는 도담을 자리에 앉혀두었다. 그러고는 천연덕스럽게 주원의 안부를 물었다.

"기 팀장도 잘 지냈어?"

"…."

주원은 아무 대꾸 없이 그런 그녀를 바라보았지만, 양 팀장은 위축되는 기색 없이 웃는 얼굴로 장난을 걸었다.

"표정이 왜 그렇게 딱딱해. 누가 보면 취조실인 줄 알겠다."

"웃으면서 인사할 분위기는 아닐 거라 생각했습니다."

분명히 선을 긋는 주원은 이미 수사 태세였다. 이런 반응쯤은 충분히 예상했던 양 팀장은 그에게서 시선을 돌려, 긴장한 기색이 역력한 도담에게 말을 걸었다.

"우리 신입은 요즘 하는 일 어때? 첫 임무라서 어려운 게 많았을 텐데, 보고서 하나는 야무지게 쓰더라."

"네? 아… 모르는 게 많으니까 열심히 하려고 노력이라도 해야죠. 기 팀장님한테 폐 끼칠 수는 없으니까요."

"폐 좀 끼치면 어때. 두 사람이 보통 직장 선후배 사이도 아니고."

"하하… 그래도…."

까마득해도 너무 까마득한 선배의 말을 무시할 수 없었던 도담은 어색하게나마 대답했다. 하지만 주원은 노련한 양 팀장이 그런 식으로 도담에게 접근하는 게 탐탁지 않았다.

"쓸데없는 대화는 이쯤하고, 본론 시작하겠습니다. 본부에는 알리지 않고, 저희 팀 요원을 도청한 이유가 무엇입니까."

가장 치명적인 질문부터 대놓고 꺼내 묻자, 도담을 바라보던 양은화 팀장의 눈동자가 조용히 주원에게로 향했다. 꾹 닫힌 그녀의 입술은 순순히 답을 해줄 것 같지 않았다.

주원은 그에 굴하지 않고, 날카롭게 파고들었다.

"온도담 때문입니까, 서재이 때문입니까."

"…."

"그것도 아니라면, 혹시 본부와 전혀 관련 없는 제삼자의 지시였습니까."

마지막 질문을 꺼내며 주원은 양 팀장의 눈빛, 숨소리까지도 세밀히 관찰했다. 아무리 노련한 사람이라도 찰나의 감정까지 감출 수는 없을 거라는 생각에서였다. 하지만 양 팀장은 조금도 당황하지 않고, 피식 입꼬리를 들어 올렸다. 그리고는 손목에 찬 시계를 흘끗 확인하며 대답했다.

"뭐, 선배가 첫 임무 맡은 신입 걱정하는 게 이렇게 의심받을 일인가?"

비아냥거리는 목소리는 조금도 진실해 보이지 않았다. 그 반응에 더욱 날이 선 주원은 사나운 목소리로 대꾸했다.

"온도담 요원은 제 팀원입니다. 양 팀장님이 걱정할 부분은 아니라고 생각됩니다만."

"배 팀장도 걱정이 많았어. 모든 여자 요원들이 다 서재이한테 넘어갔는데, 이 친구라고 해서 대쪽 같이 버티겠냐고. 나도 혹시 모를 사태에 대비해서 예방책으로 지켜보고 있던 거야."

"부장님의 허락 없이 독단적으로 추진시킨 예방책이 무슨 소용이 있겠습니까. 게다가 백번 양보해서 그런 의미로 봐주기엔, 돌발 상황에서조차 상부에 그 어떤 보고도 하지 않으시더군요."

"그건 나 혼자 조금 더 지켜봐야겠다고 생각했으니까…."

"다시 한번 묻겠습니다. 대체 누굴 위한 도청이었습니까."

주원은 양 팀장의 말까지 끊으며 한 번 더 물었다. 이게 질문이 아니라 마지막으로 주는 기회라는 건, 분노를 꾹꾹 눌러 담은 음성만으로도 알 수 있었다. 양 팀장은 한동안 말없이 그런 주원을 마주봤다. 여전히 미소를 띠고 있지만 처음보다는 확실히 굳은 게 보였다. 그건 도담도 덜컥 겁을 집어먹을 만큼 싸늘한 모습이었다. 주원은 그녀의 기세에 물러서지 않고, 그럴수록 더 집요하게 시선을 마주했다. 머지않아 그녀가 다시 실웃음을 흘렸다. 이어지는 말은 모든 일을 대수롭지 않게 넘기려는 듯한 사과였다.

"알았어. 독단적으로 행동해서 불안하게 만든 건 미안해. 하지만 내가 여기서 자신 있게 얘기할 수 있는 건, 온도담 요원을 위험하게 만들 생각은 추호도 없었다는 거야."

"그런 말을 듣고 바로 의심을 거두기엔, 확인해야 할 게 너무 많은 것 같습니다."

"너무 섭섭하네. 그동안 내가 어떤 사람인지 못 본 것도 아니고."

"봐왔기 때문에 상부에 보고하기보단 양 팀장님부터 찾은 겁니다."

주원은 계속 중요한 대답을 피해가려는 양 팀장을 답답해하며 다그쳤다. 순간, 주원을 향한 양 팀장의 눈이 날카롭게 빛났다. 그나마 유지하고 있던 가식적인 미소조차 지워낸 그녀는 적대적인 태도로 주원에게 맞섰다.

"나한테 기회 주는 것처럼 얘기하지 마. 너랑 내가 위치는 같을지 몰라도, 급은 본질부터가 다르니까."

언제나 웃는 얼굴로 주원을 칭찬하던 평소와 전혀 다른 모습이었다.

주원은 표정 변화조차 보이지 않았지만, 곁에 있던 도담은 당황스러움을 감추지 못했다. 그녀의 어느 부분까지가 진실이었고, 어느 부분부터가 거짓이었는지 입사한 지 일 년도 되지 않은 도담으로서는 짐작조차 힘들었다.

양 팀장은 계속해서 거친 말을 이어나갔다.

"그 안주머니에 뭘 숨겨놓았는지는 몰라도, 나는 기 팀장이 원하는 말을 절대 해주지 않을 거야."

"…."

"나는 결백해. 그리고 떳떳해. 모든 건 기주원 너의 망상이고, 나는 그 망상에 장단 맞춰줄 시간 없어."

"…."

"그러니까 알아서 해봐. 먼발치서나마 응원은 해줄게."

말을 마친 양은화 팀장은 다시 한번 손목에 찬 시계를 확인하더니, 잃어버렸던 웃음기를 다시 입가에 되찾았다. 이번 미소는 가식적이었던 이전과 달리 진심이었고, 악의가 뚜렷했다.

"어차피 다 늦었겠지만…."

의미심장한 그녀의 혼잣말. 그 말을 듣고도 가만히 얼어있는 주원과 달리 순간 주원의 눈빛이 심히 흔들렸다.

"온도담… 집으로 가."

주원이 말했다. 지금껏 침착했던 목소리와는 달리 사정없이 동요한 상태였다.

"네, 네?"

"당장!"

도담은 돌아가는 상황을 제대로 이해하지 못했지만, 주원은 매섭게 그녀를 재촉했다. 깜짝 놀란 도담은 재빨리 자리에서 일어나, 양 팀장에게 인사도 제대로 하지 못하고 서둘러 카페를 빠져나갔다. 그 모습을 지켜보던 양 팀장이 어깨를 떨며 웃었다.

"기주원 많이 느슨해졌네. 나는 진작 눈치채고 약속 장소에도 안 나타날 줄 알았는데…."

"…."

"사랑을 하면 바보가 되는 게 맞나 봐."

분명 궁지에 몰린 상황일 텐데도 여유만만한 그녀의 태도. 불안함을 느낀 주원은 머지않아 도담을 따라 자리에서 일어났다.

"내 팀원한테 무슨 해코지라도 하면 당신 목부터 쳐낼 줄 알아."

살벌하게 꺼낸 그 말은 순전히 진심이었다. 그런 그의 적대감을 보고도 양 팀장은 피식 미소만 흘릴 뿐이었지만.

\* ◆ \*


오후 여섯 시가 조금 안 된 시간.

의례적으로 참석해야 하는 이사 회의를 마치고 돌아온 재이가 엘리베이터에 몸을 실었다. 어차피 참석해 봤자 꿰다놓은 보릿자루밖에 안 되는 자리지만, 그래도 정기적으로 참석하는 건 회장님의 부탁 때문이었다.

'너의 입지는 너 스스로 바로 잡아야 한다.'

'널 위한 자리를 만들어놓을 수는 있지만, 그 자리를 차지하는 건 너에게 달렸어.'

사실 재이에게 자리를 차지하고 싶은 욕심은 추호도 없었다. 그 빌어먹을 자리 때문에 이 집안에서 도태되었고, 태환에게도 그토록 미움을 샀으니. 회사와 연을 끊고 살고 싶은 마음도 컸지만, 회장은 좀처럼 재이를 손에서 놓질 못했다. 굴러온 돌이 박힌 돌을 빼낸다고, 태환과 재이의 사이가 딱 그랬다. 그 모습을 두고 집안에서는 재이가 서 회장의 노리개 역할을 해준다는 소문도 돌았었다. 입에도 담기 싫은 더러운 개소리에도 재이는 굳이 나서서 해명하지 않았다. 집안사람 중 몇몇은 그 헛소문을 그대로 믿고, 재이를 알아서 피해주기도 했으니까.

"하아…."

엘리베이터가 9층에 다다르자 재이는 긴 한숨을 쉬었다. 이제야 자신만의 보금자리에 도착했다는 안도감과 지독한 외로움이 뒤섞인 가여운 숨결이었다. 엘리베이터 문이 열릴 때쯤, 그는 굳어있던 입꼬리를 억지로 풀었다. 이건 생긴 지 얼마 안 된 습관이었다. 그는 혹시나 이 복도에서 도담과 마주칠까 싶어, 언젠가부터 엘리베이터에서 내리기 전에 항상 표정을 정리한다. 비록 얼마 전 자신의 고백 때문이라도, 그녀는 예전처럼 평범하게 반겨주지 않겠지만….

'그래도 상관없어. 어차피 내가 보고 싶어서 그러는 거니까.'

입꼬리를 다 풀어낸 재이는 엘리베이터에서 내렸다. 하지만 몇 걸음 가지 않아, 그의 눈동자에는 의아함이 깃들었다. 조용하고 깨끗한 복도 중간에 현관문이 대뜸 열려있었다. 그건 아무리 봐도 재이의 옆집이자 그녀가 살고 있는 집이었다.

"응⋯?"

재이는 혹시나 그녀가 나오려나 싶어, 잠시 걸음을 멈추고 현관문만 바라보았다. 그러나 안에서는 누군가의 인기척조차 들리지 않았다. 현관문을 열어두었다는 건 집에 누가 있다는 뜻일 텐데, 아무리 귀를 기울여봐도 그녀의 집은 적막하기만 하다. 이상한 낌새를 느낀 재이는 조심스러운 발걸음으로 현관문에 다가갔다. 그리고 드디어 그 앞에 다다랐을 때, 재이의 표정은 그야말로 사색이 되어버렸다.

"집이 왜⋯."

아무도 없는 집 안은 모든 살림살이가 다 뒤엎어진 상태였다.

"도담아!"

놀란 재이는 쑥대밭이 된 집 안으로 성큼성큼 들어섰다. 널브러진 그녀의 흔적들은 이 집에 심상찮은 일이 일어났음을 말해주고 있었다.

"안 돼⋯."

두려움이 엄습한 재이는 황급히 휴대폰부터 찾아 들었다. 신기루처럼 사라진 그녀에게 전화를 걸기 위해서였다. 떨리는 손끝으로 도담의 번호를 찾아 누르기 직전, 그의 시선 끝에 유일하게 활짝 문이 열린 방 하나가 들어왔다. 의자에 대충 걸려있는 옷들을 보니 도담이 쓰는 방이 분명했다.

순간 왜일까. 그녀만 찾아 헤매던 온 신경이 모조리 그녀의 방 안으로 쏠리게 된 건.

재이는 휴대폰을 든 손을 그대로 떨어트리고, 그녀의 방 앞으로 한 걸음 한 걸음 느린 걸음을 옮겼다. 그리고 멈춰 섰다. 시선은 방 입구에 널브러진 종이 뭉치에 둔 채였다.

내 눈이 잘못된 게 아니라면 이 종이에 인쇄된 얼굴은 나인 것 같은데. 내가 잘못 읽고 있는 게 아니라면 이 안에 빼곡히 적혀 있는 건 나의 정보들인 것 같은데. 그리고 그 옆에 적혀있는 글씨들은….

여자라면 다 OK. 이 점을 이용할 것.
친해지면 할 말, 못할 말 다 하는 듯?
나한테 속는 척하는 걸까? 그냥 머리가 나쁜 걸까?

아무리 봐도 그녀의 글씨인 것 같은데.

서재이 공략법 : 걱정해 주는 척하며 관심을 사라. 마음까지 얻어내면 더 좋고.

전부 다 나를 두고 하는 말 같은데….

재이는 허릴 굽혀 종이를 집어 들었다. 그러고는 말없이 그녀의 글씨들만 바라보았다. 그 무렵, 재이의 등 뒤에서 드디어 그가 그토록 바라던 인기척이 났다.

"재이 씨…?"

놀란 듯 떨려오는 도담의 목소리를 들은 재이가 고개를 돌렸다.

"도담아…."

그녀의 이름을 부르는 음성은 그새 젖어있었다. 차마 대답할 수 없을 정도로 서럽게.

지금 이게 무슨 상황인지, 쑥대밭이 된 집 안에서 당신은 왜 봐서는 안 될 종이를 들고 서있는지.

도담은 열린 현관문 앞에 서서 그대로 얼어버렸다. 재이는 그런 그녀에게로 몸을 돌리고, 아무 말도 하지 않았다.

공간을 짓누르는 무거운 침묵을 깨려면 무슨 얘기든 해야 하는데, 순식간에 너무 많은 생각들이 엉켜 머리가 제대로 돌아가지 않는다. 그렇게 얼마나 서로만 바라보고 있었을까. 재이는 다시 종이로 시선을 끌어내렸다. 그러고는 차곡차곡 접어 선반에 올려두었다.

"그… 집이 너무 어질러져 있어서… 도둑이라도 든 줄 알고…."

"…."

"아무 일 없는 거지?"

지금 일은 그에게 생긴 것 같은데.

재이는 정말 지나가다가 들른 사람처럼 아무렇지 않게 물어왔다. 거기에 어떤 대답도 할 수 없었던 도담은 계속해서 그의 얼굴만 바라보았다. 하지만 재이는 그녀와 눈을 마주치지 않은 채, 말을 이어나갔다.

"치우는 거 도와줄까…?"

"…."

"아니다…. 나 지금 바로 해야 할 일이 있는데…."

"…."

"집에 갔다 올게. 잠깐만 혼자 정리하고 있어."

매끄럽게 이어지지 않는 그의 말은 이미 깨져버린 관계를 여실히 드러냈다. 재이는 억지로 입꼬리를 들어 올렸다가 이내 다시 끌어내렸다. 그 스스로조차도 평소처럼 웃어야 할지, 아니면 솔직해져야 할지 판단이 서지 않는 모양이었다. 도담이 계속 바라보고만 있자, 그 시선을 감당하지 못하겠는지 재이는 허릴 숙여 흐트러진 문서들을 괜히 주워들었다. 그러나 종이를 얼마 줍지도 못한 채 손이 멈추었다. 그의 손에 들린 건, 두 사람이 함께 보낸 시간들이 사무적인 문체로 상세히 적힌 보고서였다.

겨우 새어 나오던 그의 호흡이 멈추었다. 갈 곳을 잃은 손은 들고 있던 보고서를 주워들지도, 그렇다고 해서 다시 내려놓지도 못하고 굳었다.

"재이 씨…."

도담은 흐린 목소리로 그의 이름을 불렀다. 그는 그제야 정신을 찾았는지, 똑바로 몸을 일으켜 세웠다. 그러고는 억지로 주워든 보고서를 아무렇게나 선반에 올려두었다. 이 모든 행동이 그저 부자연스럽기만 했다.

"그럼… 나중에 보자."

결국 어색한 인사만을 남겨둔 채 재이는 도담을 스쳐 지나갔다. 현관문을 빠져나가는 그의 뒷모습은 도망치는 것과 다름없었다. 도담은 그런 그를 붙잡을 면목은 없었지만 붙잡았고, 마주할 면목이 없었지만 마주했다. 그러고는 입이 열 개라도 할 말이 없었지만 고집스럽게 입을 열었다.

"다 알아버린 거 맞죠."

"…."

"내가 누군지, 그동안 재이 씨를 두고 뭘 해왔는지… 이제 재이 씨도 다 아는 거 맞죠."

생각보다 급작스럽게 드러난 진실이지만 도담에게는 차라리 잘된 일이었다. 어차피 거짓밖에 없었던 관계에 재이는 너무 많은 의미를 부여하고 있었고, 그 마음은 고스란히 그녀의 짐으로 자리 잡았었으니. 도담은 이참에 모든 것을 실토하기로 결심했다. 만에 하나 그가 진짜 브로커라면 오늘로써 이 임무도 실패로 돌아가는 것이었지만, 어차피 이러나저러나 끝장난 건 마찬가지였다.

"하아…."

재이는 긴 한숨부터 내쉬었다. 도담은 재이의 말을 기다리며 그에게 할 이야기들을 준비했다.

처음부터 의도적으로 한 접근이었어요. 브로커로 의심받고 있는 재이 씨의 일거수일투족을 감시하고 기록하는 것이 제 일이었어요. 하지만 최근 들어서는 재이 씨가 브로커일 거라는 생각보다, 누군가에게 본인도 모르게 이용당하고 있을 거라는 의혹이 더 커졌어요. 나는 그 부분을 더 자세히 조사하고 싶어요. 재이 씨가 억울한 누명을 쓰고 있다면 내가 꼭 벗겨줄게요.

'난 이제 재이 씨를 지켜주고 싶어요.'

오랜 시간 바라왔던 만큼 할 말을 정리하는 건 쉬웠다. 이제는 재이가 그의 입으로 빤한 대답만 꺼내놓으면 되는 순서다.

"…아니."

그러나 생각을 정리했을 무렵, 재이가 예상했던 것과 전혀 다른 대답을 내뱉었다.

"나는 니가 무슨 얘길 하는 건지 하나도 모르겠어…."

곧바로 들통나버릴 부질없는 거짓말이었다. 도담은 재이를 더 힘주어 붙잡고, 그의 고집을 꺾어보려 했다.

"다 봤잖아요. 방금 재이 씨가 들고 있었던 거, 다 읽었잖아요."

"안 읽었어."

"거짓말."

"정말이야. 안 읽었어. 하나도."

계속해서 부인하고는 있지만 그의 목소리는 이미 축축이 젖어있었다. 그의 절망은 얼굴만 감춘다고 해서 숨길 수 있는 것이 아닌데, 그는 계속 부질없는 노력을 한다. 도담은 그런 재이를 힘주어 끌어당겼다. 그리고 자꾸만 도망 다니는 그의 시선을 억지로 맞추었다. 예상대로 그의 눈가는 이미 새빨갰다. 그 모습을 본 도담은 그럴 자격도 없으면서 화를 냈다.

"그런데 왜 울어?"

"…."

"왜 그렇게 슬픈 사람처럼 울고 있냐고."

"안 울…."

그는 또 거짓말을 하려고 했지만, 말을 다 끝내기도 전에 뚝 떨어져 버리는 눈물은 그 노력조차 무색하게 만들었다. 이렇게 고집을 부려서 뭘 어쩌겠다고. 처음부터 진실 따위 없었던 인연은 고집스레 쥐고 있어봤자 더욱 잘게 부스러질 뿐이다. 그를 위해서라도 확실히 단념시켜야겠다고 생각한 도담은 재이가 원하든, 원치 않든 고백을 시작했다.

"나 재이 씨 뒷조사하려고 접근한 거예요."

"도담아⋯."

"수사기관에서 재이 씨가 여자한테만 마음 여는 걸 알고 나를 투입시킨 거고, 나는 재이 씨한테서 단서를 캐내려고 친한 척 굴었던 거예요."

"도담아, 제발⋯."

"그동안 재이 씨한테 했던 말은 다 거짓말이었어요. 주원 씨랑 계약 결혼으로 묶였다는 것도, 집안에 빚이 있다는 것도⋯. 들킬 것 같은 상황을 모면하기 위해서 그때그때 지어냈어요."

"제발 그만⋯."

"그러니까 고집부리지 말고, 내 말 좀⋯!"

하지만 안타까운 마음에 더 그를 다그치는데, 애원하는 재이의 몸이 스르륵 무너져 내렸다.

"아니야."

"재이 씨⋯."

"아니야, 그런 거 아니야⋯."

그녀 앞에서 형편없이 무릎을 꿇어버린 꼴이 되었지만, 재이는 아무 상관 없다는 듯 그녀만큼이나 필사적인 목소리로 말했다.

"내가 안 듣겠다잖아. 그냥 아무 일도 없었던 거로 해주겠다잖아."

"재이 씨….'

"내가 정말 짐작도 못 하고 있었을 거라고 생각해? 날 스쳐 갔던 사람들이랑 똑같이 등장하고, 비슷한 말을 하고, 같은 부분에서 당황하는데… 그걸 보면서 내가 정말 아무것도 몰랐을까?"

뚝뚝.

그의 눈에서 터져 나온 슬픔이 뺨을 타고 발 아래로 맥없이 곤두박질친다. 그건 지금 그의 처지와 다를 게 없어서, 도담의 심정은 까맣게 타들어가는 기분이다.

"나 머리 나쁜 거 아니야. 그냥 다 속아준 거야."

나는 이런 사람을 데리고 지금까지 무슨 짓을 한 걸까.

"내가 조금이라도 눈치챈 것처럼 굴면 니가 날 떠날까 봐…."

"….'

"다 믿으려고 노력했어…. 나 진짜 열심히 속고 있었어. 정말이야…."

잘못을 빌며 애원해야 할 사람은 난데, 지금 우리 관계에서 매달리는 건 이 사람이다. 이유가 어찌 되었든 죄는 전부 내가 지었는데, 지금 작아지고 비참해지는 것도 이 사람이다.

재이는 무너진 그대로, 도담의 두 손을 붙잡았다. 그리고 한층 더 절박해진 목소리로 빌었다.

"도담아, 모른 척해줄게."

"….'

"내가 계속 속아줄게. 날 멍청하다고 해도 좋고, 계속 이용해 먹어도 괜찮아."

"이러지 마요…."

"그냥 가지만 마. 나는 너 잃어버리고 싶지 않아…."

"재이 씨…."

"부탁이야…. 부탁이야, 제발…."

조용한 복도가 이내 그가 흐느끼는 소리로 가득 찼다. 재이에게
붙잡힌 도담은 그를 매몰차게 뿌리치지도, 터져 나오는 절망을 달래
주지도 못하고 겨우 서있었다. 어차피 밝혀졌어야 하는 진실이지만
이렇게까지 슬퍼할 줄은 몰랐다. 차라리 배신감에 치를 떨고, 내게
화를 냈으면 했는데….

"미안해…. 고백한 것도, 너한테 매달린 것도 전부 다…."

왜 당신이 사과를 해. 나는 그런 당신에게 무슨 말을 하라고.

"내 마음 그냥 다 없었던 걸로 해도 되니까, 예전처럼… 그냥 예전
처럼 옆에 있게만 해줘."

대답을 간절히 바라는 재이의 눈동자가 도담에게로 향했다. 도담
은 그 눈빛에 어떤 답도 꺼내놓지 못하고 질끈 눈을 감았다. 이러다
간 무너진 그를 붙잡고 같이 울 것 같았다.

서로에게 어떤 대답도 할 수 없는 시간을 견디고 있는데, 멀리서
빠른 발소리가 들려왔다. 엘리베이터 앞에서부터 이어진 발소리는
엉망이 된 두 사람이 있는 곳까지 이어졌다. 당황한 도담이 다시 눈
을 뜨고 다가오는 사람을 확인하려 했지만 그러지는 못했다. 어느새
도담의 바로 뒤까지 다가온 그 사람은 커다란 손으로 그녀의 눈을 가
려버렸으니.

"팀장님…?"

코끝을 스치는 향기만으로도 주원임을 알아차린 도담이 흐린 목소리로 그를 불렀다. 주원은 대답 대신 그녀를 붙잡고 있는 재이의 손목을 붙잡았고, 힘주어 그녀에게서 떨어트렸다.

"그만해."

"…."

"이 사람한테 매달리는 건 그만두기로 했잖아."

이윽고 흘러나온 주원의 목소리는 매정하게 느껴질 만큼 단호했다. 재이는 대답 대신, 길게 늘어진 소매 끝으로 젖은 눈을 꾹 눌러 닦았다. 하지만 미세하게 떨리는 어깨는 좀처럼 진정되지 않았다. 잔뜩 젖은 재이의 숨소리에 동요한 도담이 주원의 손을 떼어내려 했다.

"팀장님, 잠깐만…."

하지만 그럴 새도 없이, 주원은 도담의 몸을 집 안으로 끌고 들어갔다. 이대로라면 비참한 현실과 마주한 그 사람을 홀로 버려두고 오는 꼴이 되어버리는 건데, 주원에게 그런 건 아무 상관도 없는 모양이었다.

머지않아 현관문이 굳게 닫히는 소리가 들렸다. 그와 동시에 재이의 울음소리는 잦아들었지만, 도담의 가슴은 더욱 아프게 조여들었다.

"잠깐만요! 이렇게는 안 돼요!"

도담은 온 힘을 다해 눈을 가리고 있던 주원의 손을 뿌리치고는 단호한 표정으로 문 앞을 가리고 있는 주원을 매섭게 쏘아붙였다.

"나 때문에 만신창이가 된 사람을 저대로 두고 오면 어떡해요! 무슨 위험한 일이 생길 줄 알고!"

"온도담, 니가 할 수 있는 일은 다 끝났어."

"팀장님!"

"니가 서재이한테 붙어있는다고 해결되는 건 아무것도 없다고."

주원의 말은 감정이 메마른 사람처럼 매정했다. 도담은 반박하고 싶었으나 그럴 수가 없었다. 애초부터 재이의 외로움을 파고드는 것만이 목표였던 그녀는 벌어질 대로 벌어진 그의 마음을 다시 수습할 방법이 없다.

그래도 이렇게 내버려 두는 건 아니야. 나를 붙잡고 매달리던 사람을 외면할 수는 없어.

도담은 크게 숨을 들이마셨고, 주원의 눈을 똑바로 바라보았다. 그리고 여전히 감정이 잔뜩 묻은 목소리지만, 힘 있게 말했다.

"해결할 수 있는 게 없어도 잡아줄 수는 있잖아요. 나쁜 생각 못 하게끔 진정될 때까지만이라도 곁에 있어줘야겠어요."

그리 말하는 그녀의 눈빛은 주원보다도 완강했다. 주원은 그 눈을 가만히 바라보았고, 짧게 되물었다.

"누굴 위해서?"

"…."

"서재이를 위해서, 아니면 너를 위해서?"

당연히 재이를 위한 일이라고 생각했건만, 머릿속에선 도담조차 모르고 있던 본심이 뚜렷하게 떠올라버렸다. 이렇다 할 대책도 없이 수습하겠다고 달려드는 건, 아무리 생각해도 순전히 나를 위한 일이다. 차마 그렇게 말할 수는 없어서 입을 닫아버린 도담에게, 주원은 차분하고 이성적인 목소리를 이어나갔다.

"우리가 없는 사이에 누군가 고의적으로 집안을 뒤엎었고, 덕분에 서재이가 모든 진실을 알게 됐어. 이제 본부는 신분이 드러난 우리를 임무에서 배제하고 서재이를 다른 팀으로 넘기겠지."

"…"

"원래 2팀에서 맡던 일을 내가 있는 1팀으로 넘겼었고, 나는 신분이 발각되어서 강제로 하차하게 됐으니… 남은 팀은 한 팀이네."

"3팀…."

"그래, 3팀. 서재이 묻어버리는 일에 가장 적극적으로 개입했던 양은화 팀장이 이끄는 팀."

하염없이 흔들리던 도담의 눈동자가 놓치고 있던 무언가를 깨달은 듯 휘둥그레졌다. 주원은 이 틈을 놓치지 않고 차분하게 말을 이었다.

"우리 손을 떠난 서재이의 안전도 더 이상 보장할 수 없어. 이럴 때 가장 정신 똑바로 차려야 할 사람은 서재이야. 그런데 네 옆에서는 자꾸 모든 걸 덮어두고, 외면하려고만 하니까…"

"…"

"니가 먼저 서재이를 떠나야 해. 불러도 대답하지 말고, 붙잡아도 멈추지 말고."

정 없이 들리는 주원의 말은 전부 옳았다. 서재이를 범인으로 보이게 만드는 조작된 증거부터, 의구심을 품자마자 정체가 탄로 나버린 지금까지 상황은 재이 하나를 묻기 위해 작정이라도 한 듯 돌아가고 있었고, 이건 명백한 서재이의 위기였다. 이 상황에서 도담이 재이의 곁에 머무른다면, 그는 도담을 붙잡아 놓기 위해서라도 현실을 외면한 채 아무것도 모른 척 지낼 게 분명했다.

하지만 그런 건 재이를 위태롭게 만들 뿐이었다. 그러니 재이를 위해서라도 그녀는 더 이상 그의 안식처 노릇을 자처해선 안 됐다.

"그럼… 저 사람은 저대로 둬야 하는 거예요?"

"…."

"저렇게 사람 하나 망쳐놓고 끝내야 하는 거냐고요…."

그의 처지를 확실히 깨달은 도담은 떨리는 목소리로 그에게 물었다. 주원은 그런 그녀의 정수리에 손을 얹었고, 나직이 대답했다.

"아니, 내가 지켜볼게. 니가 걱정하는 일이 생기지 않도록."

물론 재이는 주원을 상대하려 하지 않을 것이다. 그러나 완전히 혼자 내버려 두는 것보다는 주원이라도 붙어있는 편이 차라리 나았다.

더 이상 반항은 고집일 뿐이라는 걸 깨달은 도담은 고개를 푹 떨구었다. 주원은 그런 그녀에게서 손을 거두었고, 꾹 닫아두었던 현관문을 열었다. 다시 복도로 나서며, 그는 다 무너진 자의 비참한 모습에 동요하지 않기 위해 이성을 단단히 붙들었다. 하지만 그 준비는 이내 무색해지고 말았다. 방금 전까지만 해도 서재이가 있던 자리엔, 미처 마르지 못한 눈물 몇 방울 외에 아무런 흔적도 없었기에.

"서재이…."

주원이 불안한 표정으로 그의 이름을 흘려보내던 그때, 저 먼 복도 끝에서 엘리베이터 문이 닫히는 소리가 났다. 주인이 명확한 인기척에, 주원의 눈동자가 곧장 그 뒤를 쫓았다.

## 총구가 사냥감을
## 조준할 때

고급 외제 차들이 빽빽이 들어찬 지하주차장.

재이의 걸음이 정처 없이 앞을 향하고 있었다. 단순히 도망치기 위해 내딛는 목적 없는 걸음이었다.

"서재이!"

그런 그의 뒤로 거친 음성이 울려 퍼졌다. 재이는 분명히 들었으면서 뒤도 돌아보지 않고 차에 몸을 실었다. 똑바로 뜨고는 있지만 위태롭게 흔들리는 눈빛을 봐선 운전대를 잡을 상태가 아니었다. 그러나 재이는 시동을 켰고, 손에 쥐고 있던 차 키를 놓지도 않은 채 위태롭게 운전대를 붙잡았다.

쾅!

재이가 액셀 위로 발을 가져가려던 순간 온 힘을 다해 달려온 주원이 재이의 차 보닛을 내리치며 가로막았다. 차마 발끝에 힘을 싣지 못한 재이는 미처 수습하지 못한 젖은 눈으로 주원을 바라보았다.

"내려."

"…."

"내리라고!"

주원이 매섭게 소리쳤다. 하지만 재이는 운전대만 더욱 꽉 쥘 뿐, 시동을 끄지 않았다. 이럴 거라 예상했던 주원이 보닛을 붙잡은 채 필사적으로 그를 설득했다.

"그 꼴로 나가서 누굴 치려고 그래. 정신 줄 붙잡을 때까지는 아무 데도 못 가."

"…."

"내 말 개무시하고 밀 거면 밀어 봐. 누가 이기는지 똑똑히 확인시 켜 줄게."

주원을 마주 보는 재이의 눈동자가 뿌옇게 흐려졌다. 재이는 애처 로운 얼굴을 감추기 위해 고개를 숙였고, 주원은 그 틈을 놓치지 않 고 차 운전석 쪽으로 성큼성큼 걸어갔다.

벌컥!

다행히도 운전석 문은 아직 잠기지 않은 상태였다. 문 열리는 소 리를 들었으면서도 운전대에 머리를 박은 채 꼼짝 않는 재이에게는 아무래도 상관없어 보였지만.

한숨 돌린 주원은 우선 차 문부터 붙잡았다. 그러고는 죽은 듯 멈 춰있는 재이를 가만히 내려다보았다. 미세하게 떨리는 어깨, 금방이 라도 끊어질 듯 미약해진 숨소리. 주원이 보고 있는 재이는 마치 덫 에 걸린 짐승 같았다. 그 모습은 본부에서 그토록 악명을 떨쳤던 브로커 서재이의 모습과 너무 달라서, 주원은 머릿속이 혼란스러웠다. 도담도 이런 서재이를 보고 마음이 약해졌던 걸까. 그래도 주원은 동요하지 않은 척, 담담하게 가라앉은 목소리로 말했다.

"짐작하고 있었다며. 결국엔 이렇게 될 거라는 거. 그럼 받아들이는 건 훨씬 쉬울 거 아니야."

"하….

주원의 말을 들은 재이가 한숨 같은 헛웃음을 내뱉었다. 그리고 운전대를 쥐고 있던 손을 힘없이 떨어트리며 숨소리만큼이나 흐린 음성으로 말했다.

"아니었어야지…. 불안할 때마다 믿으려고 얼마나 노력했는데….

"….

"내 짐작대로 되지 말았어야지. 나한테 했던 거짓말이 사실 다 진짜였어야지….

주원은 그런 그에게 냉정한 표정으로 대답했다.

"이런 식으로 버틴다고 해서 달라지는 건 없어. 너도 이제 다 알겠지만, 넌 지금 운성 중공업 산업기밀 유출 건으로 용의 선상에 올라 있고 모두가 널 범인으로 확정 짓고 있어."

"….

"게다가 오늘 잠입 수사에 대해서 낱낱이 알아버렸으니, 이른 시일 내에 구속 수사가 진행되겠지. 그렇게 되면 널 도와줄 수 있는 사람은 아무도 없어."

매정하게 들릴지 몰라도 그것이 재이의 현실이었다. 양 팀장은 오늘 일에 대해서 자신에게 유리한 쪽으로 보고를 올릴 테고, 본부는 서재이가 도주할 가능성을 대비해 그를 구속한 뒤에 본격적인 취조를 시작할 게 분명했다. 아마 거기까지 진행된다면 그는 더욱 위험해질 것이다. 본부는 이미 그의 범죄를 확정 지을 만한 조작된 증거를 가지고 있으니.

이 계획된 늪에서 살아나가기 위해선 서재이 스스로 본인의 무죄를 증명하는 방법뿐이다. 하지만 그가 범인이 아니라는 심증만 있는 상태에서, 완전히 그의 편을 들어줄 수 없었던 주원은 냉정한 조언을 이어나갔다.

"이성적으로 생각해. 온도담이랑 함께했던 시간이 너에게는 꿈같은 추억일지 몰라도, 우리에게는 유력한 용의자를 의심하고 파헤치는 수사 과정이었어."

"…"

"그걸 알았으면 청승을 떨 게 아니라, 네 눈앞에 닥친 상황을 직시할 생각을 해야지. 아직도 니가 무슨 꼴인지 파악이 안 돼?"

"…"

제 발끝만 내려다보고 있는 재이는 아무런 대답이 없었다. 하지만 귀를 틀어막지는 않았으니, 한마디도 빠짐없이 듣기는 했을 거다. 이쯤이면 주원이 할 수 있는 일은 다 끝냈다. 이제 남은 건 그가 현실을 받아들이고 이성을 되찾을 수 있는 시간이다.

주원은 아직 재이의 손에 쥐어져 있는 차키를 무심히 빼앗아 들었다. 그리고 결코 무심하지 않은 목소리로 마지막 충고를 건넸다.

"만에 하나, 니가 결백하다면 너의 무죄는 니가 직접 증명해. 이제 널 도와줄 수 있는 사람은 아무도 없으니까."

"…"

"감정 식히고 제정신 들 때 연락해. 차 키는 그때 돌려줄게."

그 말을 마지막으로 주원은 재이의 곁에서 걸음을 옮겼다. 규칙적으로 멀어지는 발소리는 느리고 조심스러웠다.

움직이지도 못하는 차에 홀로 남은 재이는 그제야 고개를 들고 주원의 뒷모습을 바라보았다. 선명했던 절망마저 희미해져 버린 무기력한 눈동자. 그래서 더욱 아슬아슬해 보이는 몰골을 하고, 재이가 흐린 혼잣말을 했다.

"원래부터 아무도 없었는데… 이제 와서 무슨…."

주원은 현실을 직시하라 말했지만 재이는 자신의 현실은 물론, 다가올 미래까지도 알고 있었다. 한때 나의 안식처가 되어주었던 그녀는 물거품처럼 사라질 것이고, 나와 함께 했던 시간은 전부 한 줌의 재처럼 흩어질 것이다. 그동안 열심히 붙잡으려 했던 그녀와의 인연 또한 한 번도 만난 적 없던 타인보다 멀어질 것이다. 그 사실을 직시한 순간, 재이에게 찾아온 건 겨우 몇었던 눈물이었다. 감출 수 없는 슬픔은 지독하게도 그를 괴롭힌다.

"후우…."

재이는 두 눈을 꾹 감은 채 억지로 심호흡을 했다. 원래는 이렇게 심호흡을 하면 가슴 한편이 억지로라도 뚫리는 느낌이었는데 오늘은 이상하리만큼 더욱 옥죄어왔다. 마치 올가미에 목이 조이기라도 한 것처럼.

아수라장이 된 집 안에 덩그러니 남은 도담은 홀로 지옥 같은 시간을 견디고 있었다.

여기저기에 흩어진 보고서들엔 그와 보낸 시간이 일분일초 단위로 적혀있는데, 이걸 보고 그는 얼마나 혼란스러웠을까. 애써 믿어왔던 것들이 기어이 무너져 내리는 광경을 보고, 그는 얼마나 무서웠을까.

오늘 이곳에 들어와 처음으로 마주했던 재이의 얼굴은 꿈에서도 잊지 못할 것 같다. 일그러질 대로 일그러진 그의 눈빛은 차라리 엉엉 울었으면 싶을 정도로 절망적이었으니. 도담은 그럴수록 감정에 무뎌지려 애썼다. 이 모든 건 나의 임무다. 내가 했어야 할 일이다. 지금의 결과 또한 충분히 예상했던 일이다. 그렇게 스스로를 합리화했다.

"후우."

도담은 짧고 깊은 심호흡과 함께 동요하는 감정을 추슬렀다. 그리고 그녀를 나약해지게 만드는 이 집부터 정리하기로 마음먹었다. 집이 다시 원래대로 돌아온다면 오늘 벌어진 일도 잠시나마 잊을 수 있을 것 같았다.

도담은 가장 먼저 바닥에 흩뿌려진 보고서들부터 하나하나 주워들었다. 재이와 보낸 시간이 상세하게 적힌 보고서는 한 문장 한 문장이 가시처럼 따가웠다. 그래도 도담은 초연한 척 묵묵히 종잇장을 모아 차곡차곡 원래대로 파일에 끼워 넣었다. 하지만 고이 접힌 채 선반 위에 올려져 있던 페이지를 펼쳐 들었을 때 아니, 정확히 말해서 그가 필사적으로 외면하려고 애썼던 그 페이지에 적힌 글자들을 마주했을 때, 침착하던 그녀의 호흡은 그대로 멎어버리고, 가슴에는 형용하지 못할 만큼 거센 통증이 인다.

여자라면 다 OK. 이 점을 이용할 것.

친해지면 할 말, 못할 말 다 하는 듯?

나한테 속는 척하는 걸까? 그냥 머리가 나쁜 걸까?

'나 머리 나쁜 거 아니야. 그냥 다 속아준 거야.'

'내가 조금이라도 눈치챈 것처럼 굴면… 니가 날 떠날까 봐….'

'날 멍청하다고 해도 좋고, 계속 이용해 먹어도 괜찮아.'

'그냥 가지만 마. 나는 너 잃어버리고 싶지 않아….'

무례하고 못된 나의 메모에 대한 그의 대답이 생각나서.

"아…."

고통스러운 탄식과 함께, 그제야 눈물이 쏟아져 내렸다. 그와 동시에 주마등처럼 스쳐 지나가는 그 사람의 미소는 지나온 날들까지도 후회스럽게 만들었다.

'넌 정말 신기해.'

'그래서 자꾸 같이 있고 싶나 봐.'

정말 아이같이 웃어주던 사람이었는데…. 사실 그때마다 속은 말도 아니었겠지. 모르는 척하면서도 언젠가는 버려지게 될까 봐 불안했겠지.

도담은 그의 손길이 남은 페이지를 더는 바라보지 못하고 바닥에 떨어트렸다. 그러고는 그 자리에 주저앉아 한동안 움직이지도 못했다.

염치없다는 걸 알면서도 끝이 이렇게 슬픈 걸 보면…. 나는 내 생각보다도 더 나쁜 여자인가 보다. 차라리 죄책감 없이 그를 대하던 그때로 시간을 돌리고만 싶다.

\* ◆ \*

오피스텔 근처 낡은 상가 주차장.

퀴퀴한 냄새가 진동하는 그곳에 양은화 팀장이 들어섰다. 산업보안1팀을 순식간에 위기로 몰아넣은 직후였지만, 그녀의 표정은 그저 여유롭기만 했다. 그녀는 규칙적인 걸음으로 구질구질한 이 공간과는 전혀 어울리지 않는 고급 세단 앞에 멈춰 섰다. 그러자 기다렸다는 듯 운전석 창문이 내려갔다. 그 안에서 모습을 드러낸 사람은 다름 아닌 운성 중공업의 최우석 상무였다.

"여기까지 오는 동안 별일 없으셨습니까."

최 상무는 특유의 낮고 서늘한 목소리로 물었다. 양 팀장은 서글서글한 미소를 띤 채 자신만만하게 대답했다.

"아무 일도요. 혹시 기주원이 끈덕지게 추궁하면 어쩌나 걱정했는데, 다행히 신입이 먼저 가고 나서 얼마 안 있다가 따라나서더라구요."

"…."

"원래 그렇게 안일한 녀석이 아니었는데… 이래서 사내연애는 하면 안 되는 건가 봐요."

양 팀장의 농담에도 굳은 얼굴을 풀지 않던 최 상무는 무심히 트렁크를 열었다. 기대감 어린 양 팀장의 시선이 차 뒤편으로 향했다.

"확인해 보시죠. 마음에 드실 만한 거로 가져와 보았습니다."

최 상무의 말을 들은 양 팀장은 트렁크 쪽으로 성큼성큼 걸음을 옮겼다. 정중앙에 놓여있는 명품 가방 상자를 확인한 양 팀장의 입술 새로 헛웃음이 샜다.

"나는 이런 쓸모없는 가죽 쪼가리보다 다른 게 더 좋은데…. 이런 쪽으로는 센스가 영 없으시네."

양 팀장은 아쉬운 내색을 하며 운전석 쪽을 바라보았다. 최 상무는 그런 그녀를 향해 천천히 손을 돌렸다. 좀 더 확인해 보라고 부추기는 듯한 제스처에, 양 팀장의 표정에 다시 기대감이 깃들었다.

"뭐야. 포장만 보고 판단하지 말라, 이건가?"

그녀는 조심스러운 손길로 상자 뚜껑을 열고, 최 상무가 준비해놓은 진짜 성의를 제대로 확인했다. 제법 커다란 박스 안에 빼곡히 들어찬 오만 원권 다발. 양 팀장의 두 눈이 휘둥그레 커졌다.

"와우…."

양 팀장의 솔직한 감탄사를 들은 최 상무는 사이드미러를 통해 그녀를 확인하며 물었다.

"이제 좀 만족스러우십니까."

지금 연차에 받을 수 있는 퇴직금의 세 배쯤 되는 금액이 불만족스러울 리 없었다. 양 팀장은 처음 나타났을 때보다 더욱 밝은 목소리로 그에게 화답했다.

"역시 통이 크시네요! 그래, 위험수당은 이렇게 계산해야지. 본부가 상무님한테 배워야겠다."

만족스러운 표정으로 상자 뚜껑을 닫은 양 팀장은 명품 가방을 쇼핑백 안에 고이 넣었다.

트렁크에서 쇼핑백을 빼내는 순간 손에 느껴지는 묵직한 무게감은 그녀의 가슴을 더욱 부풀게 만들었다. 최 상무에게 협조하기로 한 뒤로 한동안은 괜한 욕심을 부린 건 아닌지 불안해하기도 했는데, 그런 나약한 생각들은 오만 원권 다발에 완벽하게 가려져 버렸다. 이 돈이면 행여 일이 잘못되더라도 미련 없이 직장을 때려치우고 인생 제2막을 준비할 수도 있을 테니.

그 들뜬 마음을 읽었는지, 최 상무가 낮은 목소리로 말했다.

"끝까지 뒤만 잘 봐주신다면 더 큰 만족을 드릴 수도 있습니다."

"여기서 더…?"

"큰일을 도와주신 분인데 겨우 작은 가게 하나 차릴 만큼으로 되겠습니까. 조금 더 욕심내 보셔야지."

달콤한 그의 유혹에서 벗어나기엔, 양 팀장은 이미 손에 들린 거금에 정신이 팔린 후였다. 게다가 최우석 상무는 그 점을 너무 잘 알고 있었고.

"2팀은 사냥에서 손을 뗐고, 1팀은 사냥감을 빼앗겼고…. 남은 사냥꾼은 양은화 팀장님뿐이군요."

"아, 그렇게 되나?"

"이제부터는 양 팀장님만 믿겠습니다. 필요한 게 있다면 언제든 연락 주시죠."

이제야 최 상무의 의도를 명확하게 판단한 양 팀장은 입꼬리를 들어 올렸다.

"그런 거라면 걱정하지 마세요. 이렇게 믿어주시는데 당연히 부응을 해드려야죠."

그러고는 있는 힘껏 그의 차 트렁크를 닫았다. 순간 주차장에 가득 들어차는 굉음. 그건 본격적인 사냥을 알리는 신호탄이나 다름없었다. 그 총구가 노리는 사냥감은 그 사실을 깨달을 겨를도 없이 서러워하는 중이었지만.

# 성질대로 하세요

—기주원! 너 미쳤어? 정신이 있는 거야! 없는 거야!

휴대폰을 뚫고 나오는 계진상 부장의 고함에, 주원의 미간이 찌푸려졌다.

—문단속을 어떻게 했길래 그 꼴이 나! 온도담 짓이지! 이래서 신입은 끼워 넣지 말라니까!

애꿎은 불똥이 도담에게 튀었다. 다른 욕은 다 받아도 그것만큼은 참을 수 없었던 주원이 사나운 말투로 되받아쳤다.

"누구한테 무슨 소리를 듣고 이러십니까."

—뭐어! 무슨 소리를 듣고 이러십니까? 지금 니가 눈에 뵈는 게 없지?

"이건 누군가의 실수로 벌어진 사고가 아니라, 양 팀장님이 불러서 잠시 외출한 사이에 생긴 고의적인 사건입니다. 양 팀장님한테 그런 얘기는 못 들으셨습니까."

하지만 그 말을 들은 계 부장은 황당하다는 듯 되물었다.

—무슨 소리야? 그날 양 팀장은 대전 지사랑 회의하고 있었는데.

"…회의?"

—그래, 회의. 대전 지사에서 보내준 자료에도 분명히 적혀있어. 우리 쪽에서 양은화가 대표로 참석했다고.

도대체 뻔뻔한 그 여자가 어디까지 손을 써놨는지. 확실히 캐내고 따져보면 허점이 나오기는 하겠지만, 계 부장을 상대로는 다 부질없는 짓이었다. 지금 일을 또 그르쳤다는 것에 눈이 돌아간 계 부장은 주원의 말을 더 이상 들으려 하지도 않을 것이다. 이렇게 된 이상, 도담이 쓴 누명이라도 제대로 풀어야겠다 생각한 주원은 단호한 목소리로 한 번 더 선을 그었다.

"어쨌든 이번 일은 저희 신입과는 아무런 관련이 없습니다. 괜한 억측은 삼가주시길 '당부'드립니다."

일부러 당부에 힘을 준 건 경고의 의미였다. 씩씩대고 있는 계 부장은 깊게 새겨들은 것 같지 않지만.

—어쨌든 일이 이렇게 된 이상, 운성 중공업 브로커 사건은 산업보안3팀으로 넘긴다. 그 집 털린 것도 양 팀장이 조사하고 있으니까 넌 서재이가 도망가지 않게 잘 감시하고 있다가 빠르게 체인지 해.

본인이 저지른 일을 잘도 수사하겠다. 주원은 기가 차는 상황에 참지 못하고 헛웃음을 터트렸다. 그걸 들은 계 부장은 신경질을 가득 담아 버럭 소리를 질렀다.

—지금이 자존심 상해할 때야? 어차피 양 팀장이 계속 너네 뒤 봐

주고 있었다며! 지금 그쪽에서 맡고 있는 잔업은 무능력한 배 팀장이랑 너랑 사이좋게 나눠 가져가! 알았냐!

"부장님, 이번 건…."

—아, 됐고! 너랑 더 할 말 없으니까 끊어!

뚝.

듣기 싫은 얘기가 길어질 것 같을 때마다 일방적으로 끊어버리는 건 게 부장의 트레이드 마크였다. 주원은 지끈지끈 아파오는 머리를 부여잡은 채 긴 한숨을 내쉬었다.

"하아…."

사실 주원의 골치를 썩이고 있는 건 두 가지 더 있었다. 하나는 그에게 차 키도 빼앗겼으면서 이틀이 지나도록 찾으러 오지 않는 서재이였고, 나머지 하나는 그동안 거의 식음을 전폐하다시피 하고 방에 틀어박혀 있는 온도담이었다. 안 그래도 엉망이 되어버린 임무 때문에 골치가 아픈데, 이 두 사람이 돌아가며 스트레스를 주고 있으니 주원은 그야말로 머리가 터져버릴 지경이다.

이대로라면 같이 미쳐버릴 것 같은 기분에, 주원은 둘 중 한 가지라도 먼저 해결해 보기로 했다. 지금 그에게 가장 중요한 사람은 도담이었고, 그를 가장 신경 쓰이게 하고 있는 사람도 도담이었다. 오늘에야말로 우울해하는 그녀를 밖으로 끌어내기로 결심한 그는 성큼성큼 걸음을 옮겨 그녀의 방 앞에 섰다.

똑똑.

가볍게 노크를 했지만 도담에게서는 아무런 대답이 없었다.

똑똑.

"온도담."

이번엔 그녀의 이름까지 부르며 두드려보았지만, 묵묵부답인 건 마찬가지였다. 이틀 내내 이 상태였다. 아무리 불러도 대답을 안 하고, 방 밖으로 나오지도 않고.

"자든 안 자든 들어간다."

더는 그 꼴을 두고 볼 수 없었던 주원은 굳게 닫혀있던 방문을 열었다. 다행히 문은 잠겨있지 않았고, 안에 있던 도담도 자고 있지 않았다. 여기 오면서 들고 왔던 커다란 캐리어를 다시 채워 넣고 있을 뿐. 주원은 뭐 하냐는 질문 대신 그런 그녀를 빤히 내려다보았다. 잠시 주원에게 시선을 두었던 도담은 어색하게 눈을 피하고, 다시 제 짐을 캐리어에 담으며 말했다.

"미리미리 정리해 둬야 할 것 같아서…."

정말 눈 뜨고는 봐줄 수가 없는 광경이었다. 생기가 넘치다 못해 옆 사람까지 수선스럽게 만들던 온도담은 어디로 갔는지, 그의 눈앞에는 다 죽어가는 산송장만 남아있다. 주원은 그녀의 옆에 가만히 앉아 제대로 빗지도 않은 듯한 머리를 살살 매만져주었다.

"바빠?"

그러고서 나직이 물으니, 도담은 계속해서 짐을 챙기며 대답했다.

"바쁠 일이 뭐 있겠어요…."

"그런데 왜 밖에 안 나와봐."

"…."

"나 계속 기다리고 있는데."

은근슬쩍 그녀가 좋아할 만한 달달한 멘트도 던져보았다. 일밖에 모르는 머리로 열심히 짜낸 회심의 애정표현에도 도담은 여전히 별 반응이 없었다. 잠시 손이 주춤한 걸 보면 분명 들은 것 같긴 한데, 여전히 딱딱하게 굳은 얼굴에서는 조금도 설레는 기색이 없다. 이쯤 되면 자존심의 문제였다. 주원은 스킨십이 약한 도담을 공략하기 위해 슬쩍 그녀의 어깨 위에 손을 올렸고, 한때 그녀가 그토록 바라던 말을 꺼내놓았다.

"데이트 하자."

"지금요?"

"왜."

"짐 정리 아직 안 끝났는데…."

충분히 예상했던 대답에, 주원의 손에 은근한 힘이 더해졌다.

"너랑 드라이브 가고 싶어."

"아니, 팀장님… 잠깐만…."

"바다가 좋아, 산이 좋아?"

"그게…."

"아, 산은 지난번에 싫어했었지. 너무 무드 없다고."

주원의 팔이 그녀를 끌어당기면 끌어당길수록 밀착되는 얼굴. 전에 없던 그의 열렬한 대시는 우울한 도담도 당황하게 했다. 이리저리 흔들리는 눈동자는 어떻게 반응해야 할지 전혀 모르겠다는 눈치였지만, 주원은 굴하지 않고 계속해서 그녀를 자극했다.

"알았어. 무드 있는 곳으로 찾아볼 테니까 천천히 준비하고 나와."

"…."

일방적인 통보였지만 아무 말도 하지 않는 걸 보니, 나오기는 하려나 보다. 모든 것이 다 안 풀려서 우울하기만 날. 한 줄기 희망을 발견한 주원은 조금 더 용기를 내보기로 했다.

"그…."

주원은 어색하게 그녀를 불렀고, 이상한 낌새를 느낀 도담은 잠시 그에게 시선을 두었다.

"네?"

그러자마자 그녀의 이마에 지그시 닿는 주원의 입술. 데이트 신청도 모자라, 먼저 스킨십까지 감행한 주원은 그의 인생에서 가장 큰 용기를 낸 참이었다. 도담은 그런 그를 휘둥그레진 눈으로 바라보았다. 너무 갑작스러운 변화인지라, 그녀도 어떤 반응을 보여야 할지 혼란스러운 모양이었다.

"왜."

"…."

"이거 아니야?"

자신을 너무 뚫어져라 바라보는 도담의 눈빛에, 살짝 자신감이 하락한 주원이 넌지시 물었다.

"아니요, 그런 건 아니고…."

도담은 무슨 말을 하려다가 멈추었고, 다시 캐리어 쪽으로 고개를 돌렸다.

"…십 분 안에 나갈게요."

방금 흘러나온 그 목소리가 왠지 울 것처럼 들렸다면 기분 탓일까.

"어? 어, 그래…."

그녀를 밖으로 빼내는 데는 성공했지만, 그녀의 기분을 풀어주는 데는 실패한 주원이 어색하게 대답했다.

이걸로도 안 되면 무엇으로 다 죽어가는 그녀를 살려놓아야 할지. 부담감이 백 배는 커지는 기분이다. 이럴 줄 알았으면 일에 백 퍼센트 올인할 게 아니라, 연애에도 몇 퍼센트 정도 관심을 둘 걸 그랬다.

* ◆ *

인터넷을 범인 잡듯이 뒤지고 뒤져서 찾아낸 디저트 집에 들어서자 장식품처럼 예쁘고 맛도 괜찮다는 케이크가 종류별로 도담의 앞에 놓여졌다. 가만히 창밖을 바라보고 앉아있던 도담은 주원이 가져온 케이크들에 화들짝 놀랐다.

"이게 다 뭐예요?"

"케이크."

"그건 아는데, 케이크를 이렇게 많이 샀어요?"

"니가 뭘 좋아할지 몰라서."

이건 뭐, '뭘 좋아할지 몰라서 다 준비해 봤어'야 뭐야.

당황한 도담은 어안이 벙벙한 표정으로 그를 바라보았다. 주원은 아무렇지 않게 포크 하나를 들어, 그중 하나를 도담의 손에 억지로 쥐여주었다.

"먹어봐."

"…."

"먹어보라니까. 단 거 먹으면 기분 좋아질지도 모르잖아."

주원의 거듭된 권유에, 도담은 케이크를 겨우 한 입 입에 넣었다.

혀끝에 달달한 맛이 번지자 기분은 한결 나아졌다. 그렇다고 해서 몸 안에 가득 찬 우울감이 다 사라지지는 않았지만.

"팀장님은 안 드세요?" 도담이 물었다.

포크를 들지도 않은 주원은 관심 없다는 듯 대답했다.

"단 거 안 좋아해."

"그럼 왜 이렇게 많이 샀어요. 하나만 사지…."

"겨우 하나로 나아질 상태가 아닌 것 같아서. 얼른 다 먹어."

하지만 그 말에 도담의 포크가 잠시 멈칫했다. 푸욱 가라앉은 눈빛은 어째 집에서보다도 서글퍼 보였다. 그 심란한 표정을 두고 볼 수 없었던 주원이 넌지시 물었다.

"이걸로는 안 되겠어?"

그러자 도담은 고개를 도리도리 가로저었다. 머지않아 숨을 크게 들이쉰 그녀는 착잡한 목소리를 꺼내놓았다.

"괜찮으니까 말씀하세요."

"어?"

"팀장님이 저한테 왜 이러시는지 알 것 같아요."

대체 뭘 안다는 건지. 갑작스럽게 진지해진 그녀의 분위기에, 주원의 얼굴에도 의아한 기색이 어렸다. 도담은 다시 한번 깊은 한숨을 내쉬는가 싶더니, 우울한 목소리로 계속 말을 이어나갔다.

"그만두셔야 하는 거죠…?"

"뭘?"

"이번 임무… 크게 보면 실패한 거나 다름없으니까…."

"…."

"그 정도는 저도 눈치로 알아요. 그러니까 이렇게 잘 해주지 않으셔도…."

한마디 한마디 겨우 내뱉던 도담은 기어이 목이 메는지 말을 멈추었다. 아직 상황 파악이 덜 된 주원은 두 눈을 느리게 깜박이며 그녀를 바라보았고, 이내 감정이 복받칠 대로 복받친 도담은 닭똥 같은 눈물을 뚝뚝 떨구고야 말았다.

"흐으으… 제가 더 잘했어야 되는데에에…."

"잠깐만. 온도담."

"자꾸 이러시면 저만 더 미안해져요…. 흐으… 원래 성질대로 하세요…."

"원래 성질대로 하라니. 내가 잘해줘도 이러기야?"

"흐으으… 팀장님 나 때문에 백수 돼서 어떡해…."

이제 보니 도담은 크나큰 오해를 하고 있는 모양이었다. 어쩐지 집에서부터 반응이 좀 이상하다 했더니, 이게 다 퇴사를 앞두고 사람이 변한 것처럼 보였나 보다. 주원은 어렵게 내보인 애정 표현을 곧이곧대로 받아주지 않는 도담이 몹시 답답했다.

"환장하겠네."

그래서 머리를 쓸어올리며 혼잣말을 내뱉었더니, 그걸 놓치지 않고 들은 도담의 울음소리가 한층 더 커졌다.

"흐으으으. 너무 미안해요. 그래요, 차라리 쌍욕을 하고 화를 내세요. 저 신경 쓰지 말고 팀장님답게 구시라고요… 흐으으으…."

나다운 게 이런 상황에서 애꿎은 신입한테 쌍욕하고 화내는 거야? 온도담 니가 볼 때는 그래?

주원은 순간 욱하는 감정을 겨우 억누르고 도담을 불렀다.

"온도담."

"흐으으으…."

"온도담, 울지 말고 나 봐."

주원의 손끝이 도담의 고개를 조심스럽게 들어 올렸다. 이미 눈물범벅이 된 그녀는 자기 혼자 주원과 생이별하는 중이었다. 주원은 도담의 눈가를 냅킨으로 조심스럽게 닦아주며 나직한 목소리를 이어나갔다.

"나 어디 안 가. 회사 잘리는 것도 아니고."

"흐으… 네에?"

"팔 년 동안 실수 한 번 안 하는 엘리트로 살았던 이유가 뭔데. 이럴 때 면죄부 한 번 크게 쓰려고 그런 거 아니겠어?"

언뜻 자기 자랑처럼 들렸지만 주원의 말은 충분히 납득할 만했다. 본부도 생각이 있다면 임무 성공률 100%인 주원이 아니라, 없어져도 상관없는 다른 사람에게 책임을 물을 것이다.

"그럼 내가 잘려요?"

도담은 아직 그렁그렁한 눈으로 물었다. 여전히 추스르지 못한 울음기가 남아있긴 했지만, 적어도 아까보다는 제정신을 차린 눈빛이었다.

"하아… 차라리 그런 거라면 정말 다행이다…. 팀장님한테 폐 끼치지 않아서…."

불쌍해서라도 못 자를 몰골을 하고서는 안도의 한숨을 내쉬는 그녀가 참 바보 같았다. 하지만 한편으로는 그 모습이 왜 이리도 사랑스러워 보이는지. 웃음을 참지 못한 주원이 씨익 입꼬리를 들어 올렸다. 그걸 본 도담은 아직 울먹울먹한 목소리로 물었다.

"팀장님은 왜 안 아쉬워해요? 팀장님이 먹여 살릴 거예요?"

주원은 그런 그녀에게 능청스럽게 대답했다.

"그것도 좋은 생각이긴 한데, 나는 너랑 조금 더 오래 일했으면 싶네."

주원의 손이 도담의 손을 부드럽게 붙잡았다. 그의 따뜻한 온기에, 도담의 울음기가 잠시 가셨다. 주원은 그런 그녀를 보고 부드러운 눈웃음을 지어 보였다. 이렇게 달콤한 눈빛으로 바라볼 수도 있는 사람이었나 싶던 그때 그가 도담의 손등에 가볍게 입술을 맞췄다. 쪼옥. 너무도 갑작스럽게 닿아온 입술에 깜짝 놀란 도담은 두 눈을 휘둥그레 뜬 채 물었다.

"뭐…예요?"

그러자 주원은 예쁘게 웃는 얼굴 그대로 도담에게 대답했다.

"그냥, 하고 싶어서."

"뭘?"

"뽀뽀."

"아, 그거…."

망부석의 느닷없는 애정 공세와 거기에 심히 휘둘리고 있는 한 여자. 덕분에 우중충하던 두 사람의 분위기에 미세한 햇빛이 들었다. 이 분위기를 좀 더 이어나가고 싶었던 주원은 붙잡은 그녀의 손에 다시 포크를 들려주며 말했다.

"다음 데이트 코스는 니가 정해. 니가 하고 싶은 걸로."

오늘 하루 데이트의 주도권을 잡은 도담은 잠시 생각에 잠겼다. 그리고 짧은 고민 끝에 조심스러운 질문을 던졌다.

"팀장님, 혹시… DVD방 가본 적 있어요?"

"DV… 뭐?"

나이만 서른넷일 뿐, 그런 문화와 전혀 인연이 없었던 주원의 눈동자가 몹시 떨려왔다.


기운 없는 도담을 북돋아 주기 위해 도발한 건 맞지만 그녀가 이렇게까지 기운을 얻을 줄은 몰랐다.

"내가 여길 다 오다니…."

지금 주원이 동공 지진이 온 눈으로 바라보고 있는 건 이 동네에서 겨우 찾은 DVD방 입구.

"이 동네 DVD방은 퀴퀴하네."

굉장히 당황한 주원과 달리 도담은 아무렇지 않게 말했다. 가게 문짝에 붙어있는 신작 DVD 목록부터 훑어보는 걸 보면, 이런 데를 찾은 게 한두 번은 아닌 모양이었다.

"들어가게?"

주원은 그녀를 바라보며 물었다. 도담은 어리둥절한 표정으로 다시 주원을 바라보았다.

"네?"

"19세 미만 출입금지라고 쓰여 있잖아."

"그래서?"

"그래서라니. 이런 데 오기는 좀 그렇지 않나?"

"나 스물일곱인데?"

아니, 그러니까 이상한 업소 같은 거 아니냐고.

DVD방의 문턱을 한 번도 들어선 적이 없었던 주원은 단단히 오해하는 중이었다. 하지만 그걸 드러내놓고 내뱉지는 못했다.

"어서 오세요! 영화 보러 오셨나요?"

기웃거리는 손님들의 그림자를 보고 마중 나와버린 주인아저씨 때문이었다.

"아, 네. 여기는 영화 한 편당 얼마인가요?"

"원래는 만이천 원인데, 현금으로 하면 만 원까지 할인해드릴게요."

"아아, 영화 두 편이면 이만 원이겠네요? 남은 방 있어요?"

"아유, 방이야 많죠. 들어오세요."

주인은 반가운 기색으로 불투명한 유리문을 활짝 열었다. 도담은 그의 안내를 받으며 익숙하게 가게 안으로 들어섰고, 주원은 그 뒤를 잔뜩 긴장한 걸음으로 따랐다.

"두 편? 두 편이나 틀어놓게?"

"한 편으로는 모자라서."

"여기서 뭘 할 생각이길래 모자란다는 얘기가 나와."

"만 원 있어요? 나 현금이 만 원밖에 없네."

당황한 주원은 눈에 보이지도 않는지, 카운터 앞에 선 도담이 태연스럽게 손바닥을 내밀었다.

"어, 어…."

주원은 마치 큰 죄라도 지은 사람처럼 주인의 눈치를 보며 지갑을 꺼내 들었다. 반쯤 정신을 놓은 채로 꺼내든 지폐는 오만 원권이었다.

"오만 원인데? 팀장님이 계산하게요?"

"어, 뭐. 마음대로…."

"고맙습니다. 오늘 정말 제대로 기분 전환 시켜주시네."

도담이 싱긋 웃으며 주인에게 오만 원을 내밀었다. 시름시름 앓다가 금방이라도 죽을 것 같았던 아침과 달리, 그녀에게 한층 생기가 돋은 건 정말 다행인 일이었다. 하지만 주원은 아무리 생각해도 이 공간이 몹시 마음에 들지 않는다.

이 나이 먹고 DVD방이라니.

기껏해야 드라이브나 좀 하다가 들어올 줄 알았던 주원은 뜻밖의 방향으로 흐르는 도담과의 데이트가 당황스럽기만 하다. 그 마음을 아는지 모르는지, 도담은 DVD들이 꽂힌 선반 쪽으로 향했다. 익숙해 보이는 그녀의 발걸음이 멈춘 곳은 다름 아닌 19금 영화 코너 앞이었다. 여기 들어오는 것까지는 그렇다 쳐도, 그런 영화를 선택하는 것만큼은 용납할 수 없었던 주원은 곧장 따라가서 그녀를 닦달했다.

"미쳤어? 거기서 고르게?"

"네, 좋아하는 장르거든요."

"하… 그래, 너의 취향 충분히 존중해. 그런데 꼭 이런 데서 봐야 하는 건 아니잖아. 낯 뜨겁게."

"이왕 보는 거 큰 스크린으로 소리 빵빵하게 보는 게 좋죠. 그리고 우리 집에 DVD 플레이어도 없잖아요."

말은 도담이 하는데, 그녀가 한마디 한마디 꺼내놓을 때마다 부끄러워지는 건 주원이었다. 그는 쓸데없는 부분에서 과감한 그녀가 놀라우면서도 쉽사리 이해할 수 없었다. 그 불편한 표정을 알아챈 도담은 볼멘소리를 중얼거렸다.

"나 기분 좋아지게 해주고 싶다면서요. 나 되게 노력하는 중이니까, 그렇게 뚱한 얼굴로 있지 말로 팀장님도 골라 봐요."

"여기선 팀장님이라고 부르지 마."

"네, 아저씨. 그만 불평하고 골라보세요."

이게 진짜.

주원은 뻔뻔한 도담을 얄미운 듯 흘겨보았다. 그러거나 말거나 도담은 능숙하게 영화를 고르기 시작했다.

"나는 일단 이거랑…."

하지만 생각보다 뻔뻔하지 못한 주원은 사장의 눈치를 보느라 정신이 없었다. 뭘 훔치러 들어온 것도 아닌데 천장에 달린 CCTV도 무척이나 신경이 쓰인다. 이 심정을 알아줄 생각도 없어 보이는 도담은 주원을 재촉했다.

"빨리 하나 골라보라니까?"

"하아…."

한 번 더 깊게 한숨을 내쉰 주원은 어렵게 정신 줄을 붙잡았다. 어차피 들어온 이상 빨리 보고 나갔으면 싶은데, 그러기 위해선 도담이 시키는 대로 순순히 한 편을 골라야 했다. 주원은 일부러 초점을 흐린 채 아무렇게나 골라잡았다.

"자, 이거 보고 빨리 나가. 그럼."

굳이 거울을 보지 않아도 알 수 있다. 홍당무처럼 새빨개졌을 지금의 몰골을. 그래도 표정만큼은 애써 태연한 척 당당하게 DVD를 내밀자 차마 그 이유를 알고 싶지도 않은 제목이 주원을 환장하게 만들었다.

〈新! 마님은 왜 돌쇠에게 쌀밥을 주었는가〉

하지만 그보다 더 신경이 쓰이는 건 결코 좋다고는 못할 도담의 낯빛이었다.

"이게… 뭐예요?"

"고르라고 해서 골랐잖아. 왜."

"아니, 왜 19금 영화를… 팀장님 혹시 그런 엉큼한 생각으로 여기 따라온 거예요?"

"뭐?"

"나랑 〈마님은 왜 돌쇠에게 쌀밥을 주었는가〉를 보겠다고?"

도담이 소리를 빼액 내질렀다. 갑작스러운 도담의 고함에, 카운터에서 휴대폰을 만지고 있던 주인도 두 사람에게로 시선을 돌렸다. 위치상 그 사이에 끼게 된 주원은 몹시 당황해하며 난색을 보였다.

"제목 읽지 마. 소리 낮춰."

"지금 이 에로영화를 보자고? 나랑?"

"소리 좀 낮추라니까…!"

그렇게 쩔쩔매고 있자니 불쑥 짜증이 치솟았다.

'아니, 얘는 지가 고르라고 해놓고서 왜 나한테 성질이야.'

주원은 그 짜증을 그대로 담고 도담을 노려보았다. 어차피 기분도 많이 나아졌겠다, 따질 건 확실히 따지고 넘어갈 생각이었다. 하지만 그녀가 고른 영화의 제목을 보는 순간, 주원의 머릿속에는 짜증 대신 커다란 물음표가 들어찬다.

〈그 여자 작사 그 남자 작곡〉

저거는 19금 에로 영화가 아니라 유명한 로맨스 코미디 영화 아
닌가.

"넌 왜 그걸…."

퍼뜩 정신이 든 주원은 고개를 들어, DVD 장 위에 달린 장르 패
널을 다시 한번 확인했다. 가장 먼저 시선을 사로잡은 건 역시 '19금
영화' 패널이었다. 하지만 처음 들어왔을 때보다 어느 정도 이성을
되찾은 그의 눈에는 아까 발견하지 못했던 또 다른 패널이 보인다.

"명작 로맨스…. 아, 이거 고르고 있었어?"

이제야 너무나도 이상했던 그녀의 행동들이 다 이해되기 시작했
다. 그와 동시에 터질 듯이 빨갛던 얼굴은 하얀 백지장이 되었고, 지
진이라도 난 듯 떨리던 눈동자도 한자리에 가만히 얼어붙었다. 지금
주원을 덮치는 건 아까와 다른 의미의 민망함이었다. 이렇게 수습하
지 못할 일이 벌어졌을 때는 최대한 아무 일도 없었던 척 구는 게 최
선이었다.

"나머지 하나도 적당히 골라 와."

특유의 낮은 목소리로 그리 말한 주원은 아무 일 없었던 척 DVD를
책장에 꽂아 넣었다. 그러고는 방도 배정받지 않았으면서 무작정 좁
은 걸음을 옮겼다. 그 어색한 뒷모습을 보던 주인이 깔깔 웃었다.

"엉큼한 생각 하다가 딱 걸리셨네. 하하하."

"그러게 말이에요. 각방 써서 볼까 봐요."

"좋게 생각해요. 그것도 다 한때여."

"그나저나 마당쇠랑 마님이라니…. 취향 진짜 올드하지 않아요?"

자리를 피해도 또렷하게 들려오는 두 사람의 민망한 대화에 주원

은 도담이고 뭐고 이곳을 나가고 싶어졌다. 물론 그 꼴이 더 이상할 것 같아서 실행에 옮기지는 못했다.

우여곡절 끝에 들어온 DVD방은 생각보다 쾌적했다. 널찍한 소파에 공기청정기에 은은한 향을 풍기는 디퓨저까지 DVD방인 걸 모르고 봤더라면 가정집에 만들어놓은 간이 영화관인 줄 알았을 거다.

원래 우울할 때는 하루 종일 좋아하는 로맨스 영화를 보며 마음을 달래곤 했던 도담은 직접 고른 〈그 여자 작사 그 남자 작곡〉에 완전히 집중하는 중이었다. 하지만 주원은 좀처럼 영화를 감상할 수가 없었다.

"와, 진짜 저 시절 휴 그랜트는 최고구나. 저런 남자가 결혼하자고 하면 일 초도 고민 안 하고 바로 하겠어."

남자 배우만 나왔다 하면 반사적으로 튀어나오는 도담의 감탄사 때문이었다. 주원은 눈썹을 구긴 채 도담에게 핀잔을 주었다.

"영화 보는데 혼잣말은 삼가지 그래?"

"아, 미안해요. 혼잣말이 버릇이라서."

"적어도 대사랑 맞물리진 않게 해줘. 나도 여자 주인공 감상 좀 하게."

은근슬쩍 그녀의 질투를 유발하기 위한 멘트도 덧붙였다.

"네네."

그러나 영화에 완전히 집중한 도담은 깊이 신경 쓰지 않는 눈치였다. 그 대신 남자 배우가 나올 때마다 꼭 안고 있는 쿠션을 꽈옥 쥐는 걸 보면 그녀의 관심은 온통 저 배우 얼굴에 가 있는 모양이다. 그런 그녀를 가만히 바라보던 주원이 넌지시 물었다.

"휴 그랜트가 그렇게 잘 생겼어?"

그러자 돌아오는 도담의 대답은 일말의 고민도 없었다.

"당연하죠. 호불호 안 갈리는 얼굴이잖아요."

"그런가?"

"나 같은 특이 취향도 인정할 정도면 정말 잘생긴 거예요."

'하긴. 축 내려간 눈매도 매력적이긴 하…'까지 생각한 그 순간, 엄청난 찝찝함이 주원의 신경을 건드렸다. '나 같은 특이 취향'이라니. 도담에게 얼굴이 너무 자기 스타일이라는 말을 들은 바 있던 주원은 그 멘트가 심히 거슬린다.

"잠깐, 특이 취향이라니? 그럼 난?"

"팀장님 뭐요?"

"내 얼굴이 너무 좋다고 했잖아. 특이하게 생겨서 좋은 거였어?"

"아아, 팀장님 얼굴은…."

자연스럽게 이어지려던 도담의 대답이 잠시 멈추었다. 그렇게 고민할 문제인가. 뜸 들이는 그녀가 마음에 안 들어서 가만히 쳐다보고 있었더니, 그녀의 입술이 다시 움직이기 시작했다.

"어머 어머, 어쩜 눈웃음을 저렇게 예쁘게 쳐? 아주 여우야. 여우."

인제 보니 내 질문은 개무시 하고 영화에 집중하는 중이었나 보다. 주원은 어느덧 애정표현에 무심해진 이 여자를 도저히 가만두고 볼 수가 없다.

"대답할 가치도 없다 이거야?"

"쉬잇, 여기서부터 내가 좋아하는 노래 시작이란 말이야."

"그래서 내가 사귀자는 말에 대답도 안 하는 거고?"

"쉬이이잇…."

섰은 개뿔.

생각해 보니 그녀에게 고백한 지가 벌써 며칠이나 지났다. 그 고백 이후 서재이와 좋지 않은 일이 터져버린 탓에 보채지는 못했지만, 주원은 엄연히 기다리는 중이었고 그녀는 대답해야 하는 입장이었다. 최대한 시간을 주고는 싶었으나, 어차피 별 고민 없이 휴 그랜트 얼굴이나 보고 있을 거면 무슨 소용이야.

'더 이상은 이렇게 흐지부지한 상태로 못 기다려.'

영화에 집중한 그녀를 비장하게 바라보던 주원이 결국 입술을 떼어냈다.

"온도담. 지금 대답해."

"네?"

도담은 화면에 시선을 고정시킨 채 입으로만 되물었다. 그래도 굴하지 않고, 주원은 더욱 직접적인 질문을 꺼내놓는다.

"휴 그랜트야, 나야."

"잠깐 지금 내가 좋아하는 노래 나오는데…."

"휴 그랜트냐고 나냐고."

"…."

"십, 구, 팔, 칠, 육…."

그가 급박한 카운트다운을 시작하던 그때가 마침 영화 OST의 첫 소절이 시작되려는 무렵이었다. 이 OST 하나를 위해 영화를 본다고 해도 과언이 아니었던 도담은 계속해서 보챌 것 같은 그를 달래기 위해서라도, 그가 바라는 대답을 해주었다.

"팀장님이요, 팀장님! 휴 그랜트보다 팀장님이 훨씬 좋아요. 그러니까 쉿!"

하지만 이유야 어찌 됐든, 주원은 그녀의 대답을 곧이곧대로 받아들이기로 했다. 어차피 애초부터 그걸 노리고 이렇게 재촉했던 것이었으니.

"그래, 그럼 나한테 시집오면 되겠네."

주원은 엄포를 놓듯 말했다. 영화에 몰입한 그녀는 두 눈을 스크린에 고정시킨 채 듣는 둥 마는 둥이었다. 그래서 미처 듣지 못했다.

"준비를 지금 시작해도 내년 봄쯤에나 가능하니까…."

단순한 농담으로 치부하기에는 꽤나 진지하게 나가는 주원의 고민을.

"오케이. 계산 끝."

일사천리로 무언가를 정해버린 주원은 뿌듯한 얼굴로 도담을 바라보았다. 영화에 흠뻑 빠져서, 주인공들이 부르는 노래를 조용히 따라 부르는 그녀의 옆모습은 얄미운 와중에도 귀여웠다. 주원은 그런 그녀의 얼굴을 한 손으로 꽉 붙잡았고, 제 쪽으로 홱 돌려놓았다.

"앗! 뭐예요!"

그러고는 그녀가 밀어낼 새도 없이 꾸우우욱 입술박치기를 했다.

"우우우웁!"

얼굴이 찌그러진 채 뽀뽀 당하는 도담의 눈동자가 드디어 주원을 향했다. 그 눈을 마주친 주원이 입술을 떼고는 도담이 알아듣지 못할 말을 했다.

"대답해. 잘 따라오겠다고."

"네? 어딜요?"

"고생 안 시킬게. 약속해."

앞을 대부분 생략하고 들어서 그런가, 전혀 이해할 수 없는 기주원 혼자만의 약속. 하지만 주원이 하는 약속이 왠지 애정표현처럼 느껴졌던 도담은 수줍은 듯 얼굴을 붉혔다.

"당연히 고생시키지 말아야지. 내가 휴 그랜트를 내버려 두고 팀장님을 선택했는데."

그녀의 예쁜 홍조에, 주원의 눈꼬리가 곱게 휘어졌다. 전형적인 늑대 상이었지만 적어도 도담의 눈에는 주원의 얼굴이 휴 그랜트 뺨치는 로맨스 주인공처럼 보여서, 그녀의 가슴이 새삼스럽게 설렌다.

## 인생을
## 동행하는 사이

짧지만 강렬했던 데이트를 마치고 돌아온 오피스텔 주차장.

"아, 역시 이건 딱 이 정도 미지근할 때가 제일 맛있어."

도담이 손에 들린 라테를 홀짝이며 말했다. 아까 데리고 갔던 유명한 카페에서는 우느라 커피 한 모금도 제대로 못 넘기더니만, 마음이 편해지고 나니까 편의점에서 산 캔커피도 입에 맞나 보다.

능숙하게 주차를 마친 주원은 그런 도담을 보며 장난스럽게 말했다.

"이제 좀 살아났네. 아까보다 목소리가 세 톤은 높아졌어."

그 말에 도담이 능청스레 대답했다.

"로맨스 영화가 도움이 됐나 봐요. 하긴 휴 그랜트 얼굴은 언제나 옳으니까."

"뭐?"

이제 휴 그랜트의 'ㅎ' 자만 나와도 대뜸 인상을 구기는 이 남자. 천하의 기주원이 해주는 질투는 생각보다 짜릿했다. 질투 자판기처럼 쿡 찌르면 반응이 나오니 자꾸 놀리고만 싶어진다.

도담은 귀여운 질투쟁이가 된 주원의 코를 손끝으로 톡 건드렸다.

"자꾸 귀엽게 질투하긴."

원래 성질대로라면 손가락을 콱 물어버렸겠지만, 주원은 피식 웃음만 흘렸다. 이젠 웃는 얼굴을 굳이 감추지도 않는 걸 보면 마음에 꽤나 많이 열린 모양이었다. 하긴, 그러니까 오늘 하루 종일 날 따라다니면서 위로해 주려 애썼던 거겠지만.

도담은 차에서 내리기 전, 주원의 손을 조심스럽게 붙잡고 물었다.

"저 기분 맞춰주느라 혼났죠?"

그러자 주원은 살짝 뾰족해진 눈빛으로 되물었다.

"왜. 내 더러운 성질머리 참느라고 혼났을까 봐?"

"에이, 그런 뜻이 아니라요. 요 며칠 동안 너무 걱정시켜드렸던 것 같아서요. 불러도 대답도 안 하고, 방에 콕 틀어박혀서 얼굴도 안 내비치고."

"걱정했지. 그러다 서재이랑 야반도주라도 할까 봐."

주원은 장난기 섞인 미소를 띤 채 말했지만, 도담은 그가 굳이 내색하지 않으려는 속내까지 다 알 수 있을 것 같았다. 우울의 늪에 빠져있는 동안, 하루에도 수십 번씩 도담의 방문 앞을 서성였던 주원의 발소리. 그때는 울음소리를 감추는 데만 급급해서 아무 생각 못 했었는데, 지금은 문밖에서 혼자 전전긍긍했을 주원에게 미안한 마음뿐이다. 도담은 이 진심이 느껴지도록 주원의 손을 꼬옥 잡았다. 그리고 나긋한 목소리로 그의 이름을 불렀다.

"주원 씨."

'팀장님' 대신 흘러나온 제 이름에 놀랐는지, 주원의 눈동자가 옅게 흔들렸다. 도담은 그 시선을 깊이 마주치며 진솔한 속내를 털어놓았다.

"오늘 진짜 고마웠어요."

"…"

"일 터졌을 땐 그냥 눈앞이 캄캄했는데, 날 위해서 애쓰는 주원 씨 모습 보고 정신을 차린 것 같아요. 내가 이러고 있을 때가 아닌데… 그동안 답답하게 굴어서 미안해요."

담담하게 말하고는 있지만 도담은 사실 그의 앞에서 면목이 없다. 이번 임무가 어긋나버린 건 그에게도 큰 스트레스였을 텐데, 같이 해결은 못 해줄망정 걱정만 끼쳐버렸으니. 스스로 돌이켜 봐도 참 짐이 되는 파트너가 아닐 수 없었다.

하지만 도담의 진심 어린 사과에 돌아오는 답은 굉장히 심플했다.

"일 절만 해."

"네?"

"고마워하는 것까지만 하라고. 미안해할 필요는 없으니까."

"왜요?"

"그냥… 너한테는 미안하다는 소리 듣고 싶지 않아. 힘들어하고 있을 때는 더더욱."

몇 달 전까지만 해도 하루에도 수십 번씩 죄송하다는 말을 해야 했던 사람. 아니, 죄송하다는 말밖에 허용되지 않았던 나의 지독한 직장 상사. 그런 사람이 보여주는 관대함은 도담에게 몹시 낯선 것이었다. 그래서 일렁이는 눈빛으로 바라만 보고 있자, 그는 두 뺨을 자연스럽게 붉히며 대답했다.

"난 지금 니가 나를 보면서 미안해하기보다는 다행이라는 생각을 했으면 좋겠어."

"…"

"날 만나서. 아니, 나랑 살게 돼서 다행이라고."

도담에게 잡혀있던 주원의 손이 슬쩍 빠졌다가 다시 그녀의 손을 덮었다. 그제야 제대로 전해지는 그의 온기는 도담의 손등을 타고 심장을 지나, 가슴 깊숙한 곳까지 번졌다. 도담은 그의 손을 맞잡아 주며 웃음기 어린 목소리로 대답했다.

"다행이라고 생각해요. 그건 너무 당연해서 말도 못 했네."

그녀의 화답을 들은 주원이 부드러운 목소리로 말했다.

"이해할게. 인생을 동행하는 사이에 이정도야 뭐."

우리 사이가 인생까지 동행하는 사이라니. 주원의 단어 선택은 왠지 심상치 않았지만, 도담은 애정 표현이라 생각하고 농담처럼 넘겨버렸다. 한창 내게 빠져있는 남자가 무슨 소리인들 못 하겠어, 하고.

"그럼 인생을 동행하는 사이끼리 손잡고 집에 들어가 볼까요?"

도담은 방실방실 웃으며 너스레를 떨었다.

"손잡고 들어가는 건, 뭐 결혼식 입장 연습 같은 건가?"

이어지는 질문 역시도 심상치 않았다. 그러나 도담은 이 순간의 주원이 얼마나 진심인지를 알지 못해서, 하하하 웃기만 했다.

"그래요, 결혼식처럼 우아하게 한번 들어가 보죠!"

"결혼식은 우아한 스타일이 좋아?"

"일생일대에 한 번 있을 이벤트니까 화려하고 우아한 게 좋지."

"오케이, 접수."

이날의 짧은 대화가 커다란 대환장 사태를 일으키리라는 걸, 도담은 그리 머지않은 미래에 절실히 깨달았다.


"먹고 싶은 거 없어?"

집으로 돌아온 주원이 앞치마를 둘러메며 물었다. 그럴싸한 데이트도 하고 왔겠다, 오늘 저녁은 직접 준비하고 싶다는 생각에서였다. 자연스럽게 식탁 의자에 앉은 도담은 잠시 생각하다가 대답했다.

"콩나물국 끓여주세요."

"콩나물국?"

"네, 예전에 해줬었는데 못 먹었잖아요."

"아, 그랬지. 서재이 갖다주느라…."

하지만 주원의 말은 다 이어지지 못하고 멈추었다. 의도치 않게 튀어나온 그의 이름 석 자 때문이었다. 주원은 곧바로 도담의 얼굴을 확인했다. 요즘 들어 나의 말을 주의 깊게 듣지 않는 사람이니, 이번에도 그냥 못 듣고 지나갔기를 바랐건만.

"저기… 재이 씨한테서 아직 연락 없었죠?"

도담의 목소리는 푹 가라앉아 있었다. 아직 원상복구 되지 않은 그녀 앞에서 금지어를 꺼낸 주원의 탓이었다. 당황한 주원은 조심스럽게 대답했다.

"어. 아직은."

그리고 바로 또 후회했다. 이 말을 들은 도담은 또 불안해할 텐데.

너무 솔직하게 말하지 말 걸 그랬다. 아니나 다를까. 여전히 무소식이라는 말에 도담은 옅은 한숨을 내쉬었다.

"하긴, 큰 상처를 받은 사람이니까. 며칠 만에 훌훌 털고 일어나는 건 무리겠죠…."

큰일이다. 겨우 우울함에서 벗어난 그녀가 다시 그날의 서재이를 회상하기 시작했다. 도담은 제 손끝만 만지작거리며, 안쓰러움이 가득 담긴 목소리를 이어나갔다.

"누가 내 앞에서 그렇게 무너지는 모습은 정말 처음 봤어요. 나한테 그렇게까지 매달리는 모습도 처음 봤고…."

"…."

"날 얼마나 절실하게 붙잡고 있었는지는, 그 사람이 떠나가 보니까 알겠더라고요. 그 사람이 잡았던 흔적이 아직 욱신거리는 것 같아요."

위로 차원에서라도 아니라고 얘기해 주고 싶었지만, 차마 그럴 수는 없었다. 그 안타까운 장면은 주원도 지켜보고 있었으니.

주원은 그녀가 더 우울해지기 전에 서툰 위로를 건넸다.

"너무 깊게 생각하지 마. 피하지 못할 일이었어."

자신이 생각해도 딱히 도움이 될 위로는 아니었지만, 이 상황에서는 정말 서재이의 존재를 반쯤 잊는 편이 최선이었다. 그러나 도담은 아무런 대꾸도 하지 않고 잠시 침묵을 지켰다. 눈에 띄는 불안감은 없지만, 왠지 심각하게 고민을 하는 듯한 얼굴에 주원은 부엌일을 하는 척하며 유심히 그녀의 표정을 살폈다. 그렇게 얼마나 있었을까. 도담이 다시 주원을 바라보며 입을 열었다.

"나 이 사람을 위해서 뭘 해야 할지 생각났어요. 아니, 정확히 말하면 뭘 하지 말아야 할지 생각났어요."

냉장고에서 막 재료를 꺼내 든 주원은 무슨 뜻이냐는 듯 그녀를 바라보았다. 도담은 비장한 눈빛으로 그를 마주했고, 눈빛만큼이나 강한 힘이 실린 목소리로 말했다.

"나, 이대로 양은화 팀장님한테 서재이를 넘겨줄 수 없어요. 죽이 되든 밥이 되든, 이 사건은 우리가 마무리 지어요."

그 말을 들은 주원은 이해 안 된다는 듯 되물었다.

"마무리 짓자니. 이번 임무를 3팀에 넘기지 말자는 소리야?"

"네! 빼앗기면 안 돼요. 무슨 수를 써서라도."

무슨 수라…. 사실 부장 선에서 임무 승계가 확정된 이상, 우리에게는 써볼 수 있는 '무슨 수'도 없었다. 그 어떤 말도 실패자의 변명이 될 테고, 서재이를 옹호하는 발언이라도 했다간 유수영 취급을 면치 못할 터였다.

표정이 밝지 못한 주원과 달리, 도담은 확신에 찬 눈빛으로 말했다.

"이번 사건을 제대로 끝낼 수 있는 건 우리뿐이에요. 그러니까 이대로 당하지만 말고 뭐든 해봐요."

"…."

"우리 첫 임무의 완벽한 마무리를 위해서."

다른 것보다 '우리'라는 단어에 힘을 준 이유는 나와 함께라면 뭐든 해낼 수 있을 거라는 생각에서겠지.

그녀의 신뢰를 받은 주원은 불쑥 솟아오르는 회의감을 차마 드러내지 못하고 옅게 미소지었다.

"그러려면 내가 해주는 밥 맛있게 먹고 기운이나 차려."

"나 기운 다 차렸어요! 의욕이 솟아!"

그리 대답하며 생글생글하게 웃는 도담에게서 아침의 우울감이라고는 찾아볼 수 없었다. 그것만으로도 참 다행이었다. 복잡한 미래는 덮어두고 오늘은 최대한 심플하게 그녀의 컨디션만 신경 써야겠다.

"휴 그랜트가 좋긴 좋네. 다 죽어가던 사람을 이렇게 살려놓고."

주원은 다시 음식을 준비하며 혼잣말처럼 중얼거렸다. 그 뒷모습을 바라보며 도담이 애교 섞인 목소리로 대답했다.

"에이, 기주원 때문인 거 알면서."

"빈말은."

"진짜예요. 휴 그랜트 백 명 갖다 줘봐라. 기주원 한 명이랑 바꾸나."

"어차피 휴 그랜트 백 명이 못 올 거 알고 이러는 거 아니야?"

"응? 내 말 못 믿는 거예요? 왜 이렇게 자신감이 없어!"

"호불호 강하게 생긴 얼굴이라서 그래."

저녁노을 예쁘게 드는 부엌에서 애정 섞인 말장난을 나누는 이 순간. 괜한 자신감일지 몰라도, 아까 본 로맨스 영화보다 그와 함께하고 있는 지금이 훨씬 달콤하게 느껴졌다.

\* ♦ \*

운성 중공업 서태환 대표의 집무실.

오늘 아침, NSO로부터 산업기밀 유출 건에 문제가 생겼다는 보고를 받은 태환의 표정은 의외로 담담했다. 이번에도 일이 어그러지면 벌써 네 번째 실패였다. 하지만 그의 마음이 편안한 이유는 증거까지 잡아낸 마당에 이제 와서 서재이가 발뺌을 해봤자, 어차피 독 안에 든 쥐 꼴이기 때문이었다.

이제 남은 일은 포착한 증거를 토대로 서재이의 민낯을 낱낱이 벗겨내는 것. 그래서 서재이가 야금야금 빼앗아 간 것들을 모조리 다 되찾아 오는 것. 여기까지 온 이상 그가 도망칠 곳은 없다고 생각한다. 그러니 조급해할 사람은 내가 아니다. 오히려 자신에게 겨누어져 있는 칼날들을 발견한 서재이가 두려움에 떨어야겠지.

Rrrrr Rrrrr.

집무실 책상 위에 올려져 있던 태환의 공무용 휴대폰이 울렸다. 액정에 떠오른 이름은 NSO로부터 새로운 사건 담당자가 될 거라 안내받았던 양은화 팀장이었다. 그녀가 할 말이야 뻔하겠지만 태환은 휴대폰을 들어 통화 버튼을 눌렀다.

—안녕하십니까. 미리 인사드릴 겸 전화 드렸습니다. NSO 산업 보안3팀 양은화 팀장입니다.

전 담당자인 기주원보다 훨씬 부드럽지만, 그에 못지않은 신뢰감을 주는 여성의 목소리가 들려왔다. 태환은 그에 비해 딱딱한 음성으로 그녀에게 대답했다.

"사고가 터졌다는 얘긴 들었습니다. 무슨 사고가 어떻게 터져야 임무가 발각되나 싶긴 하지만."

그것은 질책이었으나 양 팀장은 전혀 개의치 않는 듯 당당히 상황을 설명했다.

—이번 임무에서 산업보안1팀 신입이 중요한 역할로 투입되다 보

니, 중간에 치명적인 실수가 있었던 것으로 확인됩니다.

어차피 전부 1팀의 잘못이다, 이건가. 그녀의 발 빠른 손절이 왠지 우스웠던 태환은 비웃음을 흘렸다.

"변명은 됐습니다. 벌써 몇 번째인지 세고 싶지도 않군요."

태환이 보여주는 지독한 회의감은 어찌 보면 당연한 반응이었다. 양 팀장은 그런 그에게 한층 더 밝은 목소리로 말을 이었다.

─이제 걱정하지 않으셔도 됩니다. 서재이는 저희 팀에서 구속하여 수사할 예정이니까요.

"구속 수사요?"

─증거가 어느 정도 잡혔으니 차라리 서재이를 구속해서 본격적으로 수사하는 편이 낫다고 판단됩니다. 잠복은 더 이상 무의미하지 않겠습니까.

증거를 잡은 후라 그런지, 이번에는 수사가 조금 더 적극적이고 노골적이다. 그건 NSO도 서재이를 범인으로 확신하고 있다는 뜻 같아서, 태환은 그걸로도 충분히 만족스러워졌다.

"그럼 지금 이 상황에서 더 필요한 건 뭐가 있습니까."

태환은 이번 일을 원하는 대로 해결할 수만 있다면 뭐든 해줄 기세로 그녀에게 물었다. 양은화 팀장은 이 점에 대해서 미리 생각해 두고 있었는지, 일말의 고민도 없이 말을 이었다.

─서재이의 진술만 확보하면 되는 상황입니다. 그 점은 저희가 알아서 잘해볼 테니….

"이거 놔!"

바로 그때, 집무실 밖에서 커다란 고함이 들려왔다.

"아무리 이사님이라도 이렇게 갑작스러운 면담은 곤란합니다!"

"고정하세요! 이러시면 저도 무력을 행사해서 저지할 수밖에 없습니다!"

필사적으로 따라붙는 목소리는 집무실 앞을 지키는 비서와 경호요원의 목소리였다. 태환은 자기도 모르게 휴대폰을 귓가에서 떼어내고 바깥에서 일어난 난리 통에 신경을 집중시켰다.

"서태환! 서태환 나와!"

때마침 다시 들려온 처절한 고함. 분명히 서재이었다. 기분 나쁘도록 순진하게 굴던 전과 달리, 잔뜩 흥분한 재이의 모습에 태환의 표정이 싸늘하게 굳었다.

대표실 앞은 그야말로 소란스러움, 그 자체였다.

"놓으라고!"

"진정하세요! 지금은 대표님을 만나실 수 없습니다!"

"안에 있잖아! 다 알고 왔어! 서태환!"

"이사님!"

경호원에게 두 팔을 붙잡혔으면서 소리를 지르고 있는 재이와 그런 그를 어떻게든 뜯어말리려는 비서. 이 둘의 실랑이는 기어이 집무실 안에 있던 태환의 심기까지 건드리고 말았다.

"결국 여기까지 와서 소란을 피우는구나."

무거운 집무실의 문을 열고 등장한 태환의 얼굴은 눈에 띄게 굳어 있었다. 그 심상찮은 분위기를 읽어낸 비서는 곧바로 태환의 앞에 섰고, 고개를 숙이며 말했다.

"죄송합니다! 대표님. 최대한 빨리 상황을 정리하겠습니다."

그녀는 최대한 공손하게 대답했으나, 태환은 지금 이 상황에서 그녀가 할 수 있는 게 아무것도 없다는 걸 알고 있었다. 서재이가 전에 없이 난동을 부린다는 건, 놈도 그만큼 필사적인 각오로 이곳에 찾아왔다는 뜻일 테니까.

태환은 고개 숙인 비서에게는 시선도 두지 않고, 입을 열었다.

"얌전히 들어와. 더 못 볼 꼴 보이지 말고."

그리고 곧바로 고개를 돌렸다. 서재이만 보면 무너지는 평정심을 되찾기 위해서였다. 태환의 명령 덕분에 경호원에게서 풀려난 재이는 구겨진 옷을 추스르지도 않고 태환의 뒤를 따랐다. 머지않아 비서가 무거운 문을 닫는 소리가 들리고, 기다렸다는 듯 재이가 입을 열었다.

"나 브로커 같은 거 아니야."

"…."

"나 이 회사에 욕심도 없고, 형 앞길 방해할 생각도 없어. 그런데 내가 왜 회사 기밀을 팔아먹겠어…."

너무 뻔해서 기가 차는 변명이었다. 태환은 재이 쪽을 바라보지도 않고 집무실 책상 쪽으로 걸음을 옮기며 비웃음을 흘렸다.

"진술하려거든 법정에 가서 하지 그래?"

"나 아무 잘못도 없다는 거, 이제까지 내 뒷조사 해왔으면 알잖아. 날 조금만 더 믿어주면 안 돼…?"

"너의 입에서 제대로 된 해명이 나올 거라고 기대한 적은 없지만, 뻔뻔한 낯짝은 도저히 봐줄 수가 없군."

눈물만 흘리지 않을 뿐, 비통함에 잔뜩 젖은 재이의 애원에도 태환은 눈 하나 깜짝하지 않았다. 오히려 더 경멸하는 눈빛으로 그를 바라볼 뿐이었다.

"돌아가. 사람들 다 보는 앞에서 구속되고 싶지 않으면."

"형···."

"당장."

힘을 준 태환의 엄포는 재이를 더욱 서럽게 만들었다. 지금껏 당연하게 받아온 미움이었지만 벼랑 끝으로 내몰리다 못해 겨우 매달려 있는 지금은 매몰찬 태환이 야속하기만 하다. 재이는 태환에게 한 걸음 다가섰다. 그러고는 절박한 목소리로 그에게 토로했다.

"형이 날 그렇게 나쁜 사람으로 생각하는 이유를 모르겠어."

"···."

"조금이라도 알면 고쳐보기라도 할 텐데···. 정말 하나도 몰라서 뭘 어디서부터 바로잡아야 할지도 모르겠어, 형."

모르겠다는 말만큼은 참을 수 없었던 태환의 표정이 기어이 눈에 띄게 일그러졌다. 태환은 지금 이 순간 재이의 저 순진한 눈빛이 가장 보기 싫었다.

"모르겠어?"

"응."

"정말 모르겠어?"

"형···."

두 번의 날 선 되물음. 책상 앞에 서있던 태환이 성큼성큼 재이에게로 다가왔다. 한 발짝씩 가까워지는 태환에게서는 강렬한 분노가 일고 있었다.

"니가 들어오고 나서 집안은 쑥대밭이 됐어. 어머니는 너랑 한집에서 사는 걸 견디다 결국 돌아가셨고, 너는 온 집안이 슬픔에 잠겨 있는 순간에도 아버지한테 달라붙어서 기생충처럼 굴었어."

"…."

"어머니 장례식에서 딱 한 사람, 너만 웃고 있었던 거. 난 아직 똑똑히 기억해."

태환의 머릿속에 있는 재이에 대한 수많은 기억들 중 최악은 바로 어머니의 장례식이었다. 사는 동안 남편으로서 최소한의 애정도 주지 않았던 서윤택 회장조차 비통해했던 그날. 모두가 울 때 재이는 최선을 다해 생글생글 미소 짓고 있었고, 태환의 눈에는 그 모습이 최소한의 인간성조차 상실한 괴물의 새끼나 다름없어 보였다. 그 순진한 얼굴로 무슨 생각을 하고 있었는지 지금도 추측하기가 두려운 태환은 경멸 섞인 눈빛으로 되물었다.

"그래도 모르겠어?"

"…."

"근본도 없는 놈이 어느 날 갑자기 굴러들어 와서는 내 삶을 다 망치고, 내가 가진 것들을 당연하다는 뚝 떼어가는데 그걸 상식적으로 이해하라는 거야?"

"…."

"니가 어디서부터 잘못했는지, 아직도 파악이 안 돼?"

폭발하는 그의 감정을 똑바로 마주한 재이는 하고 싶은 말이 많았다. 하지만 지금은 그 어떤 말도 태환의 귀에 들어가지 않을 게 분명했다. 재이가 지금 할 수 있는 건 어떻게든 그의 마음을 돌리기 위해

묻고 또 묻는 것뿐.

"태생이 잘못됐다는 말을 하고 싶은 거야…?"

"…"

"그럼 내가 어떻게 해야 해? 알려줘. 내가 고칠게."

그리 말하는 재이는 절박했지만 그 뒤에 따라오는 태환의 대답은
냉혹하기 그지없었다.

"…죽든지. 아니면 죽은 듯이 살든지."

어쨌든 재이의 존재를 인정할 생각도, 가만히 내버려 둘 생각도 없
다는 뜻이었다. 아무리 두드리고 애원해도 열리지 않는 태환의 마음
에, 재이는 답답하다 못해 가슴이 타들어가는 느낌이다.

"하아…."

재이는 쏟아질 것 같은 설움을 참기 위해 깊은 한숨만 푹 내쉬었
다. 태환은 그런 그에게서 싸늘하게 시선을 돌렸고, 문 쪽으로 저벅
저벅 걸음을 옮겨 제 손으로 직접 문을 열며 말했다.

"정답까지 다 알려줬으니까 당장 꺼져."

문밖에서 대기 중이던 경호원은 물론 비서까지 재이를 바라보았
다. 이곳에서 더 고집을 부려봤자, 들어주는 이는 아무도 없을 거라
는 건 싸늘한 공기만으로도 알 수 있었다.

"형…."

재이는 고개를 돌려 태환을 바라보았다. 태환은 눈을 마주칠 생각
이 조금도 없어 보였다. 그래도, 아무리 그렇다 하더라도.

"나… 큰 거 바라지 않아. 지금처럼만 살고 싶어."

"…"

"이렇게 계속 미움받아도 되고, 형이 날 평생 안 받아줘도 괜찮으니까… 그냥 이렇게만 살게 해줘."

"…."

"내가 좋아하는 사람 곁에서 있는 듯 없는 듯이라도…."

살아있는 게 문제라 말하는 사람에게 빌어보는 부질없는 소원. 재이의 마지막 애원에도 태환은 아무 대답도 하지 않았다. 그저 딱딱하게 굳은 얼굴로 문고리만 붙들고 있었다.

겨우 숨어 살고 있던 세상이 와르르 무너져 내리고 있다. 그걸 막을 방법은 아무리 생각해도 없는 것 같다. 내가 주제넘게도 너무 많은 걸 바라서 벌을 받는 걸까. 이럴 때조차 그 사람의 얼굴이 떠오르는 걸 보면 나는 정말 구제 불능인가 보다.

* ◆ *

"이게 진짜… 깊이 고민해 보고 내린 너의 생각이야?"

"네."

"확신해?"

"네, 확신합니다."

오랜만에 본사를 온 도담은 비장한 표정으로 정문을 바라보고 있다. 임무가 망한 와중에 본부에 가봤자 좋을 소리 못 들을 게 뻔했지만, 그걸 알면서도 용감하게 내디딘 발걸음이었다.

"다시 생각해 봐. 지금 이 상황에 부장이랑 무슨 대화가 되겠어."

주원은 몹시 걱정하는 눈치였으나, 벼랑 끝에 몰린 도담에게는 다

양한 선택지가 없었다.

"어차피 집에서 대기하고 있어봤자 뒷일은 불 보듯 뻔하잖아요. 재이 씨를 이대로 양 팀장님한테 빼앗길 수 없어요."

"부장님을 만나도 원하는 결과를 얻진 못할 거야. 지금은 우리 팀에 눈 감고 귀 막은 상태니까."

"빌어라도 봐야죠. 어차피 이렇게 된 이상 우리가 마무리 짓게 해 달라고. 사고는 원래 사고 친 사람이 수습하는 거 아니겠어요?"

"그렇게 간단한 문제가 아니라니까…."

주원은 강한 회의감을 드러냈다. 도담보다 오래 이 조직에 몸담았던 사람으로서, 상상 이상으로 꽉 막히고 답 없는 내부 체계를 잘 알고 있기 때문이었다. 그러나 도담은 아무것도 모르는 신입이라서인지, 그저 자신만만한 표정으로 말했다.

"오늘 팀장님의 역할이 가장 중요한 거 알죠? 혹시 무릎을 꿇어야 하거나 머리를 조아려야 한다면 그건 제가 할게요. 팀장님의 자존심은 목숨보다 중요하니까."

"뭐?"

"그 대신 제가 할 수 없는 말은 팀장님이 도맡아서 해주세요. 팀장님은 독기 품으면 은근히 아래위 없어지는 타입이시잖아요."

"뭐라는 거야."

용기가 모든 것을 해결해 주지는 않거늘, 도담은 씩씩하게 걸음을 옮겼다. 그녀 생각으로는 부장에게 사정사정하면 들어줄 것 같은가 본데….

'상대가 계진상 부장이라면 어림없는 소리지. 깨지면 위로나 해줘

야겠군.'

주원은 도담과는 다른 다짐을 하며 그녀를 따르려 했다.

"야! 기주원!"

흡연실 쪽에서 주원을 부르는 목소리가 들려왔다. 굳이 고개를 돌리지 않아도 알 것 같은 화난 음성의 주인공. 보나 마나 산업2팀 배호영 팀장이었다.

"오랜만입니다."

주원은 제자리에 멈춰 서서 가볍게 인사했다. 상황이 상황인지라 표정은 그리 밝지 못했으나, 배 팀장은 그보다 더 격노한 상태로 그에게 다가왔다.

"너 임마, 뭘 어떻게 했길래 집을 털린 거야!"

"그런 대화라면 계 부장님이랑 이미 많이 나눴습니다."

"뭐? 그걸 말이라고 해? 지금 양 팀장이 맡고 있던 잡일 다 우리한테 떠넘기고, 그 큰 건은 양 팀장한테로 넘어가게 생겼어!"

그 소란스러운 대화에 앞서가던 도담도 걸음을 멈추었다. 뒤를 돌아본 그녀는 배 팀장을 뒤늦게 발견하고는 화들짝 놀라 두 사람에게로 달려왔다.

"안녕하세요! 배 팀장님! 산업1팀 신입 온도담입니다!"

그러자 안 그래도 구겨져 있던 배 팀장의 미간은 더욱 노골적으로 구겨진다. 날카롭게 날을 세운 눈빛은 금방이라도 욕을 한 바가지 쏟아낼 것만 같다.

"넌 뭐야?"

"네? 아, 저는 산업1팀 신입…."

"아니, 지금 이름 묻는 게 아니잖아. 애타게 찾을 땐 기주원 뒤에 꽁꽁 숨어있다가 왜 이제야 나타나?"

맥락을 이해할 수 없는 배 팀장의 타박에 그의 호출을 단 한 번도 받아본 적이 없던 도담은 무슨 말인지 모르겠다는 듯 두 눈만 깜빡였다. 하지만 주원은 짚이는 게 있는지 도담을 제 뒤로 끌어당겼고, 그녀 대신 대답했다.

"제 파트너는 본부의 상황에 대해 제대로 들은 바 없습니다."

"내가 회의 때마다 몇 번을 부탁했는데, 단 한 번도 전달을 안 했다고?"

"저도 회의 때마다 몇 번이나 말씀드렸지 않습니까. 위험한 인물과는 접촉하게 하고 싶지 않다고."

"그래, 후임 아끼는 마음 한 번 참 아름답다! 덕분에 유수영은 입 한 번 뻥끗 안 하고, 나만 죽어나지! 나만 죽어나!"

내용을 듣자 하니 배 팀장이 도담을 찾았던 이유가 유수영과 관련된 듯한데….

'혹시 유수영은 서재이의 상황에 대해 나보다 더 잘 알고 있지 않을까?'

순간 퍼뜩 떠오른 생각은 계 부장을 찾아가서 애원하겠다는 계획보다 훨씬 더 나을 것 같았다. 아주 오래전부터 서재이의 무죄를 확신하고 있던 사람이고, 이를 밝히고자 했던 사람이니 지금 같은 위기에 큰 도움을 줄 수 있을지도 몰랐다.

그 사실을 깨달은 도담은 자신을 애써 가려주는 주원을 제치고 앞으로 나섰다.

"유수영, 아직 여기서 조사받고 있나요?"

도담의 질문에, 안 그래도 그 조사 때문에 미칠 지경인 배 팀장은 버럭 성질부터 냈다.

"당연하지! 아직도 너 데려오기 전까지는 아무 진술도 안 하겠다고 버티는 중이시다!"

나를 만나고 싶어 하는 유수영. 이것만큼 확실하고 중요한 기회가 또 있을까.

도담은 배 팀장의 눈을 또렷이 마주한 채 침착하게 입을 열었다.

"그럼 제가 만나보겠습니다. 지금 당장."

"온도담⋯."

미쳐도 단단히 미친 여자를 만나겠다는 그녀의 발언에 주원의 얼굴에 걱정이 어렸다. 하지만 불안한 그와 달리, 도담에게는 확신만 가득했다. 그게 무엇 때문인지 가늠할 수 없었던 주원은 그저 혼란스러울 따름이었지만.

"저도 동행하겠습니다."

주원이 모든 준비를 마친 도담의 뒤에 바짝 따라붙으며 말했다. 오직 온도담 요원만 고집하는 유수영을 알고 있는 배 팀장은 그런 그를 붙잡았다.

"겨우 만든 자리인데 초 칠 일 있어? 기 팀장 넌 밖에서 대기해."

"위험 인물입니다. 신입 혼자 들여보낼 수 없습니다."

"얘도 배울 거 다 배우고, 자기 앞가림 다 할 줄 알아. 너답지 않게 너무 감싸고도는 거 아니야?"

"하지만⋯!"

배 팀장은 주원의 팔목을 꽉 쥔 채 절대 놓아주지 않았다. 주원은 이러다 정말 도담 혼자 덜렁 저 안에 들여보내게 될까 봐 불안해졌다. 그런 주원을 보고 도담이 입을 열었다.

"그래요, 팀장님. 제 걱정은 하지 마세요. 저 잘하고 올 수 있어요."

"봐봐, 잘하고 올 수 있다잖아."

"유수영이 왜 저를 만나고 싶어 하는지는 모르겠지만, 분명 저에게 하고 싶은 말이 있을 거예요. 그건 서재이랑 관련된 사안일 거고요."

"그렇지, 그렇지. 그걸 물어오는 게 너의 일이지."

"오늘 유수영이랑 담판을 짓고 오겠습니다."

"와, 패기 좋다. 신입 너 현장에서 뛰더니 많이 발전했구나?"

배 팀장은 도담이 한마디 한마디 할 때마다 얄밉게 추임새를 넣었다. 하지만 주원의 표정은 좀처럼 풀어지지 않았다. 지금 그는 옆에서 그녀를 부추기는 배 팀장보다 제 맘도 몰라주고 혼자 들어가려 하는 도담이 좀 더 야속하다. 주원은 한숨 섞인 목소리로 말했다.

"사고라는 건 언제 어떻게 벌어질지 모르는 법이야. 난 니가 위험 인물이랑은 아예 대면조차 하지 않았으면 해."

그러면서 도담의 표정을 살폈다. 이미 결심을 내린 듯한 그녀의 눈동자는 왠지 모르게 그 사람을 닮아있었다.

이런 눈빛이라면 잘 알고 있지. 내 말은 무조건 안 들을 거잖아. 전부 다 본인 원하는 대로 할 거고. 결국 난 못 이길 거야. 그러니까….

"매 순간 긴장을 늦추지 마."

"…"

"개인 정보는 아무것도 발설하지 말고 좀 더 파보겠다고 괜히 건드리지도 말고."

"…."

"아무것도 못 건져와도 괜찮으니까 위험한 짓만 하지 마. 알아들었어?"

주원의 걱정 어린 진심이 물씬 느껴지는 조언이 흘러나왔다.

"뭐? 아무것도 못 건져오는 게 뭐가 괜찮아! 속 썩인 만큼 뒤지게 캐내야지!"

배 팀장은 납득 못 하고 버럭 태클을 걸었지만, 그가 무엇을 걱정하는지 너무 잘 알고 있는 도담은 빙긋 미소 지었다.

"네, 알겠습니다. 팀장님 속상할 일 안 만들게요."

도담은 그리 대답하며 오른손을 살랑 흔들었다. 언제나 그녀의 손목을 지켜주고 있는 그 사람의 네잎 클로버 팔찌가 주원의 눈에 들어왔다. 그 팔찌를 가만히 바라보던 주원은 그제야 마음을 정한 듯, 도담에게 어서 들어가라는 손짓을 했다. 도담은 그제야 다시 취조실 쪽으로 몸을 돌려 문고리를 붙잡았고 크게 심호흡을 내쉬고 나서야 문을 열었다.

"후우…."

취조실 책상에 가만히 앉아있던 유수영이 천천히 시선을 들어 올렸다. 그녀는 도담의 얼굴을 확인하자마자 엷은 미소를 지어 보이는가 싶더니, 특유의 담담한 목소리로 인사를 건넸다.

"너무 늦게 온 거 아니야?"

어쩐지 여유로운 그녀의 모습에, 잔뜩 긴장한 도담이 침을 꿀꺽 삼켰다.

## 호랑이는 잡혀서
## 단서를 남긴다

구속되기 전만큼이나 여유로운 수영의 모습에, 도담은 저도 모르게 마른침을 삼켰다. 하지만 밖에서 이 상황을 지켜보고 있을 주원을 위해, 그녀는 최대한 아무렇지 않은 척 대답했다.

"안녕하세요. 유수영 씨. 오랜만이네요. 저를 만나고 싶어 하신다고 들었어요."

유수영은 피식 한쪽 입꼬리만 들어 올렸다. 그건 얼핏 비웃음과 비슷했지만 도담은 못 본 척 그녀의 맞은편 자리에 앉으며 물었다.

"저한테 하실 말씀이 있으신가요?"

"그래, 찾았지. 재이 씨 소식 들을 데가 너밖에 없어서."

"재이 씨 소식이요?"

"그 사람은 잘 지내? 내 얘길 꺼내지는 않았어? 나 어디 갔냐고 안 물어봐?"

유수영이 꺼내놓는 말은 죄다 서재이에 대한 것이었다. 그녀가 쏟아내는 질문들 안에는 그를 향한 집착이 가득하다. 도담은 그런 수영을 보며 담담히 대답했다.

"저는 그 사람에 대해서는 할 얘기 없어요. 그러니까 유수영 씨의 용건만 말해주세요."

그건 사실이었다. 재이에게서 연락이 없는 지금, 도담도 그의 상태에 대해서는 할 수 있는 말이 없었으니. 하지만 도담이 하는 말은 깊게 새겨들을 생각이 없는지, 수영은 되지도 않는 고집을 부리기 시작했다.

"나 그 사람을 만나게 해줘."

"네?"

"이제 난 요원도 뭣도 아니잖아. 그 사람을 떳떳이 만날 수 있어. 얼른 그 사람한테 전화해."

이런 얘기를 하는 수영의 눈빛은 평온했다. 정말 연락을 하면 그를 되찾을 수 있을 거라 믿는가 보다. 도담은 헛된 희망을 버리지 못한 수영을 저지했다.

"그럴 수 없어요. 더 이상 재이 씨를 괴롭히지 마세요."

이미 자신만의 문제로도 힘든 사람에게 짐을 얹어주지 말라는 뜻이었으나, 수영은 하나도 이해 못 하겠다는 듯 반문했다.

"그게 왜 괴롭히는 거야? 니가 우리 사이에 대해 뭘 안다고."

도담은 순식간에 날카로워진 수영을 가만히 바라보았다. 그렇게나 나를 찾았다고 해서 중요한 단서라도 가지고 있을 줄 알았는데. 그녀는 정말 서재이와 닿기 위해서 나를 찾아 헤맸던 걸까. 아직 희망을 버릴 수 없었던 도담은 수영을 설득해 보기로 했다.

"하아… 유수영 씨. 저는 이번 사건에 대해 들으러 온 거예요. 지금 서재이가 어떤 상황인지 알기는 하세요?"

"…."

"증거도, 상황도 모두 서재이가 범인이라고 말하고 있어요. 이제 서재이가 도망칠 곳도 없고, 혐의를 벗을 방법도 없어요."

얼핏 재이를 범인으로 모는 말이었지만 수영은 본뜻을 알리라 믿는다. 나보다 먼저 상황이 잘못되어 가고 있다는 걸 인지했던 사람이었으니.

"그러니까 유수영 씨가 아는 건 전부 말씀해 주세요. 그거 때문에 제가 이렇게 찾아왔잖아요…."

도담은 한 번 더 절박하게 부탁했다. 그동안 서재이를 관찰하며 무엇을 느꼈는지, 왜 그리도 그의 결백을 주장했던 건지 알게 되면 사건을 해결할 실마리라도 잡을 수 있을 것 같았다. 그러나 도담의 부탁을 들은 유수영은 순간 두 눈을 살벌하게 번뜩이는가 싶더니, 곧장 손을 뻗어 도담의 멱살을 움켜잡았다.

"말도 안 되는 소리 하지 마! 누굴 건드려! 누굴!"

"아앗! 수영 씨!"

"아무도 나한테서 서재이 못 뺏어가! 그 사람은 내 거야! 나 이외엔 아무도 손 못 대!"

수영은 거칠게 소리지르며 도담의 멱살을 쥐고 흔들었다. 너무 놀란 도담은 그녀를 뿌리칠 생각도 못 하고 맥없이 휘둘렸다.

"이거 놓으세요! 아, 좀! 정신 차리시라고요!"

"서재이 데려와! 서재이!"

수영의 우악스러운 팔 힘은 도담의 와이셔츠를 찢어놓을 기세였다. 도담은 그녀를 떼어내려 했지만, 전직 에이스 요원이었던 수영은 혼자 힘으로는 상대하지 못할 괴력의 소유자였다.

"콜록! 콜록! 악! 나 죽네!"

"온도담!"

취조실 문이 벌컥 열리며 주원이 달려 들어왔다. 도담 만큼이나 놀란 주원은 곧장 수영의 팔목을 붙잡았고, 날렵하게 뒤로 꺾어 그녀의 몸을 책상 위에 밀착시켰다. 주원 덕분에 상황은 한순간에 일단락되었지만 놀란 도담의 눈에는 그렁그렁 눈물이 맺혀있었다. 그 모습을 본 주원의 손에 더욱 힘이 들어갔다.

"윽…!"

난리를 피울 줄 알았던 수영은 작은 외마디 신음만 흘릴 뿐, 의외로 담담하게 붙들려 있었다. 혹시 몰라 그녀의 뒷목을 꽉 붙잡아 누르고 있긴 하지만, 수영의 몸에는 힘이 쭉 빠져 있다.

그걸 의아하게 여길 때쯤 배 팀장이 뒤늦게 나타나서 버럭 소리를 질렀다.

"야! 유수영! 너 미쳤어? 이러려고 온도담 타령한 거야?"

그는 주원이 다 잡아놓은 수영을 꾹 눌렀고, 급히 챙겨온 수갑을 그녀의 손목에 채웠다.

"한때 내 후임이었던 정 때문에 이것저것 배려해 줬더니 이딴 식으로 뒤통수를 쳐!"

"…."

"이제 너도 다른 새끼들이랑 똑같이 취급할 줄 알아!"

분노한 배 팀장이 유수영을 맡자, 주원은 그제야 그녀를 놓아두고 도담에게로 다가왔다.

"괜찮아?"

도담은 그의 물음에 대답도 못 할 만큼 혼란스러워하는 중이었다. 정말 그녀는 사랑에 미친 걸까. 단지 그것 때문에 서재이의 무죄를 주장했던 걸까. 그렇다면 내가 진실을 깨닫게 되리라는 말은 무슨 뜻이었던 걸까.

'유수영은 정말 서재이의 범행을 감싸주기 위한 조력자에 불과한 걸까.'

폭발하듯 떠오르는 의문은 도담의 머릿속을 마구잡이로 어지럽혔다. 실마리라도 잡을 수 있을 거라 생각했던 마음에 깊은 회의감이 어린다. 옳은 쪽이라 확신하고 걸어간 길 끝에서 커다란 벽을 마주한 듯 막막한 느낌이다.


주원의 차 안.

위험을 무릅쓰고 수영을 만났건만 아무런 소득도 얻지 못한 도담은 잔뜩 풀이 죽었다. 걱정하는 주원을 뒤로한 채 잘 하고 올 거라 호언장담까지 했었는데, 유수영에게서 단서를 얻어내지도 못했고 그녀의 공격을 피하지도 못했다.

"저는 오늘 중요한 단서를 잡을 수 있을 줄 알았어요. 재이 씨의 무죄를 증명할 만한 단서요."

도담의 우울한 목소리에 운전대를 잡은 주원의 표정이 덩달아 착잡해졌다.

"저를 도와주려고 찾은 줄 알았는데…. 이렇게 아무 소득도 없을 줄 알았으면 부장님한테 부탁해 볼 걸 그랬나."

"너무 상심하지 마. 제정신 아닌 인간 상대하는 게 쉬운 일도 아니고."

"그래도 제가 좀 더 능숙하게 구슬렸다면 다른 결과가 나올 수도 있었을 텐데…. 유수영 씨를 너무 믿었나 봐요."

기대한 만큼 실망한 도담은 그녀에게 서툴게 접근했던 제 탓을 하는 중이었다. 원하는 결과가 바로 나오지 않을 줄 알았으면 차라리 같은 편인 척 여우같이 굴기라도 할걸. 오늘 일 때문에 유수영의 적대감만 얻어버렸으니, 지금까지 그녀가 발견했던 무죄의 단서는 앞으로도 영영 접하지 못할 수도 있었다.

주원은 한숨만 푹푹 내쉬는 도담을 나직한 목소리로 달랬다.

"아니, 내 잘못이야. 널 혼자 들여보내지 말았어야 했는데."

"나 좋아해서 괜히 위로해 주는 거 다 알아요. 원래 같았으면 팀장님도 나한테 욕을 싸잡아서 했을 거면서."

"있잖아. 며칠 전부터 하고 싶은 말이 있었는데, 나 누구한테 쌍욕을 한 적은 없어. 그렇게 천박한 인간성은 아니야."

"아아… 맞다. 쌍욕이 더 나았을 수도 있겠구나…."

그녀는 주원의 타박을 직접적으로 들은 사람처럼 한숨을 푸욱 내쉬었다. 졸지에 그녀한테 눈치를 주게 된 주원은 그냥 운전에만 집중하기로 했다. 차라리 입을 닫고 있는 게 나을 것 같아서였다. 하지만 차가 교차로에서 잠시 멈춰 서고, 흘깃 본 그녀의 목은 도저히 무시할 수가 없었다.

"잠깐만, 온도담. 나 봐봐."

주원의 부름에 도담의 고개가 주원 쪽으로 들어왔다. 그제야 선명히 보이는 그녀의 목에 난 손톱자국. 깊게 상처 나진 않았지만, 쓰라리긴 하겠다 싶다.

"하아… 상처 났잖아. 아프지 않아?"

주원은 그녀에게 난 생채기가 속상해 죽겠다는 눈빛으로 물었다. 도담은 제 목 언저리를 만지며 별생각 없이 대답했다.

"그래요? 난 너무 놀라서 아픈 줄도 몰랐…."

바스락.

순간, 와이셔츠 가슴 주머니에서 이물감이 느껴졌다. 별생각 없이 넣어본 손끝에 작게 접힌 종이가 딸려 나왔다.

"이건 뭐지? 오늘 아침에 막 꺼내 입은 셔츠인데…."

도담은 어리둥절한 눈빛으로 종이쪽지를 펼쳐 보았다.

경기도 광주시 이화로 67 3층 301호

누군가의 정갈한 글씨체로 적힌 낯선 주소. 심상치 않음을 느낀 도담이 주원과 눈을 마주쳤다. 동시에 같은 생각을 한 두 사람의 눈동자가 반짝 빛을 냈다.

"이화로 67 3층 301호… 여기인 것 같은데요?"

다 쓰러져 가는 상가 301호에 자리한 건 제법 오래되어 보이는 전당포였다. 가게 안의 수상스러운 중년 남성을 본 주원은 미간을 좁히며 불편한 반응을 보였다.

"딱히 들어가고 싶지 않은데."

"하지만 정황상 이 쪽지는 유수영이 넣어놓은 게 분명하잖아요."

"그건 그렇지만… 왠지 저 남자랑 얽히면 안 될 것 같아서."

"사람 겉모습만 보고 판단하는 버릇 고쳐요. 이런 식으로 중요한 단서를 놓치는 거라니까?"

걱정 많은 주원과 달리, 도담은 하나도 무섭지 않다는 듯 전당포 문을 열고 안으로 들어갔다.

"뭐요."

'안녕하세요'도 아니고 '어서 오세요'도 아닌, 불친절하게 짝이 없는 주인의 인사가 그녀를 반겼다. 주원은 '봐, 내 말이 맞지?' 하는 표정으로 도담을 내려다보았지만, 그녀는 전혀 개의치 않는지 미소를 띤 채 친절하게 말을 걸었다.

"안녕하세요, 혹시 전에 맡겨놓은 물건이 있지 않나 해서 찾으러 왔어요."

"있지 않나… 해서?"

"아, 아니요. 있어서요, 있어서. 확실히 있거든요. 여기."

중요한 임무라고 생각하니 평소보다 더 어색해진다. 표정이라도 활짝 웃으며 수상해 보이지 않으려 노력하고 있지만, 전당포 주인의 얼굴엔 이미 의심의 기운이 어렸다. 한 발 뒤에서 상황을 지켜보고 있던 주원은 짧은 한숨을 내쉬었다. 그러고는 그녀의 손목을 당겨 제 뒤로 숨겨주었다. 도담은 방해하지 말라는 눈빛으로 쏘아보았으나, 그는 그녀 앞으로 나서서 자연스럽게 대화를 이어나갔다.

"유수영 이름으로 맡겨놓은 물건이 있을 텐데요."

"유수영?"

"분명 여기라고 들었습니다. 시간 없으니까 빨리 꺼내주시죠."

적당히 강압적인 주원의 말에 전당포 주인은 잠시 고민에 잠겼다. 그러더니 이내 무언가가 생각났는지, 서랍 안에서 낡은 장부 하나를 꺼내 뒤적이기 시작했다.

"아아, 그 한참 전에 맡기고 갔던 그거 말인가?"

"유수영 이름으로 맡겨진 거면 뭐든."

얼마나 뒤적거렸을까.

"아, 여기 있네. 유수영. 혹시 그쪽이 온도담?"

"네에?"

전당포 주인의 입에서 뜻밖에도 도담의 이름이 튀어나왔다. 예상치 못한 호명에 놀란 건 주원도 마찬가지였다.

"거기 온도담 이름이 있습니까?"

"어, 온도담이 찾으러 올 거라고 되어있네."

그 말인즉슨, 유수영이 이렇게 될 걸 전부 예견하고 온도담 앞으로 무언가를 남겨놓았다는 뜻인데….

"얼른 꺼내주세요! 얼른!"

의욕이 넘치는 도담이 주인을 재촉했다. 그러자 그는 피식 비웃음을 흘리고는 수금대부터 은근슬쩍 들이밀었다.

"일단… 물건을 돌려받으려면 계산부터 확실히 하셔야지."

"아, 여기 전당포지. 참. 얼마 드리면 되죠?"

"이십오만 원 되겠습니다."

"이십오만 원… 이십오만 원…."

도담은 지불해야 할 가격을 듣자마자 서둘러 지갑을 꺼냈다. 하지만 패기 넘치게 연 것과 달리 그녀의 지갑 안에는 겨우 삼만 원 정도밖에 없었다.

"팀장님…."

도담은 울상을 한 채 주원을 바라보았다.

그렇겠지. 얼마 전에 DVD방 값도 못 냈던 니가 이십오만 원을 들고 다닐 리가 없지.

이런 상황쯤 충분히 예상했던 주원은 익숙하게 지갑을 꺼내 오만 원권 다섯 장을 수금대 위에 올려놓았다.

"오오, 내가 좋아하는 신사임당. 계산 깔끔하네."

흡족하게 돈을 받아든 주인은 현금을 전부 현금계산기 안에 집어넣었고, 느리게 몸을 움직여 카운터 뒤 창고로 걸음을 옮겼다. 그가 사라지자 도담은 들릴락 말락 한 작은 목소리로 주원에게 물었다.

"유수영이 대체 뭘 맡겨놓은 걸까요? 아무래도 단서겠죠?"

"단서여야지. 여기까지 오게 한 것도 모자라서 이십오만 원이나 내 지갑에서 빼 갔으니까."

"부피가 크면 어떡하지. 둘이 들고 갈 수 있을까…."

"쓸데없는 생각 말고 표정이나 관리해. 너 지금 먹잇감 노리는 맹수 같으니까."

주원은 잔뜩 상기된 도담을 진정시켰다. 그때쯤 창고에 들어갔던 주인이 두 사람 앞으로 다시 모습을 드러냈고.

"자, 여기. 유수영이 맡겨놓은 물건."

카운터 위로 값비싼 와인 하나를 내밀었다.

Happy birthday, J.

와인에 붙어있는 생일 축하 카드를 본 도담과 주원의 얼굴이 눈에 띄게 어리둥절해졌다.

국내에서는 볼 수 없는 값비싼 와인. 그리고 생일 축하 카드 한 장. 이 두 가지를 테이블 위에 올려놓은 도담이 깊은 고민에 빠졌다. 유수영이 이 물건들을 내 이름으로 전당포에 맡겨놓은 걸 보면, 분명 나에게 전달할 작정으로 그런 걸 텐데. 아직 그녀의 의중을 이해하지 못한 도담은 답답해 죽을 노릇이다.

"아직도 그러고 있어?"

벌써 같은 자리에서 세 시간째 고민 중인 도담을 지켜보던 주원이 그녀의 곁으로 다가와 물었다. 그건 이제 그만 하고 쉬라는 의미였으나, 도담은 미간을 찌푸린 채 한숨을 푹 내쉬었다.

"하아… 대체 나한테 뭘 말하고 싶었던 걸까요."

"서재이한테 생일선물 전해달라는 거 아니야? 생일날 붙잡혀 갔잖아. 서재이 얼굴은 보지도 못하고."

"그렇죠. 단순하게 생각해 보면 그런 의도겠죠. 하지만 수영 선배는 그렇게 단순한 사람이 아닐 것 같아요."

그녀의 말에 주원이 단호한 목소리로 말했다.

"그 여자가 뭘 했다고 다시 수영 선배야. 아직 밝혀진 건 아무것도 없어. 멋대로 니 편 내 편 결정짓지 마."

"그래도….."

"어디까지나 적이라고. 그 사실을 명심해."

그건 이쪽 일에 경험이 많은 주원이 해줄 수 있는 최선의 충고였다. 하지만 도담은 깊게 새겨듣는 이의 자세가 아니었다. 유수영 생각을 하는 그녀의 두 눈에는 이미 연민과 걱정이 가득 어려있다.

주원은 그런 도담을 가만히 바라보다가, 그녀의 맞은편 자리에 앉았다. 그리고 조금 더 노골적인 염려를 드러내며 말했다.

"그래, 서재이한테 주는 선물은 아닐 거야."

"그렇죠? 아닌 것 같죠? 심증이….."

"아니, 심증이 아니라 객관적인 물증이 그래. 이 와인, 새것 그대로가 아니잖아."

주원은 그리 말하며 와인 병을 한 번 흔들었다. 하지만 도담의 눈에는 병 입구 쪽에 은박지 라벨도 까지 않은 새 제품이었다. 그래서 무슨 소릴 하는 건지 못 알아듣겠다는 표정을 지으니, 주원은 짧은 한숨과 함께 라벨 위쪽 부분을 톡톡 두드렸다.

"여기, 구멍."

"구멍?"

"안 보여? 까만 글씨 부분에 작은 동그라미."

그의 말에 도담은 그제서야 주원이 두드린 곳을 유심히 바라보았다. 라벨에 인쇄된 와인 제조사의 로고 부분에 나있는 동그란 구멍. 로고가 까만색이라서 얼핏 보기에는 전혀 눈치채지 못했던 흔적이었다.

"어, 진짜네! 뭐가 있잖아?"

도담은 주원의 비상한 눈썰미에 감탄하며 존경의 눈빛을 보냈다. 그러거나 말거나, 주원은 담담한 목소리로 뒷말을 이어나갔다.

"크기를 보아하니 주삿바늘이 들어갈 정도의 크기네. 일부러 티가 나지 않는 부분에 만들어놓은 걸 보면 고의적으로 구멍을 낸 걸 테고, 이유는…."

"정답! 약물! 와인에 약물 같은 걸 집어넣었다?"

"뭐, 다 나온 거지만 일단 정답 처리는 해줄게. 맞아. 액체류의 무언가를 집어넣었겠지."

도담이 혼자 세 시간을 끙끙 고민했던 걸 주원은 단 몇 분 만에 일사천리로 풀어냈다. 하지만 거기까지 단서를 잡아냈다고 해서 근본적인 의문이 해결되지는 않았다. '누가', '왜', '어째서'. 이 세 가지는 와인에 나있는 구멍의 미스터리를 위해서 가장 중요한 문제점이었다.

"누가 대체 뭘 집어넣은 걸까요."

다시 깊은 고민에 빠진 도담의 미간이 습관처럼 구겨졌다. 거기에 대해 주원은 악감정이 가득 담긴 대답을 내뱉었다.

"사랑에 미쳐 돌은 여자야. 내 것으로 만들지 못할 바에는 죽이고야 말겠다는 범행 레퍼토리 질리도록 들었어."

그러나 도담은 그의 생각에 동의하지 않는지, 고개를 내저었다.

"아니요. 죽이려면 언제든 어떤 수를 써서든 죽일 수 있었을 거예요. 머리 좋고 신체 능력 좋은 에이스잖아요. 굳이 이렇게 복잡한 방법을 썼겠어요?"

참 성격 좋은 여자였다. 서재이를 외치며 광기 어린 눈으로 달려들었던 유수영의 모습은 그새 잊은 모양이다. 주원은 도담을 탐탁잖게 바라보며 물었다.

"넌 유수영을 왜 그렇게 신뢰하는 거야?"

그건 정말 궁금해서 묻는 게 아닌 유수영이 마음이 들지 않아 죽겠다는 의사 표현이었으나, 도담은 잠깐의 망설임도 없이 확신을 담아 말했다.

"신뢰하는 게 아니라 응답하는 거예요. 그 사람의 도와달라는 말에."

"도와달라는 말?"

"수영 선배가 검거되던 날 그랬어요. 나도 언젠가는 같은 진실을 깨닫게 될 텐데, 그때가 되면 자기처럼 사랑에 미친 여자 취급당하지 않았으면 좋겠다고. 내 의견에 더 힘이 실렸으면 해서 내 손에 직접 잡혀주는 거라고."

도담과 수영이 나누었다는 대화는 주원으로서는 처음 듣는 소리였다. 본부에서는 도담이 수영을 파티 현장에서 검거했다고 말했고, 지금껏 주원 역시도 그렇게만 알고 있었으니. 지금껏 유수영을 '사랑에 미친 여자' 취급하고 있었던 주원은 혼란스러운 표정으로 도담을 바라보았다. 그녀는 당시 수영의 간절한 눈빛을 떠올리며 뒷말을 이어나갔다.

"그땐 무슨 얘길 하는 건지 하나도 몰랐어요. 하지만 이제는 이해할 수 있을 것 같아요. 그때 수영 선배는 내가 누구를 상대해야 하는지, 무엇을 밝혀내야 하는지 정확히 알고 있었던 거예요."

수영이 상대하기 버거웠던 상대. 그리고 앞으로 도담이 맞서야 할 상대. 너무나도 쉽게 '양은화 팀장'을 떠올린 주원이 깊은 한숨을 내쉬었다. 서재이를 노리는 자가 누군지는 몰라도, 그녀를 통솔할 정도면 확실한 권력을 가지고 있는 인물일 터였다. 그래서 더 걱정되는 이 마음을 아는지, 모르는지 도담은 생기 있는 눈빛으로 다짐을 내뱉었다.

"팀장님, 저는 지금 그때의 유수영 선배랑 같은 생각을 하고 있는지도 몰라요. 그러니까 내가 할 수 있는 일들을 찾아내서, 진실을 꼭 밝히고 싶어요."

그 말을 들으니, 또 한 번 떠오르는 그 사람의 얼굴.

'주원아, 이 일에서 두려움보다 불필요한 감정은 없어.'

'겁먹지 말고 니가 나아가야 할 길만 똑바로 바라봐.'

'어떤 최악의 상황에서도 니가 할 수 있는 일이 분명 있을 거야.'

왜 이 아무것도 모르는 신입에게서 자꾸 그 사람이 보이는지는 모르겠지만…. 주원은 자꾸만 겹치는 그의 잔상 때문에 마음이 약해진다. 깊게 관여되기에는 위험한 사건이라는 걸 알면서도 그녀의 고집을 꺾진 못할 것 같다는 생각이 든다.

잠시 고민하던 주원은 식탁 위에 놓인 와인을 집어 들었다. 도담이 왜 가져가냐는 눈빛으로 그를 바라보니, 지금껏 유수영에게 불신만 가득했던 주원도 어쩔 수 없다는 듯 대답했다.

"감식반에 보내볼게. 내부에도 알리지 않는 기밀로 처리해 달라고. 그런 건 내가 해야 할 일이잖아."

"팀장님…."

"이거 말고도 내 도움이 필요하면 언제든 말해. 내가 할 수 있는 선에선 다 도와줄 테니까."

도담의 생각에 동의하지 않지만 더 이상 묻지도, 따지지도 않고 따라주는 주원은 그녀의 든든한 울타리였다. 이런 사람이 뒤에서 지켜주고 있다면 무슨 일이 닥쳐도 겁이 나지는 않을 것 같다.

"고마워요, 진심으로."

도담은 생글 눈웃음을 띠며 그에게 말했다.

"부탁이니까, 다치지만 마."

돌아온 그의 대답은 얼핏 무미건조했다. 하지만 정말 그것밖에 바라는 게 없다는 건 마주한 눈빛만으로 알 수 있었다. 사나운 늑대처럼 올라간 그의 눈꼬리가 무색할 만큼, 까만 눈동자는 참 다정하고 따뜻했으니.

* ◆ *

고요하고 차가운 공기가 감도는 새벽.

9층 복도에 느리고 지친 발소리가 울려 퍼졌다. 행여나 누가 들을까, 한 걸음 한 걸음 내딛는 걸음은 올무를 지나는 초식동물처럼 조심스럽기만 하다. 익숙한 현관문 앞에 멈춰선 그는 잠시 옆집 현관문에 시선을 두었다. 한때는 바라볼 때마다 미소가 저절로 피어났던 그녀의 집. 이번에도 재이의 입꼬리가 살짝 올라갔다. 하지만 이전과 다른 게 있다면, 처연한 그의 눈빛은 우느니만 못하다는 것이었다.

그는 다시 제 도어 록으로 고개를 끌어내렸고, 한동안 열지 않았던 현관문을 열었다. 며칠 만에 겨우 다시 돌아온 그의 공간은 한동안 사람의 온기를 받지 못해서인지 유독 더 어둡고 춥게 느껴졌다.

"하아….."

깊은 심호흡으로 차오르는 감정을 삼킨 재이는 신발을 신을 채로 성큼성큼 안으로 들어서서 드레스룸에서 가장 큰 캐리어를 두 개나 꺼내놓았다. 그는 이대로 멀리 떠날 예정이다. 어차피 그를 받아줄 데는 아무 데도 없겠지만, 발길이 닿는 대로 나아가다 보면 아무도 없는 곳이 나오리라 믿는다. 그곳에 숨어서 고통스러운 시간이 지나가기를 기다리다 보면 결과는 찾아오겠지. 내가 바라는 대로 다 잊히거나….

'…아니면 사람들이 바라는 대로 내가 죽거나.'

커다란 캐리어에 되는 대로 짐을 욱여넣은 재이는 가방을 닫고, 황급히 현관으로 향했다. 해가 다시 떠오르기 전에 이 집을 떠나는 것이 재이가 당장 해야 할 일이었다. 하지만 다급한 손길로 현관문을 열어젖힌 순간 현관문 앞에 서있던 그녀가 재이를 맞이했다.

"재이 씨…."

"도담…."

재이의 입술 새로 그녀의 이름이 새어 나왔다. 부르자마자 가슴이 아릴 만큼 아주 그리웠던 이름이었다.


오피스텔 단지 내 편의점 앞 간이 테이블.

구석 자리에 앉은 도담은 맞은 편에서 고개를 푹 숙이고 있는 재이를 가만히 바라보았다. 그동안 뭘 제대로 먹고 다니기나 한 건지. 전보다 마른 듯한 얼굴은 감히 동정하기도 미안할 정도였다.

"자, 일단 마셔요."

도담은 따뜻한 유자차를 재이 쪽으로 더 밀어주었다. 그러나 좀처럼 병에 손을 대지 않던 재이는 조용히 마른침만 삼켰다. 이리저리 흔들리는 눈동자는 지금 그의 마음이 얼마나 불안정하고 힘겨운지를 여실히 드러내 주고 있었다.

도담은 그런 그에게 한 번 더 물었다.

"그동안 어디서 어떻게 지낸 거예요?"

이번에도 꾹 다문 입은 열릴 기미를 보이지 않았다. 그래도 굴하지 않고, 도담은 재이를 애타는 눈빛으로 바라보며 재차 말을 걸었다.

"나 재이 씨 많이 걱정했어요. 계속 재이 씨 오나 안 오나, 그것만 신경 쓰고 살았는데…."

"…."

"한 번은 심지어 문소리가 나서 벌컥 나가봤더니, 우리 옆옆집 사는 아저씨였다니까요? 그 아저씨도 깜짝 놀라고 나도 깜짝 놀라고. 정말 심장 떨어지는 줄 알았어요."

분위기를 환기시킬 만한 얘기를 꺼내보았지만, 돌아오는 대답은 없었다. 어쩌면 당연한 반응이었다. 지금 그는 오랜 시간 자신을 속였다는 배신감에 치를 떨고 있을 테니. 그러나 도담은 눈앞에 있는 그를 이대로 놔둘 수가 없었다. 이 순간의 재이는 조금만 다른 곳으로 눈을 돌려도 흔적 없이 사라져 버릴 것만 같다.

"재이 씨."

도담은 한 번 더 나직한 목소리로 그의 이름을 불렀다. 그리고 가장 먼저 꺼냈어야 할 말을 뒤늦게 내뱉었다.

"미안해요…."

"…."

"재이 씨는 어떻게 생각할지 모르지만 진심이에요. 아무리 내 일이라고 해도 재이 씨한테는 지금 큰 상처가 되어버렸잖아요."

"…."

"그래서 꼭 사과하고 싶었어요. 재이 씨가 이런 날 이해해 주든, 아니면 끝까지 이해 못 해주든."

일방적이긴 하지만 이것이 도담의 최선이었다. 그녀의 사과를 들은 재이는 아주 느리게 고개를 들어 그녀를 마주 보았다. 그리고 입꼬리에 힘을 주어 미소 비슷한 것을 만들어냈다.

"도담이가 사과할 일 아니잖아."

애써 담담하게 꺼내놓은 목소리. 생각지 못한 그의 대답에 도담의 눈동자가 커다래졌다.

"니가 말한 대로 이건 너의 일이었고, 널 믿었던 건 나니까…."

"…."

"괜찮아. 신경 쓰지 마."

괜찮다는 말을 하며, 재이는 조금 더 예쁜 미소를 머금었다. 하지만 그게 진심이 아니라는 것쯤은 여전히 흔들리는 눈빛만 봐도 알 수 있었다. 톡 건드리면 와르르 무너져버릴 듯 위태로운 그는 지금 분명 괜찮지 않다.

도담은 한층 더 걱정 어린 표정으로 그에게 말했다.

"조금 더 솔직해져도 돼요. 괜찮지 않으면서 괜찮다고 할 필요 없어요. 화내도 되니까 하고 싶은 말 지금 다 하세요."

그러나 재이는 고집스럽게 미소를 유지했다.

"정말 괜찮다니까. 거짓말하는 거 아니야."

"…."

"내가 원래 사람을 잘 믿어. 그거 때문에 맨날 여기저기서 당하는데, 이게 내 천성인지 고치는 게 쉽지 않더라. 지금까지 큰 사기 안당한 게 천만다행일 정도라니까."

"재이 씨…."

"그러니까 걱정하지 마. 난 정말 괜찮아."

차라리 모든 걸 제 탓으로 돌리는 모습이 필사적으로 보이기까지한다. 그가 왜 이러는지는 어렵지 않게 알 수 있었다. 우리의 시간이한순간에 헛것이 되어버린 지금. 그는 불완전한 미래에서 시선을 돌려, 자꾸만 과거를 돌아보려 하고 있다. 그렇게 미련을 가진다고 해도 돌아가지 못할 걸 알면서. 혼자만 아무렇지 않은 척한다고 해서아무 일 없던 것이 되지는 않는데.

도담은 미안함과 안쓰러움에 가슴이 사무치는 듯했다. 그러나 기를 쓰고 마음을 단단히 먹었다. 상처가 너무 많아서 더는 상처 받을곳도 없는 사람이라는 걸 알지만 그녀가 해야 할 말은 본의 아니게그를 아프게 할 테니까.

"재이 씨, 우리 사이는 예전으로 돌아갈 수 없어요."

"도담…."

"아무리 애써도 안 될 거예요. 재이 씨가 없었던 일로 한다고 하더라도, 이미 벌어진 일까지 돌이키진 못해요."

그녀의 단호한 말에 재이의 눈동자가 흔들렸다. 하지만 도담은 거기서 멈추지 않고, 또박또박 날카로운 말을 이어나간다.

"어차피 우린 재이 씨가 원하는 대로 될 수 없어요. 나는 재이 씨가 바라는 모습으로 재이 씨의 옆에 있어주지 못하고, 이번 일이 다 끝나면 내가 사랑하는 사람한테로 떠날 거예요."

"나 바라는 거 없어. 너한테 아무것도….."

재이는 어떻게든 버텨보려 했으나, 도담은 매달리는 그의 말을 끊고 간절히 부탁했다.

"그러니까 한 번만, 우리 딱 한 번만 솔직해지기로 해요."

"…"

"지금은 재이 씨의 솔직한 심정을 듣고 싶어요."

서재이를 둘러싼 수많은 의혹. 그 의혹을 파헤치는 도중에 드러난 예상치 못한 함정들. 그녀의 힘으로는 풀 수 없는 수수께끼의 답은 오직 재이만이 쥐고 있었다. 그러니 지금 이 순간만큼은 솔직한 자신을 보여줬으면 하는데. 꾸며내지 않고, 감추지 않고 속에 있는 얘기를 다 털어냈으면 하는데….

'제발….'

도담은 절박한 마음을 담아 테이블 위에 올라와 있는 재이의 손목을 꼭 쥐었다.

"아…."

순간 재이의 눈물이 그의 뺨을 타고 툭 떨어졌다. 갑작스러운 눈물에 숨까지 멈출 만큼 놀란 건 다름 아닌 서재이 자신이었다.

## 스쳐 지나가지
## 않을게요

툭.

"재이 씨…."

재이의 뺨을 타고 눈물이 떨어졌을 때 도담은 잠시 그에게 했던 매정한 말을 후회했다.

"아…."

하지만 그 눈물에 스스로 당황하는 재이를 보며 아픈 마음을 다잡았다. 위태로울 정도로 휘청거리지만 분명 홀로 설 수 있다. 그걸 깨닫기만 하면 그는 더 이상 내게 의지하지 않을 것이다, 생각했다.

"그…."

한참을 얼어붙어 있던 재이는 겨우 입술을 열었다. 그러나 끝끝내 어떤 말도 하지 못하고 입을 닫았다. 이미 떨어진 눈물을 손바닥으로 털어내는 그는 뒤늦게라도 다시 멀쩡한 척을 해보려는 모양이다.

도담은 그런 그를 가만히 지켜보았다.

끝내 표정을 정리하지 못한 재이는 아예 고개를 돌려버리고 서둘러 자리에서 일어났다.

"나 갈게."

온전히 바로 서기도 전에 휘청이는 걸 보니, 지금 그는 어딜 갈 만한 상태가 아니었는데. 억지로 똑바로 서서 테이블을 떠나려는 그는 또 도망치려는가 보다.

"어디 가요."

도담은 떠나려는 그의 손목을 붙잡았다. 그 손끝은 몹시 절박했지만, 재이는 도담의 얼굴을 끝까지 외면하며 대답했다.

"지금은 아무 얘기도 안 하고 싶어."

"그래도 가지 마요. 나 재이 씨 이렇게 못 보내요."

도담이 자신을 뿌리치려는 재이의 손목을 더욱 꽉 붙들었다. 아무리 기운이 없다 한들 그녀의 손길쯤 뿌리칠 힘은 있었지만, 차마 뿌리칠 마음을 먹지 못해서 붙들려버린 재이는 서러운 원망만 토해냈다.

"어차피 다 끝난 사이라며. 이렇게 붙잡아서 뭘 어쩌겠다고⋯."

도담은 그런 그의 눈을 똑바로 바라보며 단호한 말을 이었다.

"그래요. 우리 관계는 다 끝났어요. 지금까지 난 재이 씨를 속여왔었고, 재이 씨는 내 거짓말들만 믿어왔던 거니까. 애초부터 우리는 무슨 인연을 쌓아갈 수 있는 사이가 아니었어요."

다시 한번 꺼낸 매정한 말에 재이의 눈빛이 흔들렸다.

'하지 마. 더 이상 아무 말도 하지 마.'

아직 물기가 어려있는 그의 눈동자는 그리 애원하는 듯했다. 하지만 도담은 굴하지 않고 기어이 입술을 떼어냈다.

"내가 달랐겠죠. 다른 사람들이랑은."

"…."

"재이 씨가 원하는 자리에서, 필요로 하는 정을 주고, 이대로 계속 좋은 인연을 이어나갈 수 있을 것처럼 살갑게 구는 사람이었겠죠."

"그만…."

"그래서 날 특별하게 생각했던 거 알아요. 하지만 이제는 진실을 받아들여야 할 때예요."

"그만해, 도담아…."

"나는 재이 씨한테 그런 존재가 되기 위해서 고의적으로 접근한 거예요. 그러니까 지금까지의 내 모습은 다 잊어요, 재이 씨."

그가 필사적으로 피하려는 현실을 자꾸만 주입 시키려는 이유는 단 하나였다. 세상 모두가 그의 숨통만을 노리고 있었다. 다른 누구보다도 서재이 본인이 두 눈을 똑바로 뜨고 현실을 마주해야만, 이 지옥 같은 곳을 벗어날 수 있다는 걸 알고 있기 때문이었다.

하지만 재이는 천천히 고개를 저으며 고집스레 대답했다.

"싫어. 안 잊어. 너는 니가 나한테 어떤 의미였는지도 모르잖아."

"재이 씨…."

"거짓말이든, 진실이든 애초부터 상관없었어. 니가 한 말대로 어떤 모습으로든 니가 내 옆에 있어주는 게 좋았고, 억지로라도 정을 주는 게 좋았고, 앞으로도 계속 이렇게 있어줄 것 같아서 좋았어."

"…."

"너는 거짓말이었다고 해도 나는 진심이었어. 너랑 있으면 편하다는 말도, 너랑 계속 함께하고 싶다는 말도, 니가 있어야 웃는다는 말도…. 나는 그냥, 너랑 함께한 모든 순간 진심이었어….”

모든 게 거짓이었다는 그녀의 말에, 모든 것이 진심이었다는 그의 대답. 도담은 자신의 반대편에 서서 팽팽하게 줄을 당기며 버티고 있는 그를 안쓰러운 시선으로 바라보았다.

“그냥… 그거면 안 돼?”

이런 상태로 인연을 붙잡고 있다고 해서 나아질 건 아무것도 없는데.

“나라도 진심이었으니까… 계속 내 편인 척 있어주면 안 돼?”

그것쯤은 분명 그도 알고 있을 텐데. 떨리는 목소리로 재차 묻는 그는 아파하면서도 그녀를 놓지 못한다. 오히려 혹시라도 잃어버릴까, 더욱 필사적으로 붙잡고만 있을 뿐.

“…날 떠나지 마.”

재이가 꺼져가는 목소리로 건넨 부탁에 도담은 고개를 푹 떨구었다. 그러고는 한숨과 함께 머리를 쓸어올리며 다시 그를 바라보았다. 그런 뒤 꺼내놓는 말은 전보다 더 힘이 있었다.

“누가 그래요. 떠난다고.”

“….”

“나는 재이 씨를 떠난다고 한 적이 한 번도 없는데, 왜 혼자 겁을 먹고 그래요. 겁쟁이처럼.”

그저 꽉 옭아매기만 하고 있었던 그녀의 손길이 한층 부드럽게 그의 손을 감쌌다. 일렁이는 재이의 시선이 그녀의 온기가 닿은 손 위로 조심스레 내려앉았다.

"재이 씨가 그랬잖아요. 재이 씨의 세상에는 전부 다 스쳐 지나가는 사람들뿐이라고."

"…"

"그래서 재이 씨한테 다가오는 사람들이 하나 같이 불편하고 무서운데, 외롭게 혼자 버려져 있는 게 더 끔찍해서 스치는 인연도 못 놓고 있는 거잖아요."

재이의 상처를 똑바로 바라보고 있는 사람이기에 건넬 수 있는 위로에 재이의 숨이 잠시 멎었다. 도담은 그런 재이를 보며 기어코 입을 열었다.

"나는 스쳐 지나가지 않을게요. 재이 씨만 갇혀있는 터미널에서 재이 씨를 꺼내줄게요."

"도담…"

"그러니까 계속 혼자 외로워하지 말고 빠져나와요. 한 발짝만 밖으로 나와보면 재이 씨를 반겨줄 사람이 많을지도 몰라요."

그 말끝에는 미소가 얹혀있었다. 지독한 고독까지도 오롯이 품어줄 듯한 그녀의 미소가. 재이는 그 미소를 참 좋아했고, 그렇게 웃을 줄 아는 그녀를 사랑했다. 그래서 예쁘게 휘어진 그녀의 입꼬리를 보며 남몰래 가슴 설레고는 했지만… 이상하게도 지금은 그녀의 미소가 아프고, 슬프고, 저릿하다. 그러면서도 한편으로는 답답하기만 했던 마음에 커다란 구멍이 뚫린 느낌이다. 이걸 싫다고 해야 할지, 좋다고 해야 할지는 모르겠지만.

"하아…"

한순간에 복잡한 감정에 휩싸인 그는 드디어 눈빛에 힘을 풀고,

그 자리에 무너지듯 내려앉았다. 한 발자국도 나아갈 생각을 하지 않던 그가 처음으로 되돌아가는 길을 포기한 순간이었다.

* ◆ *

떠나려던 발걸음을 돌려 겨우 다시 집으로 가는 길.

재이의 캐리어는 도담의 손에 들려있었다. 혹시나 재이가 또다시 도망칠 마음을 먹을까 봐 무거워도 고집스럽게 빼앗아 든 짐들이었다.

재이는 그런 도담의 뒤를 따르며 지친 목소리로 말했다.

"나 진짜 안 갈게. 그러니까 가방 줘. 무겁잖아."

그는 어차피 어딜 갈 기운도 없어 보였지만 도담은 그의 캐리어를 더욱 꽉 붙들고 대답했다.

"지금은 재이 씨보다 내가 더 힘이 넘치는 것 같아서 그래요. 거울도 안 보고 살아요? 피골이 상접했잖아."

"나 괜찮은데…."

"최근에 제대로 된 식사한 게 언제야. 솔직하게 말해봐요."

도담은 뾰족한 눈빛으로 재이를 흘겨보며 물었다. 재이는 그 기본적인 질문을 곰곰이 생각해 보다가 기어 들어가는 목소리로 대답했다.

"어제…."

"하, 어제?"

"어제 물은 마셨고…."

내 이럴 줄 알았다. 물까지도 먹은 걸로 치는 걸 보면 사라졌던 며칠 내내 음식물은 입에 넣질 않은 모양이다.

"미치겠네. 실종되기 전에 길거리에서 아사할 뻔했잖아요."

"그 정도는 아니야."

"난 재이 씨가 밥 안 챙겨 먹을 때마다 진짜 속상해요. 그 마음을 알기나 해요?"

도담이 잠시 걸음을 멈추고 재이를 흘겨보았다. 재이는 새벽에도 반짝이는 그녀의 눈을 내려다보다가, 이내 옅은 미소를 머금었다.

"…걱정하긴 했구나. 나를."

"지금 그게 중요해요?"

"나는 그게 중요해."

"나 참…."

"왠지, 기쁘다."

그리 말하며 씨익 웃는 재이는 누가 봐도 진심이었다. 그래서 도담의 마음은 재이만 보면 천근만근 무거워지곤 했다. 이 사람을 위해서라도 모질어지고 싶은데, 전보다 여려진 그의 눈빛을 마주할 때마다 측은하다는 감정이 먼저 들었다.

"하아… 이런 거로 기뻐하지 마요. 나는 나 걱정시키는 친구 별로 안 좋아하니까."

도담은 혼란스러운 마음을 들키지 않기 위해 고개를 돌렸다.

"한 번만 안아주면 안 돼?"

걸음을 재촉하려던 그때 재이가 힘이 다 빠진 목소리로 물었다.

"앞으로 어디 안 도망갈 테니까 그냥 힘내라는 의미에서 한 번만."

"…."

"힘든 사람 안아주는 건 모르는 사이에서도 할 수 있는 거잖아…."

"…."

"정말 안 돼…?"

뒤로 갈수록 목소리가 점점 작아지고 흐려지는 걸 보니, 그가 원하는 포옹에는 보다 깊은 의미가 담겨있는 게 분명했다. 그런 그를 바라보는 도담의 표정에 고민이 짙어졌다. 모질게 거절할 수가 없는 그의 부탁은 받아주면 안 된다는 머리와 두고 보지 못하겠다는 마음의 사이를 멀어지게 만든다.

한참 재이의 얼굴만 바라보고 서있던 도담은 한참의 망설임 끝에 손을 뻗었다.

토닥토닥.

조심스럽게 움직인 그녀의 손길이 머무른 곳은 그의 등이 아닌 어깨였다. 순간 재이의 눈동자에 아쉬움이 맺혔다. 그래도 굴하지 않고, 도담은 그에게 꼭 해주고 싶은 말을 넌지시 꺼내놓았다.

"겁먹지 마요. 재이 씨는 재이 씨가 생각하는 것만큼 약하지 않으니까."

그 말을 듣자마자 속눈썹을 아래로 내리까는 것으로 보아 그녀의 위로를 빈말이라 생각하는 듯했다. 하지만 도담은 그런 그를 붙잡고 고집스럽게 뒷말을 이어나갔다.

"재이 씨는 배로 따지면 어마어마하게 크고 무거운 초대형 크루즈일 거야. 재이 씨의 세상은 무섭고 거칠고 사나웠는데, 그 안에서도 이렇게 모난 곳 없이 잘 살아남았잖아요."

"…."

"그에 비해 나는 톡 치면 팍 부스러질 뗏목 같은 인간이에요. 멘탈도 약하고 아직 못하는 것도 많고, 모르는 건 더 많아요. 그래서 감히 나한테 와서 마음껏 쉬라고 할 수가 없어요. 나는 내 주제를 너무 잘 알거든."

도담이 아래로 떨어진 그의 시선을 맞추려 애썼다. 원하는 답을 얻지 못한 재이는 고집스럽게 고개를 들지 않았다. 도담은 그의 어깨를 두 손으로 꽉 붙들었고 억지로 텐션을 높여 물었다.

"재이 씨가 잘나도 너무 잘나서 그러는 거니까, 우울한 생각하지 말아요. 알았지?"

"…."

"알았냐고, 서재이."

"…."

두 번의 물음에도 그는 대답이 없었다. 분위기가 무거워지는 게 싫었던 도담은 배시시 웃으며 괜히 장난을 걸었다.

"하아… 이래서 잘난 것들은 솔직하게 인정해 주면 안 된다니까. 자기가 크루즈인 거 알아주자마자 내 말은 못 들은 척해버리잖아."

계속되는 그녀의 너스레에 재이의 입술 새로 웃음이 삐져나와 버렸다. 심각해질 것 같은 상황마다 능청을 떠는 그녀가 재이는 여전히 신기하고 재미있다. 그래서 이길 수 없는 여자이기도 하고.

다시 고개를 든 재이는 웃음기 밴 얼굴로 말했다.

"알았어. 안 안아줘도 되니까 그만 놀려."

"놀리는 거 아닌데."

"아니기는…. 짐은 내가 들게. 나 이제 도망 안 갈 거야."

가볍게 도담의 손을 치워낸 재이가 제 캐리어를 되가져갔다.

어찌 보면 오늘 그의 바람은 하나도 이뤄지지 않았다. 지옥 같은 절망에서 발버둥 쳐봐도 변한 것은 하나도 없었다. 그는 여전히 혼자고, 그의 세상은 여전히 가혹하고, 그의 곁엔 여전히 아무도 남아 있지 않았다. 하지만 그는 도망치지 않았다.

그래, 생각해 보면 어차피 나에게만 거칠고 가혹하고 외로웠던 인생. 이제 와서 때려치우기에는 버텨온 시간이 너무 아깝다는 생각이 든다. 언제나처럼 씩씩한 위로를 건네주는 너의 곁에서야 겨우.

* ◆ *

이른 아침, 감식반에 몰래 부탁할 와인을 가방에 챙겨 넣은 주원의 걸음이 현관문 앞에서 잠시 멈추었다. 따듯하고 아늑한 제 방을 놔두고 신발장 앞에 베개를 깔고 자는 도담 때문이었다. 누굴 감시하느라 이러고 있는 건지, 너무 잘 알고 있는 주원은 끌끌 혀를 차며 그녀의 몸을 흔들었다.

"온도담, 일어나. 여기서 자지 마."

"으음… 오 분만 더….'

"신발 냄새 진동하잖아. 여긴 난방도 안 되는데 왜 이러고 있어."

주원은 그녀의 몸을 두어 번 흔들었으나 동이 틀 무렵에야 겨우 잠이 들었던 도담은 좀처럼 깨어나질 못했다. 망할 놈의 서재이 때문에 이러고 있는 게 거슬리기도 하고, 한편으로는 짠하기도 했던 주원은 복잡 미묘한 표정으로 그녀를 내려다보았다.

"우와… 초콜릿 엄청 크다…. 냠….'

116

잠꼬대를 들어보니 이 와중에도 꿈은 좋은 거로 꾸고 있는 모양이다. 하여간 속은 참 편한 여자 같으니.

잠시 고민하던 주원은 그녀를 방으로 옮기기로 결심했다. 어차피 서재이 차는 아직 그의 손에 있으니, 또 도망친다고 해도 잡아 올 수 있을 거라는 확신이 있어서였다.

주원은 두 팔을 그녀의 등으로 넣어, 이불 채로 건지듯 안아 올렸다. 하지만 눈으로 보는 것보다 무거운 그녀의 몸은 바깥쪽으로 기우는가 싶더니 살짝 들어 올리기가 무섭게 바닥으로 떨어졌다.

"악!"

외마디 비명과 함께 잠에서 깨어난 도담이 오만상을 쓴 채 위를 올려다보았다.

"뭐야!"

"뭐가."

"방금 뭐였어요? 누가 나 집어 던진 느낌이었는데!"

"집어 던지긴 누가…."

주원은 발뺌하려 했으나 오갈 데 없는 시선은 몹시 수상쩍었다.

"나 발로 찼구나!"

도담이 눈치챘다는 듯 버럭 소리치자 당황한 주원은 곧바로 대답했다.

"발로 찬 거 아니야. 방으로 옮기려다가 떨어트렸어."

"흥, 이제야 순순히 실토하시는구먼."

도담은 부딪힌 골반을 문지르며 바닥에서 일어나더니 아침부터 멀끔하게 차려입은 주원을 보며 뒤늦게 물었다.

"어디 가려고요?"

"감식반 후배 만나러. 비밀리에 성분 검사해 주겠다고 약속 받았
거든."

"감식반이면… 그 와인 맡기려고?"

"그래, 니가 닦달하기 전에 빨리 결과 보려고 그런다."

그의 대답을 들은 도담의 눈이 휘둥그레졌다. 안 그래도 재이가
돌아온 뒤로 마음이 더 급해졌는데, 이렇게 빠르게 움직여주는 주원
은 그야말로 더할 나위 없이 훌륭한 아군이었다.

"우와, 진짜 고마워요! 팀장님이 내 편이 아니었다면 감식반한테
그런 부탁 절대 못 했을 거야!"

새삼 감동한 도담이 자리에서 벌떡 일어나 주원의 허리를 꽈악 껴
안았다.

"뭐야, 갑자기."

아까까지는 발로 찼다며 버럭 성질을 내던 그녀의 애교 넘치는 포
옹에, 주원의 눈동자가 심히 흔들렸다. 그러거나 말거나 도담은 그의
가슴팍에 얼굴을 파묻은 채 고마운 마음을 전했다.

"나 팀장님 진짜 사랑하는 거 알죠?"

"사랑 고백을 이런 식으로 한다고?"

"나는 무슨 복을 받아서 이런 남자랑 같이 살고 있나 몰라!"

"아직 진짜 같이 사는 것도 아니면서…."

도도함을 유지해 보려고는 했지만, 주원의 얼굴은 그녀의 애정표
현에 너무나도 쉽게 새빨개졌다.

두근, 두근, 두근.

온 신경을 집중시키면 은근하게 전해지는 그녀의 심장박동. 주원은 자신과 같은 속도로 뛰고 있는 그녀를 지그시 내려다보며 입을 열었다.

"말이 나와서 말인데, 주말에 너희 부모님 시간 괜찮은지 여쭤봐."

"응? 우리 부모님은 왜요?"

"한번 만나긴 해야 하는데 그때가 가장 괜찮을 것 같아서… 상황 더 심각해지면 이런 거 챙길 시간도 없잖아."

갑작스러운 부모님 면담 요청에, 도담의 눈에 의아함이 어렸다. 하지만 문득 가족들이 알고 있는 자신의 처지를 떠올렸다.

'맞다. 나 엄마 앞에서 직장을 때려치우네, 어쩌네 난리를 피우다가 다시 여기로 끌려왔지.'

아무리 무심한 홍 여사라고 해도 한편으로는 딸의 사회생활이 걱정될 터였다. 요즘 연락을 못 드린 지도 꽤 되었으니, 마침 안부를 전할 때도 되었다. 도담은 생글생글 웃으며 그를 더 꽉 감싸 안았다.

"나랑 같이 가서 걱정하지 말라고 말해주려고요?"

"그래야지. 물론 내가 믿음직스러운 스타일이라 걱정은 안 하시겠지만."

"고마워요. 나도 신경 못 쓰고 있었는데 팀장님 덕분에 가족들 얼굴도 보겠네."

그의 세심함에 감동한 도담은 이 순간 진심으로 행복하고 있었다. 그 행복이 정확히 사흘 후, 집안에 엄청난 폭탄을 가져올 줄도 모르고.

## 자타공인
## 최고의 사윗감

"어, 그래. 그날 저녁때 보자 이거지? 알았어. 아빠한테도 말해놓을게. 그래, 일 야물딱지게 해라."

저녁 반찬 재료를 손질하던 홍 여사가 도담과의 짧은 통화를 끊었다. 때마침 자체 휴강을 맞아 집에 있던 도영은 방에서 슬금슬금 나와 그녀에게 물었다.

"뭐야? 누나야? 혹시 내 생일이 오 주 앞으로 다가온 걸 알고 전화한 건가?"

그의 기대감 가득한 표정을 본 홍 여사는 혀를 끌끌 찼다.

"오 주 남은 걸 다가왔다고 할 수 있냐? 하여간, 너는 누나 말도 안들으면서 바라는 게 뭐 그리 많아."

"저번에 누나가 휴대폰 사주기로 약속했는데 아직 약속 안 지켰단 말이야."

"휴대폰 멀쩡한 거 다 알거든. 바꾸기만 해봐. 바로 갖다 팔아버릴 줄 알아."

"치! 엄마는 아무것도 모르면서!"

도영은 홍 여사에게 삐죽 혀를 내밀고는 다시 제 방 쪽으로 몸을 돌렸다. 그는 자신에게 떨어지는 것이 없다면 누나 소식에 별 관심이 없는 동생이었다. 그 얄미운 뒷모습을 흘겨보던 홍 여사는 도영이 시야에서 사라지기 전에 물었다.

"잠깐만! 온도영, 너 주말에 시간 돼? 누나가 손님 데려온다는데."

"나? 안 돼. 소개팅 있어."

"중요한 손님이니까 가족들 다 모여있으래."

"누나한테 중요해 봤자 뭐 얼마나 대단한 사람이라고…."

누나 말이라면 일단 코웃음 치고 보는 도영은 평소처럼 무시하고 넘기려 했다. 하지만 그때, 머릿속에 누군가의 얼굴 하나가 떠올랐다. 국내에서는 찾아볼 수도 없는 고급 스포츠카. 연예인 뺨치게 잘생긴 얼굴. 처음 보는 사람한테 오천만 원쯤 턱 하니 쾌척할 수 있는 재력까지. 도영도 감탄할 만큼 완벽했던 그 파스타집 뒤편에서 만난 남자가 그 중요한 손님일 거라는 일리 있는 확신이 든다.

'설마 그 사람이….'

돈세탁이나 하는 사기꾼인 줄 알았는데 정말 선의에서 오천만 원을 보내주었다는 걸 안 뒤로, 그는 내심 그 남자를 자신의 롤모델로 삼고 있었다. 그가 자신의 집에 행차하실지도 모른다는 생각에, 도영의 얼굴에 기대감이 가득 어렸다.

"엄마, 누나 남자 데려오는 거 아니야?"

"얼마 전에 차인 애한테 남자가 어디 있어."

"아니야! 남자 데려오려는 것 같아! 그 형 데려올 건가 봐!"

"그 형이라니. 너 누구 만난 적 있어?"

홍 여사의 질문에, 도영은 마치 자신이 재이를 만나고 있는 양 신나서 설명을 시작했다.

"어어, 엄청 잘생기고 돈도 무지 많아 보이는 그런 형 만나고 있는 것 같거든!"

"그때 왔던 그 사람? 도담이 찼다고 했던 그 상사 말하는 거야?"

"아니 아니, 그때 왔던 성질 고약해 보이는 팀장 말고! 얼굴은 연예인 뺨치고, 돈은 재벌 뺨치게 많은 형!"

하지만 그 말을 들은 홍 여사의 얼굴에는 깊은 수심이 드리워졌다.

"우리 딸내미한테 그런 남자가 있다고? 걔 어디 가서 사기당하고 있는 거 아니야?"

충분히 할 법한 의심이었으나, 도영은 걱정하지 말라는 듯 그녀를 안심시켰다.

"나도 그쪽을 의심하긴 했는데, 그건 아닌 것 같아. 엄청 착한 사람이더라고. 뭐 한구석 빠지는 곳이 없어!"

벌써부터 재이를 한껏 추켜세우는 도영은 지금 굉장한 꿈을 꾸고 있다. 잘생긴 형과 백화점을 누비며 마음껏 쇼핑하고, 그의 멋진 스포츠카를 빌려서 고속도로를 누비며, 연예인 같은 그에게 소개받은 연예인 같은 여자 친구와 멀리멀리 여행을 떠나는…. 재이가 매형이 되어주기만 한다면 충분히 실현 가능성 있는 그런 단꿈을.

"와아, 그 형 데리고 오나 보다. 혹시 결혼할 건가? 그럼 매형 때문에라도 소개팅은 취소해야겠는데?"

어느새 온 얼굴에 웃음꽃이 만개한 도영은 껄껄 웃으며 제 방으로 들어섰다. 이성적으로 생각해 본다면 도담을 유부녀로 알고 있던 재이와의 첫 만남을 떠올릴 수 있었을 테고, 재이를 절대 애인처럼 대하지 않았던 도담의 태도도 떠올릴 수 있었을 테지만, 들뜬 도영에게 그것까진 무리였다.

"쟤는 왜 저렇게 혼자 김칫국이야?"

홍 여사는 그런 도영을 의아하게 여기며 다시 재료 손질에 집중했다. 그러다가 저도 모르게 피식 웃음을 흘렸다.

"하긴, 접때 데려온 팀장님인가 뭐시긴가는 사위로 두기엔 너무 사납긴 하더라."

신뢰감 없는 아들내미의 말이지만 그래도 내심 사윗감을 상상해 본다. 홍 여사는 지금 머릿속으로 어제 보았던 드라마의 남자 주인공 같은 사위를 그려보는 중이다. 주말에 찾아올 그 중요한 손님이 인상 사나운 팀장인가 뭐시긴가, 라는 건 꿈에도 상상하지 못하고.

\* ◆ \*

본부와 꽤 떨어진 대형 백화점의 지하 푸드코트.

아침 겸 점심으로 고등어 백반 하나를 시킨 주원의 앞에는 감식반에서 일하는 대학 후배 은석이 앉아있었다. 올해로 주원과 알고 지낸 지 6년 가까이 된 그는 주원이 처음으로 건넨 사적인 부탁에 몹시 의아해하던 참이었다.

"나 선배 연락받고 깜짝 놀랐어요. 어쩐 일이에요? 나한테 도움을 다 요청하고?"

은석의 물음에, 주원은 가지고 온 와인병을 자연스레 넘겨주며 말했다.

"그만큼 급하고 중요한 일이라고 생각해 줬으면 좋겠네. 최대한 조용히 처리하는 거 잊지 말고."

"그 얘기는 하도 들어서 귀에 딱지 앉겠어요."

"너한테 피해 가지 않게 잘 처리할 테니까 걱정하지 마."

"하하, 천하의 기주원이 누구한테 폐 끼치는 인물이었나."

비밀에 부쳐달라는 부탁은 전화상으로도 수십 번 들었다. 그가 이렇게 주의를 준다는 것 자체가 심상찮은 사건이긴 했지만, 6년 동안 바른 생활만 고집해 왔던 주원이기에 믿고 도와주기로 했다. 어차피 기주원 성격이라면 행여나 무슨 일이 생기더라도, 본인이 나서서 발 벗고 책임져 줄 테니.

"작업 끝나는 대로 연락 줘. 빠르면 빠를수록 좋아."

"네, 알겠습니다. 선배님. 저만 믿으시죠!"

"그런 의미에서 후식 커피는 내가 사지."

"에이, 겨우 커피요?"

"싫어? 아니면 뭐, 뇌물이라도 바라는 거야? 우리는 공직자인데?"

아니나 다를까. 주원은 부탁하는 처지일지라도 절대 고고한 태도를 굽히지 않았다. 그런 그라서 더욱 신뢰가 생긴 은석은 크게 웃음을 터트렸다.

"에이, 농담이에요! 농담! 커피로도 충분합니다, 저는. 하하하."

감식할 와인도 무사히 넘겼겠다, 한결 마음이 편해진 주원은 피식 웃으며 숟가락을 집어 들었다. 그러다 문득, 그에게 따로 물어보려 했던 질문을 떠올리고는 다시 입을 열었다.

"아 참, 물어볼 게 있는데, 니가 작년에 결혼했었나?"

"네. 작년에 결혼했죠."

"제수씨 가족 처음 뵈러 갈 때 어땠는지 기억나?"

"네? 장인 장모님이요?"

예상치 못한 사적인 질문에 은석의 눈이 휘둥그레졌다. 기주원이 이렇게 진지한 얼굴로 이런 걸 묻는다는 건, 백이면 백 결혼할 사람이 생겼다는 뜻이었다.

"선배, 만나는 사람 있어요?"

놀라운 기색 가득한 은석의 질문에 주원의 시선이 대각선으로 틀어졌다.

"뭐, 있다고 봐야지."

"벌써 결혼 준비까지 하는 단계에요?"

"확신이 서면 하는 거지. 시간 끌 거 뭐 있어."

"와, 전혀 몰랐어요. 사람이 어쩜 티 하나 안 내요? 이러니까 기주원 로봇설이 돌지."

은석은 진심으로 감탄해 박수까지 칠 기세였다. 주원의 입장에서는 이렇게 호들갑 떨 일인가 싶었으나, 아마 이 소식을 접한 어느 누구라도 반응은 격했을 것이다. 그도 그럴 것이 사내에서 주원의 이미지는 감히 바라보지도 못할 눈 덮인 에베레스트산 같은 존재였으니.

그러자 자연스레 궁금해지는 건 주원의 그녀였다. 어떤 용감한 자가 혹독한 시련을 거치고 그의 마음을 사로잡았는지, 은석은 진심으로 궁금해졌다.

"누구예요? 회사 사람?"

은석의 노골적인 질문에 주원의 미간이 대뜸 구겨졌다.

"식사 중에 간식거리로 삼기 싫어. 밥이나 먹지?"

"진짜 궁금해서 그래요. 어떤 사람인지는 알려줄 수는 있잖아요."

"…."

"아, 자꾸 이렇게 비밀로 하면 나 감식 안 도와준다?"

대답을 회피하려는 주원이 답답했던 은석이 초강수를 두었다. 아무리 상대가 후배일지라도 부탁하는 처지였던 주원은 하는 수 없다는 듯 입을 열었다.

"회사 동료고 일적으로나 심적으로나 많이 의지가 되는 사람이야."

"어? 회사 사람 누구지? 짚이는 사람이 없는데?"

"어차피 청첩장 받으면 이름 알게 될 거고, 결혼식 오면 얼굴도 보게 될 텐데 호기심은 이쯤에서 끝내."

"참 나, 천하의 기주원이 사람 감싸고도는 거 처음 보네."

은석은 말을 아끼는 주원이 얄밉다는 듯 장난스레 흘겨보았다. 하지만 이내 그의 입가에 맺히는 건 흐뭇한 미소였다. 워낙 황소고집에 무쇠 철옹성 같은 남자라 평생 혼자 외롭게 살다 늙을 줄 알았는데, 결국 누군가와 백년해로를 꿈꾸는 걸 보면 역시 짝은 다 있는 모양이다. 결혼에 관해서는 주원의 선배나 다름없는 은석이 생글생글 웃는 얼굴로 조언을 건넸다.

"선배, 여자 친구 부모님 만나러 갈 때는 다른 거 다 필요 없어요. 이거 딱 두 가지만 기억하면 돼. 양손은 무겁게, 마음은 가볍게."

"양손을 무겁게 하라는 건 무슨 뜻인지 알겠고, 마음을 가볍게 하라는 건 이해가 잘 안 되는데."

"너무 의식하지 말고 자연스럽게 하라고요. 긴장하면 얼굴에 다 티 나서 인상 나쁘단 소리나 듣는다?"

그건 주원만큼이나 눈꼬리가 올라간 은석이 가장 중요하게 생각하는 점이었다. 어디서 사람 좋아 보인다는 소리는 못 듣고 살았던 주원은 이해했다는 듯 고개를 끄덕였다.

"노력해 볼게. 옛날부터 첫인상에서 좋은 점수를 받은 적은 없었지만."

"그래도 선배는 걱정할 게 뭐 있어요. 능력 좋지, 학벌 좋지, 외모 훤칠하지. 선배는 사윗감 올 패스 아니야?"

"별소리를 다…."

"별소리라니. 나는 우리 딸이 선배 같은 사람이나 데려왔으면 좋겠다."

잔뜩 띄워주는 은석의 말에 겸손을 떨고는 있지만, 그건 주원도 어느 정도 자신하는 바였다. 특히 대학교 때부터 차곡차곡 모아놓은 적금과 노후를 위해 팔 년 전부터 심혈을 기울이고 있는 연금. 이걸로는 철저한 준비성과 성실함을 입증할 수 있고, 오랜 자취로 다져진 살림 능력도 다정한 남편으로서의 면모를 어필할 수 있을 터였다.

'사위가 성실하고 준비성 좋고, 부인한테 다정하기까지 했으면 됐지. 여기서 뭐가 더 필요해.'

자신감을 찾은 주원의 표정이 한결 부드러워졌다. 처음으로 보는 그의 온화한 얼굴은 누가 봐도 기대감에 부푼 예비 신랑이었다. 그런 그를 본 은석이 장난을 걸었다.

"결혼 축하드립니다. 선배. 이제 진정한 아저씨의 길로 접어드셨네요."

"벌써부터 축하는 무슨…."

아무렇지 않은 척해봐도 주원의 얼굴은 습관처럼 빨개졌다. 이대로라면 청첩장을 돌릴 때는 홍당무가 되어있게 생겼다.

\* ◆ \*

띵동.

도담이 재이의 집 벨을 눌렀다. 하도 인기척이 없어서 혹시나 싶은 마음에 들러본 참이었다. 어제 약속한 게 있으니 어디 가지 않았을 거라 생각은 하면서도 한편으로는 걱정스러웠다. 그 와중에 재이는 대답도 없었다. 불안이 적중했나 싶은 생각에, 다시 초인종을 누르는 도담의 손길이 급해졌다.

띵동 띵동.

"재이 씨! 안에 있는 거 맞죠?"

띵동 띵동 띵동.

"서재이! 또 도망갔기만 해봐!"

이번에도 반응이 없으면 사람이라도 불러서 문짝을 떼어낼 생각이었던 그때 가까워지는 발소리도 없이 조용히 현관문이 열렸다. 그 안에서 모습을 드러낸 사람은 다행히도 재이였다.

"도담…?"

재이는 아직 눈도 제대로 못 뜬 채 도담을 바라보았다. 이제 보니
지금까지 자고 있었던 모양이다. 그건 참 다행이었지만, 도담은 간밤
새 더 마른 듯한 재이의 얼굴이 신경 쓰여 죽겠다.

"지금까지 잤어요? 밥은?"

"도담이는 맨날 나만 보면 밥 타령이야…."

"한 끼도 제대로 안 챙겨 먹으니까 그렇지! 그래서 밥은 먹었어요,
안 먹었어요!"

"지금까지 잤어. 제대로 자는 게 며칠 만이라서…."

"못 살아. 내가 이럴 줄 알았어."

도담은 어김없이 밥을 거른 재이에게 핀잔을 주며 그의 집 안으로
들어갔다. 온도를 제대로 맞춘 건지, 만 건지 어쩐지 쌀쌀한 집 안.
그보다 더 거슬리는 건 아직 풀지 않은 그의 캐리어였다.

"이건 왜 안 풀었어요? 아직도 도망갈 생각 중인 건 아니죠?"

도담은 캐리어를 의심스럽게 바라보며 물었다. 그러나 재이는 고
개를 절레절레 흔들며 대답했다.

"도망 안 가. 어제는 피곤해서 그대로 놔뒀어."

"내버려 둘 게 따로 있지. 나 속상해하는 거 보는 게 취미인가 봐."

"그냥 관심받고 싶어 하는 걸로 봐주면 안 돼?"

도담의 핀잔에 너스레를 떠는 재이는 확실히 예전처럼 돌아와 있
었다. 그건 참 다행이었으나, 도담은 수척한 그의 몰골이 몹시 신경
쓰인다. 그냥 집에 붙어있는지 없는지만 확인하고 깔끔하게 빠지려

했는데, 아무래도 저 입으로 음식이 넘어가는 꼴은 꼭 보고 가야 할 것만 같다.

"하아… 못 살아, 내가."

도담은 깊은 한숨을 내쉬며 재이를 바라보았다. 그러고는 재이의 캐리어를 가리키며 엄포를 놓듯 말했다.

"오늘 안으로는 열어서 정리할 거죠?"

"응."

"진심이죠?"

"나는 거짓말 안 하는 거 알면서."

묘하게 뼈가 있는 대답이었지만 어쨌든 도망갈 생각은 접었다는 뜻이었다. 그걸 확인한 도담은 비장한 표정으로 한숨을 내쉬고, 다시 현관문 쪽으로 성큼성큼 걸음을 옮겼다.

돌연 돌아가려는 그녀를 붙잡고 재이가 물었다.

"화났어?"

이제는 당연하게 도담의 눈치를 본다. 도담은 혹시나 그가 불안해할까 싶어, 괜히 더 까칠하게 대답했다.

"그래요. 화났어요. 그래서 배 터져 죽게 하려고요."

"배?"

"우리 집 냉장고에서 반찬 가지러 갔다 올게요. 이 집엔 먹고 죽을래도 먹을 게 없을 거 아니야."

어쨌든 다시 돌아올 거라는 말이었다. 그녀를 붙잡은 손끝에 힘을 푸는 재이의 눈가가 곱게 휘어졌다.

# 돌아가고 싶은
# 마음

NSO 산업보안부, 계진상 부장의 테이블 앞.

오만상을 쓴 채 모니터를 노려보고 있는 계 부장에게 양은화 팀장이 다가왔다. 경직된 표정으로 그녀는 그의 앞에 서서 꾸벅 고개 숙여 인사했고, 다소 경직된 목소리로 용건을 꺼냈다.

"서재이의 위치 파악 끝냈습니다."

줄곧 그녀를 무시하던 계 부장은 그제야 양 팀장에게로 시선을 두었다.

"벌써? 그놈은 대체 어디에 붙어있는 거야?"

"어젯밤, 다시 자택으로 돌아온 것으로 파악됩니다. 온도담 요원을 따라서 집 안으로 들어가는 장면이 목격되었으니까요."

"아직 걜 따르고 있단 말이야? 정체 다 알고 있다며."

"네, 하지만 온도담 요원은 유독 못 놓는 모습을 보이더군요. 조금이라도 거짓말이 들통 나면 바로 관계를 끊어버리던 전과는 완전히 다른 양상이라, 저희도 다행이라 생각합니다."

양 팀장의 보고를 들은 계 부장의 눈빛에 의심이 어렸다.

"혹시 온도담이 서재이랑 뒷수작 부리는 건 아니고?"

그게 아니라는 건, 사건의 내막을 자세히 봐온 양 팀장만큼은 확실히 알 수 있었다. 하지만 그녀는 고의적으로 난색을 표하며, 계 부장의 의심을 굳이 거둬내지 않았다.

"저희도 그쪽이 의심되지 않는 것은 아닙니다. 하지만 일단은 온도담 요원을 미끼 삼아 서재이를 붙잡아두는 것이 좋을 것 같아, 지켜보는 중입니다."

기주원을 지나치게 신뢰하는 계 부장은 조금의 희망만 보여도 사건을 넘겨주겠다는 약속을 철회할 것이다. 아직 이번 사건이 온전히 3팀의 손아귀로 들어온 것은 아닌 만큼, 그녀는 도담이 신뢰를 되찾을 만한 조금의 여지도 남겨두고 싶지 않다.

"감시는 철저히 하는 중이니 걱정 마세요, 부장님."

양 팀장은 일부러 '감시'라는 단어를 써가며, 계 부장과 자신은 한편이라는 것을 노골적으로 어필했다. 그 말을 들은 계 부장의 입꼬리가 얄밉게 비틀려 올라갔다.

"그 어리버리한 신입이 길들여놓는 건 잘하나 봐. 하긴, 기주원이 교육 하나는 기가 막히게 잘 시켜놓으니까."

이번에도 어김없이 다른 이에 대한 칭찬으로 끝을 맺는 대화였다. 그러나 양 팀장은 불편한 기색을 완벽하게 숨기는 데에만 열중했다. 계 부장을 독대하는 자리에서의 은근한 무시는 이제 진절머리 날 만큼 익숙한 대우였으니.

"할 애기 끝났으면 가봐."

계 부장은 더는 들을 애기가 없다는 듯 모니터로 다시 시선을 고정했다. 하지만 그의 곁을 좀처럼 떠나지 못하던 양 팀장은 조심스럽게 다시 입을 열었다.

"부장님, 이 사건 저희 팀으로 완전히 넘어오는 건 언제쯤…."

이미 사건을 위임하기로 구두 약속까지 받아놨지만, 공식적으로는 이뤄지지 않고 있었다. 날이 갈수록 최우석 상무의 눈치까지 보였던 양 팀장은 조심스럽게 계 부장을 재촉했다. 이번에도 무시할 줄 알았건만, 계 부장의 대답은 의외로 긍정적이었다.

"기주원이 결사반대하고 있어서 애를 먹긴 했지만, 이번 주 안에는 강압적으로라도 권한 뺏어 올 생각이야. 양 팀장은 남들이 다 해놓은 거에 숟가락 얹는 꼴이니까, 실수하면 자비 없는 거 알지?"

이번뿐이 아니라 원래도 그는 유독 양은화 팀장에게만 자비가 없는 상사였다. 같은 일을 해도 그녀의 성과만 유난스럽게 평가 절하했고, 자신이 부조리하다는 것도 몰랐다. 그러나 양 팀장은 기분 나쁜 내색 전혀 없이, 은은한 미소를 띠며 대답했다.

"당연하죠. 제가 실수할 일이 뭐가 있겠습니까."

"잘 해. 가정도 내팽개치고 일하는데, 더 책임감을 가지고 임해야지!"

누가 보면 가정은 나만 있는 줄 알겠네.

끝까지 쓸데없는 소리만 남발한 계 팀장은 이제 그만 가보라는 듯 휘이휘이 손짓을 했다. 양 팀장은 그런 그에게 끝까지 예의를 갖춰 인사했고, 발길을 돌리기 전에 마지막 부탁을 건넸다.

"아 참, 부장님. 이번 사건 제 쪽으로 넘기자마자, 구속영장 발부 부탁드립니다."

"구속영장까지 필요해?"

"전에도 말씀드렸다시피, 서재이는 구속해 놓고 추궁하는 편이 더 나을 것 같아서요."

그녀의 말을 깊이 되새기지 않은 계 부장은 별 고민 없이 순순히 대답했다.

"그 문제 역시 금요일까지는 처리하도록 하지. 잠입은 이제 씨알도 안 먹힐 것 같으니까."

이럴 때는 상사가 그녀에게 무관심한 것이 차라리 다행이었다. 조금만 파보면 이질감이 느껴질 행동들을 계 부장 혼자 눈치채지 못하고 있으니.

"감사합니다. 그럼 다시 업무 복귀하겠습니다."

양은화 팀장은 이 순간만큼은 진심으로 감사를 표하며 허리를 꾸벅 숙였다. 대답 대신 모니터에 집중하며 미간을 좁히는 계 부장은 참 밉상이었다. 하지만 저 표정도 조금만 더 견디면 된다. 약속한 돈이 마저 입금되면, 문제 생기기 전에 훌쩍 해외로 떠버릴 테니까.

\* ◆ \*

보글보글. 탁탁탁.

부엌에서 거의 처음으로 들려오는 요리하는 소리와 고소한 쌀밥

냄새는 식욕 없는 재이의 입맛도 자극했다. 도담의 명령에 따라 반강제적으로 짐을 정리한 재이는 식사 준비 막바지에 다다른 도담의 곁으로 살랑살랑 따라붙었다.

"나 캐리어 다 비웠어."

"잘됐네요. 나도 마침 국만 나르면 끝인데."

"도담이도 같이 먹고 갈 거지?"

"아니요, 곧 있으면 신랑 올 거라 같이 먹는 건 안 될 것 같아요."

도담의 대답에 재이의 표정이 눈에 띄게 시무룩해졌다. 당연히 식사까지 같이하는 줄 알았던 모양이다. 도담은 막 끓인 된장찌개를 식탁 위에 올려놓으며 그를 달랬다.

"그래도 아직 신랑이 오진 않았으니까, 먹는 건 다 보고 갈게요."

"내가 안 먹고 대충 남길까 봐 감시하려는 거지."

"알면 맛있게 다 먹어주든가."

멀뚱히 서있는 재이를 밀어 식탁에 앉혀 놓은 도담은 보란 듯이 그의 맞은편에 자리를 잡았다. 재이는 혼자 먹는 식사를 아쉬워하면서도 도담이 함께 있어주는 것에 만족하는지 다시 미소를 되찾았다.

"이러고 있으니까 예전으로 돌아간 것 같아."

"예전?"

"내가 아무것도 모르던 때로."

별생각 없이 꺼낸 재이의 말에 도담의 시선이 그에게 멈추었다. 그 상태로 별말은 하지 않았다. 순간 말실수를 했나 싶어진 재이는 황급히 해명했다.

"아, 의식하고 한 말은 아니고…."

"…."

"다시는 못 돌아갈 순간일 줄 알았는데 기쁘다고…."

머지않아 그녀의 입꼬리가 평소처럼 예쁘게 올라갔다.

"다행이네요. 기뻐해서."

아마 그녀의 대답에 큰 의미는 없을 것이다. 그래도 괜찮았다. 지금은 그녀가 달라진 우리의 관계를 애써 의식하지 않는 것만으로도 만족해야 할 때이니.

생각해 보면 우리의 관계는 원래 이랬다. 한 사람이 실없는 소리를 하면 한 사람은 아무 생각 없이 받아쳐 주는, 이런 관계가 우리의 원래 모습이었다. 그거면 됐다고 생각한 재이는 장난스럽게 묵례를 하며 첫술을 떴다.

"그럼 잘 먹겠습니다."

그녀가 성심성의껏 끓인 찌개는 약간 싱겁긴 했으나, 그게 재이의 취향에 딱 맞았다.

"맛있어."

"진짜요? 조미료를 못 넣어서 살짝 자신 없었는데."

"정말 맛있어. 밖에서 사 먹었던 것보다 훨씬."

"어머, 그렇게 칭찬해 주면 영광이지요."

도담은 뿌듯한 표정으로 재이를 보며 마주 웃었다. 그 얼굴을 보자 처음으로 도망치지 않은 것이 다행이라는 생각이 들었다. 역시 그녀가 하는 말은 다 맞다. 그녀는 항상 옳은 결정을 내리고, 내가 가야 할 길을 한발 앞서 알고 있다. 그러니 앞으로도 나는 너를 따르고 싶은데. 니가 시키는 건 다 해줄 수 있는데….

'계속 이렇게 함께해도 될까?'

지금 이 얘길 또 꺼낸다면 너는 다시 곤란한 표정을 짓겠지.

또다시 혀끝에 맺히는 질문은 어제부터 계속 물었지만, 결국엔 원하는 답을 듣지 못했던 것이었다. 입을 꾹 닫은 도담을 보는 게 싫었던 재이는 하고 싶은 말을 밥알과 함께 삼켜 넘기고, 완전히 다른 대화 주제로 화제를 돌렸다.

"주말에 뭐 해?"

"왜요?"

"마트 같이 가자."

"오우, 드디어 밥 챙겨 먹고 살겠다는 의지가 생겼나 보네요."

"나랑 둘이 있기 불편하면 신랑 데려와도 돼. 어차피 차 키도 받아야 하니까…."

그녀가 알고 있는지 모르겠지만, 재이는 최대한 사심 없어 보이도록 노력하는 중이었다. 하지만 곧바로 돌아오는 도담의 대답은 그의 바람과 달랐다.

"미안해요. 주말에는 시간이 안 될 것 같아요."

"선약 있어?"

"네. 안타깝지만 그렇게 됐네요."

동요하지 않으려 했는데 순간적으로 재이의 눈에 아쉬움이 맺혔다. 그걸 놓치지 않고 본 도담은 괜히 엄한 목소리로 말했다.

"그래도 재이 씨는 어디 돌아다니지 말고 집에 딱 붙어있어요. 혹시라도 집에 일찍 오면 재이 씨랑 같이 마트 갈 테니까."

그 정도로 여지를 주는 것도 재이에게는 충분한 희망이었다. 돌아오기만 한다면 얼마든 기다릴 자신이 있었던 재이는 씩씩하게 고개를 끄덕였다.

"응, 아무 데도 안 가고 집에 붙어있을게. 차 타고 나가면 자정까지 하는 데도 있잖아. 거기 가면 되니까 걱정하지 말고…."

"알았어요, 일단 지금은 밥이나 빨리 먹자. 말하는 동안에도 식고 있단 말이야."

도담은 집에서 가져온 밑반찬들을 재이 앞으로 밀어주었다. 다시 신이 난 재이는 멈추었던 식사를 계속 이어나갔다. 간간이 눈이 마주칠 때마다, 재이는 참 예쁜 미소를 지어 보였다.

모든 것은 진실이 탄로 나기 전과 완벽하게 똑같았다. 재이에게는 이것으로도 충분했다. 원래 나 혼자만 의미 두고, 나 혼자만 미래를 꿈꾸었던 인연이었으니까. 그녀가 돌아갈 수 없을 거라 말했던 과거는 사실 지금과 다르지 않은지도 모르겠다. 그런 거라면 늘 그랬던 대로, 나 혼자 열심히 이 인연을 붙잡고 매달려 있어야겠다. 그러면 너도 아무것도 모르던 예전처럼 당연하게 내 곁에 있어줄지 모르잖아.

출근했던 주원이 돌아온 건 점심때가 훌쩍 지난 늦은 오후였다. 재이의 식사를 끝까지 지켜보고 난 후 집에 돌아와 있었던 도담은 밝은 미소로 그를 맞이했다.

"왔어요? 감식반 후배분은 뭐라고 하셨어요? 딱히 의심 같은 건 안 하시죠?"

어쩌다 보니 인사보다는 캐묻는 것에 가까워졌지만, 주원은 구두를 벗으며 순순히 대답했다.

"의심은 무슨. 우리가 나쁜 짓 하자고 이러는 것도 아니고."

"그래도. 위에서부터 압박이 들어왔을 수도 있으니까."

"상부에선 와인이 있는지도 몰라. 최대한 빨리 처리해 주기로 했으니까 마음 놔."

시원시원하게 대답한 주원은 집 안으로 들어섰다. 그제야 도담의 눈에 그의 손에 들린 백화점 쇼핑백이 들어왔다.

"어? 쇼핑했어요?"

도담은 기대감 어린 눈으로 쇼핑백을 기웃거렸다.

"너 줄 거 아니야."

하지만 주원은 그녀에게는 제대로 보여주지도 않고 쇼핑백을 서재로 날랐다. 그걸로는 호기심이 가시지 않았던 도담이 그의 뒤를 졸졸 따르며 물었다.

"뭔데 그렇게 숨겨요? 나은 씨 선물? 그런 거면 이제 그냥 보여줘도 되는데."

"그런 거 아니야."

"그럼 뭔데? 얼핏 보니까 한두 개 산 건 아니네."

"아직 다 준비된 건 아니니까 신경 쓰지 말지 그래."

"자꾸 그렇게 숨기면 나 바람피우는 거로 생각한다?"

아무래도 도담은 제대로 된 대답을 듣기 전까지 추궁을 멈추지 않을 생각인가 보다. 혹시라도 부담을 느낄까 봐 당일까지는 숨겨보려 했던 주원은 하는 수 없이 그녀에게 실토했다.

"너희 집 가져갈 선물이니까 쓸데없는 오해하기만 해."

"선물?"

"그래, 빈손으로 갈 수는 없잖아."

그 말을 들은 도담의 눈이 반짝 빛났다. 같이 가서 안부를 전해주는 것만으로도 고맙다고 생각했는데, 이렇게까지 챙겨주니까 왠지 진지한 사이가 된 것 같은 기분이다.

"아휴, 뭘 이런 걸 다! 저번에 비타민 음료 사 들고 왔으면 됐지!"

단번에 의심을 거둔 그녀는 생글생글 웃으며 쇼핑백 안을 살폈다. 고운 포장지로 싼 네모난 박스들은 겉만 봐서는 내용물을 확인할 수가 없었다.

도담은 영수증이라도 있나 확인하기 위해 봉투 안에 손을 넣으려 했다. 하지만 제대로 뒤져보기도 전에, 주원이 그녀의 손목을 붙잡았다.

"지금은 안 돼."

"응? 왜?"

"아직 준비가 덜 됐어. 알아서 열심히 준비하고 있으니까 걱정하지 마."

"딱히 걱정돼서 확인하려는 건 아니었는데…."

도담은 어리둥절한 표정으로 조심스럽게 손을 빼냈다. 주원은 그런 그녀를 놓아주는 대신 지그시 바라보았다. 뭔가 할 말이 있어 보이는 듯한 분위기에, 도담이 두 눈을 둥그렇게 뜨고 물었다.

"왜요?"

그러자 주원은 괜히 헛기침하는가 싶더니, 다소 딱딱한 목소리로 말한다.

"너는… 이런 거 신경 쓰지 마."

"응? 뭘 신경 쓰지 마?"

"그런 거… 그러니까, 선물 같은 거 챙길 필요 없다고."

응? 내가 우리 집에 가는데 선물을 왜 챙겨?

"…너 자체로 좋아하실 분들이니까."

몹시 띄엄띄엄. 그리고 왠지 굉장히 수줍게 새어 나온 주원의 말을 제 방식대로 이해한 도담은 다 안다는 듯 씩씩하게 말했다.

"당연히 그렇겠지! 온씨 집안 귀염둥이 온도담이 가는데!"

그녀의 자신감 넘치는 대답에 주원의 입꼬리가 부드럽게 올라갔다.

"그래, 그런 자세면 돼. 너는 어지간히 알아서 잘 하겠지만."

참 훈훈한 대화였다. 물론 두 사람의 대화는 전혀 맞물리지 않고 있었지만.

# 이 사람과
# 결혼하고 싶습니다

도담의 가족들이 사는 낡은 아파트 단지로 주원의 까만 세단이 어느 때보다도 조심스럽게 들어섰다.

이곳을 찾은 건 이번으로 세 번째였다. 동거 첫날, 도담을 데리러 왔을 때 한 번. 가출한 도담을 붙잡으러 왔을 때 한 번. 그리고 지금 또 한 번. 그중 오늘이 가장 부담스럽고 어렵고 긴장됐다. 그도 그럴 것이 이번 방문은 인생의 새로운 페이지를 열기 위한 가장 역사적인 순간이니까.

물론 바로 몇 달 전까지만 해도 뼛속까지 독실한 독신주의자였던 그였다. 하지만 원래 사람이 바뀌는 건 한순간이라고 했다. 지금의 주원은 과거의 제 모습이 어색할 만큼 도담과 함께하는 것에 익숙해 졌으니, 그녀의 가족들도 이 부분을 잘 봐준다면 좋은 점수를 얻을 수 있을 것도 같다.

"내려. 다 왔어."

도담의 단지 앞에 차를 주차한 주원이 안전띠를 풀었다.

"배고파지기 시작할 때 딱 도착했네!"

오랜만에 집에 오는 도담은 벌써부터 잔뜩 들떠있었다. 그에 비해 주원은 경직된 표정으로 깊은 심호흡을 했다.

"후우…."

"뭘 그렇게 떨어요? 혹시 저번처럼 혼날까 봐?"

"내가 떨기는 언제 떨었다고…."

아닌 척하고는 있지만, 막상 들어가야 한다고 생각하니 얼굴 표정이 점점 부자연스러워지는 것 같다. 다른 건 다 괜찮으니까 첫인상에서만 점수를 잘 따면 좋을 텐데. 사실 전형적인 늑대의 우두머리상인 주원은 그게 참 쉽지가 않다.

"그냥 밥 한 끼 먹고 온다고 생각해요. 긴장할 거 뭐 있어. 죄지은 사람도 아니고."

그런 주원에게 도담은 속 편한 소리를 건넸다. 그녀에게는 오늘의 방문이 단순한 안부 인사차였기 때문이었다. 하지만 이 사실을 꿈에도 모르는 주원은 여전히 경직된 얼굴로 말했다.

"중요한 자리에는 그만큼 긴장해야 하는 법이야. 단 한 번에 실수로 돌이킬 수 없는 고배를 마실 수도 있으니까."

"에이, 뭘 그렇게까지 어렵게 생각해? 팀장님이 어디 가서 실수할 타입도 아니지만, 우리 가족들도 팀장님 엄청 좋아해 줄 거예요."

"정말 그렇게 생각해?"

"응. 내가 장담할게요!"

그녀가 장담까지 하는 이유는 확실했다. 회사 다닐 적에 사회생활 잘하기로 소문났던 홍 여사와 현재진행형으로 회사에 몸담고 있는 그녀의 아버지. 그리고 선천적으로 비굴한 성격이라서 아부 하나는 기똥차게 잘하는 온도영까지. 사회성 하나는 차고 넘치는 도담의 가족들은 신입사원에게 '팀장'이라는 사람이 얼마나 중요한지 아는 사람들이었고, 어떻게 하면 잘 보일 수 있을지 통달한 사람들이었다. 비록 지난번에 트러블이 있긴 했지만, 결국엔 잘 풀고 갔으니 그 또한 문제 될 건 없겠지.

"어쨌든. 조금만 웃어요. 자, 스마일."

도담은 아직도 표정이 딱딱한 주원을 향해 두 검지손가락으로 입꼬리를 들어 올렸다. 이 와중에도 그녀의 우스꽝스러워진 얼굴이 귀여웠던 주원은 저도 모르게 피식 웃음을 흘렸다.

"알았으니까 얼른 내리기나 해."

그 얼굴은 확실히 얼어붙어 있을 때보다 훨씬 나았다.

"봐봐, 웃으니까 훨씬 사람 좋아 보이잖아."

그의 미소를 되찾아준 도담은 그제야 조수석 문을 열고 차에서 내렸다. 곧바로 뒤따라 내린 주원은 뒷좌석 문을 열어, 가지고 온 선물들부터 꺼내 들었다. 어쩐지 전에 봤을 때보다 봉투 몇 개가 늘어난 것 같은 기분에, 도담이 스리슬쩍 물었다.

"뭘 더 샀어요?"

지금 그녀를 상대할 정신이 아니었던 주원은 대답도 않고, 그녀의 아파트 쪽으로 걸음을 옮겼다.

"저렇게 불편하면 나만 보내지…."

유독 경직된 그를 보며 아무것도 모르는 도담이 혼잣말을 내뱉었다. 그때라도 그 말을 들었더라면 두 사람의 목적이 미묘하게 다르다는 걸 알 수 있었을 텐데, 잔뜩 긴장한 주원에게는 미처 닿지를 못했다. 덕분에 그녀의 집으로 향하는 주원의 발걸음은 점점 더 비장해져만 갈 뿐이었다.

"후우…."

깊은 심호흡으로 긴장감을 억누르고, 마음속으로 카운트다운을 시작한다. 하나, 둘, 셋. 그런 뒤에야 겨우 초인종 위에 손가락을 올린다. 주원은 도담의 집에 들어가기 일보 직전인 지금이 NSO 최종 면접보다 긴장됐다.

"아휴, 긴장할 필요 없다니까 그러네."

그런 주원이 답답했던 도담은 아직 힘을 주지 않고 있던 그의 손가락을 대신 꾹 눌러주었다.

띵동 띵동.

집 안에서 요란한 초인종 소리가 울렸다. 몹시 당황한 주원은 저도 모르게 인상을 쓴 채 그녀를 노려보았다.

"미쳤어? 나 아직 표정 관리 못 했어."

"지금이라도 해요. 스마일!"

"나한테는 그게 쉬운 일이…."

"아이고, 우리 딸 왔어?"

주원이 성질을 내려던 순간, 현관문이 열리며 오랜만에 보는 도담의 아빠가 모습을 드러냈다. 아빠를 유독 좋아하는 도담은 그를 보자마자 와락 안겼다.

"아빠! 이게 얼마 만이야! 나 안 보고 싶었어?"

"우리 딸이야 늘 보고 싶지. 자취는 어때? 밥은 잘 챙겨 먹고 다녀?"

"나 끼니는 절대 안 놓치는 거 알면서!"

껄껄 웃는 그녀의 아버지, 아니. 예비 장인어른은 다행히 까칠했던 주원의 눈빛을 못 본 모양이었다. 주원은 서둘러 표정을 정리하고 인사부터 올렸다.

"안녕하십니까. 아버님께는 처음으로 인사드립니다. 기주원이라고 합니다."

여전히 얼어있긴 하지만 그래서 더 예의 있게 느껴졌다. 그제야 도담의 곁에 서있던 주원을 인식한 예비 장인어른은 그녀와 닮은 미소를 지으며 먼저 악수를 청했다.

"아아, 오늘 모시고 온다는 귀한 손님이시구나! 반갑습니다, 나는 도담이 아버지 되는 사람이에요."

"네, 그건 알고 있습니다."

"아… 아하하! 하긴! 누가 봐도!"

사람 좋게 웃어넘기고는 있으나, 그 전에 살짝 틈이 있었다. 그걸 눈치챈 주원은 티 나지 않게 몹시 후회했다.

방금 그런 말은 하지 말걸. 딱 봐도 나이 들어 보인다는 소리 같네.

첫인상 점수가 깎일 위기에 처한 주원은 곧바로 수습을 시도했다.

"그래도 동안이십…."

"여기까지 오느라 힘드…."

하지만 하필 그 타이밍에 질문을 꺼낸 그와 말이 물려버렸다. 서로의 눈치를 보느라 다시 찾아온 찰나의 정적. 주원에게는 그 일 초

146

가 일 년처럼 느껴졌다.

정말 오늘 시작부터 왜 이러는 걸까.

"자자, 여기서 이러지 말고! 안에 들어가서 얘기합시다! 정식으로 소개해 줄게요!"

서먹한 기류를 알아차린 도담은 두 남자를 집 안으로 데리고 들어 갔다. 조금 전 실수로 긴장감은 한층 더 심해졌지만, 주원은 초인적 인 정신력을 발휘해 희미한 미소를 유지하려 애썼다.

하지만 집 안에 들어서서, 마침 부엌에서 막 완성된 갈비찜을 접 시에 옮겨 담는 홍 여사를 마주치자 이번엔 도담이 몹시 당황하고 말았다.

"엄마, 나 왔… 어머나."

그도 그럴 것이 평소 편안한 차림을 선호하는 홍 여사는 비싸 보 이는 원피스에, 화려한 액세서리에, 미용실에서 각 잡고 만져준 듯한 머리까지 완벽히 세팅된 상태였다.

"엄마! 옷이 왜 그래?"

"얘는, 엄마 평소에도 이렇게 입는 거 알면서."

"평소 언제?"

"쉿, 우리 딸은 항상 입이 방정이라니까."

왠지 말투도 미묘하게 나긋해진 홍 여사는 확실히 예전과 달랐다. 아무리 팀장님과 함께하는 식사 자리라고 해도 너무 과하고 본격적 이었다. 뭔가 상황이 이상하게 굴러가고 있다고 느낄 때쯤, 도영의 방문이 빠끔히 열렸다.

"매형! 누추한 우리 집까지 오시느라 수고가 많습니다!"

더 이상한 애가 나타났다. 입고 있는 싸구려 양복이 너무 안 어울려서, 어디 가서 내 동생이라고 말하기도 창피한 차림새로 방에서 뿅 하고 튀어나왔다.

"온도영 넌 또 왜 그 모양이야?"

그 꼴이 너무 창피했던 도담이 눈썹을 구기며 물었다. 그러거나 말거나 도영은 거실로 나와 멀뚱히 서있던 주원의 얼굴을 확인하더니 대뜸 알 수 없는 고함을 질러댔다.

"엥? 뭐야! 매형이 아니잖아!"

"매형…?"

"누나 매형 데려오는 거 아니었어? 왜 누나 뺨 걷어찬 분이랑 걸어 들어오는 거야? 존경하는 우리 매형은?"

도영의 거듭된 질문에 애써 유지하고 있던 주원의 미소가 싸악 사라졌다. 또다시 습관처럼 미간이 험상궂게 구겨져 버렸다.

"…그런 게 있어?"

다들 조금씩 이상해진 듯한 기분에, 혼란스러워진 도담이 언성을 높였다.

"이건 또 뭔 소리야. 다들 지금 뭔 말을 하는 거야!"

망조가 들어도 단단히 들어버린 이 순간. 상황은 그야말로 파국 일보 직전이었다.

그저 주원과 안부도 전할 겸 밥을 먹으러 왔을 뿐인데, 왜 이렇게 된 거지?

＊ ◆ ＊

도담의 가족 네 식구. 그리고 기주원이라는 귀한 손님. 이렇게 다섯 명이 어렵사리 식탁에 모여 앉았다.

"저번에 왔던… 그분이시네?"

홍 여사가 넌지시 말문을 열었다. 왠지 주원이 이 집에 있는 걸 몹시 의아해하는 듯한, 한편으로는 묘하게 실망한 것처럼 보이기도 하는 난해한 표정이었다.

도담은 그런 그녀를 이해하지 못했지만, 도영은 기다렸다는 듯 맞장구를 쳤다.

"그러게. 좋다 말았네. 나는 진짜 우리 매형 오는 줄 알았잖아."

"니가 수선 피우는 바람에 이게 뭐냐."

"나도 이렇게 될 줄 알았나? 매형 오는 줄 알고 편지도 써놨었단 말이야. 부족한 우리 누나 잘 부탁한다고."

두 사람만 통하는 대화를 듣고 있던 도담이 인상을 구기며 물었다.

"대체 무슨 얘길 하는 거야, 둘 다. 누굴 기다린 건데."

"흠흠, 아니야. 아무것도."

홍 여사는 시치미를 떼려 했다. 그러나 도담의 눈에는 그 모습이 더 수상스러울 뿐이었다.

"야, 온도영. 너 엄마한테 무슨 헛소리 했어."

도담은 만만한 도영을 붙잡고 재차 추궁했다. 도영은 동그란 눈을 커다랗게 뜨며 손사래를 쳤다.

"오해야! 나 매형에 관한 얘기는 하나도 안 했어!"

"그놈의 매형은 왜 자꾸 나와? 도대체 니가 말하는 매형이 누군데!"

"아… 그때 만난 그 잘난 형 있잖아. 난 그 형이 오는 줄 알았지."

너무 창피해하는 나머지, 친구에게조차 서로를 소개해 주는 일이 없는 남매 사이에 공통적으로 묶인 인물. 그제야 도담의 머릿속에 재이의 얼굴이 스쳐 지나갔다. 영화관에서 데이트하는 모습도 봤겠다, 지난번에 오천만 원이라는 거금까지 받아봤겠다, 여러 정황을 토대로 도영은 재이와의 관계를 단단히 오해하고 있는 모양이었다.

"야! 너 조용히 안 해? 그 사람이랑 나는 아무 사이 아니야!"

도담은 펄쩍 뛰며 강력하게 부인했다.

"그 사람…?"

그녀의 입에서 튀어나온 심상찮은 존재에, 곁에 앉아있던 주원은 표정 관리가 다시 안 되기 시작했다. 동료들이 탈인간이라 칭하는 기주원의 촉으로 봤을 때, 아무래도 그녀의 가족은 사윗감으로 다른 남자가 올 거라 기대한 모양인데…. 억울해하기보다는 몹시 당황하는 그녀의 태도를 보니, 아무래도 무시할 만한 인물은 아닌 것 같다.

가만 넘길 수 없었던 주원은 최대한 태연한 목소리로 물었다.

"그 사람이… 누구?"

"네? 아니에요, 아무것도."

"아무것도 아닌 것 치고는 다들 그분을 찾으시는 것 같은데."

"아…."

태연하게 굴어봤자 기주원의 포스는 어디 가지 않았다. 애써 올리고 있는 입꼬리가 무색할 만큼 싸늘하게 식은 눈동자는 주변의 온도를 십 도씩은 낮추는 것 같다. 그러나 아무리 추궁해도 도담은 솔직하게 대답해 줄 수 없었다. 서재이의 이름은 기밀이나 다름없었다. 아마 짜잘한 변명을 하겠답시고, 그걸 누설했다가는 지금보다 더 큰 불호령이 떨어질지 모른다.

'이럴 때는 분위기를 환기하는 게 최고지.'

도담은 꿀꺽, 마른침을 삼키고 가족들에게로 시선을 옮겼다.

"어어… 자, 자! 그럼 저녁 먹기 전에 정식으로 인사부터 나눌까?"

어떻게 보면 현실 도피였다. 그러나 이 상황을 무난히 넘기기 위해서는 이 방법밖에 없었다.

"이분은…."

그러나 막 입을 열었을 때 주원이 그녀를 저지하고 입을 열었다.

"아니요, 제가 직접 다시 한번 인사드리겠습니다."

꼿꼿하게 허리를 펴고 앉은 그는 언제 다른 데 신경 썼냐는 듯 진지한 눈빛이었다. 도담은 그런 그를 굳이 말리는 대신 다른 가족들과 마찬가지로 가만히 이어질 말을 기다렸다. 한순간에 모두의 주목을 받게 된 그는 첫마디를 꺼내기 전에 호흡부터 정리했고, 이내 차분한 목소리로 예의를 갖춰 말했다.

"따님과 진지한 관계로 만나고 있는 기주원이라고 합니다."

주원의 자기소개는 도담의 예상과 결이 달랐다. 지난번처럼 회사 상사라고 자신을 소개할 줄 알았는데, 지금의 그는 흡사 남자 친구로서 이 집에 찾아온 것 같다.

"어머, 팀장님…."

그런 그에게 놀란 도담은 금세 얼굴을 붉혔다. 우리 부모님께 먼저 당당하게 우리 관계를 밝히다니. 사랑에서만큼은 소극적이던 예전의 기주원은 이제 정말 과거 저편으로 사라진 모양이다. 그의 멘트 중에서도 특히 '진지한 관계'라는 표현이 마음에 들었던 도담은 수줍게 주원의 팔을 톡 쳤다.

"동생까지 다 있는 자리에서 낯 뜨겁게…."

하지만 이 행복한 순간은 그리 오래 가지 않았다. 도담의 애교 섞인 반응에도 꼿꼿한 자세를 유지하고 있던 주원이 태연한 표정으로 준비해 뒀던 대형 폭탄을 터트렸으니.

"결혼 허락을 받으러 왔습니다."

응…?

"따님은 몸만 와도 될 정도로 결혼 준비는 완벽하게 되어있습니다. 물론 지난번에 불미스러운 일로 먼저 인사드리긴 했지만, 허락해 주신다면 남은 인생을 두 분의 따님과 열심히 살아보겠습니다."

"저기, 팀장님…?"

"저는 진심으로 이 사람과 결혼하고 싶습니다."

아주 씩씩하게, 그리고 믿음직스럽게 꺼낸 비장의 멘트. 말을 마친 주원은 가지고 왔던 선물 보따리들을 예비 장인어른 쪽으로 쓱 내밀었다. 하지만 도담의 아버지를 비롯한 모두가 제대로 대답도 못할 정도로 심히 놀란 상태였다. 그렇게 눈만 끔뻑끔뻑 거리며 주원을 바라본 지 얼마나 지났을까.

"그, 그, 그게 무슨 마른하늘에 날벼락 같은 소리야!"

가장 놀란 도담이 언성을 높였다. 기절초풍하는 그녀의 반응에, 지금까지 다 얘기된 줄로만 알고 있던 주원의 눈동자가 심히 흔들렸다.

## 사랑한다고
## 말해줘요!

"뭐…?"

지금까지 같이 얘기 나누고, 잘 준비해 놓고서 뭔 소리냐니. 주원은 중요한 순간, 아무것도 모르는 사람처럼 나오는 그녀의 태도를 좀처럼 이해할 수 없다. 하지만 주원만큼이나 당황한 그녀는 그의 허벅지를 딱 붙잡고 되물었다.

"결혼이라니요? 남은 인생을 나랑 열심히 살아보겠다니요?"

"그 둘 중에 어떤 파트가 이해가 안 돼서 이러는 거야?"

"혹시 오늘 여기 온 게, 부모님한테 결혼 허락받으려는 거였어요?"

"당연하지. 전부터 말했잖아."

"우리 둘이 이렇게 된 지 얼마나 됐다고!"

"기간이 무슨 상관이야. 현재와 미래에 확신을 가졌다는 게 중요해."

그리 대답하는 주원의 표정은 쓸데없이 믿음직스러웠다. 서재이 사건 때문에 변변찮은 데이트 한번 한 적이 없었고, 미래에 관한 이야기조차 나눠본 적이 없건만, 이 남자는 도대체 뭘 믿고 저런 거창한 계획을 세웠는지 모르겠다. 원래 다가가기 힘든 사람일수록 한번 마음을 열면 끝도 없이 내준다는데. 혹시 기주원도 그런 타입일까.

"둘이 얘기가 안 된 거야…?"

도담의 당황한 표정을 지켜보고 있던 홍 여사가 넌지시 물었다. 서로 말이 안 맞는 두 사람이 하나도 이해되지 않는다는 표정이었다.

"아, 아니. 오늘 난 이런 얘기하러 온 게 아니고…."

도담은 결혼 얘기가 더 심각해지기 전에 서둘러 해명하려 했다. 하지만 그녀가 무슨 얘기를 꺼내기도 전에, 도영이 쩌렁쩌렁하게 내뱉었다.

"누나! 누나 애인 이 사람 아니잖아!"

"넌 또 무슨 헛소리를 하는 거야, 진짜!"

"그때 파스타집에서 만났던… 그 빨간 스포츠카! 빨간 스포츠카 형이 누나 애인이잖아! 둘이 몰래 데이트하다가 나한테 여러 번 들켰던 거 기억 안 나?"

빨간 스포츠카. 그거라면 주원도 잘 알고 있었다. 심지어 그 차의 차 키는 아직까지도 주원의 재킷 안주머니에 있다.

"서재이 말하는 것 같은데, 둘이 데이트도 했었어?"

기주원이 물었다.

"데이트하는 사람은 또 따로 있어? 그럼 이 결혼 얘기는 뭐야?"

그 얘길 들은 홍 여사도 질문을 던졌다.

"빨간 스포츠카 형은 어떻게 됐어? 결혼 왜 그 형이랑 안 해? 그

형은 혹시 세컨드, 뭐 그런 거였냐?"

아직 서재이의 환상에서 벗어나지 못하고 있는 도영이 정신 사납게 그와의 관계를 캐내려 했다. 숱하게 쏟아지는 질문 세례 속에서 도담의 정신이 멀쩡할 리 없었다.

"그만… 그만… 다들 그만!"

혼란을 잠재우려, 도담이 버럭 고함을 내질렀다. 그녀의 두 번째 고함에 다시금 잠잠해지는 식탁. 이 기회를 틈타, 도담은 벌떡 자리에서 일어섰고 기주원에게도 일어나라는 손짓을 했다.

"따라 나와요."

어째 주원은 이 집에 올 때마다 도담에게 불려 나가고 있었다.

"일단 우리 둘부터 얘기 정리하고 다시 와요!"

씩씩하게 소리친 도담은 먼저 걸음을 옮겨 현관 쪽으로 향했다. 어디서부터 어긋난 건지는 모르겠으나, 이 상태로 계속 여기 앉아있을 수는 없었던 주원은 얌전히 자리에서 일어났다.

"…그럼, 다녀오겠습니다. 아버님, 어머님."

그 와중에도 잊지 않고 붙여보는 친근한 호칭에 현관문을 여는 도담이 째릿 그를 노려보았다. 아무래도 이 결혼은 당사자인 예비 신부 선에서 불허가 떨어질 것만 같다.


이 집에 올 때마다 소환당하는 작은 놀이터에 두 사람이 서있었다.

"기주원 씨."

씩씩거리던 도담이 허리를 짚은 채 주원을 불렀다. 화나 보이는 건 도담이었지만, 만만찮게 기분이 상한 주원은 곱지 않은 목소리로 대답했다.

"왜."

그 뻔뻔한 태도에, 도담은 한층 더 뾰족한 목소리로 따졌다.

"결혼 같은 중대한 문제를 나한테 일언반구 상의도 없이 막 내뱉어버리면 어떡해요?"

"뭐?"

"상식적으로 그렇잖아요. 우리가 언제 날 잡아서 진지하게 미래를 설계해 본 것도 아니고, 같이 머리 맞대고 결혼 계획을 짜본 것도 아닌데 다짜고짜 따님을 달라니!"

그 말을 들은 주원이 한발 성큼 앞으로 다가왔다.

억울하던 중 말 잘 꺼냈다. 지금까지는 결혼 얘기에 긍정적인 반응만 보이다가, 부모님 앞에서는 시치미를 떼는 그녀를 주원도 이해하지 못하던 참이었다.

"했어. 결혼 얘기."

"우리가? 언제!"

"기억 안 나? 서재이 사건 터지고, 너 우울해서 데이트 다녀온 날."

"DVD방 갔던 날? 그때 언제?"

"휴 그랜트 나오는 영화 보면서 말했잖아. 나한테 시집오라고. 고생 안 시킬 테니까 잘 따라오는 말에 넌 얼굴까지 붉혔어. 똑똑히 기억해."

그날이라면 그렇게 오래 지난날도 아닌데, 도담은 좀처럼 그 순간을 기억해 낼 수가 없었다.

영화에 집중하는 동안 기주원이 옆에서 구시렁구시렁하긴 했던 것 같은데… 혹시 그게 그거였나?

"나는 기억 안 나요. 팀장님이 나한테 결혼하자고 했던 거."

"인제 와서 갑자기?"

"갑자기가 아니라, 애초부터 팀장님이랑 결혼한다고 생각해 본 적이 없단 말이에요."

그녀의 단호한 말에 주원의 눈동자가 심히 흔들리기 시작했다. 단순히 아직은 그런 얘길 꺼낼 단계가 아니라는 뜻이었건만, 그의 표정은 큰 배신이라도 당한 사람 같다.

"그럼… 나랑은 적당히 즐기다가 결혼은 다른 사람이랑 할 생각이었어?"

"아니, 내 말은 그런 뜻이 아니라…."

"그런 쉬운 마음으로 혼자 잘 살던 독신주의자 마음을 송두리째 흔들어 놔?"

"독신주의자요? 이렇게 기다렸다는 듯이 결혼 얘길 꺼내면서?"

"그래, 독신주의자였어. 결혼은커녕 연애도 할 생각 없었다고. 그런데 니가 날 흔들어놨잖아. 그냥 흔든 정도가 아니라 내 안에 하늘과 땅을 완전히 거꾸로 뒤집어놔 버렸어."

"내가 그렇게나…."

"누가? 바로 니가."

'바로 니가' 파트에서 주원의 손가락이 정확히 그녀의 이마로 향했다. 자신의 말을 증명하듯 몹시도 일렁이는 주원의 눈빛은 도담의 마음을 동요시키기에 충분했다.

"내가 팀장님한테 그렇게 큰 영향을 끼쳤단 말이에요? 하늘하고 땅이 뒤바뀔 만큼?"

도담은 주원을 빤히 바라보며 되물었다. 나름 감동 받기 직전의 중요한 순간이었으나, 되돌아오는 주원의 대답은 까칠하기만 했다.

"그러면 뭐 해. 지금까지 너한테 놀아나기만 했는데."

"놀아나다니요. 절대 그런 거 아니에요!"

"그럼 내가 결혼 얘기할 때마다 좋아해 놓고서는, 왜 지금 와서 한 발 뒤로 물러나는 건데?"

"내가요?"

"발뺌할 생각하지 마. 나, 니가 했던 대답 하나도 빠짐없이 다 기억하고 있으니까."

주원의 확신에 찬 말에도 도담은 하나도 모르겠다는 표정이었다. 악의 없이 정말 기억하지 못하는 듯한 그녀의 태도에, 주원은 혼자만 담아두고 있던 순간들을 하나하나 꺼내놓았다.

"내가 말했잖아. 이제 우린 인생을 동행하는 사이라고. 앞으로 나랑 살게 돼서 다행이라고 생각해 줬으면 한다고."

"네, 그랬었죠. 그날은 기억해요."

"결혼 생각이 없었으면 그때 거절했어야지. 인생까지 동행할 생각은 없다고. 같이 사는 사이가 되는 건 부담스럽다고."

"네에? 그 말이 그 뜻인 줄 어떻게 알아요!"

하지만 주원의 말을 들은 도담은 더욱 어리둥절할 뿐이었다. 도담도 기억하고 있는 그 순간들은 단순히 서로의 마음을 확인한 때인 줄 알았는데, 인제 보니 담긴 프러포즈나 다름이 없었나 보다.

억울해진 도담은 서둘러 그의 말에 반박했다.

"그렇게 로맨틱한 순간에 누가 그렇게 딱 잘라 말해요?"

"왜 못해?"

"사랑하는 사람이 분위기에 취해서 그런 달달한 멘트를 날리는데, 매정하게 한마디 한마디 짚어가며 초를 친다고? 대체 누가?"

"미안하지만 나는 그래."

단순한 고집이 아니라, 정말 그러고도 남을 사람 같아서 도담도 잠시 말문이 막혔다. 그 틈을 타, 주원은 또 다른 기억 하나를 꺼내 놓았다.

"여기 올 때도 마찬가지야. 내가 너희 부모님께 인사드리러 가자고 했을 때, 마냥 좋아했었잖아."

"그때는 그 말이 그런 뜻인 줄 몰랐어요! 저는 안부 인사나 전할 겸 찾아뵙자는 거라고 생각했죠!"

"안부 인사 전하러 가는 것치고는 선물이 너무 많다고 안 느꼈어?"

"화, 확실히 과하긴 했지만…."

"누가 봐도 결혼 승낙받으러 가는 사람 선물이었어. 한우에 자연산 산삼에 백화점 상품권까지, 실용성이랑 취향 따져가면서 얼마나 신경 썼는지 알기나 해?"

주원이 서운함을 폭발시키며 따져 물었다. 그러나 도담은 사실 그가 말한 선물들을 제대로 보지도 못했었다. 보려고 해도 부끄러워하며 숨기던 기주원 때문이었다.

'생각해 보면 다른 것도 다 그래. 주어 없이 빙빙 돌려 말하는 바람에 하나도 못 알아들었던 거잖아.'

도대체 무엇이 우리의 의사소통을 단절시켜 놓았는가. 하고 곰곰이 따져보면 모두 기주원이 시작부터 단추를 잘못 끼워서였다. 그래, 백번 양보해서 DVD방에서 꺼냈던 결혼 얘기는 내가 못 들었다 치자. 하지만 그 뒤에 얘기들은 전부 다 흘리듯 얘기했거나, 주어 없이 얘기하는 바람에 결혼 준비에 관련된 것인지는 꿈에도 몰랐다.

이제야 뭐가 잘못됐는지 확실히 깨달은 도담은 씩씩대며 외쳤다.

"자꾸 내 탓 하지 마요! 연애 시작한 지 얼마 되지도 않아서 결혼 허락까지 받으러 온 팀장님이 과한 거니까!"

어쩌면 자존심을 팍 건드릴 수도 있는 그녀의 말에 아니나 다를까, 주원의 눈썹이 꿈틀 움직였다. 그건 불호령을 시작하기 전의 준비 운동 같은 것이었기에, 도담은 단단히 마음의 준비를 했다. 그러나 이어지는 그의 목소리는 의외로 낮고 차분했다.

"…그래, 내가 과했어."

예상치 못한 인정이었다. 뜻밖의 반응에 놀란 도담은 가만히 주원의 얼굴만 바라보았다. 주원은 그런 그녀를 똑바로 바라보며 혀끝에 맺혀있던 고백들을 서슴없이 토해냈다.

"나한테는 살면서 너처럼 가깝게 다가온 사람이 없어서, 니가 하는 모든 말에 의미를 부여했어."

"팀장님…."

"너랑 함께였던 시간보다 혼자 지냈던 시간이 훨씬 더 긴데, 이 임무가 끝나고 다시 혼자가 됐을 때 괜찮을 자신이 없었어. 그래서 성급하게 너와의 미래를 그린 것도 사실이야."

"…."

격하게 흘러나오는 진심에 주원의 호흡이 다소 빨라졌다. 하지만 그에 비해 도담은 한결 차분해진 눈빛으로 그를 마주했다. 다시 말을 잇기 전, 주원은 크게 한번 숨을 골랐고 체념 섞인 목소리를 흘려보냈다.

"알아, 내 표현이 미숙하고 다듬어지지 않아서 잘 와닿지도 않는다는 거. 그래서 너는 별생각 없었겠지만…."

"…."

"니가 소중하다는 말도, 계속 함께할 거라는 말도, 너를 위해선 뭐든 해주고 싶은 내 마음도 전부 진심이었어."

"…."

"너도 그걸 알고 받아준 줄 알았는데…."

얼굴에 열이 오르는 걸 가까스로 가라앉히고, 겨우겨우 한 마디씩 이어나가던 말이 맥없이 끊겨버렸다. 여기서 더 얘기를 해봤자, 감정에 호소하는 것밖에 안 된다는 생각이 들어서였다.

인류대사라 일컫는 '결혼'이다. 비록 나는 이성적인 판단을 할 수 없는 상태에 이르러서 감정에 충실하고 있지만, 그녀는 이성적으로 자신의 미래를 선택했으면 한다. 그런 의미에서는 나처럼 뜨겁게 불타오르는 것보다 그녀처럼 한 발자국 떨어져서 고민해 보는 편이 낫겠지.

"그럼… 내 말은 다 끝났으니까 간다. 들어가선 내가 사과드릴게. 나 혼자 너무 성급하게 굴었던 것 같다고."

제 할 말을 마무리 지은 주원은 그녀 앞에서 등을 돌렸다. 말짱해 보이려 신경 써서 걷고 있지만, 사실 그의 마음은 미련과 서운함으로 똘똘 뭉쳐있다. 그도 그럴 것이, 오늘 무사히 허락을 받고 돌아가면 그때부터는 그녀와 더 깊은 사이가 될 수 있을 거라 기대했으니까.

그래도 결혼 문제를 강제로 밀어붙일 수는 없는 노릇이니, 애써 타들어가는 속을 달래고 있을 무렵, 그녀가 소리 높여 주원의 이름을 불렀다.

"기주원 씨!"

주원은 걸어가던 걸음을 잠시 멈추고 그녀에게로 시선을 돌렸다. 그러자 도담은 방금 전의 주원만큼이나 비장한 표정으로 크게 외쳤다.

"사랑한다고 말해줘요!"

"뭐?"

"그렇게 돌려 말하면 나는 못 알아듣는다는 거, 이제 확실히 알았잖아요! 사랑한다고 해줘요! 주원 씨 입으로!"

갑작스러운 그녀의 고백 요구에 애써 가라앉혔던 얼굴에 확 열이 올랐다. 주원은 주민 몇몇이 돌아다니고 있는 단지를 슬쩍 훑어보고, 기어들어 가는 목소리로 조심스레 대답했다.

"했었잖아. 그때…."

하지만 도담은 목소리를 줄일 생각도 않고, 사랑 타령을 계속 이어 나갔다.

"지금 느끼는 감정이 사랑이라고 생각한다고 했지, 직접적으로 '사랑해!' 한 적은 없잖아요!"

"…."

"나랑 결혼까지 생각하는 남자한테 최소한 그 말은 듣고 싶어요!"

그녀의 입에서 '결혼'이라는 단어가 나왔다. 지금껏 내내 외면만 해오다가, 인제 와서야 제대로 진심을 알아준 그녀는 언제 당황했었냐는 듯 진지하기만 했다.

주원은 그런 그녀를 보며 깊게 고민하다가 아주 조심스럽게 입술을 열었다.

"…해."

너무 조심스러웠던 나머지 그의 목소리는 잘 들리지 않았다.

"하나도 안 들리거든요! 날 그 정도밖에 사랑 안 해요?"

더 쩌렁쩌렁하게 그를 닦달하자, 주원은 볼륨 한 칸 정도 키운 목소리로 다시 고백을 꺼내놓았다.

"…랑한다고."

"우리 거리 꽤 떨어져 있는 거 몰라요? 자꾸 그러면 나 연애도 다 물러…."

"…사랑해!"

"응?"

"사랑한다고, 온도담!"

드디어 기주원이 놀이터의 중심에서 사랑을 외쳤다. 그의 입에서 터져 나온 사랑 고백에 지나가는 주민들의 시선도 두 사람에게로 꽂혔다. 그걸 느낀 주원의 얼굴이 붉게 물들었다.

"이제… 됐어?"

기대했던 고백과는 분위기도, 장소도 많이 달랐으나 부끄러워하는 그의 모습은 기대 이상으로 보기 좋았다. 조금만 애정을 표현할라 치면 이빨을 드러내던 모습이 엊그제 같은데, 어느새 이 남자는 동네가 떠나가라 사랑 고백을 할 정도로 마음이 자랐다.

"억지로 시켜서 하는 말 아니죠?"

도담은 그 속내를 빤히 다 알면서 그에게 물었다.

"억지로 하는 거면 이런 거 말할 바에 혀 깨물고 죽겠어."

주원은 곧바로 인상을 썼지만, 툴툴대는 그 모습이 그녀의 눈에는 더 귀여워 보일 따름이었다.

"그럼 같이 들어가요."

도담은 활짝 웃는 얼굴로 다가가 그의 손을 감싸 쥐었다.

"너는?"

"나는 뭐?"

"너는 어떤데. 나…."

기주원식 화법대로 중요한 부분이 또 생략된 질문이었지만, 찰떡같이 알아들은 도담이 그의 눈을 똑바로 바라보며 말했다.

"나도 사랑하니까 허락받으러 가지!"

"허락…?"

"응, 결혼 허락받으러 왔다며. 아직 얼떨떨하기도 하고 당황스럽기도 한데, 무르고 싶지는 않아졌어요."

아까까지는 말도 안 되는 소리 하지 말라고 버럭버럭 화를 내더니, 무엇 때문에 그녀의 마음이 바뀌었는지 모르겠다. 내 마음을 몰라준다며 성질을 있는 대로 부렸던 것 같은데, 그런 나를 보며 활짝 웃는 그녀는 확실히 참 이상한 취향을 가졌다. 그래도 이런 사람이기에, 도저히 오래 토라질 수가 없었던 주원은 자기도 모르게 피식 웃음을 흘렸다.

"이랬다가 저랬다가… 자꾸 변덕 부리면 엉덩이 뿔난다."

"그럼 팀장님이 오늘처럼 멋대로 굴 때마다 엉덩이로 푹 찔러야지, 뭐."

언제 씩씩댔었냐는 듯, 다시 다정해진 두 사람의 머리 위로 익숙한
목소리가 들려왔다.

"다 끝났니?"

그리 높지 않은 층의 베란다에서 아래를 내려다보고 있는 사람은
다름 아닌 홍 여사였다.

"어, 엄마…?"

"사랑 타령은 다 끝난 것 같은데, 들어와서 나랑 얘기할까?"

"다 들었어?"

"아니, 들렸어. 아마 여기 아파트 사람들도 다 듣고 있었을 거다."

당황한 도담의 얼굴이 그제야 새빨개졌다. 그에 비해 사랑을 외쳤
던 장본인인 주원의 얼굴에는 핏기가 싸악 가셨다. 결혼 승낙 받으
러 와서 동네 창피를 당하다니…. 정말 이 여자와 함께하는 하루하
루는 멀쩡하고 행복하게 지나가는 법이 없다.


아파트 한복판에서 서로의 사랑을 요란하게 확인하고, 다시 둘러
앉은 저녁 식탁. 상황을 지켜만 보고 있던 도담의 아버지가 주원의
앞접시에 갈비찜을 덜어주었다.

"다 식었네. 어서 먹어요."

"아 예, 감사합니다."

아직 얼굴의 열기를 식히지 못한 주원이 고개를 꾸벅 숙여 인사하
고는 젓가락을 들었다.

제 눈치를 살피는 도담에게, 홍 여사가 먼저 말문을 열었다.

"그래서, 둘이 결혼을 하겠다고?"

이번에는 확실히 말을 맞추고 들어온 도담은 자신 있게 고개를 끄덕였다.

"네, 그렇습니다. 이제 온씨 집안 장녀는 슬슬 새로운 가정을 꾸려 보려…."

하지만 그녀의 말이 끝나기도 전에 홍 여사는 탐탁잖은 눈으로 되물었다.

"그런 중대사를 조금 전에 얼렁뚱땅 정한 것 같던데?"

"으, 웅?"

"게다가 두 사람 얼마 전까지만 해도 서로 마음이 안 맞아서, 퇴사까지 운운하던 사이 아니었나?"

"아…."

"결혼이라는 건 그렇게 가볍게 결정할 일이 아니지. 애들 소꿉놀이랑은 차원이 다른 거잖아."

그리 말하는 홍 여사는 처음보다 까칠한 태도였다. 어찌 보면 당연한 반응이었다. 방금 전까지만 해도 결혼은 무슨 얼어 죽을 결혼이냐며, 펄쩍 뛰던 도담의 모습을 두 눈으로 확인했었으니까.

"그게…."

도담은 서둘러 해명하려 입술을 반쯤 열었다. 하지만 홍 여사의 날카로운 눈빛을 보자 섣불리 그 어떤 말도 나오지 않았다. 여기서 대답을 잘못했다간, 반대는 물론이거니와 그대로 이 집에서 내쫓길 것이다.

"실례가 안 된다면 제가 대신 답변 드려도 되겠습니까?"

그래서 머리만 열심히 굴리고 있던 그때 주원이 조심히 말문을 열었다. 홍 여사의 시선이 그에게로 향했다. 주원은 그 눈을 피하지 않고 또렷한 목소리를 이어나갔다.

"중간에 의사소통이 잘못되어 방금 확정이 난 사안은 맞습니다. 하지만 가볍게 결정한 건 아니라는 점을 분명히 말씀드립니다."

"놀이터에서 몇 분 싸우다가 정한 걸 보면, 진지한 결정은 아닌 것 같아 보입니다만."

"엄마, 싸운 건 아니고…!"

"쉿, 넌 가만히 있어. 지지배야."

도담이 끼어들어 보려 했으나 홍 여사는 그녀를 곧바로 저지시켰다. 주원은 자신의 대답을 원하는 홍 여사에게 조금의 고민도 없이 대답했다.

"싸움이라기보단 두 사람의 믿음을 확인하는 과정이라고 생각해 주시면 감사하겠습니다."

흡사 상관에게 보고하는 듯한 딱딱한 말투였다. 진지한 만큼 굳어버린 그의 이목구비는 얼핏 사나워 보이기까지 했다. 결코 좋게 평가해 줄 수 없는 그의 인상을 알기에, 불안한 도담은 어떻게든 분위기를 부드럽게 만들어보려 했다.

"평소에는 싸우는 일 없어. 얼마나 내 얘기를 잘 들어주는데! 알고 보면 되게 자상하고 다정하고 마시멜로처럼 살살 녹는 그런 남자…. 그래, 그런 남자야! 우리 아빠처럼!"

도담의 입에 발린 멘트에 도담의 아버지만큼은 미소를 되찾았다. 그녀의 단순하면서도 수더분한 성격이 누굴 닮았는지, 확실히 알게 되는 순간이었다. 그러나 홍 여사는 도담이 곤란한 상황에 부닥칠 때마다 만만한 제 아빠를 물고 늘어진다는 사실을 잘 알고 있었다.

"쓸데없는 데로 말 돌리지 말고."

그녀가 단호하게 말했다.

도담 아버지의 눈썹이 눈에 띄게 추욱 내려가거나 말거나 홍 여사는 본격적인 질의응답 시간을 시작했다.

"우리 딸이랑 결혼을 결심한 이유가 뭔지 듣고 싶군요."

이건 주원의 예상 질문 리스트 안에 들어있었다. 주원은 며칠 내내 고심해서 정해온 답안을 모범생처럼 읊었다.

"우선 결혼까지 결심한 가장 큰 이유는 인성이었습니다. 선하고 바른 사람이라 인생을 동행해도 좋겠다는 판단이 섰습니다."

"그리고 또?"

"두 번째는 저의 부족한 점을 채워주는 사람이기 때문입니다. 저는 지나치게 이성에 충실한 타입이지만, 이 친구는 감성이 풍부하고 마음이 따뜻해서 서로 상호 보완이 완벽할 거라 생각했습니다."

아무리 들어도 보고서 발표였다. 지켜보는 도담은 정말 이게 먹히고 있는 건지 긴가민가했지만, 홍 여사는 질문을 계속 이어나갔다.

"아아, 혹시 세 번째도 있어요?"

"네. 있습니다."

"말씀해 보세요."

"저에게 가장 힘이 되는 사람입니다. 제가 힘들고 험난한 고비에 직면할 때마다 이 친구의 따뜻한 위로 덕분에 기운을 차릴 수 있었습니다. 저도 그런 존재가 될 수 있도록 노력을…"

열심히 발표하던 주원이 돌연 말을 멈추었다. 회사로 따지자면, 홍 여사의 얼굴이 보고서를 지적하기 직전의 상관 얼굴을 하고 있었기 때문이다.

"혹시 무슨 문제가 있다면 편히 말씀 부탁드립니다. 좀 더 상세하게 답변드리도록 하겠습니다."

주원은 자세를 고쳐 앉으며 그녀에게 말했다. 그러자 홍 여사는 깊은 심호흡과 함께 고개를 끄덕거리는가 싶더니, 진지한 목소리로 대답했다.

"나무랄 데 없는 모범 답안이었어요. 기주원 씨."

"네, 감사합니다."

"하지만 너무 잘 쓰인 답안이라 진심으로 다가오진 않네요."

"…예?"

"마치… 교과서에서 외운 대로 낭독하는 느낌이랄까요."

"아…."

홍 여사의 지적에 주원의 말문이 막혔다. 사실 그의 답안은 그가 고심해서 보고서 형식으로 워드 파일에 작성했다가, 달달 외운 결과물이었다. 그걸 토씨 하나 틀리지 않고 그녀 앞에 늘어놓았으니, 교과서를 낭독하는 느낌이 드는 건 어찌 보면 당연지사일 거다.

"그건 제가 말주변이 없어서…."

그녀의 날카로운 분석에 당황한 주원의 눈동자가 지진이라도 난 듯 흔들렸다. 위기에 직면하자마자 당황하는 그를 바라보던 홍 여사는 슬쩍 입꼬리를 들어 올렸고, 아까 전의 질문을 다른 식으로 재차 물었다.

"그런 틀에 박힌 답안 말고, 처음으로 결혼을 결심한 순간을 듣고 싶어요."

"결혼을… 결심한 순간 말씀이십니까?"

"네, 다들 오글거리는 사랑 이야기 하나쯤은 있잖아요. 나부터 할까요? 나는 이이한테 전혀 관심이 없었는데, 비 오는 날 자기 우산을 나한테 주고 자기는 뛰어가던 뒷모습에 반했어요."

홍 여사의 과거 회상에 예비 장인어른의 얼굴만 붉어졌다. 잠자코 있던 도영은 이런 분위기가 느끼하다는 듯, 헛구역질하는 시늉을 했다. 하지만 그 말을 듣고 몹시 진지해진 주원은 잠시 허공을 바라보며 생각에 잠겼다. 그리고 금세 떠올려냈다. 그녀에게 처음으로 두근거렸던 그날 그 순간을.

"그날은 업무 중이었는데… 다른 사람이랑 일 잘하고 있는 이 사람이 괜히 짜증 나서 화를 냈었습니다."

"일 잘하는 우리 딸한테 괜히?"

"예, 정말 없는 꼬투리도 잡고 싶을 만큼 괜히…."

이 타이밍에 그런 얘길 한다고?

깜짝 놀란 도담이 주원에게로 고개를 돌렸다. 하지만 그에 그치지 않고 주원은 계속해서 이야기를 이어나갔다.

"그때 이 사람이 제 멱살을 잡더군요. 그리고 단호하게 저를 다그쳤습니다. 정신 좀 차리고 살라고."

그 얘길 들은 도담의 표정이 의아해졌다. 재이가 갑자기 주원을 불러내는 바람에, 셋이서 불편한 점심을 먹었던 그날이었다. 도담이 잠시 화장실에 다녀온 사이, 주원은 재이와 급속도로 사이가 나빠졌었고 그 자리에서 도담을 데리고 나가기까지 했었다.

'재이 씨 보는 앞에서 무작정 끌고 나오면 어떡해요!'

'너랑 서재이랑 같이 붙어먹는 꼴 보기 싫다고.'

'붙어먹긴 누가 붙어먹었다고 그래요!'

그리고 나서는 비상계단에서 박 터지게 말다툼을 했던 것 같은데, 대체 그날 어떤 순간에 사랑에 빠졌다는 건지.

그때, 주원의 손이 옆에 놓인 도담의 손을 은근슬쩍 붙잡았다. 그러고는 한결 부드러워진 목소리를 이어나갔다.

"처음이었습니다. 누군가한테 그런 소리를 듣는 건. 지금까지 일에 관해서는 흐트러짐 없이 완벽하다는 평가만 받아왔는데, 아무것도 모르는 신입한테 쓴소리를 들으니까 당황스럽기까지 하더군요."

"…"

"하지만 그제야 겨우 깨달았습니다. 그동안 제가 이 사람을 이성이 아닌 감정으로만 대하고 있었다는 걸. 신경 쓰고 있으면서 안 쓰는 척. 질투하고 있으면서 안 하는 척. 같이 있는 게 좋으면서 싫은 척, 귀찮은 척…"

"…"

"나이 서른넷에 처음으로 찾아온 첫사랑에 제대로 휘둘리는 중이었습니다."

도담은 못 알아챘겠지만, 주원은 그날 자신도 부정할 수 없을 만큼 미친 듯이 뛰어대던 심장박동을 똑똑히 기억하고 있다.

쿵쾅쿵쾅.

어찌나 요란을 떨던지, 제 멱살을 잡은 도담의 손으로 전해질까 봐

두렵기까지 했다. 하지만 그날이 되어서야 겨우 정신을 차리고 똑바로 바라본 제 감정은 확실히 그녀에게로 향해 있었다. 바쁘게 돌아가는 하루, 지금 맡은 업무, 늘상 벌어지는 사건 사고도 그녀와 함께였기에 매 순간이 유별나고 특별했다.

"그 사실을 깨닫고 난 이후부터 이 사람의 존재가 걷잡을 수 없이 커져버렸습니다. 몇 번 수습해 보려고 시도도 했습니다만, 처음 느끼는 감정이라 뜻대로 되지도 않았습니다."

"…."

"그래서 이렇게 염치 불고하고 욕심을 내보기로 했습니다. 듣기로 남자는 첫사랑을 평생 가슴에 묻고 산다던데, 저는 이 사람 제 가슴에만 묻어두고 싶지 않습니다."

"…."

"이왕이면… 하나뿐인 반려자로 제 인생에 녹아들었으면 좋겠습니다."

한 번도 글을 써본 적 없는 사람이 처음으로 쓴 소설처럼, 길고 구구절절하고 장황한 고백이 끝났다. 지금껏 의문스럽기만 했던 그의 감정 변화를 이제야 알게 된 도담의 눈이 파도처럼 넘실넘실 일렁였다.

참 많이도 헤맸다. 사람을 곁에 둘 줄 모르던 사람이 정말 고생했겠구나 싶기도 했다. 처음 느껴보는 감정이 시계처럼 돌아가던 그의 인생을 흩트려놓았으니.

그 사실을 뒤늦게나마 깨닫자 투명하게 주원의 마음속이 들여다보였다.

'당신은 남들보다 서툴게, 답답할 만큼 느리게 나에게로 다가오는

중이었구나. 내가 초조해하는 동안에도 쉬지 않고 한 발 한 발씩.'

도담이 한껏 감동에 젖어있을 무렵, 홍 여사가 넌지시 한마디 건 넸다.

"우리 딸을 엄청 쥐 잡듯이 잡았었네요."

얼핏 듣기로는 핀잔이었다. 하지만 다시 마주한 홍 여사의 눈동자 엔 더 이상 예리한 날이 곤두서 있지 않았다. 주원은 그런 그녀를 마 주 보며 무방비했던 표정을 정돈했다. 진지해지면 진지해질수록 더욱 사나워 보이는 그의 얼굴에, 홍 여사의 입가에서 피식 웃음이 샜다.

"그래도 믿음직스러운 대답이었어요. 솔직해지라고 하니까 자기 한테 불리할 정도로 솔직해진 점도 마음에 들고."

"그럼…."

오늘 처음으로 듣는 호의적인 반응에 주원은 잔뜩 기대했다. 홍 여사는 대답을 재촉하는 그를 웃으며 응시했고, 특유의 호탕한 목소 리로 되물었다.

"오늘부로 우리 딸한테 좋은 신랑감이 생겼다는 거로 알고 있으면 되는 거죠?"

온도담의 좋은 신랑감이라. 이보다 더 완벽한 표현이 또 있을까. 드디어 원하는 대답을 얻어낸 주원의 눈가가 둥글게 휘어졌다.

"감사합니다. 진심으로."

주원은 고개 숙여 인사하고는 곁에 있는 도담의 손을 꼬옥 붙잡았 다. 비록 준비했던 대로 된 건 하나 없지만 결론은 해피엔드였다. 갑 작스러운 소식이긴 하나, 이 자리에 있는 모두가 행복에 겨워할 수 있는 만족스러운 순간이었다.

"말도 안 돼…. 진짜 말도 안 돼!"

아, 온씨 집안에서 헛된 꿈을 꾸고 있던 단 한 사람, 재이를 매형으로 콕 점찍어둔 도영만 빼고.

"그 빨간 스포츠카 형은 어디에다 두고!"

아직 완벽한 매형을 포기하지 못한 도영이 끈질기게 재이를 부르짖었다. 끝나지 않은 스포츠카 타령에 당황한 도담은 주원의 심기가 또 나빠지기 전에 서둘러 그를 저지하려 했다. 하지만 그럴 필요도 없었다.

"온도영… 씨라고 했습니까?"

억울함뿐이던 도영의 눈이 맞은편에 앉아있던 사나운 매형과 직통으로 마주친 순간.

"네, 네?"

"앞으로 잘 지내봅시다."

그의 얼음 대마왕 같은 포스에 눌려 저절로 얼어붙고 말았으니.

"…죄송합니다."

딱히 뭐라고 한 것도 아닌데, 왜 사과를 하는 건지는 모르겠다. 하지만 그 뒤로, 온도영의 입에서 예비 매형에 대한 불만이나, 다른 누군가를 아쉬워하는 말이 나온 적은 단 한 번도 없었다. 최고급 스포츠카가 절실하게 필요한 때에도. 아무 말 안 해도 살 떨리게 무서운 누구누구 때문에 두 번 다시는 누나한테 못 덤비게 되었더라도. 절대로. 정말 두 번 다시는 단 한 번도.

이 집에 살면서 처음으로 집밥을 챙겨 먹었다. 며칠 전, 그녀가 냉동실에 쟁여놓고 간 밥과 냉장고에 쌓아놓고 간 반찬들 덕분이었다. 조용한 식탁에 앉아 밥 한 그릇을 뚝딱 비운 재이는 숟가락을 내려놓으며 혼잣말을 중얼거렸다.

"이 정도면 오늘은 도담이한테 칭찬받겠지."

뿌듯한 표정으로 빈 공기를 내려다본다. 그는 지금 늦은 밤이라도 재이를 잊지 않고 찾아올 그녀를 기다리는 중이다. 오늘 도담에게 중요한 선약이 있다는 건 알고 있다. 그래도 혹시나 일찍 오게 되면 그와 함께 마트를 가겠다고 약속했었다. '혹시나'라는 단어가 그리 긍정적인 뜻은 아니라는 걸 알지만, 세상에는 '혹시나가 역시나'라는 말도 있다. 그러니 재이는 이번에도 역시 그녀가 자신을 잊지 않으리라 기대해 본다.

"밥은 먹었고. 일단 뒷정리부터 해야겠네."

도담의 첫 번째 숙제를 끝낸 재이는 식탁에 차려놓은 반찬들부터 냉장고에 집어넣었다. 그러고 나서 손목에 찬 시계를 확인했다. 해가 마음처럼 빨리 안 저문다 싶더니, 겨우 오후 다섯 시밖에 안 된 시각이었다. 중요한 약속이라고 했으니, 아무리 생각해도 저녁 시간은 지나야 올 것 같은데….

"아직 서너 시간은 더 기다려야 되나…."

잠시 고민하던 재이는 거실로 향했다. 할 일 없이 시간이 흘러가기만을 기다려야 할 때, 가장 효과가 좋은 건 기승전결이 시원시원한

액션 영화였다.

똑똑똑.

하지만 그의 걸음이 막 소파에 다다랐을 무렵, 조심스러운 노크 소리가 그의 귀를 사로잡았다.

똑똑똑똑.

연이어 들려오는 그 소리는 재이를 어서 나오라 재촉하는 듯했다.

"도담이?"

단번에 그녀를 떠올린 재이는 망설이지 않고 현관으로 향했다. 현관문 앞에 다다르자마자 문손잡이를 잡아 돌리는 그에게는 일말의 고민도 없었다. 어찌 보면 당연한 일이었다. 그는 오늘 하루 종일 그녀가 이 문을 두드려주기만을 바랐고, 또한 기꺼이 그래줄 거라 굳게 믿고 있었으니까.

그러나 활짝 웃는 얼굴로 현관문을 연 순간, 처음 보는 낯선 얼굴들이 그를 반겼다.

"서재이 씨?"

당황한 재이는 웃음기도 지우지 못한 채 그들을 마주 보았다. 그리고 정체를 물어보기도 전에, 그들 중 가장 직책이 높아 보이는 한 여자가 짧은 목소리를 내뱉었다.

"서재이 맞네. 구속해."

곁에 있던 남자들의 손아귀가 재이에게로 달려들었다.

"아…!"

난폭하게 몸을 옭아매는 그들의 손길에, 재이의 눈동자가 공포심으로 물들었다.

# 당신의 모든 것을
# 갖고 싶어요

늦은 저녁, 오피스텔 주차장 엘리베이터 앞.

오늘부터 도담의 집에서만큼은 결혼할 사이로 인정받은 두 사람이 두 손을 꼭 잡은 채 엘리베이터 앞에 섰다. 아직 진짜 결혼식을 올릴 때까지 해야 할 일이 많긴 하다만, 큰 산 하나를 넘었다는 사실만으로도 기쁜 날이었다. 불도저 같은 고백은 물론, 결혼 허락을 받던 귀여운 모습까지. 오늘따라 주원이 미치도록 사랑스러웠던 도담은 설렘 가득한 눈빛을 그에게 건넸다.

"할 말 있어?"

그녀의 시선을 느낀 주원이 고개를 옆으로 틀어 물었다. 도담은 대답 대신 발꿈치를 들어 그에게 쪽 입을 맞추었다.

"뭐야, 갑자기⋯."

난데없는 스킨십에 당황한 주원이 저도 모르게 입술을 매만졌다.

그런 그를 더욱 놀리고 싶어진 도담은 생글생글 웃으며 대답했다.

"우리 사이에 뭐 어때요. 이제 가릴 게 뭐가 있다고."

왠지 놀리는 듯한 그녀의 말투에, 주원이 살짝 미간을 좁혔다.

"내가 좋아서라기보다는 내 반응 보려고 그러는 거지."

"알면 튕기지 말고 더 부끄러워해 줄래요?"

"넓은 주차장에서 못 하는 말이 없네."

"그럼 좁은 엘리베이터 안에서 마저 하지, 뭐."

도담은 때마침 열린 엘리베이터 안으로 주원을 이끌었다. 그러고는 문이 닫히자마자 그의 뺨을 붙잡고 본격적으로 입술을 머금기 시작했다.

"읍…!"

순간 주원의 몸이 경직되는 게 느껴졌지만, 그녀는 아랑곳하지 않고 힘이 잔뜩 들어간 그의 입술을 부드럽게 열었다. 벌어진 입술 틈새로 그녀의 촉촉한 숨결이 녹아들었다. 그러자 뻣뻣하기만 하던 그의 몸은 마법에라도 걸린 듯 부드럽게 풀어지기 시작했다. 도담은 여세를 몰아, 조금 더 적극적으로 호흡을 나누었다. 이 단정한 남자의 본능을 자극하고 싶다는 욕심은 그녀를 심술궂은 아이로 만들었다. 그 마음이 제대로 그를 건드린 걸까. 어느새 달아오른 주원은 그녀의 몸을 벽으로 밀어붙였고, 제대로 그녀를 탐하기 시작했다. 놀랄 만큼 깊숙하게 얽혀들어 숨 쉴 타이밍조차 잊을 지경이었다.

도담은 점점 벅차 오르는 호흡을 참지 못하고, 결국 먼저 입술을 떼어냈다.

"하아, 하아… 지금은 여기까지."

어느새 주원보다 훨씬 붉어져 버린 그녀의 얼굴. 그 사랑스러운 두 뺨을 내려다보던 주원이 피식 웃음을 흘렸다.

"겨우 이 정도로도 버거워할 거면서 그렇게 도발한 거야?"

"여긴 엘리베이터잖아요…."

"안에 들어가선 그런 핑계도 안 통할 텐데."

그의 말이 끝나자 기다렸다는 듯 엘리베이터 문이 열렸다. 주원은 그녀의 허리를 단단히 붙잡았고, 그대로 안아든 채 엘리베이터를 나섰다.

"뭐, 뭐 하는 거예요! 나 은근히 무게 많이 나간단 말이야!"

이런 자세로 집까지 가는 게 민망했던 도담은 몸부림치며 벗어나려 했다. 하지만 주원은 굴하지 않고 집 앞까지 향했다. 그러고는 한쪽 팔로 그녀를 둘러업다시피 고쳐 안고는 현관문을 열어젖혔다. 기어이 그에게 안긴 채로 집 안에 입성한 도담은 부끄러워 기절할 지경이었다.

"나 신발! 신발 못 벗었어!"

"내가 벗겨줄게. 신발까지."

"지금 무슨 말을…! 으앗!"

주원이 그녀를 던지듯 내려놓은 곳은 다름 아닌 그녀의 방 침대였다. 푹신한 매트리스 위로 풀썩 떨어진 그녀는 조금 전의 격한 저항 때문인지 이미 숨이 가빠져 있었다.

"하아… 정말… 내가 못 살아…."

도담은 애교 섞인 원망을 내뱉어보았지만, 그건 야릇한 숨소리와 뒤섞여 그의 본능만 부추길 뿐이었다.

"나도 마찬가지야."

주원의 입꼬리는 보기 좋게 휘어 올라가 있었다. 평소에는 그저 사랑스럽기만 한 미소인데, 오늘은 유달리 자극적이고 야릇하게 느껴진다. 더 이상 그를 거부할 자신이 없었던 도담은 온몸에 힘을 빼고 가만히 누워 그가 다가오기를 기다렸다. 주원은 침대에 오르기 전 잠시 한쪽 무릎을 굽혀 앉아 아래로 축 늘어져 있던 그녀의 발을 조심스럽게 붙잡았다. 그러고는 조심스러운 손길로 구두를 벗기며, 그녀의 안쪽 무릎에 부드럽게 입을 맞추었다.

"아…."

촉촉한 입술이 느껴지자마자 도담의 속눈썹이 파르르 떨려왔다. 그건 주원을 보채는 촉매제나 다름없었다. 도담의 다른 쪽 구두도 벗겨낸 주원은 매끈한 종아리를 손끝으로 훑고, 천천히 자리에서 몸을 일으켰다. 그리고 그녀와 눈을 맞추며 꽉 매여있던 넥타이를 풀었다. 긴 넥타이가 스르륵 그를 놓아주던 순간, 미묘하게 바뀐 그의 눈빛. 순간 온몸을 감싸는 기분 좋은 긴장감에 도담은 저도 모르게 꿀꺽 마른침을 삼켰다.

"주원 씨…."

도담은 그의 이름을 부르며 이불을 꼬옥 붙잡았다. 그녀의 위로 몸을 내린 주원은 떨리는 눈을 마주한 채 나긋이 물었다.

"갑자기 긴장돼?"

그 질문을 듣는 순간 왜 이렇게 심장이 미칠 듯이 요동치는지 모르겠다.

"조금 그래요…."

도담은 일렁이는 감정을 가득 담은 목소리를 작게 흘려보냈다. 그러자 주원은 그녀의 손을 부드럽게 감싸 쥐고, 제 가슴 쪽으로 가져가며 낮게 속삭였다.

"날 원하지 않으면 밀어내도 돼."

이 세상 누구보다 당신을 원하는 나인데, 밀어낼 수 있을 리가.

"그럴 리가 있겠어요…?"

도담은 그리 대답하며 주원의 목덜미를 두 팔로 끌어안았다. 이윽고 맞닿은 입술은 너무나도 빠르게 서로의 호흡을 탐하기 시작했다. 흘러가는 일분일초가 애틋했던 주원이 입술을 떼지 않은 채로 옷을 한 꺼풀씩 벗었다. 그러고는 그녀의 셔츠 안으로 손을 밀어 넣었다. 차가운 손끝이 살갗에 닿자, 주원에게 매달린 도담의 두 팔에 잔뜩 힘이 들어갔다.

"온도담…."

주원이 그녀만큼이나 달뜬 목소리를 그녀의 귓가에 흘려보냈다. 입술이 움직일 때마다 오싹하게 끼쳐오는 기분 좋은 소름 때문에 도담은 제대로 된 대답도 하지 못했다. 주원은 그런 그녀를 조금 더 깊게 끌어안았고, 달콤한 숨소리를 섞어 물었다.

"나 사랑해?"

"사랑하니까 이러고 있죠…."

"얼마나 사랑하는지 말해줘. 내가 똑바로 알 수 있게…."

그가 원하는 대로 순순히 대답하려 할 때마다 밀착되는 몸이 그녀의 이성을 앗아갔다. 사랑 고백만큼은 똑바로 하고 싶은데, 자꾸만 자극하는 것이 아무래도 심술을 부리는 것 같다. 도담은 젖은 눈으로 짓궂은 그를 바라보다가, 애꿎은 주원의 옷깃만 꽈악 쥐었다. 그리고 여리고 흐린 목소리를 흘려보냈다.

"…주원 씨를 갖고 싶어요."

"나의 어디까지 원하는데."

"머리부터 손끝, 발끝, 눈빛이랑 목소리까지…. 주원 씨의 모든 걸 나한테 주세요."

그녀의 노골적인 바람을 들은 주원이 눈꼬리를 휘며 웃었다. 그는 톡 건드리면 울 것 같은 도담의 눈가를 엄지손가락으로 조심스럽게 쓸어넘겼고, 이마 가운데에 지그시 키스를 남겼다.

"이미 다 가지고 있으면서 뭘 더 욕심내려고…."

"그래도 아직 부족하단 말이에요."

도담의 솔직한 대답에, 주원의 본능이 더욱 뜨겁게 달아올랐다. 그녀 역시 딱 알맞은 온도로 예열됐다는 걸 확인한 주원은 적극적으로 도담의 허리를 끌어안았다.

"…알았어. 오늘 다 채워줄게. 니가 만족할 때까지."

이미 뜨거워질 만큼 뜨거워진 두 사람의 공간. 주원은 다시 한번 뜨겁게 입을 맞추며 그녀를 한껏 머금었다. 혀끝에 감도는 숨결은 평생 잊을 수 없을 정도로 달았다. 이러다 영영 그녀의 품속에서 못 벗어날 수도 있겠다 싶지만… 왠지 그런 삶도 기쁠 거라는 생각이 든다. 오늘부터 우리는 매 순간을 당연하다는 듯이 함께하는 사이가 될 테니까.

\* ◆ \*

'어디서부터 잘못된 걸까.'

다 늦은 후에 드는 의문이 머릿속을 어지럽힌다.

'내가 또 욕심을 부린 걸까.'

희망이 사라진 지금, 할 게 없어서 해보는 후회는 이 상황에 아무런 도움도 되지 않는다. 차가운 정적만이 감도는 보호 감호실. 그곳에 벌써 네 시간째 가만히 앉아있는 재이는 지금의 현실이 모두 꿈만 같다.

나는 아마도 끔찍한 악몽을 헤매고 있는 것 같은데, 어떻게 하면 깨어날 수 있을지를 모르겠다.

"하아…."

재이는 고개를 푹 떨구며 긴 한숨을 뱉어냈다. 숨을 끝까지 남김없이 뱉자, 가슴 깊은 곳에 가라앉아 있던 어두운 감정이 선명히 그를 반겼다.

'나는 정말 어디서부터 잘못된 걸까. 그냥 예전처럼만 돌아가고 싶었을 뿐인데, 그것마저도 욕심이었던 걸까.'

풀리지 않는 의문은 다시 그의 머릿속을 어지럽히고, 마음은 더욱더 짙은 절망에 물든다.

자신을 고문하는 것이나 다름없는 그 과정을 수십 번 반복했을 무렵 보호 감호소 복도에서 규칙적인 구두 소리가 들려왔다. 또각 또각 또각. 점점 가까워지던 구두 소리는 재이가 있는 감호실 앞에 다다르자 부자연스럽게 멈추었다. 누가 봐도 그를 찾아온 불청객이었지만, 재이는 죽은 사람처럼 아무 미동도 없이 제 손끝만 바라보았다. 하지만 들려오는 목소리까지는 막지 못했다.

"서재이 씨, 생각했던 것보다 얌전하네요."

그가 짐승처럼 포획당할 당시 들렸던 낮은 여성의 음성이었다. 그녀는 말없이 고른 숨만 내쉬고 있는 재이를 향해 희미한 웃음을 흘려보냈다. 그런 뒤 꺼내놓는 건 이 순간 가장 피하고 싶은 이름이었다.

"온도담한테 교육을 아주 잘 받았나 봐요."

"…."

"작전이 발각됐을 때 당연히 이번에도 도망치겠거니 했는데, 어디 안 가고 집에 붙어있어서 놀랐어요."

"…."

"원래 그렇게 온도담이 붙잡아두면 붙잡아두는 대로 가만히 있었어요?"

천천히 고개를 들어 올린 재이는 겨우 입술을 움직여 되물었다.

"제가 지금… 꼭 답변을 드려야 하나요?"

그의 음성은 이 새벽처럼 나른하고 고요했다. 그러나 양은화 팀장은 그 안에 숨겨진 두려움과 절망을 단번에 눈치챌 수 있었다. 눈앞에 있는 그에게서는 어떠한 적의도, 맞서 싸울 만한 패기도 보이지 않는다.

양 팀장은 특유의 온화한 미소를 띤 얼굴로 그에게 말했다.

"아니요, 지금은 취조가 아니라 그냥 재이 씨 상태나 확인하러 온 거니까 의무적으로 대답 안 해도 괜찮아요."

다행히도 이쯤에서 괴롭히는 걸 멈춰주려나 싶었건만, 대화는 재이의 반응이 필요 없다는 듯 계속해서 이어졌다.

"그나저나 참 신기해요. 그동안 재이 씨는 우리 쪽 요원들이 조금이라도 진심으로 다가가면, 저 멀리 도망가는 바람에 가까워지는 데 꽤 애를 먹었는데…."

"…."

"온도담만큼은 특별하게 생각했었나 봐요. 도망가긴커녕, 그 친구를 잃게 될까 봐 전전긍긍하면서 주변만 맴돌고 있었잖아요. 포위망이 좁혀 온다는 걸 알았으면서도."

그녀가 꺼내는 말들은 하나같이 불쾌하기 짝이 없었다. 재이는 입술을 꽉 닫은 채 아무런 반응도 보이지 않았다. 어차피 대답하지 않아도 된다고 했으니, 피하고 싶은 상대는 무시하면 그만이었다.

하지만 양 팀장은 기어이 날카로운 질문들을 연거푸 던졌다.

"온도담이 그렇게 특별했어요?"

"…."

"재이 씨한테 최선을 다했던 건 오히려 유수영 쪽이었잖아요. 그때는 유수영이 우리 쪽 요원이라는 걸 알자마자 단칼에 끊어내고 잠적했으면서."

"…."

"왜 온도담한테서는 안 도망쳤을까? 대체 그 친구가 당신한테 해준 게 뭐가 있다고."

그녀의 목소리가 들려오는 동안, 재이는 필사적으로 다른 생각을 했다. 오늘 봤던 뉴스 헤드라인, 즐겨 듣는 노래의 가사, 유일하게 칠줄 아는 기타 곡의 코드. 뭐가 됐든, 지금 저 여자가 들려주려는 진실에서 신경을 돌릴 만한 잡다한 것들을. 그러나 재이의 머릿속을 갈고리처럼 깊게 파고드는 그녀의 목소리는 끝내 재이의 마음속, 가장 어두운 방에 꼭꼭 숨겨놨던 존재까지 밖으로 끄집어낸다.

"온도담이 꿈꾸던 이상형이었어요?"

"…"

"아니면… 죽은 엄마라고 생각했던 건가?"

그 여자에 대한 이야기를 생판 모르는 남한테서 듣게 될 줄은 몰랐는데….

철저히 그녀를 외면하던 재이의 시선이 다시 위를 향했다. 두 번째로 마주한 눈동자는 아까보다 불안하게 떨리고 있었다.

"그런 얘기는… 어디서 듣는 겁니까."

더 힘없이, 더 고통스럽게 건넨 물음에 양은화 팀장의 입술이 호를 그리며 올라갔다.

"지금 와서 출처를 아는 게 무슨 소용이 있겠어요. 어차피 알려주지 않아도 스스로 찾을 수 있을 거면서."

그 말을 듣자, 왜 필사적으로 연관 짓지 않으려 했던 그녀의 얼굴이 불현듯 선명해지는지.

재이의 숨이 잠시 멈추었다. 그는 마른침을 삼키며, 또다시 올라오려는 어두운 감정을 억지로 가라앉혔다. 그러고서 꺼낸 목소리는 처음으로 낮고 매서웠다.

"…아니야."

"뭐가?"

"그 사람은 이 일에 아무 상관 없는 거 알아."

그 말은 괜한 고집이 아닐 것이다. 지금 그의 눈빛에는 금조차 가지 않을 것 같은 견고한 믿음이 자리 잡고 있었으니까.

그러나 원래 단단할수록 더욱 아프게 깨지는 법이고 양 팀장은 정확히 어떤 부분을 노려야 그의 신뢰가 산산조각이 날지 미리 파악해둔 상태였다. 그녀는 재이의 눈을 똑바로 마주한 채, 단 하나의 질문을 던졌다.

"재이 씨가… 누구 때문에 다시 그 집으로 돌아갔더라?"

순간, 사정없이 흐트러지는 그의 호흡. 양 팀장에게 사람이 무너지는 모습까지 감상하는 악취미는 없었다. 그녀는 옅은 조소와 함께 그에게서 등을 돌렸고, 가볍게 손을 흔들며 마지막 인사를 남겼다.

"그럼 내일부터 잘 부탁해요, 재이 씨."

다가왔을 때처럼 규칙적인 걸음으로 멀어지는 그 여자의 뒷모습은 참 쌀쌀맞고 독했다. 그에 비해 처음보다 흐트러진 재이의 눈동자는 그야말로 절망이었다. 아주 새까맣고 깊어서 출구도 보이지 않는…. 이 악몽이 현실이라는 걸 깨달아버린 자의 그런 끔찍한 절망.

## 덫은
## 진실을 가로막는다

Rrrrr Rrrrr Rrrrr.

이른 아침, 주원의 휴대폰이 요란하게 울렸다. 오늘따라 유달리 눈을 뜨지 못하는 주원이 손만 더듬더듬 뻗어 휴대폰을 찾았다. 하지만 늘 휴대폰을 놔두었던 머리맡에선 따듯하고 보드라운 감촉만이 느껴질 뿐이었다. 아직도 멈추지 않는 벨소리 때문에 겨우 정신을 차린 주원은 무거운 눈꺼풀을 들어 올렸다. 그러자 보이는 건 머리맡에 있어야 할 휴대폰이 아닌, 곤히 자는 도담의 얼굴이었다. 주원의 손이 닿은 도담의 목덜미에는 지난밤의 흔적들이 붉은 반점처럼 고스란히 남아 있다.

"온도담…?"

아직 잠에서 온전히 깨어나지 못한 주원은 두 눈을 깜빡이며 주변을 확인했다. 여기저기 널브러진 옷가지들과 평소보다 더 많이 흐트러진 이부자리. 그리고 한 침대에 나란히 엉켜있는 두 사람의 몸까지.

이 모든 걸 확인하고 난 뒤에야 어제의 일이 떠올랐다. 우린 어제 결혼 허락을 받았고, 처음으로 두 손을 꼭 마주 잡은 채 집으로 돌아 와서, 엘리베이터에서 잠시 사랑을 예열해 놓고는….

'온도담….'

'주원 씨, 계속 이름 불러줘요….'

'도담아….'

'네, 그렇게요…! 난 주원 씨가 내 이름 부를 때가 제일 좋아요!'

집에 와서 제대로 발산했구나. 침대가 안 부서진 게 용할 정도로. 주원이 지난 기억들을 되새길 동안에도 휴대폰은 요란하게 울리는 중이었다. 주원은 그녀가 깰세라, 얼른 주위를 살펴 침대 아래 떨어져 있던 제 휴대폰을 집어 들었다. 당연히 늘 같은 시간에 울리는 기상 알람이겠거니 생각했건만, 그보다 더 반가운 이름이 주원을 반겼다. 유수영이 남겨놓은 와인을 분석해 주기로 한 감식반 후배의 전화였다.

주원은 급히 침대에서 일어나 통화 버튼을 눌렀다.

"여보세요."

—선배님, 아침 일찍부터 연락드려 죄송하게 됐습니다.

"아니야, 괜찮아. 잠깐만 기다려."

주원은 널브러진 옷들을 대충 주워 들고 방을 빠져나왔다. 도담도 목 빠지게 기다리는 연락이었으나, 곤히 자는 그녀를 깨우고 싶지는 않았다.

"뭐가 좀 나왔어?"

곧장 제 방으로 향한 주원은 옷을 챙겨 입으며 본론부터 물었다. 그러자 후배는 결과 보고 대신 의미심장한 되물음부터 던졌다.

―그 전에 하나만 물을게요, 선배. 이거 무슨 사건이랑 관련된 거예요?

"왜."

―혹시… 살인 사건 조사 중이에요?

"살인 사건?"

그가 살인 사건까지 의심하고 있다는 건 감식 결과가 심상치 않다는 뜻이었다. 생각보다 심각하게 흘러가는 상황을 직감한 주원은 낮은 목소리로 추궁했다.

"결과나 빨리 보고해. 뭐가 나왔길래 그래?"

―말도 마요. 조금만 과용해도 사람 골로 보낼 수 있는 수면 마취제가 발견됐어요.

"수면… 마취제?"

―네, 심지어 국내에서는 구하지도 못하는 거예요. 워낙 약발이 강해서 치사량을 주입하면 심장 근육까지 멈춰버리는데, 이게 사후 세 시간만 지나도 성분 검출하기가 힘들어서 한때 범행 도구로 많이 쓰였어요.

후배의 설명을 들은 주원의 머릿속이 몹시 복잡해지기 시작했다. 서재이의 생일 파티에, 서재이를 위하여 준비된 특별한 와인. 그곳에 들어간 성분이 자칫 독극물이 될 수도 있는 위험한 수면 마취제라는 건 충분히 께름칙한 일이었다.

"그게 얼마나 들어있었는데? 치사량 이상이야?"

주원의 질문에 후배는 결과가 나온 자료를 훑어보며 대답했다.

―잠시만요…. 아, 치사량은 아니네요. 하지만 단순히 의료 행위 목적으로 쓰는 것보다는 두 배 이상 많아요.

"그렇다는 건, 어떠한 악의를 가지고 그 약물을 주입했다고 해석해도 되는 건가?"

―악의인지 뭔지는 확신 못 하겠지만, 타깃을 하루 이상 혼수상태로 만들 목적이 있었다는 건 확실하죠. 이걸 은밀하게 주입했다면 더더욱 수상스럽고요.

누군가 서재이를 하룻밤 동안 혼수상태로 만들려고 했던 그날, 서재이의 범행 증거가 포착되었다. 서재이는 파티 뒤풀이가 한창이던 시간에 파티 장소와 동떨어진 곳에서 브로커와 만났고, 이 모든 건 즉흥적이라고 느껴질 만큼 갑작스러웠으나 증거들은 마치 계획한 것처럼 착착 입수되었다.

서재이를 위한 수면 마취제가 섞인 와인. 밀착 감시 중이었음에도 예상치 못했던 브로커 접선. 그리고 때마침 운 좋게 포착된 증거 자료. 전혀 앞뒤가 맞지 않는 이 세 가지 단서들은 아무리 생각해도 자연스럽지가 않았다. 누군가 힘으로 잘못 끼워 맞춘 퍼즐처럼 억지스러웠고, 이날을 기점으로 일사천리로 진행되는 수사가 의심스러웠다.

'아무래도 서재이의 생일 파티부터 다시 조사해 봐야겠어.'

사건의 전환점에서부터 재정리하기로 한 주원은 우선 감식을 도와준 후배에게 고마움을 표했다.

"이번에 도와준 건 어떤 식으로든 보답할게. 문제가 커져도 너의 이름은 대지 않을 테니 걱정 마."

—선배가 나쁜 일 꾸미는 데 저를 이용하고 있을 거라고는 생각 안 합니다. 뭐가 됐든, 제가 도움이 되면 그만이죠.

역시 주원이 신뢰할 만한 사람의 대답이었다.

"그럼, 감식 결과 자료는 내 메일로 보내줘. 업무용 메일 말고 개인 메일로."

주원은 마지막 부탁과 함께 통화를 마무리 지으려 했다.

—아, 그나저나 선배의 첫 실패를 어떻게 위로해 드리면 좋을까요?

그때 난데없는 얘기가 툭 하고 튀어나왔다.

"첫 실패?"

자신과는 전혀 상관없는 '실패'라는 단어에, 주원의 눈썹이 꾸깃 일그러졌다. 이윽고 들려오는 후배의 말은 분명 다 알아듣고 있으면서도 이해하기가 힘들었다.

—이번에 맡으셨던 사건, 산업보안부 부장님 선에서 다른 팀한테 넘기셨다고 하던데. 선배 그 임무에서 잘린 거 아니었어요?

"…뭐? 내 사건을 누가 어디로 옮겨?"

—아, 모르고 계셨어요…?

"혹시 산업보안3팀?"

—그, 그렇다고 듣긴 했는데….

급격히 살벌해진 주원의 음성에, 후배는 자신이 말실수했다는 걸 깨달았다. 하지만 이미 엎질러져 버린 물이었다.

"그게 무슨 소리예요? 사건을 옮겼다니요?"

때마침 통화하는 소리를 듣고 밖으로 나온 도담까지도 이 모든 걸 들어버렸다.

"나중에 다시 얘기해."

주원은 일단 통화부터 끊었다. 물론 그녀도 알아야 할 문제였으나, 정확히 상황 파악이 되고 난 후에 말해도 늦지 않을 거라는 판단에서였다. 하지만 안 그래도 이번 사건을 빼앗길까 봐 불안해하고 있던 도담은 물러서지 않고 캐물었다.

"양 팀장님이 이번 사건 가져가 버리셨대요?"

"아직 정확한 거 아니야. 차분하게 생각해."

"언제부터요? 우리한테 말도 안 하고 이러는 법이 어디 있어요!"

"온도담, 진정하라고."

주원은 그녀를 어떻게든 달래보려 했다. 그러나 도담의 눈빛은 바람 앞의 촛불처럼 흔들리는가 싶더니, 그 사람의 얼굴을 떠올리자 이내 창백해지고 만다.

"서재이…."

정말 사건이 양은화 손으로 넘어간 것이라면, 지금 가장 위험에 처해있을 사람.

"재이 씨!"

순간 눈앞이 깜깜해진 도담은 혼비백산이 된 채 집을 뛰쳐나갔다. 신발도 제대로 신지 않고 달려나가는 그녀는 불길한 예감에 휩싸인 상태였다.

"온도담!"

주원은 그런 그녀의 뒤를 급히 따라나섰다.

띵동 띵동. 연거푸 초인종을 누르고, 쾅쾅쾅! 쾅쾅쾅! 사정없이 문을 두드려봐도 아무런 기척이 들리지 않는다.

"하아… 재이 씨…."

굳이 문을 강제로 열어보지 않아도 알 수 있다. 이 너머에는 아무
도 없을 것이다. 그 사실을 깨닫자마자 선명해지는 지난 기억은 도
담의 죄책감을 부풀려 놓았다.

'재이 씨는 어디 돌아다니지 말고 집에 딱 붙어있어요. 혹시라도
집에 일찍 오면 재이 씨랑 같이 마트 갈 테니까.'

'응, 아무 데도 안 가고 집에 붙어있을게.'

내 말이라면 너무 잘 듣는 사람이라서, 양은화 팀장이 던진 올가미
에 너무나도 쉽게 걸려들었을 그 사람. 어쩌면 그는 지금 나를 원망
하고 있을 수도 있겠다. 그것도… 아주 많이.


"온도담."

주원이 거실 소파에 멍하니 앉아있는 도담을 불렀다. 아무런 대꾸
도 하지 않는 그녀는 이미 정신줄을 놓은 모양이었다. 딱 이번 주말
만 넘기면, 감식 결과를 가지고 NSO에 사건 재수사를 의뢰할 수 있
었는데. 평소에도 무능력하기로 소문난 계 부장은 그 이틀을 기다려
주지 못해서 이 사달을 만들었다.

주원은 그녀의 곁에 앉으며 나직한 목소리로 말했다.

"혹시나 해서 하는 말인데, 자책은 하지 마."

이미 원망할 상대가 자기 자신밖에 없었던 도담의 귀에는 들어가
지도 않을 위로였다. 그러나 주원은 힘없이 늘어진 그녀의 손을 붙
잡고, 하고 싶은 말을 이어나갔다.

"내 동의도 없이 멋대로 일을 진행할 거라고 생각 못 했어. 안일하

게 굴었던 내 잘못도 커."

"…."

"그래도 유수영이 남겨놓은 와인을 조사해야 한다는 것까지는 확인됐으니까…."

"…다 늦었잖아요."

"뭐?"

"다 늦은 거잖아요, 우리. 사건이 이미 양 팀장님한테로 넘어갔는데, 무슨 수로 재이 씨를 지켜요."

주원의 말을 끊은 도담은 짙은 회의감을 표했다. 아직 아무런 힘도 없는 신입인 그녀가 할 수 있는 일이 보이지 않아 두려울 따름이었다.

그러나 주원은 잡은 손을 놓지 않고 한 번 더 입을 열었다.

"너답지 않게 왜 이래? 니가 언제부터 그렇게 포기가 빨랐다고."

얼핏 핀잔을 주는 듯한 그의 말에, 도담의 눈동자가 주원에게로 향했다. 딱딱하게 굳은 표정의 그는 오랜만에 하나의 실수도 용납하지 않는 기주원 팀장 모드였다.

"나답지 않다니요. 이 상황에 정신 줄 붙들 수 있는 사람이 몇이나 된다고…."

도담은 여전히 기운 빠진 목소리로 그에게 대꾸했다. 순간 그의 시선이 조금 더 깊이 그녀에게 닿았다. 유난히 빤히 도담을 들여다보고 있는 그의 눈빛은 불안한 상황에서도 흔들림이 없었다. 그리고 하는 얘기는 다소 당황스러웠다.

"내가 아는 온도담은 낯짝 두껍고, 뻔뻔하고, 염치없고, 근거 없는

195

자신감만 차고 넘치는 단순한 여자야."

"뭐라고요?"

"아무리 너한테는 가망이 없다, 꿈도 꾸지 말라, 엄포를 놓고 질색을 해도, 그런 모습이 더 설렌다면서 고백까지 하는 불도저라고."

"지금 그런 얘기를 왜…."

난데없는 옥상 고백 얘기에, 도담의 미간이 살짝 구겨졌다. 하지만 주원은 어느 때보다 진지한 표정으로 뒷말을 이어나갔다.

"이번에도 나한테 했던 것처럼 그렇게 하라고."

"네?"

"가망 없어 보여도 부딪히고, 당차게 밀어붙이고. 이래도 저래도 안 되면 버럭버럭 소리 지르면서 대들기라도 해봐."

"…."

"혹시 알아? 이번에도 너의 방식이 먹힐지."

한마디로 밀어붙이라는 얘기였다. 지금껏 원하는 게 있으면 악착같이 달려들어 온 힘을 다해 부딪혔듯이, 이번에도 그녀의 방식대로 해치우길 바라는 모양이다.

'그렇게 한다고 해서 우릴 가로막고 있는 장벽이 사라질까.'

도담의 머릿속에는 희망보다 불안한 의문이 먼저 떠올랐지만, 주원은 그 속까지도 전부 들여다보고 있는 듯 힘주어 대답했다.

"잘 해낼 거야. 넌 내가 본 누구보다 강인한 사람이니까."

그녀의 인생에서 가장 강인한 존재가 건네주는 진정한 믿음이었다. 그 말을 듣는 순간, 갑갑했던 가슴에 시원한 바람이 불었다. 마치 그에게 인정받기만을 기다렸다는 듯 무기력했던 눈빛에는 오기가 깃들고, 다시 일어나 싸울 수 있는 활력이 생긴다.

"팀장님…."

도담은 일렁이는 눈동자로 그를 바라보았다.

주원은 그런 그녀를 바라보며 업무를 처리할 때의 진중한 표정을 지었고, 단호한 목소리로 명령을 내렸다.

"알아들었으면 여기 이러고 있지 말고 일어나세요. 난 해야 할 일이 분명히 있는데 꾸물대는 사람을 제일 싫어합니다."

오랜만에 들어보는 잔소리였다.

그래, 아직 임무가 끝나지 않은 이상 내가 해야 할 일은 남아있다. 서재이를 위해 할 수 있는 일도 분명히 존재할 것이다. 그게 비록 가망 없고, 부질없어 보이는 일이라 할지라도.

'언제부터 내가 그런 걸 신경 쓰면서 들이댔다고 그래. 일단 머리부터 들이받고 보는 거지.'

가망 없는 남자를 부질없어 보이는 노력으로 사로잡은 온도담의 성격대로.

* ◆ *

오늘따라 삼엄한 NSO 본부 안 취조실.

재이는 마련된 테이블에 가만히 앉아있었다. 이곳에 끌려온 지 몇 시간이나 됐더라. 한숨도 자지 못한 재이는 느리게 흘러가는 시간을 힘겹게 버텨낼 뿐이었다.

그때, 취조실의 문이 열리며 규칙적인 발소리가 들려왔다. 굳이 고개를 들지 않아도 이젠 알아볼 수 있는 사람.

"잘 잤어요?"

이런 상황에서 터무니없는 인사를 건네는 그녀는 다름 아닌, 양은
화 팀장이었다.

"상태가 별로 안 좋아 보이네. 그래도 취조는 해야 해요. 위쪽에서
잡아놓은 스케줄이라 나도 어쩔 수가 없네."

상냥하게 웃고는 있지만 재이는 그게 조소라는 걸 잘 알고 있었
다. 그래서 아무런 대답도 하지 않았지만, 양 팀장은 신경 쓰지 않고
가지고 온 노트북을 펼쳤다. 그러고서 꺼내놓는 본론은 참 성의 없
게 느껴질 정도로 직설적이었다.

"운성 중공업은 친형 소유의 회사로 알고 있는데…, 왜 그랬어요?"

여기에 대해서 재이가 할 대답은 정해져 있었다.

"아무 짓도 안 했습니다."

"그래요, 그렇게 대답할 줄 알았어요."

"정말… 정말 아무 짓도 안 했어요."

항상 그랬다. 어느 날부터 나를 이상한 눈길로 바라보던 사람들이
이런 질문을 던질 때마다 정말 아무 짓도 안 했다고, 나는 아무것도
모른다고, 일말의 거짓 없이 솔직하게 대답했었다. 그러나 대답을 들
은 이들은 전부 못 믿겠다는 표정으로 재이를 떠났다. 회사의 임원
들도, 회장님 눈치 보느라 억지로 살갑게 굴어주던 친인척들도. 심지
어는 가장 날 믿어줬으면 했던 형까지도.

"나는 무슨 소리를 하는지도 이해 못 하겠는데…. 정말 아무것도
모르는데…."

"…."

"왜 저를 못 잡아먹어서 안달인지, 도저히 모르겠어요."

재이는 그리 말하며 양 팀장의 눈을 똑바로 바라보았다. 제 말이 진실이라는 걸 증명하기 위해서였다. 하지만 양 팀장은 그런 그를 물끄러미 직시하기만 했다. 조금의 동요도 없는 밤갈색 눈동자는 그의 얘길 들어줄 기미도 보이지 않는다.

재이는 그래도 굴하지 않고 계속해서 진심을 토로했다.

"정말이에요…. 믿어주세요."

그러나 진심 어린 그의 호소에도 양은화 팀장은 표정 하나 바뀌지 않았다.

"재이 씨…."

같은 시각, 취조실에 막 도착해서 이 말도 안 되는 상황을 지켜보게 된 도담만 온 마음으로 그에게 동요할 뿐이었다.

재이 걱정뿐인 도담을 취조실로 보내놓고, 계진상 부장을 상대하러 가는 길. 사무실에 들어선 주원은 그야말로 저승사자와 같은 포스였다. 어찌나 두 눈에 독기를 품었는지, 그를 마주한 동료들이 인사를 하려다 말고 슬금슬금 뒤로 물러날 정도였다. 이 사실을 상상도 못 하고 있는 계 부장은 신입이 타 온 커피를 느긋하게 즐기려던 참이었다.

하지만 종이컵을 입에 대기가 무섭게 주원이 벌컥 문을 열고 모습을 드러냈다.

"부장님."

"앗! 뜨거워!"

예상치 못한 불청객에, 계 부장은 들고 있던 커피를 그대로 옷에 쏟고 말았다. 자리에서 벌떡 일어선 그는 사무 책상 위에 놓여있던 물티슈로 급히 바지를 닦아냈다. 그러고는 으르렁거리듯 부장실 문 쪽을 바라보았다.

"뭐야! 노크도 없이!"

하지만 자신을 찾아온 사람이 주원이라는 걸 확인한 순간, 이글이글 타오르던 눈동자는 찬물이라도 끼얹은 듯 빠르게 식어버렸다.

"드릴 말씀이 있어 찾아왔습니다."

"기, 기주원…."

그의 용건을 너무나도 잘 아는 계 부장은 자신보다 더 분노에 타오르고 있는 주원을 상대하는 게 두려울 따름이다.

"흠흠… 오늘은 내가 좀 일이 바쁜데?"

계 부장은 쏟아진 커피를 대충 치우며 주원의 시선을 피했다. 그건 어떻게든 그와 맞닥뜨리고 싶지 않아서지만, 계 부장과의 한판을 미룰 수 없었던 주원은 막무가내로 본론을 꺼내놓았다.

"운성 중공업 사건이 3팀으로 넘어갔다는 말이 사실입니까."

"하아… 역시 그거 때문에 왔구나?"

"말도 없이 담당 사건을 넘겨버리시다니요. 저는 이런 식의 일 처리는 용납할 수 없습니다."

분노할수록 차가운 이성이 발휘되는 주원답게, 끓어오르는 눈동자에 비해 싸늘하게 식은 목소리였다. 계 부장은 그런 주원과 정면으로 부딪치고 싶지 않았지만, 바깥에서 상황을 은근슬쩍 엿듣고 있는 팀원들이 신경 쓰여 하는 수 없이 언성을 높였다.

"니가 용납할 수 없으면 뭐 어쩔 건데! 퇴사라도 하게?"

"지금 저에게 하실 말씀이 그것뿐입니까."

"그래, 나는 여기에 대해서 더 할 말 없어! 서재이한테 본부까지 다 들켜놓고선, 나더러 뭘 어쩌라는 거야!"

뻔뻔스러운 계 부장의 태도에 주원의 눈동자가 더욱 날카로워졌다. 지옥의 FM답게 아무리 한심한 상사라도 선을 지키던 그였으나, 이번엔 도저히 위아래까지 따져가며 상대할 자신이 없다.

"이미 발각이 되었다 하더라도, 서재이는 여전히 저희 팀 관할 구역에 있었습니다. 어차피 구속 수사로 전환할 계획이었다면 굳이 새로운 팀을 배정할 이유도 없었을 텐데, 억지 부리듯이 교체하신 이유가 무엇입니까."

"뭐? 억지? 이게 상관한테 못 하는 소리가 없어!"

"혹시 사건만 빨리 끝내자는 생각에 모든 일을 되는대로 대충 처리하고 계신 건 아닙니까? 양은화 팀장님 장단에 놀아나고 계신 것도 인지 못 한 상태로 말입니다!"

결국 제대로 저격해 버린 계 부장의 자존심. 누가 먼저 잘못했든, 이런 언동은 용서할 수 없었던 계 부장이 버럭 소리를 내질렀다.

"기주원! 너 말 그따위로 할 거야? 그동안 내가 널 얼마나 밀어줬는데!"

"부장님! 제 말은…!"

"나도, 양은화도 너보다 한참 선배야! 그렇게 예의 운운하던 새끼가 말버릇이 그게 뭐야! 너 이대로 징계 먹고 싶어?"

드디어 발동됐다. 다혈질 계진상 부장의 앞뒤 논리 없는 성질머리가. 안 그래도 남의 말을 귀담아듣지 않는 그는 이제 더더욱 두 귀를 틀어막고 제 기분대로 성질만 부려댈 것이다.

"다 필요 없어! 넌 당분간 내 눈앞에 띄지도 마! 어디서 찬물 더운 물도 못 가리고 설쳐, 설치기는! 야! 밖에 엿듣는 새끼들! 들어와서 기주원 끌어내!"

계 부장은 더 이상의 대화를 거부하며 주원을 부장실에서 내쫓으려 했다. 이런 상태가 되는 걸 가장 조심했어야 했는데, 오늘은 이성을 잃어버린 탓에 효과적으로 공략하지 못했다. 하지만 여기서 물러날 수 없었던 주원은 들고 온 브리프 케이스를 계 부장의 책상 위에 터억 내려놓았다.

"하, 지금 나랑 해보자는 거야?"

그의 거친 행동에, 계 부장이 욱하고 성질을 냈다. 주원은 그 말에 일언반구 대꾸도 없이, 가방 안에서 무언가를 꺼내 계 부장의 눈앞에 불쑥 들이밀었다.

"꺼지기 전에, 이거 하나는 확인 부탁드립니다."

"뭐?"

"서재이의 생일 파티 당일 날, 주최 측에서 서재이를 위해 준비해 두었던 와인에 대한 감식 결과입니다."

"야, 기주원. 너 할 짓 없어? 그딴 걸 왜 감식하고 앉아있냐!"

계 부장은 어이없다는 반응을 보였지만, 주원은 눈 하나 깜짝 않고 말을 이었다.

"양 팀장님은 그날 서재이의 범행을 확신할 만한 중요한 단서를 잡았다고 하셨습니다. 운성 중공업 측에서 철저한 뒷조사와 기다림 끝에 잡아낸 현장이라고 말한 것으로 압니다."

"그래서, 뭐!"

"하지만 부장님도 곧 깨닫게 되실 겁니다. 이 와인 한 병이 지금까지 나온 모든 것을 뒤엎는다는 걸."

비장한 주원의 말이 하나도 이해되지 않았다. 그러나 마주한 눈동자는 확신에 가득 차 있었다. 계 부장은 헛웃음을 치며 그런 그를 흘겨보았다.

"나 참….."

적어도 아까처럼 덮어두고 꺼지라는 식은 아니니. 다시 자세를 고쳐 선 주원은 계 부장을 똑바로 바라보았다. 그런 뒤 진심이 담긴 마지막 말을 남겨두었다.

"이번 사건은 이대로 3팀에 넘길 수 없습니다. 자존심도 아니고, 오기도 아니고, 객기는 더더욱 아닙니다. 저는 이번 사건을 거짓으로 마무리 짓고 싶지 않습니다."

"거짓…?"

"무엇이 진실이고, 무엇이 거짓인지는 부장님도 곧 알게 되시리라 믿습니다. 그러니 새로운 사건을 배정한다 생각하시고, 한 번만… 딱 한 번만 더 기회를 주시길 바랍니다."

"…"

"현명한 답변 기다리겠습니다."

그 말을 끝으로 언제 잡아먹으려 했었냐는 듯 구십 도로 숙여진 기주원의 허리. 그걸 바라보는 계 부장은 모든 상황이 혼란스러울 뿐이었다. 기주원이 도대체 무엇을 본 건지는 몰라도 어쩐지 본능적으로 뒷골이 당겨오는 것이, 조만간 제대로 골치 썩을 일이 발발할 것 같은 기분이다.

* ◆ *

"정말이에요…. 믿어주세요."

재이가 다 꺼져가는 목소리로 애원했다. 생기를 잃어버린 그의 눈빛에, 취조실 특수유리 너머로 상황을 지켜보고 있던 도담이 쓰라린 표정을 지었다.

"재이 씨…."

취조실 담당 보안 요원이 출입을 막으려 했으나, 기주원이 억지로 밀어붙여서 가까스로 들어오게 된 이곳. 마음의 준비는 해뒀었지만, 가여운 그의 모습을 보는 건 생각보다 더 고통스러웠다. 도담은 지금 당장 저 안으로 뛰어 들어가 재이의 손을 잡고 달려 나오고 싶은 마음이 굴뚝 같다.

그 마음을 아는지 모르는지, 재이는 기운 빠진 목소리로 감춰왔던 속내를 꺼내놓았다.

"그동안… 저에 대해서 조사하고 있다는 건 알고 있었어요. 모르는 게 이상하겠죠. 그동안 제 주변을 그렇게나 들쑤셔 놓았었는데."

"다 알고 있으면서 왜 그 집을 떠나지 않았어요?"

양은화 팀장의 물음에 한숨 섞인 재이의 대답이 이어졌다.

"어차피 계속 절 따라다닐 거잖아요. 안 그래도 저 때문에 시간 낭

비만 하고 있을 텐데, 굳이 숨어다니면서 시간을 끌고 싶진 않았어요."

"이제야 착한 사람처럼 굴기엔 너무 늦었다고 생각하지 않아요?"

양은화 팀장은 그런 그에게 동요하긴커녕, 비웃음만 흘릴 뿐이었다. 재이는 이미 귀 닫고 눈 감은 듯한 그녀를 알면서도, 한마디 한마디 진지하게 해명했다.

"처음엔 차라리 수사에 협조해서 나를 둘러싼 오해를 하루빨리 풀고 싶었어요."

"…."

"그런데 시간이 지날수록 나는 오해받고 있는 게 아니라는 생각이 들었어요. 누구라도 나를 의심할 수밖에 없도록, 주변 상황이 짜 맞춘 듯이 돌아가는 게 보였으니까요."

그가 처음부터 모든 걸 알고 있다는 건 NSO 내부에서도 의심하고 있던 사실이었다. 그러나 도망칠 시도도, 경계심도 보이지 않는 재이의 태도는 다소 의아했다. 보통 자신이 범죄자로 의심받고 있다는 사실을 알면 진범이든 아니든 겁을 먹고 발버둥이라도 쳐볼 텐데, 그는 평소처럼 행동하며 몇 번이나 바뀌는 요원들을 가만히 맞이했다.

재이는 그 이해할 수 없는 행동의 이유를 차분히 설명했다.

"이게 덫이라는 사실을 깨달은 지는 꽤 오래됐어요. 빠져나갈 방법이 없다는 건 직감적으로 알고 있었고요. 돌아가는 상황을 다 이해하고 나서, 제 마음이 어땠는 줄 아세요?"

"…."

"꼭, 악당이라는 역할을 억지로 배정받은 기분이었어요. 나는 나빠야 하고, 악의가 있어야 하고, 정의의 편에 선 주인공의 손에 끝장나야 비로소 자유가 될 수 있는…. 그런 진부한 악당 역할이요."

진부하게 느껴질 만큼 전형적인 악당. 확실히 그건 티 없이 선한 그가 맡기에는 너무 버거운 역할이었다. 그 사실을 증명이라도 하듯, 이어지는 그의 얘기는 안쓰러우리만큼 희생적이었다.

"그럴 거면 차라리 얼른 내가 무찔러졌으면 했어요. 어차피 내 손에 쥐어진 것들이 내 거라는 생각도 없었고, 이 생활에 미련이 남은 것도 아니었으니까요."

"…."

"그런데 날 죽이러 찾아온 사람들이 나를 동정해 주고, 마음을 주고, 여기서 나를 구해내 보겠다고 자꾸 애를 쓰니까…. 내가 먼저 마음을 끊어내야 한다고 생각했어요. 나한테 휩쓸리기 전에 멀리 밀어내고 싶었어요."

"…."

"단두대에 올라서는 사람은… 나 하나로 족하잖아요."

한마디로 너무 착한 사람이었다. 모두가 경계했던 서재이라는 사람은. 항상 외로워하면서도 자신에게 다가오는 사람들을 단호하게 밀어냈던 이유는 자신이 그 사람의 삶을 망칠 거라는 걱정 때문이었던 모양이다.

"재이 씨…."

안타깝기만 한 그의 진심을 알게 된 도담은 시려오는 눈가를 진정시키려 애썼다. 그러나 양은화 팀장의 반응은 달랐다.

"지금 재이 씨 말에 따르면 온도담한테 몹쓸 짓 한 거네."

"…."

"온도담처럼 재이 씨랑 깊게 연관된 사람도 없었는데, 그 친구는 안 떠나보냈잖아요. 상황이 위험하든 말든 계속 옆에 있어달라고 보채지 않았나?"

"…."

"마음을 받아주지 않을 거면 차라리 나랑 같이 죽자, 뭐 이런 심보였어요?"

그리 묻는 그녀는 마치 그간 품어온 독기를 재이에게 모조리 쏟아내는 듯하다. 고통스러워하는 재이의 표정을 보면서도 그녀는 공격을 멈추지 않는다.

"착한 척을 하려거든 앞뒤가 맞게끔 시나리오를 짜야지…."

양 팀장의 자비 없는 쓴소리에, 위태롭게 흔들리던 재이의 눈빛이 눈에 띄게 나약해졌다. 도담은 자신의 존재가 그를 괴롭히는 고문 도구처럼 이용되는 게 싫었다. 하지만 그녀 앞의 특수유리가 홀로 싸우는 그를 달래주지도 못하게 가로막는다.

한참 동안 아무 말이 없던 재이는 꾹 깨물고 있던 입술을 조심스레 열었다.

"…모르겠어요. 그 사람은 왜 내 옆에 두고 싶었는지."

자세히 귀를 기울이지 않으면 들리지도 않을 미약한 목소리였다. 하지만 도담에게는 이상하리만큼 선명하게 와 닿았다.

"그 사람이 다칠까 봐 걱정됐는데, 내 주변 상황이 좋지 않다는 것도 알고 있었는데…."

"…."

"왜 그걸 다 무시하고, 나는 괜찮다고… 괜찮아질 수 있을 거라고 믿어버리고 싶었는지…."

"…."

"정말 그것까지는 저도 제 마음을 모르겠어요."

조용히 흘러나오는 그의 고백은 모르겠다는 말과 달리, 사실은 제 감정을 누구보다 잘 알고 있다는 듯 담담하고 처연했다.

"원래 사람 욕심이라는 게 그런 거잖아요. 주제 파악도 못 하고, 위험한 줄도 모르고, 미련하게 꽉 붙들고 있으려는 마음."

"…."

"다른 사람들은 다 배려했는데… 왜 그 사람만 그렇게 욕심이 났던 걸까요."

그는 아무도 대답해 주지 않을 질문을 던졌고, 이내 애달픈 숨이 섞인 목소리로 자답했다.

"…사랑해서 그랬나 봐요."

순간, 떨구어진 재이의 눈에서 투명한 설움이 아래로 곤두박질쳤다. 세상에서 가장 아름다운 감정은 그를 아프고 쓰리고 비참하게 만들 뿐이었다. 그걸 두 눈으로 지켜보는 도담은 자꾸만 뜨거워지는 눈시울을 감출 수 없었다.

웃는 게 참 잘 어울리는 사람이었는데…. 내가 저렇게 울도록 만들었다. 날 믿게끔 하고 싶다는 이기적인 욕심에서.

"서재이… 개수작은 그만 부려. 아무리 감정에 호소한다고 해도 어차피 넌 범인이야."

누구라도 동요할 법한 애틋한 모습에도 양 팀장은 적의를 거두지 않았다. 결국, 부질없는 하소연이 되고 만 그의 고백. 애초부터 아무런 기대가 없었던 재이는 눈물이 다 정리되고 난 후에야 다시 양 팀장을 마주 보고 질문을 던졌다.

"날 붙잡아놓았다는 건, 이제 내가 끝장날 때가 됐다는 뜻이겠죠?"

마치 체념한 듯한 그의 태도에, 양 팀장은 말없이 그와 시선을 맞췄다. 재이는 자꾸만 떨려오는 목소리를 가라앉히기 위해 마른침을 삼켰고, 비장하게 느껴질 만큼 또렷한 목소리로 차분히 말했다.

"마지막으로 부탁이 있어요."

"부탁?"

"그 사람은 나랑 아무 상관 없는 사람이에요. 그러니까 오늘부로 저와 엮지 말아주세요."

그건 충분히 예상 가능했던 요구지만, 이미 갑의 위치에 선 이상, 그 어떤 것도 들어줄 생각이 없었던 양 팀장은 비소 띤 얼굴로 대답했다.

"아무 상관 없다고 하기엔 내가 너무 많은 걸 봐버려서 말이야."

그럴 줄 알았다는 듯, 재이는 한 번 더 간절한 눈빛으로 그녀를 바라봤다. 이어지는 말은 천하의 양은화 팀장이라도 거부할 수 없을 만큼 달콤했다.

"대신 그쪽이 원하는 대로 다 할게요."

"…."

"내가 어떻게 되든, 누가 날 가지고 뭘 하든, 말 잘 듣는 장난감처럼 원하는 대로 다 해드릴게요. 나 그런 거 되게 잘해요…."

순간 거친 불안감이 도담의 몸에 소름처럼 끼쳐 올랐다.

"재이 씨… 그러지 마…."

도담은 필사적으로 그가 아무 말도 하지 못하게 막고 싶었으나, 그녀의 목소리가 닿지 않는 곳에 있었던 재이는 기어이 덫을 밟았다.

"그러니까… 그 사람은 저랑 엮지 말아주세요."

"…."

"전부 다… 제가 잘못했어요."

지금 그의 신분과 상황으로는 가장 해선 안 되는 말이 기어이 그에게서 흘러나왔다. 한마디만 가지고도 없는 죄까지 끌어다 붙일 수 있는, 그에게 전적으로 불리하고 위험한 발언이었다.

스스로 함정에 들어서는 그를 본 도담은 참지 못하고 벌떡 자리에서 일어섰다.

"재이 씨! 지금 무슨 소리를 하는 거예요!"

하지만 그녀의 절박한 외침은 취조실 안으로 새어 들어가지 않았다. 그래서일까. 재이는 양은화 팀장의 눈을 똑바로 마주한 채 자신의 말을 번복하지도 않는다.

"잘못했다고? 지금 죄를 시인하는 거예요?"

이때를 놓치지 않고, 양은화 팀장이 되물었다. 확인 사살 과정이란 걸 알면서도 재이는 순순히 대답했다.

"네…."

"무고한 사람만 피해 입히지 않는다면, 앞으로도 이렇게 순순히 진실만을 말해줄 거라고 약속한 거죠?"

"…네. 약속할게요."

순순히 대답하는 재이는 양은화 팀장이 정말 도담을 '무고한 사람'으로 생각해 주리라 믿는 모양이다. 하지만 다 부질없는 기대였다. 도담이 그녀의 새까만 속내를 눈치채 버린 이상, 그녀는 재이와 상관없이 도담과 주원을 가만두지 않을 것이다. 그러나 그 사실을 알 리 없는 재이는 벌써 복종할 채비를 마친 채 제 손끝만 바라보았다.

"그렇게 해준다면야 앞으로의 일이 훨씬 더 쉬워지겠네요."

양은화 팀장이 새어 나오는 미소를 감추지 않고 말했다. 그가 당하는 걸 이대로 볼 수 없었던 도담은 특수유리를 쿵쿵 두드리며 맹렬히 소리쳤다.

"재이 씨! 안 돼! 그러지 마!"

그러나 그 인기척을 재이가 눈치채기도 전에, 참관실을 지키고 있던 요원이 그녀의 팔을 붙잡았다.

"야, 신입! 지금 뭐 하는 거야! 취조 중이잖아!"

"놓아주세요! 대체 누가 누굴 취조한다는 거예요?"

"원래 여기 들여보내 주는 것도 안 되는 거였어! 얌전히 앉아있을 거 아니면 밖으로 내쫓을 거야!"

귀찮다는 듯한 그의 표정은 안 그래도 답답한 그녀를 더욱 복장 터지게 만든다.

"비켜주세요! 이대로 서재이 넘기면 안 돼요!"

도담은 격렬하게 그와 부딪히며 어떻게든 취조실 안으로 들어가려 했다.

"온도담, 이게 뭐 하는 거야."

누군가 그녀의 뒤에서 그녀의 어깨를 꽉 붙들어 잡았다. 거친 시선으로 돌아본 곳에는 부장과 담판을 짓고 온 주원이 서있었다.

"팀장님… 서재이가… 재이 씨가…."

도담은 드디어 돌아온 자신의 편에게 재이의 이야기를 하려 했다. 주원이 털어놨던 진심부터, 도담을 위해 제시한 위험한 제안을 생각하면 이 모든 걸 들은 그가 자신 대신 싸워줄지도 모른다는 희망에서였다. 하지만 주원은 그녀가 얘기를 시작하기도 전에, 매정하리만큼 단호한 말을 꺼내놓았다.

"서재이는 너의 소관이 아니야. 잘 틀어박혀 있는 놈은 내버려 두고 따라 나와."

"팀장님…."

"나오라고, 어서."

오늘 아침과 사뭇 다른 그의 태도는 누가 봐도 서재이가 어찌 되든 상관없다는 듯했다. 하지만 그에게 붙잡힌 도담은 저항할 수가 없었다. 매서운 눈빛과 달리 그녀를 멈춰 세운 손끝은 간절하고, 절박하고, 한편으로는 조심스러웠기에.

"하아…."

도담은 뿌연 눈으로 깊은 한숨을 내쉬었다. 그러고는 주원을 따라 순순히 취조실을 빠져나갔다.

겨우 다시 만난 서재이를 결국 혼자 버려두고 나오는 길. 발길은 한 걸음 내딛는 게 고역일 정도로 떨어지지 않았지만, 도담은 꾸역꾸역 억척스럽게 후퇴하는 중이었다. 지금은 이렇게 한 보 뒤로 물러나지만, 다음번에는 세 보 앞으로 전진할 수 있게 되기를 바라며. 그때까지만 재이가 버텨줬으면 하는 마음으로.

NSO 지하주차장 가장 아래층에 주차된 주원의 차.

"온도담. 심호흡."

도담을 데리고 온 주원은 혼란스러워하는 그녀를 조수석에 앉혀 놓고 진정시켰다.

"후우우우… 후우우우…."

도담은 그의 말대로 숨을 고르려 해봤으나, 눈물은 좀처럼 그치지 않고 끊임없이 새어 나왔다. 주원은 그런 그녀를 걱정스럽게 바라보며 달랬다.

"울지 마. 여기서 울면 그림만 이상해져."

그 말에 정신을 차린 도담은 잔뜩 젖은 얼굴을 소매 끝으로 꾹 눌러 닦아냈다. 하지만 눈물은 다시 축축하게 그녀의 눈가를 적셔놓는다. 이럴 땐 백 마디 위로보다 빠르게 이성을 다잡을 수 있도록 본론을 꺼내는 편이 더 효과적이었다.

"안에서 서재이 상태 확인했지? 어땠어?"

그의 질문에, 도담은 울음 섞인 목소리로 대답했다.

"다치거나 아픈 데는 없는 것 같지만… 문제는 저인 것 같아요."

"너?"

"그 사람… 저 때문에 짓지도 않은 죄를 덮어쓰려고 해요. 양 팀장님이 원하는 내용으로 진술하겠대요."

"양은화 팀장하고 거래를 하려고 한다는 건가."

그건 살아남는 데에 전혀 욕심이 없는 서재이가 할 법한 선택이었다. 미련한 그는 혹시나 자신 때문에 도담이 해코지당할까 싶어, 제 목숨을 걸고 최후의 딜을 했을 것이다. 하지만 조직을 배반하고 독단적으로 행동하는 양 팀장이 그런 요구를 들어줄 리는 만무하니, 다 부질없어질 노력이었다. 뻔한 배드 엔딩을 확신하는 도담의 고개가 힘없이 푹 떨어졌다.

"내가 할 수 있는 일을 하려고 왔는데, 결국 아무것도 못 했어요."

"…."

"이러다가… 나 때문에 그 사람이 정말 잘못될까 봐 겁나요."

그에 대한 걱정으로 머릿속이 가득 찬 도담이 눈물을 뚝뚝 떨구었다. 위태롭게 흔들리는 그녀의 눈에는 죄책감만이 가득했다. 도담이 무엇 때문에 힘들어하는지 잘 알고 있는 주원은 그녀의 두 뺨을 조심스레 붙잡아 올렸다.

"온도담, 나 봐."

도담의 일렁이는 시선이 마지못해 그에게로 향했다. 주원은 그 눈동자를 빤히 바라보며 젖은 뺨을 닦아주었고, 나직한 목소리로 질문을 던졌다.

"양심의 가책 없이 뻔뻔한 상대랑 싸우기 위해서 가장 중요하게 지켜야 할 수칙이 뭔 줄 알아?"

"네…?"

"동요하지 않는 거야. 너도 상대방만큼 뻔뻔해져야 겨우 맞붙기라도 할 수 있어."

"상대방만큼… 뻔뻔해지라고요?"

허울 좋은 위로와는 사뭇 다른 그의 말에 도담의 눈에 의아함이 어렸다. 주원은 손끝으로 그녀의 눈물을 마저 수습해 주며, 경험에서 우러나온 조언을 이어나갔다.

"지금 양은화 팀장은 자신의 명예나 인간성 같은 건 다 내버린 상태야. 그러니까 눈앞의 이득만을 위해 행동할 수 있는 거겠지."

"…."

"니가 감정에 휘둘려서 멈춰있을 때도 그 여자는 자신의 목표를 향해 착실히 달려 나갈 거고, 니가 땅굴만 파고 있는 이 순간에도 그 여자는 원하는 바를 이루기 위해 안간힘 쓰고 있을 거야."

"…."

"그렇게 독한 인간인데, 니가 이렇게 자책만 하고 있으면 어떡해. 인제 와서 니가 무슨 잘못을 했는지 되짚어보는 게 다 무슨 소용이겠어. 어차피 돌이킬 수 있는 건 아무것도 없다는 거 알잖아."

지나치리만큼 냉정하긴 해도 예리한 분석이었다. 재이의 불행이 도담으로 인한 것이든 아니든 간에, 돌이킬 수 없는 이상 걱정은 그저 걱정으로 끝날 뿐이었다.

도담은 힘겹게 울음을 그치고 그에게 되물었다.

"그럼… 저는 이제 어떻게 하면 돼요?"

도담의 뺨을 붙잡은 주원의 손에 더욱 힘이 실렸다. 그의 말은 마치 최면을 거는 듯 나직하고 부드러웠다.

"우선 심호흡 깊게 하고 눈을 감아."

"…감았아요."

"그리고 나랑 같이 카운트다운을 하는 거야. 그게 끝나면 지금의 감정은 전부 사라졌다고 생각해."

"…."

"하나, 둘… 셋."

도담의 무거운 감정은 단 삼 초 만에 정리될 것이 아니었지만, 그녀는 주원의 카운트다운이 끝날 때쯤 아픈 마음을 어떻게든 잊어보려 애썼다.

"하아…."

도담의 입술 새로 깊은 한숨이 터져 나왔다. 주원은 그런 그녀를 내려다보며 가장 중요한 질문을 묻기 시작했다.

"이제 객관적이고 이성적으로 양은화 팀장을 떠올려 봐."

"양은화… 팀장님이요?"

"그래, 그 사람이 어떤 표정을 지었고, 어떤 얘기를 했고, 서재이의 말에 어떤 반응을 보였는지 기억나는 대로 상세하게 보고해."

"양 팀장님이라면…."

도담은 감은 눈에 가려진 시야로 조금 전의 기억을 끄집어내었다. 서재이를 바라보는 눈빛이 예리하면서도, 정작 의욕적으로 무언가를 묻지 않았던 수사 태도가 가장 먼저 떠올랐다. 도담은 젖은 얼굴을 마저 닦아내고 최대한 진정된 목소리로 대답했다.

"취조라고는 하지만 서재이한테 범행에 대해선 하나도 묻지 않았어요. 중요한 질문도, 가벼운 질문도 아예 할 생각이 없어 보였고요."

"…."

"꼭, 시간 때우러 온 사람 같았어요."

도담은 정신없는 와중에도 양팀장에게서 똑똑히 느껴졌던 이질감에 대해 가장 먼저 말을 꺼냈다. 그 말을 들은 주원은 헛웃음을 치며 대답했다.

"그랬다면 정말 시간이나 때우고 있었던 거겠지. 어차피 수사는 필요도 없을 만큼 판을 벌여놓았을 테니까."

"아, 그리고 하나 더 있어요. 이상했던 점."

"그게 뭔데?"

"재이 씨한테… 어차피 범인은 너야, 라고 했어요."

뒤이어 그녀가 문제 삼은 발언은 자칫 그냥 지나칠 수 있었으나, 곱씹어보면 곱씹어볼수록 미심쩍은 문장이었다.

"보통 확실한 용의자를 압박할 땐 '어차피 너의 죄는 다 밝혀지게 되어있어.' 혹은 '범인은 너인 거 다 알아.'라고 하잖아요. 그런데 양 팀장님 같은 경우에는 뉘앙스가 달랐어요."

"…."

"꼭 내정되어 있다고 말하듯이 어차피 '범인'은 '서재이'가 될 거라고 엄포를 놓는 것 같았달까…."

도담의 날카로운 지적에 주원의 눈빛이 한층 더 예리해졌다. 안 그래도 내막이 드러날수록 이번 사건 자체가 서재이를 죽이기 위해 만들어졌다는 느낌을 지울 수 없었기 때문이다.

마찬가지로 자신의 느낌을 확신하는 도담은 힘주어 말을 덧붙였다.

"이제 알 것 같아요. 예전에 양은화 팀장님이 도청 장치를 반지에 몰래 끼워서 날 감시했었잖아요. 그땐 날 못 미더워하시는 거라고 생각했지만, 지금 상황을 보니까 목적은 내가 아니었던 것 같아요."

"…."

"양은화 팀장님은 다른 누군가의 귀였고, 그 사람은 분명 서재이를 범인으로 만들고 싶어 하는 사람이었겠죠? 그런 사람이 궁금해하는 건 내가 아니라 서재이였을 거예요."

"…."

"도망치는 건 아닌지, 반항하는 건 아닌지, 혹시 속아주는 척하면서 뒤로는 탈출구를 찾고 있는 게 아닌지. 나를 통해서 서재이의 상태를 수시로 확인했었나 봐요."

정말 서재이를 감시하는 게 목적이었다면 도담만큼 좋은 장치도 없었다. 어차피 누군가 자신을 감시한다는 걸 알아채 버린 이상, 더욱더 긴장하고 경계했을 서재이. 그런 그가 무방비해지는 건 도담 앞에서뿐이었으니.

"양은화 팀장님이 우릴 불러낸 날 우리 집이 털렸어요. 본부는 뒤집어졌고, 모든 비밀을 알게 된 재이 씨는 잠적해 버렸고, 우린 이 사건을 3팀한테 빼앗기기까지 했어요."

"…."

"팀장님은 이런 일이 왜 벌어졌다고 생각하세요?"

잠시 고민하던 주원은 낮게 가라앉은 목소리로 대답했다.

"서재이가 범인이 아니라는 걸 우리가 눈치채서?"

어느새 감정을 전부 식힌 도담이 천천히 고개를 가로저었다.

"저도 처음엔 그렇게 생각했어요. 우리가 너무 많은 걸 알아버려서라고…."

"…."

"하지만 오늘 양은화 팀장님과 재이 씨를 보고 깨달았어요. 그것도 다 예정되어 있었던 거예요. 지금 서재이를 노리는 사람이 바라는 건 바로 이 타이밍이었어요."

"이 타이밍?"

"모든 걸 알게 된 서재이가 그럼에도 배신감을 딛고, 저를 위해 뭐든 하겠다고 무릎을 꿇는… 바로 오늘 같은 순간 말이에요."

냉철한 도담의 분석은 괜한 의심이라고 넘겨버리기엔 앞뒤가 그럴듯했다. 서재이의 사랑이 가장 커졌을 때 도담의 진짜 정체가 드러났고, 상처받은 서재이가 그럼에도 불구하고 도담을 선택했을 때 맥없이 구속되어 버린 건, 우연으로 묶기엔 인과관계가 뚜렷했다.

흐름을 정리해 보니 서재이를 향한 악의가 노골적으로 보였다. 어쩌면 이 사건 자체가 서재이 하나 죽이기 위해 잘 짜인 판일 수도 있겠다. 정말 그런 거라면 증거랍시고 잡힌 브로커 접선 장면조차 거짓일 확률이 높다. 그렇다면 누가 이렇게 크나큰 적의를 드러내고 있는 걸까. 대체 누가….

같은 고민을 하는 도담이 깊은 생각에 잠긴 눈빛으로 중얼거렸다.

"운성 중공업 이사직을 겸하고 있고, 운성 그룹 주인의 총애를 받고 있는 서재이에게 감히 누명 씌울 수 있는 사람…."

"…."

"사건을 의뢰했던 서태환 대표를 만나봐야겠어요."

뒤이어 나오는 건 사건의 의뢰인, 서태환 대표의 이름이었다. 서태환 대표와의 만남을 정확하게 기억하고 있는 주원은 곧 죽어도 서재이를 범인으로 몰던 그의 모습을 떠올려냈다. 하지만 NSO도 눈치를 볼 정도로 거물급인 그를 상대하기란 결코 만만한 일이 아니었다.

"그게 뭘 의미하는지는 알지?"

앞으로의 위험을 감지한 주원이 비장하게 물었고, 그 어느 때보다 제정신을 붙잡고 있는 도담은 망설이지 않고 대답했다.

"브레이크 빼고 달리자는 거죠. 우리 둘로는 벅차고 위험한 상대니까요. 그쪽을 찌른 순간부터 돌이킬 수 있는 건 아무것도 없을 거예요."

더할 나위 없이 정확한 설명에 주원은 피식 웃음을 흘렸다. 하지만 도담은 여전히 진지하기만 한 표정으로 주원의 각오를 확인했다.

"저는 그래도 들이받아 보기로 결심했어요. 팀장님은요?"

도담의 물음에 주원은 새까만 눈동자를 그녀에게로 옮겼고, 사랑을 말할 때처럼 나직하고 부드러운 목소리로 말했다.

"우린 인생을 동행하는 사이잖아. 나는 널 따라서 어디든지 가."

말끝에 조심스럽게 그의 입술이 따라왔다. 맞닿은 감촉은 혼란스러웠던 도담의 머릿속을 단번에 진정시켰다. 주원은 가볍지만 진한 키스로 그녀를 향한 걱정 어린 마음을 표했고, 도담은 그의 숨결을 깊이 받아들이며 그를 안심시켰다. 백 마디 응원의 말보다 훨씬 더 애틋하게 진심을 전하는 프렌치 키스였다.

잠시 후, 달콤한 소리와 함께 입술이 떨어졌다.

"…사랑해."

떨리는 숨소리에 섞여 이어지는 고백에, 도담이 돌려줄 건 그와 같은 마음뿐이었다.

"그거면 됐어요. 나도 사랑해요."

# 언제나 당신 곁에
# 있을게요

운성 중공업 서태환 대표의 집무실.

태환의 개인 휴대폰이 울렸다. 사전에 약속한 사람이 아니면 좀처럼 연락을 받지 않는 태환이었으나, 휴대폰 액정에 떠오른 이름은 도무지 무시할 수 없었다.

[기주원 팀장]

이젠 사건도 다른 곳으로 넘어간 터라 엄밀히 말하면 연락할 일이 없는 사람이었다.

'확실히 사건 빼앗긴 일로 해코지하려고 연락할 인간은 아니지. 좋은 용건 나눌 사이도 아니지만.'

무미건조한 시선으로 휴대폰을 내려다보던 태환은 통화 버튼을 누르고 위압적인 목소리로 말했다.

"이제 그쪽은 저에게 아무 용건도 없을 텐데요."

적의 가득한 태환의 태도에도 주원은 망설임 없이 대답했다.

─네, 산업1팀으로서의 용건은 끝났습니다. 하지만 개인적으로 넘어갈 수 없는 부분이 남아있어서 연락드렸습니다.

"개인적인 연락은 필요 없습니다. 시간 낭비하고 싶지 않군요."

─기어이 죄 없는 사람을 골로 보내버리겠다는 뜻입니까."

"죄 없는… 사람?"

어지간하면 거절하려 했거늘, 주원의 말은 태환의 신경을 가시처럼 찔렀다. 그가 말한 '죄 없는 사람'이라는 단어가 꼭 억지로 서재이를 붙잡아뒀다는 말 같아서, 태환의 심기는 한순간에 몹시 불쾌해졌다.

"지금 그 말, 내가 생각하는 뜻이 아니었으면 좋겠군요."

태환은 감정을 애써 감춘 채 차갑고 낮은 목소리로 말했다. 당장 닥치라는 협박이나 다름없었으나, 주원은 멈추지 않고 말을 이었다.

─저는 생각보다 많은 것을 알고 있습니다. 해명할 기회라도 필요하시다면 면담에 응하시는 편이 이득이실 겁니다.

해명도, 기회도 태환과 연관 지을 단어는 아니었다. 하지만 단호한 주원의 태도를 보니, 통화상으로 캐묻는다고 해도 자세한 내용을 밝히지 않을 게 분명했다.

깊은 한숨을 내쉬던 태환은 결국 마지못해 주원에게 대답했다.

"…최 상무에게 말해 스케줄을 조정하겠습니다. 오늘 오후 네 시, 집무실에서 보죠."

그 말을 들은 주원이 태환을 상대로 통보하듯이 말했다.

─아니요, 대표님만 따로 뵐 수 있는 곳이면 좋겠습니다. 오늘 오후 네 시, 장소는 제가 정해서 알려드리죠.

마치 취조 받아야 할 용의자라도 된 기분에 불쾌하기 짝이 없지만, 일단은 그의 요구에 응해줘야 할 것 같다는 생각이 들었다. 어차피 괜한 도발이었다면, 태환의 방식대로 잔혹하게 되돌려주면 그만이니.

＊ ◆ ＊

"후우…."

살벌한 통화를 마친 주원이 크게 심호흡을 했다. 초조한 눈빛으로 그를 지켜보고 있던 도담은 기다렸다는 듯 그에게 물었다.

"나오겠대요?"

주원은 고개를 끄덕였지만, 표정은 그리 밝지 못했다.

"일단은 그래. 협조해 줄 목적으로 나오는 건 아닌 것 같지만."

"그럼 왜 나오는 건데요?"

"제대로 건드렸으니 반응하는 거겠지. 나를 잡아먹으려면 우선 약속 장소로 나와야 하잖아."

주원의 대답을 들은 도담의 표정이 착잡해졌다. 자신이 누구와 싸우고 있는지 알아버린 이상, 때때로 몰려오는 두려움과 압박감은 어쩔 수 없이 그녀를 동요시킨다. 주원은 그런 도담의 얼굴을 빤히 바라보았다. 그러고는 축 내려간 그녀의 눈썹을 장난스럽게 톡 건드렸다.

"표정 풀어. 나 죽으러 가는 거 아니야."

하지만 그 말에 더욱 걱정스러워진 얼굴로, 도담은 그의 소매 끝을 붙잡았다.

"나도 같이 가면 안 돼요?"

"…."

"알아요. 별 도움 안 될 거라는 거. 그래도 혼자보다 둘이 가는 게 덜 위험할 것 같아요. 서로가 서로의 뒤를 지켜줄 수 있잖아요."

무슨 마음으로 이런 얘길 하는지 주원은 너무나도 잘 이해할 수 있었다. 걱정스러운 걸로 따지면 그녀가 훨씬 더 걱정스러운 상황이었으니. 그녀를 이번 일에서 못 빼낼지언정, 직접적으로 나서는 일만큼은 없게 하고 싶었던 주원은 괜히 삐딱한 목소리로 대꾸했다.

"나 원래 누구랑 같이 일 못 하는 거 알잖아."

"그래도…."

"그래도는 무슨. 건투나 빌어줘. 내 걱정은 조금만 하고."

도담은 주원의 얼굴을 빤히 올려다보았다. 그는 자신만만한 표정을 짓고 있었지만, 도담의 불안감은 좀처럼 가라앉지를 않았다. 아마 지금도 그가 NSO에서 인정한 최고의 에이스 요원이라면 걱정이 덜했을 것이다. 하지만 그 영광은 임무를 빼앗긴 이후로 무색해지고 말았다. NSO의 보호도 없이 독단적으로 이번 사건에 뛰어들어야 하는 그는 무기 하나 없이 전장에 달려드는 인간 방패일 뿐이다.

"정말 고집쟁이라니까…."

그러나 그런 상황을 알면서도, 도담은 더 이상 주원을 붙잡고 늘어질 수 없었다. 주원에게도 힘든 일이라면 도담에게는 불가능한 일이라는 걸, 그녀 스스로 너무 잘 파악하고 있기 때문이었다.

도담은 한숨을 내쉬며 꼭 잡고 있던 소매를 놓아주었다. 그러고는 제 손목에 채워져 있던 행운의 네잎클로버 팔찌를 말없이 풀었다.

"뭐 해? 그건 풀지 말라고 했잖아."

주원이 한동안 그녀 손을 떠나지 않았던 팔찌를 내려다보며 말했다. 도담은 그런 그의 팔을 조심히 잡아 쥐었고, 팔찌를 원래 있던 자리에 되돌려주며 대답했다.

"지금 행운이 필요한 사람은 팀장님이잖아요. 나한테 빌려줬던 행운 다시 돌려줄게요."

주원은 거절하려 했으나 도담은 기어이 팔찌를 그의 손목에 묶어버렸다. 오랜만에 느껴보는 작은 무게감. 한때 이건 자신의 과오를 잊어버리지 않도록 하기 위한 올가미 같은 존재였지만, 오늘은 사뭇 다른 의미로 와닿았다.

"무리하지 말고, 다치지 말고…"

"…."

"주원 씨 옆에는 항상 내가 있을 거라는 것만 기억해 줘요."

비어있던 손목에 새겨지는 그녀의 존재가 그의 심장박동을 빠르게 만든다. 어두컴컴한 미래는 그녀로 인해 밝아지고, 무슨 일이 닥쳐오든 다 괜찮을 거라는 확신만 생긴다.

'한때는 미신 같은 믿음을 가장 싫어했었는데…. 나는 어쩌다가 너 하나만 있으면 다 괜찮아지게 된 걸까. 하루하루 긴장하고 경계하며 치열하게 살았던 지난날이 다 잊히는 것 같아.'

자신에게로 되돌아온 팔찌를 내려다보던 주원은 입가에 엷은 미소를 띠고는 휘어진 눈동자 그대로 도담을 바라보았다. 아직 걱정이 많은 얼굴이었다. 주원은 그런 그녀의 턱을 들어 올려 조심스럽게 입을 맞추었다. 그리고 입술을 귓가로 옮겨 나직이 속삭였다.

"약속한 거야."

"…네?"

"계속 내 옆에 있겠다는 거."

"…."

"나는 무슨 수를 써서든 너한테 돌아올 거니까, 너도 무슨 수를 써서든 내 옆에 있어."

이럴 상황이 아닌 걸 알면서도 달콤한 말과 귓불을 간질이는 부드러운 숨소리에 도담의 얼굴이 빨개졌다. 콩닥거리다 못해 쿵쿵 요동치는 가슴은 주원에게도 느껴질 듯하다.

도담은 그를 올려다보며 열심히 고개를 끄덕였다.

피식. 그녀가 가장 좋아하는 주원의 미소가 입꼬리에 어린 순간, 그런 기분이 들었다. 이 남자가 이렇게 웃어주기만 한다면 그 어떤 시련이든 다 이겨낼 수 있을 것 같다는, 기적이나 다름없는 기분 좋은 확신이.

* ◆ *

청담동 VVIP들의 은밀한 모임 장소로 유명한 와인 바.

서태환 대표와 최우석 상무를 태운 고급 외제차가 주차장에 멈춰 섰다. 내리기 전 코트 매무새를 다듬는 태환에게, 최 상무는 건조한 목소리로 말했다.

"편히 다녀오시지요. 앞에서 대기하고 있겠습니다."

처음엔 혼자 올 생각이었건만, 굳이 동행하겠다고 나선 최 상무에게 태환이 대답했다.

"위험한 상대는 아니니 그리 긴장할 거 없어. 바쁘면 먼저 돌아가도 돼."

하지만 최 상무는 잠시도 긴장의 끈을 놓지 않겠다는 듯 염려를 표했다.

"저는 대표님이 혼자 외부인을 상대한다는 게 걱정될 뿐입니다. 아무리 독대 조건이 붙었다고 해도, 대표님이 다 맞춰주실 건 없지 않습니까."

"둘이 못 볼 것도 없지. 떳떳하지 못한 쪽은 내가 아니라, 저번 작전도 말아먹은 그쪽 팀일 테니까 말이야."

"이럴 때일수록 몸을 사리셨으면 합니다. 일이 잘 안 풀린 걸 대표님 탓으로 돌리면서 해코지할 수도 있으니까요."

경고하는 최 상무와 달리 태환은 오늘의 만남에 별다른 위험을 느끼지 못했다. 그가 실제로 만나본 기주원이라는 사람은 제 실수를 남 탓으로 돌리기에는 너무나도 자존심이 강해 보였기 때문이다. 한 번도 실패한 적 없는 에이스라면 실패보다, 실패로 인해 무너진 모습을 보이는 편이 더 치욕스러울 것이다.

"서재이가 구속됐는데 걱정할 일이 뭐가 있겠나. 이제 아무 연관도 없는 사람의 객기쯤이야 한번 참아주면 그만이지."

태환은 마지막까지 최 상무를 안심시키고 차에서 내렸다. 최 상무는 그런 그를 뒤따라 내리려 했으나, 태환은 손짓으로 가만있으라는 표시를 했다.

"여기서부터 혼자 들어가지."

"하지만….."

"다시 한번 말하지만 급한 일이 생기면 먼저 돌아가도록 해."

태환은 자신의 개인 비서와 경호원들까지 두고 와인 바 건물 안으로 들어섰다. 주원과의 대면을 앞둔 그에게서는 긴장감이 전혀 느껴지지 않았다. 그도 그럴 것이 태환은 지금 주원의 도발을 무시하지 못해 나온 것일 뿐이고, 만약 눈앞에서도 심기를 건드린다면 어떤 방식으로든 응징할 작정이기 때문이었다. 한마디로 주원에게 지켜야할 선이라는 걸 확실히 알려주기 위해 나온 자리였다.

안면이 있는 바 매니저의 에스코트를 받으며 안으로 들어선 태환은 구석 자리에 앉아있던 주원을 발견하고 넌지시 물었다.

"자리는 홀 테이블로 준비해 둔 겁니까."

"아, 저분이 대표님의 손님인 줄 몰라서 별도의 공간을 제공해 드리지 못했습니다. 지금이라도 자리 준비해 드릴까요?"

"됐습니다. 오래 있을 것도 아니니 대충 앉죠."

대표직에 오른 이후부터는 탁 트인 공간을 기피하는 태환이었지만, 오늘은 메인 홀에서 대화를 나누는 게 차라리 낫겠다는 생각이 들었다. 쓸데없이 말이 길어진다 싶을 땐 주변 시선 핑계를 대며 자리를 끝내면 그만이니.

"기주원 씨."

테이블로 가까이 다가간 태환이 인사 대신 주원의 이름을 불렀다.

"안녕하셨습니까."

태환을 보자마자 곧바로 자리에서 일어난 주원은 딱딱한 태도로 인사를 건넸다. 담당 사건을 제대로 말아먹은 것치고는 조금도 주눅

들지 않은 그의 모습에, 태환은 비웃음을 띤 채 안부를 물었다.

"이제 우리 사건 담당자가 아닌 것으로 알고 있습니다만. 한가해 지시니까 남아도는 시간을 어찌 써야 할지 몰라서 날 부른 건가요?"

하지만 신경을 건드리기 위한 멘트에도, 주원은 눈썹 하나 구기지 않았다. 그 대신 꺼내는 질문은 에이스 수사 요원답게 예리했다.

"이 건물… 주차장은 네 칸이나 비어있는데 만석 표시가 떴더군 요. 대체 얼마나 대동하신 겁니까?"

비어있던 자리는 태환의 비서가 확보해 놓은 게 맞지만, 태환은 쓸 모없는 질문에도 곧이곧대로 대답해 주는 성격이 아니었다.

"이 자리에 혼자 앉아있는 거로 만족하세요. 선 넘지 말고."

태환은 주원을 빤히 쳐다보며 어서 용건만 말하라는 듯이 압박을 가했다. 피차 괜한 서론으로 시간 끌 생각이 없었던 주원은 곧바로 준비해 온 대화의 문을 열었다.

"좋습니다. 선 넘고 싶어지기 전에 본론을 꺼내겠습니다."

본격적인 이야기를 하기에 앞서, 그는 숨을 골랐다. 그러고는 태 환의 눈을 정확히 직시한 채, 그가 그토록 듣기 싫어하는 이름을 꺼 내놓았다.

"서재이한테 무슨 짓을 하고 싶으신 겁니까."

마치 서재이를 피해자로 보고 있는 듯한 뉘앙스였다.

"…그게 무슨 소리입니까."

그걸 제대로 포착한 태환이 살벌하게 되물었다. 하지만 주원은 자 신에게 드리워진 칼날을 똑똑히 보고 있으면서도, 계속해서 태환의 신경을 건드릴 만한 발언만 이어나갔다.

"서재이의 생일 파티를 대표님 측에서 주최하셨다고요. 서재이를 그렇게나 증오하면서 행사 준비하시는 게 치욕스러우셨겠습니다."

"…."

"그럼에도 불구하고 굳이 맡았던 이유는 단순히 집안의 명령이었습니까, 아니면 그 외 다른 이유가 있었던 겁니까?"

반복되는 재이의 이름과 노골적인 질문에 태환의 눈빛이 혹한기의 눈보다도 차가워졌다.

"지금 그딴 거 물어보려고 절 불러낸 건가요?"

대답을 바라는 것이 아니라 닥치라는 신호였지만, 주원은 조금도 물러서지 않았다.

"어쩌면 기회였을 수도 있겠습니다. 서재이를 그토록 잡고 싶어 하셨는데, 파티라는 명목만큼 완벽하게 설치할 수 있는 덫이 또 어디 있겠습니까."

"무슨 말을 하는 건지 못 알아먹겠군요."

"와인에 약을 타도 서재이는 의심 없이 마셔줄 테고, 주최자가 본인이시니 그 안에선 무슨 일이 벌어져도 뒷수습이 편할 테고…."

"…."

"이론상으로는 참 완벽한 계획이었겠습니다."

그 말을 듣고 있던 태환의 표정이 묘하게 일그러졌다. 불쾌한 심기를 드러내는 건 너무나도 당연한 일이었지만, 이어지는 반응은 뭐랄까.

"약…?"

주원의 말을 단 한 마디도 제대로 이해하지 못한 사람 같았다. 이런 반응이 인위적이라 생각한 주원은 더 제대로 그를 찔러보기로 했다.

"그날 대표님이 준비한 와인에서 치사량에 가까운 수면 마취제가 검출되었습니다. 자료는 이미 확보하여 윗선으로 넘겼고, 혹시나 대표님이 손쓰실 걸 대비하여 3차 보안까지 완료한 상태입니다."

"…."

"그러니 여기서 일 더 키우지 마시고, 저에게만이라도 솔직해지시길 바랍니다."

이렇게 직접적으로 알고 있는 바를 드러내는 건, 모르는 척해도 소용없을 거라는 의미였다. 아니나 다를까. 평정심을 잃은 태환이 일그러진 표정으로 자리에서 벌떡 일어섰다. 그러고는 한 손을 들어 멀리 떨어져 있던 바 매니저를 제 곁으로 호출했다.

"여기."

"네, 대표님. 필요하신 게 있으십니까."

그가 자리를 피하려 한다고 생각한 주원은 곧바로 따라 일어섰다. 하지만 그를 붙잡기도 전에 이어진 명령은 예상치 못한 것이었다.

"안쪽으로 안내해 주시겠습니까. 내가 있는 동안, 그 안에는 내 회사 사람도 들이지 말고."

이때껏 회의적이기만 하던 그가 갑자기 적극적으로 대화에 참여하려 한다. 그 태도 변화가 이해되지 않았던 주원이 살짝 미간을 찌푸리니, 태환은 혹한의 눈보라보다 매서운 분위기로 주원에게 엄포를 놓았다.

"방금 전 그 말… 최대한 자세하게 하는 게 좋을 거야."

VIP 손님 중에서도 유달리 특별한, 거물급 VVIP 손님에게만 제

공되는 프라이빗 룸. 그곳에 들어선 태환은 익숙하게 무거운 문을 닫았다. 외부 소리가 완벽히 차단된 방은 소름 끼치는 고요함 때문인지, 어두컴컴한 조명 때문인지 한층 더 위압적인 분위기를 자아냈다.

"이제 진짜 둘뿐이군."

태환은 프라이빗 룸에 마련된 의자에 앉으며 말했다. 그의 맞은편에 자릴 잡은 주원은 경계를 거두지 않은 눈빛으로 태환의 표정을 관찰했다. 아직은 좀처럼 이해할 수 없는 반응이었다. 혹시 조금이라도 인위적인 부분을 발견한다면 주원은 곧바로 취조 모드에 돌입할 생각이다. 그러나 태환이 가장 먼저 꺼낸 말은 조금 전 들었던 와인에 대한 질문이었다.

"자세히 얘기해. 아까 그 와인에 대해서."

아무리 탐탁지 않아도 기본적인 예의는 차려주던 태환이었지만, 어느새 그의 말꼬리는 무례할 만큼 짧아져 있었다. 이건 그만큼 동요했다는 뜻이었고, 이성보다 감정이 더 앞서고 있다는 의미였다.

주원은 그런 태환에 비해 담담하게 되물었다.

"완전히 모른다는 듯이 말하시는군요. 행사는 대표님 소관 아니었습니까?"

"우리 측에서 주관하긴 했지. 하지만 와인에 대해선 금시초문이야."

"문제가 된 와인은 행사를 위해 특별히 준비된 와인이었습니다. 미리 조사해 본 결과, 선물을 받는 이는 확실히 서재이였고 준비한 이는 주최 측이라는 답변을 얻었습니다."

그 말을 들은 태환의 머릿속이 한순간에 복잡해졌다. 그의 이름으로 주최된 파티였지만, 전반적인 행사의 준비를 맡은 이는 전혀 다른 사람이었기 때문이었다. 어차피 참석도 하지 않을 행사라 생각해서, 준비 과정에 관심조차 두지 않았던 태환은 어찌 보면 용의 선상에서 가장 거리가 먼 사람이었다. 그러나 이를 솔직하게 말해선 안 된다는 생각이 들었다. 행사 주최를 논할 때부터 자꾸만 떠오르는 얼굴은 이런 찜찜한 일에 연루되게 만들고 싶지 않을 만큼 신뢰하는 사람이었으니.

"우리는 모르는 일이야."

태환은 일부러 '우리'라는 단어를 강조해 대답했다. 뻔한 변명조차 달라붙어 있지 않은 그의 대답은 주원의 신뢰를 얻기엔 허무맹랑했다.

"그렇게 발뺌하시기에는 상황이 너무 멀리 온 것 같습니다."

주원은 무미건조한 표정으로 대꾸했으나, 태환은 계속해서 자신의 주장을 어필했다.

"주최 측에서 준비했다는 말이 우리가 그 와인을 보냈다는 뜻이 되지는 않아. 미리 선물 받았던 와인을 행사에 사용하는 경우도 있으니까."

"물론 그렇겠죠. 하지만 이 와인은 파티 전날, 이벤트 홀로 배송이 되었더군요."

"…."

"외부인이 손님을 가장하고 준비한 선물이라면, 보통 직접 들고 오거나 서재이에게 바로 보내지 않았겠습니까."

날카롭게 추궁하는 주원은 제 뜻을 굽힐 생각이 없는 듯했다. 이미 태환에게로 초점이 맞춰져 다른 데로 주의를 돌리기 쉽지 않아 보였다.

"쓸데없는 의심은 거두는 게 좋을 거야. 그냥 찔렀다가 뒷감당은
어떻게 하려고."

태환은 점점 더 혼란스러워지는 상황 속에서 불편한 감정만 드러
냈다. 이런 태도가 더욱더 수상해 보인다는 건 알지만, 아직 돌아가
는 상황을 이해하지도 못한 태환이 보일 수 있는 반응은 이것이 최선
이었다.

"불편하셨다면 죄송합니다. 이것이 저의 업무라서 말입니다."

주원은 기도 죽지 않는지, 담담한 어조로 대꾸했다. 그러고는 가
장 중요한 뒷말을 이어나갔다.

"아직은 밝혀진 것이 여기까지라 용의자를 확정하지는 못하는 상
황입니다. 하지만 문제의 와인이 국내에서는커녕 해외에서도 찾아보
기 힘든 와인이니만큼, 주문자를 찾아내는 일은 시간문제일 겁니다."

주원을 바라보는 태환의 눈빛에 서늘한 날이 서렸다. 주원은 그 눈
을 마주한 채 입꼬리를 들어 올렸고, 승리를 확신하는 얼굴로 말했다.

"네, 협박하는 것 맞습니다."

"…."

"대외적으로 일이 커지기 전에, 이번 사건에서 정정당당하지 못한
부분이 있다면 알아서 수습해 주시길 바랍니다."

준비한 대화는 여기까지였다. 제 용건을 모두 끝낸 주원은 차가운
숨만 내쉬는 태환을 두고 먼저 자리에서 일어났다.

이 모든 건 태환이 용납할 수 없는 행동이었으나, 홀로 남겨진 그
는 아무런 저지도 하지 않았다. 지금 흔들리는 눈빛으로 그가 떠올

리고 있는 건 단 한 사람.

'저에게 맡기십시오.'

'대표님이 바라는 결과를 반드시 가져다드리겠습니다.'

언제나 내 밑에서 내가 시키는 것만, 내가 원하는 대로 해냈던 최우석 상무였다. 늘 순종적이던 그의 모습에 원인을 알 수 없는 균열이 보이는 기분이었다.

* ◆ *

기주원이 돌아왔다. 좀처럼 어디 앉아있질 못할 정도로 걱정했는데, 다행히 어디 하나 다친 데 없이 나갔던 그대로였다. 도담은 집 안으로 들어서는 주원의 허리를 꼬옥 안아주었다.

"진짜 고생 많았어요. 무사히 만나긴 만난 거예요?"

그녀의 질문에 주원은 한숨 섞인 목소리로 대답했다.

"잘 모르겠어."

"모르겠다니?"

"동요한 것 같긴 한데, 그게 범행이 발각된 사람이 모르쇠로 일관하는 느낌은 아니야."

그 말인즉, 진짜 모르는 것일 수도 있다는 뜻과 다르지 않았다. 서재이 죽이기에 분명 서태환이 밀접하게 연관되어 있을 거라 확신했는데, 주원이 만나본 그는 뭔가 다른 모양이었다.

"무슨 뜻이에요? 자세히 얘기해 주세요."

도담은 주원의 눈을 올려다보며 캐물었다.

그때 정장 재킷에 넣어두었던 주원의 휴대폰이 울렸다. 타이밍 맞춰 전화를 준 사람은 다름 아닌 계 부장이었다. 주원은 잠시 도담을 놓아주고, 휴대폰 통화 버튼을 눌렀다.

"네, 부장님."

그러자 계 부장은 다소 급한 목소리로 질문을 꺼냈다.

—기주원. 이 와인, 누가 준 거야?

"서재이 생일 때 쓰일 뻔했던 와인이라고 하지 않았습니까."

—그런 거 말고. 이걸 너한테 넘겨준 사람이 대체 누구냐고.

계 부장은 무언가 수상한 낌새를 눈치챈 듯했다. 주원은 그가 본 것이 제발 자신과 같기를 바라며 일부러 답변을 하지 않았다. 그러자 계 부장은 깊은 한숨 끝에 그녀의 이름을 정확하게 내뱉는다.

—혹시 유수영이냐?

바로 옆에서 계 부장의 큰 목소리를 본의 아니게 함께 듣고 있던 도담이 숨을 멈췄다. 워낙 다혈질이라 반응을 예상할 수 없는 계 부장이라 주원은 이번에도 역시 아무 말 하지 않았다. 하지만 계 부장은 이미 제 나름대로 모든 생각을 끝마쳤는지, 확신에 찬 목소리로 말했다.

—유수영, 그날 파티장에 갔다가 그 팀 신입한테 검거당했잖아. 특별한 용건도 없는데 거기 있었던 것부터가 일부러 함정에 뛰어든 느낌이었단 말이지.

역시, 일을 제대로 안 하긴 해도 삼십 년 차 수사 경력은 무시하지 못할 것이었다. 그에게서 유수영에 대한 반감을 느끼지 못한 주원은 순순히 대화에 협조해 주기로 했다.

"유수영이랑 대화해 보셨습니까?"

—어제 내 촉에 집히는 게 있어서 면담은 해봤지. 그런데 죽어도 입을 안 열어. 배 팀장 말로는 그쪽 신입이랑만 대화하려고 한다던데.

유수영은 아직도 NSO의 모든 이들을 경계하는 모양이었다. 하긴, 진작부터 서재이의 무죄를 주장해 왔던 그녀는 제 말을 개소리 취급했던 NSO가 답답하고 야속했겠지.

—내일 중으로 걔 여기 보내.

이윽고 계 부장의 명령이 이어졌다. 만만한 게 도담인지, '걔'라는 무례한 호칭을 서슴지 않았다. 주원은 이런 식으로 도담에게 손을 벌리려는 계 부장을 두고 볼 수 없었다. 그래서 그동안의 못된 언동을 사과라도 한 뒤에 부탁을 하라고 쏘아붙이려 했거늘, 옆에서 통화를 엿듣고 있던 도담이 주원의 휴대폰을 훅 가져가 버렸다.

"이리 줘보세요."

당황한 주원은 돌발행동을 말리지도 못하고, 비장한 그녀의 얼굴만 가만히 내려다보았다.

머지않아 나온 그녀의 첫마디는 굉장히 패기 넘쳤다.

"부장님, 산업보안1팀 온도담입니다."

—깜짝이야. 뭐야, 너?

"유수영 선배 면담은 제가 해볼 수 있지만, 그 대신 조건이 있어요."

—하 참, 니가 나한테 조건을 걸겠다고? 일개 신입인 니가?

아니나 다를까. 도담을 몹시 같잖게 여기는 계 부장은 헛웃음을 치며 그녀를 무시했다. 하지만 그러든가 말든가 도담은 또렷하고 야무진 목소리로 자신이 원하는 바를 꺼내놓았다.

"서재이도 만날 수 있게 해주세요."

—뭐?

"서재이를 만나서 나누고 싶은 얘기가 있어요. 조사해야 할 것도 있고요. 부탁드립니다."

—하 참…. 그 팀 자체가 예절 교육을 말아먹었네.

도담의 절박한 부탁에도 계 부장은 혀만 끌끌 찼다. NSO의 특별 관리 대상과의 면담은 이렇게 쉽게 정할 수 있는 것이 아니기 때문이었다. 도담도 그건 충분히 알고 있었으나, 물러나지 않고 한 번 더 요청했다.

"부장님도 이번 사건이 이상하게 흘러가고 있다는 거 아시잖아요. 분명 나중에 탈이 날 문제예요."

—….

"불씨들을 지금 바로잡지 않으면, 나중에 NSO에게도 책임이 절반 이상 돌아올 거라 확신합니다. 그러니까 진화할 수 있을 때 진화해 놓는 것이…."

도담의 애원을 듣고 있던 계 부장이 그녀의 말을 멈추게 하고 말했다.

—서재이는 공식적으로 양은화 팀장 소관이라서 대놓고는 못 빼줘.

그 말을 들은 도담이 잔뜩 긴장한 눈으로 주원을 마주 보았다. 머지않아 계 부장답지 않게 작은 목소리로 이어진 대답은 다행히도 도담이 기대하던 내용이었다.

—조만간 야밤에 날 잡아서 문 살짝 열어줄 테니까, 그놈 만날 거면 빨리 만나고 와. 시간은 십오 분 이상 못 준다.

"네? 정말요? 아, 알겠습니다!"

—너는 문제 생기면 사면 당할 줄 알아. 그건 각오해 두라고.

"네, 정말 감사합…!"

뚝.

계 부장은 그녀의 인사를 듣지도 않고 끊었다. 아무리 부탁을 들어준다 해도 절대 호감을 가질 수가 없는 인간형이었다.

"인성하고는…."

주원은 불편한 감정을 드러내며 도담의 손에서 휴대폰을 가져갔다. 그러고는 가슴을 쓸어내리는 도담을 보며 넌지시 물었다.

"서재이를 만나서 뭐 하려고."

"미련한 생각하지 말라고 얘기해야죠."

"먹힐 것 같진 않은데."

"그래도 결국엔 내 마음을 이해해 줄 거예요. 그 사람은 항상 그랬으니까."

도담은 재이를 다시 만나게 된 것만으로도 한시름 놓은 모양이었다. 두 눈에 가득하던 불안은 가시고, 다시 뭐라도 할 기회가 생겼다는 희망이 가득해진다.

"나는 그 사람을 다시 한번 붙잡아줄 수 있어요."

도담은 확신 어린 목소리로 주원에게 말했다. 그건 반드시 붙잡겠다는 각오나 다름없었다. 물론 성공 여부는 전적으로 상대방에게 달렸다는 것이 문제였지만.

## 끝이 보였던
## 인연의 결말

바깥에서 문을 열어주지 않으면 나갈 수 없는 좁은 방. 있는 듯 없는 듯 난 창문으로는 오늘의 날씨만 겨우 확인할 수 있었다. 새로 바뀐 보금자리는 예전에 살던 곳과 전혀 달랐다. 하지만 재이에게는 낯설지 않았다. 까마득히 오랜 기억 속, 엄마와 살던 그 집은 이곳보다 더 좁고 어둡고 지저분한 곳이었으니까.

어느 날 갑자기 짐승처럼 붙잡혀 들어와서 재이가 하는 일은 몹시 단순했다. 부르면 나가고, 묻는 말에 대부분 '네'라고 대답하고, 모르거나 전혀 아닌 사실에는 침묵하고, 그렇게 형식적인 절차가 끝나면 다시 이곳에 들어오고. 며칠 되지 않았지만, 워낙 패턴이 똑같아서 적응하기는 쉬웠다. 할 일이 정해진 삶은 억지로 할 일을 찾지 않으면 살아낼 수 없는 바깥세상보다 차라리 나은 느낌이다.

재이는 강제로 소등된 방에서 달빛을 불빛 삼아 벽시계를 확인했다. 벌써 자정이 넘어가고 있는 시각이지만 잠은 조금도 오지 않았다. 이럴 땐 위스키 두 잔이면 금방 노곤해지곤 했는데, 여기 있는 동안에 그런 건 바랄 수도 없겠지.

'만약 이대로 집안에서 버려지면 잠들 때는커녕 죽을 때까지 그 위스키를 입에도 못 대겠지만….'

잠 못 드는 밤에는 쓸데없는 걱정만 늘어나는 법이었다. 재이는 억지로 눈을 감은 채 답 없는 미래에 대한 생각은 접어두기로 했다.

저벅 저벅 저벅.

그때 복도 저 끝에서부터 낯선 발소리가 들려왔다. 이따금 이곳을 관리하는 직원들이 밤낮도 없이 이곳을 오가곤 하지만, 이번 인기척은 본능적인 경계심을 불러일으켰다. 재이는 막 내리감았던 눈꺼풀을 천천히 다시 떠올리고, 다가오는 발소리에 집중했다.

그 소리는 머지않아 재이가 있는 방의 문 앞에서 부자연스럽게 멈추었다.

"…."

불안이 적중했다는 걸 깨달은 재이는 숨소리까지 죽인 채, 누웠던 자리에서 몸을 일으켰다. 그리고 두려움 섞인 눈동자로 부질없는 문고리만 바라보고 있으니 잠금장치가 열리고 듣기 싫은 쇳소리가 들려왔다.

겁에 질린 재이는 숨을 곳도 없으면서 숨을 준비를 했다. 하지만 이내 귓가에 들려오는 목소리는 짙은 어둠을 무색하게 만들었다.

"재이 씨…."

그녀가 나의 이름을 부른다. 두 번 다시는 들을 일 없을 거라고 생각했던 걱정 어린 목소리로.

"재이 씨… 괜찮아요?"

이어지는 물음은 괜히 울컥하게 만든다. 이 순간이 꿈결일지도 모른다고 생각한 재이는 예전처럼 그녀의 이름으로 화답했다.

"도담…."

머지않아 방에 불이 켜지고 마음속으로만 간절히 바랐던 그녀가 시야에 들어왔다.

"바보야, 며칠 새 꼴이 이게 뭐야…."

도담과 마주하자 파르르 떨리는 그의 눈동자. 여전히 유약하고 불안한 사람이었다. 그런 그가 홀로 견뎌왔을 시간이 안쓰러웠던 도담은 서둘러 그에게 다가갔다. 하지만 한동안 놀란 눈으로 도담을 바라보고 있던 재이는 서둘러 고개를 숙였고 떨리는 목소리로 매정한 한마디를 꺼내놓았다.

"…가."

"재이 씨…."

"이제 너랑… 할 말 없어, 나."

며칠 만에 만난 재이가 꺼낸 첫마디는 이때까지 들었던 목소리 중 가장 차가웠다. 하지만 도담은 그의 말을 따라줄 수가 없었다. 염치없는 건 알지만 그녀는 재이에게 또 한 번 손을 뻗어야만 했다.

"오늘도… 양은화 팀장님 만났어요?"

도담은 낮은 목소리로 재이에게 물었다. 재이는 입을 꾹 다물었고, 그녀에게서 시선도 거두어버렸다. 그런 그를 가만히 보고 있던 도담은 다시 한번 말했다.

"그 문제로 할 말이 있어서 왔어요. 양 팀장님이 재이 씨 첫 심문할 때, 옆에서 지켜보고 있었거든요."

"…."

"앞으로 양 팀장님을 순순히 따르겠다는 말, 진심은 아니죠?"

도담의 질문에 재이의 고개가 툭 떨구어졌다. 그건 완강한 대화 거부의 표현이었으나, 도담은 그에게로 몇 발자국 더 가까이 다가갔다.

"재이 씨, 이러지 말아요."

그가 굳이 말하지 않는 마음이 다 들여다 보였던 도담은 자신을 외면하려는 재이 앞에 조심히 앉았다. 그러고는 애타는 눈빛으로 그를 바라보며 간절히 애원했다.

"바보처럼 굴지 말고 마음 단단히 먹어요. 저지르지도 않은 죄를 뒤집어쓸 생각도 하지 말고요. 나는 재이 씨가 이대로 포기하는 꼴 못 봐요."

"…."

"악착같이 여기서 빠져나가야 해요, 우리…."

순간, 재이의 호흡이 잠시 멈추었다. 그는 두 눈을 꾹 감은 채 깊은 숨을 삼켰고, 흐린 한숨으로 내쉬었다.

"온도담…."

그런 뒤 꺼내놓는 건 그녀의 이름이었다. 다시 고개를 든 재이는 어떠한 표정도 짓고 있지 않았다. 하지만 그 얼굴이 차갑게 느껴지지는 않는 걸 보면….

"착각하지 마. 나 이제 너 안 믿어."

어쩌면 그는 솔직한 감정을 감추려 애쓰고 있는지도 모르겠다.

"앞으로 너의 도움 같은 건 안 받을 거야. 필요 없어."

"…."

"그냥 다시는… 다시는 내 눈앞에 띄지 마."

그게 더 안쓰러워 보인다는 걸 알면서도. 밀어내는 순간조차도 조심스러운 재이에게선 조금의 날도 찾아볼 수가 없었다. 모든 인연을 끊겠다고는 했지만, 혹시나 떠나가는 자신에게 상처받을까 봐 걱정하는 게 여린 목소리에서 고스란히 느껴졌다.

'아직도 이렇게 착한 사람이 혼자 무슨 수로 버티겠다고….'

도담은 재이의 말끝을 붙잡고 절박한 목소리로 말했다.

"알아요. 내가 재이 씨한테 너무 많이 상처 줬던 거. 이제 못 믿는다고 해도 할 말 없어요. 아니, 믿으라고 부탁도 안 해요."

"…."

"그러니까 나 때문에 다 포기하지 마요. 내 걱정도 하지 말고, 나 위한답시고 이렇게 가만히 당하고 있지 마요."

"…."

"나는 재이 씨가… 살려고 발버둥 쳤으면 좋겠어요."

살아보려 노력해 달라는 부탁은 그를 못살게 구는 자신이 할 말이 아니었다. 그걸 알면서도 이 말을 해야 하는 도담은 울컥 눈물이 새어 나올 것만 같다.

한동안 아주 긴 침묵이 흘렀다. 도담도, 재이도 제자리에 가만히 멈춰있을 뿐이었지만 두 사람의 머릿속에선 수만 수천 가지의 생각들이 스쳐 지나가는 중이었다.

이럴 때, 뾰족한 해결책이라도 갖고 있었으면 참 좋으련만. 나름대로의 해답을 찾는 중이었던 두 사람은 시간만 맥없이 흘려보내고 있었다.

Rrrrr Rrrrr.

그때, 도담의 휴대폰이 울렸다. 짧은 면회를 허락해 준 계 부장의 전화였다. 도담은 잠깐 망설인 뒤에 작은 목소리로 전화를 받았다.

"네, 부장님."

―슬슬 나와. 십오 분 다 되어가잖아.

"벌써요? 아직 안 돼요. 할 말이 남았….."

―서재이한테 무슨 보고서 발표라도 해? 할 말이 무슨 십오 분씩이나 돼? 이 이상 요구하면 앞으로 1팀 신경 써주기 힘들어.

"그래도….."

―그래도고 나발이고, 오 분 안에 정리하고 나와.

뚝.

짧은 통화는 도담이 더 부탁해 볼 새도 없이 매정하게 끝이 났다. 남의 말을 좀처럼 들어주지 않는 계 부장의 성격을 잘 알지만, 여기서 물러날 수 없었던 도담은 다시 휴대폰을 들었다.

"도담….."

통화 버튼을 누르려는 순간 흐린 목소리와 함께 재이의 손이 그녀를 붙잡았다. 갑작스럽게 닿은 온기에 놀란 도담의 눈동자가 휘둥그레진 채 재이에게로 향했다.

"역시 못 하겠다. 너한테 나쁘게 구는 건….."

"재이 씨….."

다시 마주한 재이의 얼굴엔 익숙한 미소가 어려있었다. 그건 억지로 유지하고 있던 무표정보다도 더 안타까워서, 도담은 숨통이 턱 하고 막히는 느낌이었다. 그렇게 우느니만 못한 눈웃음을 띠고, 재이는 부드럽고 나직한 음성을 이어나갔다.

"그래도 앞으로 다시는 안 만나고 싶다는 말은 진심이야."

"…."

"니가 미워서가 아니라 너무 좋아해서…. 내가 나를 안 멈추면 너만 더 힘들어질 것 같아."

어차피 끝이 보이는 인연이었다. 그와의 시간은 언젠가 임무가 끝나면 먼지처럼 사라질 추억들이었고, 훗날 좋은 모습으로 다시 만나기를 기약하기엔 너무나도 거짓뿐이었다. 그러니 이별하는 이 시간이 당혹스럽거나 새삼스러운 것도 아닌데….

"하아…."

왜 자꾸 울 것 같은 기분이 드는 건지. 약한 모습을 보이고 싶지 않았던 도담은 이럴 때일수록 강해지기로 했다. 행여나 힘들어하는 모습을 보인다면, 착한 이 남자는 더 바보 같은 생각만 할 게 뻔했다.

"이런 식으로 날 지켜준다고 해도, 나 재이 씨한테 하나도 안 고마워요."

"…."

"답답하다고 생각할 거고, 이기적이라고 생각할 거고, 재이 씨를 떠올릴 때마다 두고두고 미안해하고, 두고두고 아파할 거야."

그래서 이 악물고 단호하게 말했다. 재이는 그 말을 듣고서도 공허한 미소를 거두지 않았다. 대신 흔들림 없는 눈으로 도담을 바라보며, 그녀가 했던 말들을 되돌려주었다.

"너야말로 이러지 마. 바보처럼 굴지 말고 마음 단단히 먹어."

"재이 씨."

"나는 너까지 불행해지는 꼴 못 봐. 그러니까…."

"…."

"악착같이 나한테서 돌아서. 내가 아무리 불쌍해 보여도 뒤돌아보지 말고."

하지만 간절한 부탁 뒤에 흘러나온 마지막만큼은 달랐다. 도담은 오늘 그를 붙잡아주러 왔는데, 재이는 끝끝내 그녀의 손을 놓아버리려나 보다.

짧은 시간 안에 그를 설득할 수 있을 거라는 생각은 하지 않았다. 애초부터 그녀가 여기 온 목적은 내가 당신을 놓지 않았다는 걸 알려주기 위해서였다. 그걸 마지막으로 한 번 더 상기시키기 위해, 도담은 마주 보고 앉은 재이를 확 끌어당겼다. 그러고는 차가운 그의 몸을 꽈악 껴안은 채 꼭 하고 싶었던 말을 전했다.

"나는 당신을 구하기 위해서 엄청 애쓰고 있어. 재이 씨는 여기서 슬퍼해도 좋고, 아파해도 좋고, 날 원망해도 좋으니까…."

"…."

"내 노력을 헛되게 만드는 짓만 하지 마. 그건 내가 꼭 부탁할게."

이만큼만 말해도 그는 무엇을 하고, 무엇을 하지 말아야 하는지 알아들었을 것이다. 이제 남은 것은 절망한 그의 선택뿐.

품 안의 그는 대답이 없었다. 하지만 고르던 숨이 파르르 떨리고 있는 걸 보면, 아마 그도 살고 싶은 모양이었다. 도담이 바라는 만큼 간절하게.

NSO 야외 주차장.

주원은 차에서 도담을 기다리는 중이었다. 재이를 만나러 들어
간 지 이게 겨우 십오 분 정도 지났을 뿐인데, 이 시간이 천년만년처
럼 길게 느껴지는 건 왜일까. 개인적인 감정을 앞세울 때가 아니라
는 건 알지만 아직 서재이가 견제되는 건 어쩔 수 없다. 그녀를 향한
마음을 접지 않는 이상, 그에 대한 불편함은 가시지 않을 것 같다. 그
럼에도 불구하고 도담을 혼자 재이에게 보낸 것은 순전히 그녀를 위
해서였다. 어차피 걱정도 많고, 연민도 많은 사람이라 서재이에 대한
죄책감을 떨쳐내지 못할 게 뻔하니, 차라리 그를 만나서 매달려보든
설득을 해보든 뭐라도 해볼 기회를 주고 싶다. 그럼 적어도 '나는 아
무것도 하지 못했다'라는 생각만큼은 접을 수 있을 테니.

"별은 쓸데없이 많네…."

주원은 전면 유리창으로 까만 밤하늘을 보며 중얼거렸다. 높은 고
지에 있는 NSO에서는 유독 총총히 박혀있는 별이 많이 보였다. 이
곳에서 근무한 게 벌써 팔 년인데 제대로 하늘을 본 적은 이번이 처
음이었다. 하긴, 그동안에는 하늘 구경은커녕 잠시 멈춰 서서 숨 돌
릴 시간조차 없었다.

그렇게 이런저런 생각을 하며 속절없는 시간만 흘려보내고 있던
그때 차 문이 열리며 누군가 차에 올라탔다. 갑작스러운 기척에 놀
란 주원은 빠르게 고갤 돌려 조수석을 확인했다.

"오랜만."

눈에 들어온 사람은 다름 아닌 양은화 팀장이었다. 웃음기 어린 목소리로 짧은 인사를 건네는 그녀는 주원 앞에서 일말의 부끄러움도 없어 보였다.

"당신이랑 할 말 없습니다."

주원은 순식간에 표정을 딱딱하게 굳히고 대답했다. 그러자 양은화 팀장은 더욱 노골적인 헛웃음을 터트렸다.

"아직 아무 일도 안 벌어졌어. 직책 빼먹는 건 너무하다고 생각하지 않아?"

"…"

"뭐, 원래부터 싹수없는 거 하나는 알아주던 후배님이셨지만."

가시 박힌 농담은 주원의 귀에 전혀 유쾌하게 들리지 않았다. 그래서 인상만 더욱 쓰는 그에게, 양 팀장은 상황을 다 파악하고 있는 듯한 질문을 꺼내놓았다.

"온도담, 서재이 만나고 있지?"

"왜 퇴근을 안 하셨나 했더니, 지금까지 서재이나 감시하고 있었습니까?"

"계 부장이 자리 마련해 준 거잖아. 그 양반 하는 짓이야 뻔하지. 무능력한 주제에, 약삭빠르게 제 살길만 찾고…."

"상사에 대한 험담이나 늘어놓으려고 오신 거면 돌아가 주세요. 저는 말 얹고 싶은 마음 없습니다."

주원은 양 팀장 자체를 상종하지 않겠다는 뜻을 담아 정면으로 고개를 돌렸다. 양 팀장은 그런 그를 보며 피식 비웃음을 흘렸고, 재킷 안 주머니에서 담배 하나를 꺼내 물었다. 남의 차 안에서 거침없이 불을 붙인 그녀는 이내 차창을 열어 한숨 같은 긴 연기를 내뿜어냈다.

후우.

열린 차창이 무색할 정도로 그대로 들어오는 담배 연기는 주원의 심기를 한층 더 건드렸다.

"이게 뭐 하자는 겁니까."

그래서 잔뜩 날을 세운 채 따져 묻자, 양 팀장은 거기엔 대답도 않고 제 할 말만 꺼내놓는다.

"조건이 뭐였어?"

"조건이라뇨."

"계 부장을 움직이게 한 조건 말이야. 그 양반이 이유 없이 서재이랑 만남 주선해 줬을 리는 없잖아."

이제 보니 그녀는 감시의 일환으로 이곳에 찾아온 모양이다. 순순히 그녀의 질의응답 시간에 협조해 줄 생각이 없었던 주원은 딱 잘라 대답했다.

"개인적인 부탁이었습니다. 그쪽한테 보고할 이유는 없습니다."

그건 명백한 대화 거부였지만, 양은화 팀장은 재촉하는 대신 온화한 미소를 얼굴에 띠었다.

"알았어, 얼추 짐작은 가는데 확신이 필요했던 것뿐이야."

어떤 상황에서든 여유를 잃지 않고 상대방을 압박하는 건, 양은화 팀장 특유의 전술 같은 것이었다. 용의자들은 조바심내지 않고 웃는 얼굴로 압박해 오는 그녀를 보며 큰 혼란을 느끼곤 했었다. 하지만 주원은 입장이 달랐다. 애초부터 죄는 본인이 지어놓고서 이렇게 느긋하게 구는 꼴을 보니 속이 뒤틀리고, 구역질이 나올 것만 같다.

운전대를 꽉 붙잡은 채 솟구치는 화를 식힌 주원은 최대한 정돈된 목소리로 그녀에게 물었다.

"대체 왜 이러시는 겁니까."

"뭐가?"

"강단 있고 정의로운 분이신 줄 알았습니다. 적어도 이번 일이 벌어지기 전까지는요. 그런데 대체 무엇에 홀려서 수사에 혼선을 주는 건지, 아무리 생각해 봐도 모르겠습니다. 선배님."

주원은 일부러 '선배님'이라는 단어에 힘을 주었다. 미련한 짓은 그만두고, 다시 존경할 수 있는 선배님으로 돌아와 줬으면 하는 마음에서였다. 양은화 팀장은 그런 그를 보며 담배 필터를 빨아들였고, 연기와 함께 대답했다.

"그래, 그렇게 받아들일 줄 알았어. 기 팀장은 누구한테 일 빼앗겨 본 거 이번이 처음이잖아."

"그런 뜻이 아닌 걸 아시지 않습니까."

답답해진 주원은 보다 절박한 눈빛으로 그녀를 바라보았다. 하지만 양 팀장은 의도적으로 그 시선을 피했고, 담배 냄새만큼이나 씁쓸한 목소리를 흘려보냈다.

"나도 새파랗게 어린 후배 뒷바라지만 하고 싶었어. 내 역할이 원래 그렇잖아. 2팀이 싼 똥 치우고 1팀에서 못 맡은 잡다한 일 떠맡는 거."

"…."

"나도 그런 와중에 중요한 일을 맡게 돼서 당황스럽긴 한데…. 이렇게 된 걸 남 탓만 하면 되겠어? 발전이 없잖아, 발전이."

그리 말하는 양은화 팀장의 눈빛은 정확히 주원의 차 블랙박스를 향하고 있었다. 그녀는 이 와중에도 자신의 말이 제 발목을 잡을까 봐 걱정하는 모양이었다. 그 속마음을 훤히 들여다보고 있는 주원은 보란 듯이 블랙박스 전원을 껐다. 그리고 다시 한번 똑바로 그녀를 마주하며 마지막으로 애원하듯 물었다.

"다시 예전처럼… 아군이 되어주시면 안 되겠습니까."

"…."

"저는 아직도 선배님에게 배우고 싶은 것이 많습니다. 후배 직원들을 격려하는 따듯함도, 팀의 능력을 한계치 이상으로 끌어올리는 리더십도, 서로 다른 의견들 사이에서 합의점을 찾아내는 타협심도… 아직 닮지 못했고, 그래서 더 함께하고 싶습니다."

언제나 사무적이고 딱딱하기만 했던 그의 진심 어린 고백을 마주한 양은화 팀장의 눈동자가 어둠 속에서도 파르르 일렁였다. 그 눈빛처럼 가시 돋친 마음도 흔들려주면 참 좋을 텐데, 머지않아 양은화 팀장에게서 되돌아온 건 가벼운 비웃음뿐이었다.

"내가 기 팀장 얼마나 아끼는지 알지."

"선배님…."

"그런 의미에서 조언 하나 해줄게. 마지막 유언 같은 거라고 생각하고 똑똑히 들어둬."

그녀가 꺼낼 말이 결코 바라던 대답은 아니라는 건 날 선 어투에서부터 알 수 있었다.

"이제부터 온도담은 제 역할 못 할 거야. 서재이랑 붙어먹을 생각만 하지."

252

"…."

"앞으로 점점 기 팀장 입장은 생각해 주지도 않을걸? 이것저것 재 보지도 않고 서재이만 챙길 거야. 서재이 도와주겠다고 앞뒤 안 가리고 나서다가, 기 팀장만 더 곤란하게 만들고."

아니나 다를까. 양 팀장이 언급하는 도담의 얘기는 불편하고 불쾌했다. 마치 주원이 무엇을 불안해하고 무엇을 걱정하는지 알고 있다는 듯, 주원의 약한 부분만 예리하게 공격했다. 주원은 그 말을 한 귀로 듣고 한 귀로 흘리려 애썼다.

"…이번엔 이간질입니까."

그래서 지친 기색으로 대꾸하니, 양 팀장은 자신만만한 표정으로 확신했다.

"이간질이 아니라 사실이야. 지금도 봐. 서재이 때문에 계 부장님한테 무리한 부탁이나 하고…."

"…."

"그 인간, 자기가 베푼 건 하나도 안 잊어버리는 거 알지? 나중에 기 팀장만 더 난처해질 거야. 서재이랑 온도담 때문에."

그만 듣고 싶은데, 욕설도 없이 독한 말만 골라 하는 그녀의 입은 멈출 생각을 하지 않는다.

"그러니까 빨리 털어내. 기 팀장, 여기서 발목 잡히기엔 안타까운 인재잖아."

그를 위해주는 척 내뱉는 말들은 하나같이 주원의 마음을 답답하게 짓누르는데, 양 팀장의 눈가에 어린 미소는 이 모든 걸 관전하는 것처럼 여유롭기만 하다.

"…."

주원은 입을 꾹 닫은 채 그녀에게 돌려줄 대답을 골랐다. 그러나 머릿속을 하염없이 어지럽히는 '서재이'라는 이름 석 자 때문에 생각을 제대로 정리도 못 하고 있던 그때였다.

턱. 갑자기 나타난 차창 밖의 누군가가 담배꽁초를 든 양 팀장의 손목을 꽉 붙잡았다. 그녀가 들고 있던 담배를 뺏어버리는 야무진 손길은 불도저처럼 거침없었다.

"뭐, 뭐야?"

양 팀장이 당황할 새도 없이 그 손은 조수석 차 문을 활짝 열어젖히고, 씩씩한 목소리를 내뱉었다.

"나와주세요."

"온도담…?"

"지금 당장."

간절히 기다리고 기다렸던 그녀가 등장했다. 다시 만난 도담의 존재감은 필요로 하고 있었던 만큼 거대하고 강렬해서, 주원의 머릿속에 맴돌고 있던 잡생각들을 다 밀어내버리는 기분이었다. 말 그대로 그녀 하나만 남겨놓고, 깔끔하게 싹.

낮게 들려온 도담의 목소리는 처음으로 차가웠다. 주원은 평소와 다른 그녀의 분위기를 단번에 알아챘지만, 양 팀장은 조금도 당황한 기색 없이 평온하게 물었다.

"서재이랑 대화는 잘 끝냈어?"

도담은 그녀에게 대답해 주는 대신 차 문을 더욱 활짝 열어젖혔다. 그건 당장 주원의 차에서 나오라는 무언의 압박이었다.

"기주원 닮아서 성격 급해졌네…."

양은화 팀장은 헛웃음을 치며 순순히 차 밖으로 몸을 내렸다. 딱히 도담의 요구를 따라주는 느낌이라기보단 상대하기 귀찮아서 자리를 뜨는 느낌에 가까웠다. 그러든가 말든가, 일단 양 팀장을 주원에게서 분리해 놓는 데 성공한 도담은 조수석에 올라타려 했다.

하지만 한 발 떼기도 전에 양은화 팀장이 도담의 어깨를 붙잡았다. 은근한 힘이 실린 손끝에, 도담의 시선이 그녀에게로 향했다.

"앞으로는 곤란한 부탁 안 했으면 좋겠어. 기 팀장 봐. 밖에서 얼마나 처량해?"

양은화 팀장의 도발에 먼저 반응한 건 다름 아닌 주원이었다. 그녀를 노려보는 주원의 눈빛은 금방이라도 달려 나가 목덜미를 물어버릴 것만 같다. 그러나 도담은 그에 비해 차분한 표정으로 양은화 팀장을 마주 보고, 평소답지 않은 낮은 목소리로 그녀의 이름을 불렀다.

"양은화 팀장님."

그때까지만 해도 양 팀장은 하찮은 상대를 대하듯 도담을 바라볼 뿐이었다. 도담은 그걸 분명히 느끼고 있으면서도 단호한 첫마디를 꺼내놓았다.

"실례가 안 된다면 제 일은 제가 알아서 하겠습니다."

"뭐?"

회사에서는 늘 주눅만 들어있었던 그녀의 당돌한 모습은 상황을 지켜보는 주원도 놀라게 만들었다. 양은화 팀장을 바라보는 도담의 눈동자는 지금까지 그가 봐왔던 어떤 눈빛보다도 패기 넘쳤다.

"하, 나 참…."

양 팀장은 그런 그녀가 가소롭기만 한지, 피식 비웃음을 흘려보냈다. 그러나 도담은 여기서 멈추지 않고 독기 어린 입술을 마저 움직였다.

"그러니까 신경 써주는 척 오지랖 부리면서 사람 괴롭히지 마시고, 이대로 쭉 안녕히 가세요."

"…."

"아, 상황이 정리되기 전에 선배님 짐은 미리미리 싸두시고요."

기가 막힐 만큼 무례하지만, 상대가 상대인지라 통쾌하기만 한 끝인사였다. 이렇게 시원시원한 모습은 그동안의 도담에게선 기대하기 힘든 모습이었다. 상사가 지적할 때마다 겁먹은 양처럼 바들바들 떨던 그녀는 어디로 갔는지. 지금 이 순간의 도담은 사나운 독사와 영혼이라도 뒤바뀐 것 같다.

대체 서재이를 만나러 가서 뭔 일이 있었던 걸까. 주원은 영문 모를 그녀의 변화를 다소 불안한 눈으로 주시했다. 하지만 도담보다도 그를 불안하게 만드는 건, 어느새 얼굴에서 웃음기를 거둔 양은화 팀장이었다.

"하아…."

제 머리를 쓸어올리며 깊은 한숨을 내쉬는 양 팀장은 본격적인 공격 모드에 돌입한 상태였다. 입 밖으로 내뱉지만 않았을 뿐이지, 속으로는 도담에게 쌍욕 한 바가지를 날리고 있는 것이 분명했다. 그러나 그녀가 분노를 표출할 새도 없이, 도담은 양 팀장의 손을 치우고 조수석에 올라타 버렸다.

"뭐 해요? 시동 걸어요."

도담이 말했다. 양 팀장의 서슬 퍼런 눈초리는 끝까지 무시한 채.

"아, 어…."

주원은 아직 그녀에게 대체 무슨 일이 일어난 건지 전혀 파악하지 못한 상태였지만, 일단은 서둘러 차를 출발시켰다. 그녀가 지독하기로 소문난 인간을 건드려버린 이상, 한시라도 빨리 이곳에서 벗어나야 하는 건 분명했으니.

NSO를 벗어나서 한동안 얼마나 달렸을까. 입을 꾹 닫은 채 한마디도 안 하던 도담이 별안간 크게 숨을 몰아쉬었다.

"후우후우! 여기 휴게소! 여기서 잠깐만 들러서 쉬었다 가자!"

호들갑스러운 손짓하며, 다시 초롱초롱해진 눈빛하며, 살벌했던 아까 전과는 180도 달라졌다. 영문 모를 변화를 맞이했던 그녀는 다시 영문도 모를 만큼 갑자기 원래의 수선스러운 모습으로 돌아와 있다.

"뭐야, 너 괜찮아?"

주원은 그녀의 뜻대로 순순히 차를 움직여주면서도 걱정스럽게 물었다. 그러자 도담은 차갑게 식은 제 손을 연신 주무르며 말했다.

"나 아까는 너무 긴장해서 지금 멀미 날 것 같아요."

"긴장했다고? 니가?"

"네, 휴게소에서 잠깐 바람 좀 쐬고 가야지. 아무래도 안 되겠어."

그건 주원도 전적으로 동의하는 바였다. 다른 인격이 왔다 간 듯한 도담은 확실히 머리를 식힐 시간이 필요해 보였으니.

순순히 휴게소로 향한 주원은 가장 한적한 곳에 차를 주차했다. 그러고는 눈을 감은 채 안정을 취하고 있는 그녀를 가만히 살펴보다가, 칭찬인지 뭔지 모를 말을 꺼내놓았다.

"보기보다 잘 싸우더라, 너."

"네? 뭐가요?"

"양은화 팀장님 상대로 들이받았잖아. 너한테는 쉬운 일이 아니었을 텐데, 당하고만 있지 않고 잘 싸웠다고."

"아아, 그거…."

그 활약상을 남의 일 떠올리듯이 떠올린 도담은 빙긋 웃으며 대답했다.

"나 말발 싸움은 자신 없어서 기 팀장님 따라 한 건데?"

"뭐? 누굴 따라 해?"

"딱 보고 못 알아챘어요? 나 표정까지 혼신의 힘을 다해서 연기했다고요. 기주원 팀장처럼 보이려고."

천연덕스러운 그녀의 말을 들은 주원은 어이없다는 표정을 지어 보였다. 어딘가 빙의된 것 같다 싶긴 했지만, 그게 날 흉내 냈던 거라니. 다시 생각해 보니 딱딱한 말투가 묘하게 비슷했다 싶다. 하지만 생각보다 자기 객관화가 되지 않는 주원은 말도 안 된다는 듯 되물었다.

"나를 연기했던 거라면 너무 과했어. 난 그렇게 공격적으로 쏴대지는 않잖아."

그러자 도담은 두 눈을 동그랗게 뜨고 반박했다.

"과했다니! 나름대로 순화시킨 건데 무슨 말씀이세요!"

"순화? 그게?"

전혀 못 알아듣는 표정을 짓는 걸 보니, 이 남자는 정말 본인이 어떤 식으로 사람에게 쏘아붙이는지 전혀 모르는 모양이다.

하긴, 그 지독한 FM은 천성인 것 같던데. 천성은 스스로 실감하기 힘든 편이긴 하지.

도담은 이제라도 알려주자 싶은 마음에 조곤조곤 그의 성질머리를 짚어주었다.

"원래 팀장님 스타일은 쌍욕만 없다 뿐이지 훨씬 수위도 세고, 멘트도 더 독하고, 분위기도 더 살벌해요. 제대로 당해보면 사람 혼이 쏙 빠져나간다니까요?"

"안 그래. 나는 항상 존댓말로 젠틀하게 모두를 대했어."

"어머머. 존댓말만 갖다 붙이면 다 젠틀한 줄 아네. 팀장님처럼 존댓말 꼬박꼬박 쓰면서 갈구는 사람이 제일 무서운 사람이에요."

"갈구다니. 어이가 없네."

"어이가 없는 건 나지! 그깟 장평 오류로 눈물 빠지게 욕먹었던 내가 바로 산 중인인데!"

피식.

자신의 모습을 받아들이지 않는 주원 때문에 언성만 점점 높아져가던 찰나 잔뜩 흥분한 그녀를 바라보던 주원이 난데없는 미소를 흘려보냈다.

"뭐야, 왜 웃어요? 끝까지 인정 안 하는 거지?"

도담이 수상스러워하는 그의 미소는 다름 아닌 안도감에서 비롯된 것이었다. 갑작스러운 변화가 서재이 때문은 아닐까 내심 걱정했었는데, 원래대로 돌아온 그녀는 다행히도 씩씩하기만 하다. 양은화 팀장이 쏟아냈던 악담처럼 서재이에게 홀리지도 않았고, 주원을 내

팽개치고 떠나지도 않았다. 그제야 그녀가 무사히 돌아왔다는 걸 실감한 주원은 오늘의 만남에 대해 물어볼 용기를 냈다.

"서재이랑… 얘기는 잘됐어?"

주원이 넌지시 건넨 질문에, 도담은 깊은 한숨부터 몰아쉬었다. 담담하게 전해놓은 소식은 그리 좋지 못했다.

"아니요. 그럴듯한 설득도 못 하고, 허튼 생각하는 거 제대로 뜯어 말리지도 못했어요. 내가 무슨 정신으로 그 사람이랑 마주 보고 있었는지도 모르겠어요."

"가서 또 질질 짜진 않았고?"

"엉엉 통곡할 뻔했죠. 그럴 뻔하긴 했는데…, 그 사람 때문에 그렇게까진 못했어요. 진짜 힘든 사람도 그 안에서 안 울고 용감하게 버티는데, 내가 무슨 낯짝으로 울어요."

차분히 얘기하고는 있지만, 허공을 바라보는 도담의 눈빛은 씁쓸하기만 했다. 이젠 이름도 제대로 못 부를 만큼 무거운 죄책감으로 자리 잡아버린 그는 확실히 도담의 가장 아픈 손가락이었다. 하지만 도담은 아픈 손가락을 붙잡고 우는 대신, 조금 더 단단히 동여매 놓기로 했다. 한계에 부딪혔을 때 가만히 절망하는 것보다 무책임한 짓은 없다는 건, 어떤 순간에서든 굳건하게 버텨내던 그녀의 상사 기주원에게서 배웠다.

마음을 다잡은 도담은 크게 숨을 들이마셨고, 주원을 똑바로 보며 다짐했다.

"나 꼭 그 사람 구해낼 거예요. 그 사람한테도 그렇게 통보해 놨으니까 어렵다고 무르지도 못해요."

혼들림 없는 그녀의 눈빛에, 주원은 한 치의 의심 없이 대답했다.

"그래. 넌 잘해낼 거야. 늘 잘해왔으니까."

도담은 그런 그를 보며 생글 웃어 보이는가 싶더니, 이내 다시 비장해진 표정으로 입을 열었다.

"할 말이 있어요."

"뭔데."

"진짜 중요한 얘기예요. 귀 좀 이리 가져와 보세요."

도담이 작게 다가오라는 손짓을 했다. 이제 그녀에게 장단 맞춰주는 데 선수가 된 주원은 기꺼이 귀를 가져갔다. 도담은 두 손을 입가에 모았고, 나지막한 속삭임을 흘려보냈다.

"이건 우리 아빠한테 비밀인데…, 나는 내 인생에서 기주원 씨가 0순위예요."

귓가를 간질이는 그녀의 목소리는 주원의 뺨을 금세 달아오르게 만들기에 충분했다.

"갑자기 무슨…."

주원은 뜨거워지는 얼굴을 들킬까 싶어 곧바로 도담에게서 떨어지려 했으나, 그녀는 끝끝내 그의 목덜미를 잡고 사랑 고백까지 꺼내 놓는다.

"나한테 얼마나 사랑받고 있는지, 그건 꼭 알아줬으면 해서."

주원은 그녀가 왜 이런 얘기를 굳이 하는 건지 알고 있다. 아마도 그녀는 양 팀장이 쏟아냈던 못된 말들을 조금은 들은 모양이다.

'애초부터 그런 말은 한 귀로 듣고 한 귀로 흘리고 있었는데….'

사실 조금은 불안해했던 주원은 민망함에 고갤 돌리며 대답했다.

"알아."

"에이, 몰랐으면서. 아까 표정 보니까 엄청 말렸던데요?"

"안다고."

확실히 안다. 적어도 지금은 그렇다. 아무리 더 신경 쓰이는 게 있어도, 아무리 눈에 더 밟히는 게 있어도 그녀는 지금처럼 당연하다는 듯 나에게로 돌아와 줄 거라는걸. 주원은 이제 한 치의 흔들림 없이 믿을 수 있다.

"내려. 휴게소 온 김에 우동이나 먹고 들어가자."

주원은 점점 뜨거워지는 얼굴을 숨길 겸, 먼저 차 문을 열고 나섰다. 사랑이라는 감정을 배운 지는 꽤 됐고 연애도 열심히 하고 있는데, 이놈의 솟구치는 애정은 좀처럼 적응이 되질 않는다. 그녀가 사랑스러워 보일 때마다 괜히 온몸이 간질간질해지고 열 오르는 것이, 나이에 맞지 않게 유난 떨고 있는 것 같아서 민망할 지경이다. 그런 마음을 아는지 모르는지, 조수석에서 따라 내린 도담은 쪼르르 달려와 주원의 손을 자연스럽게 맞잡았다.

"같이 가요, 나랑."

대단한 의미가 없는 말인 걸 알면서도 어김없이 요동치는 심장박동. 오늘 밤, 불안감에 안절부절못했던 가슴은 이제 진한 설렘 때문에 좀처럼 진정을 못 하고 있다.

대체 나는 언제쯤 그녀에게 적응되려나. 냉탕이었다가 열탕이었다가 하루에도 수십 번씩 뒤바뀌는 온도에 정신을 못 차리겠다, 진짜.

오찬 임원 회의가 있는 잠실의 고급 호텔 레스토랑.

"여기까지 다뤄야 할 부분은 다 다룬 것 같군요. 이상으로 회의 마치겠습니다. 나머지 식사 천천히 즐기시고 오세요."

모두의 시선이 집중되는 자리에 앉아있던 태환이 가장 먼저 일어났다. 함께 있던 임원들은 누가 먼저 할 것도 없이 따라 일어나, 태환에게 한마디씩 건넸다.

"벌써 가시는 겁니까?"

"아직 코스가 절반도 안 나왔을 텐데요."

"아무리 바빠도 끼니는 제대로 챙기시는 편이…."

그게 빈말이라는 걸 잘 아는 태환은 적당히 예의를 차린 대답으로 상대했다.

"저는 다음 스케줄까지 시간이 빠듯할 것 같아서요. 저 없는 자리에서 편히 식사하세요."

태환은 고갯짓으로 인사하고는 오찬 테이블을 떠났다. 다른 임원들은 그가 문을 열고 나서자 모두 제자리에 앉았지만, 단 한 사람 최상무만큼은 그를 따라 걸어 나왔다.

"대표님."

그의 부름에 태환의 걸음이 잠시 멈추었다. 조금 더 가까이 다가간 최 상무는 태환을 똑바로 바라보며 넌지시 물었다.

"혹시 무슨 일 있으신 겁니까."

"일? 무슨 일?"

"얼마 전 기주원 팀장을 만나고 온 뒤로 말수가 적어지신 것 같습니다. 제 기분 탓인지도 모르겠지만요."

그 말을 들은 태환이 딱 잘라 말했다.

"기분 탓이야. 요즘 안팎으로 신경 쓸 일이 많아서 그래."

"그런 거라면 다행이겠지만…."

"그런 거야. 아무 일 없어. 그러니까 자리로 돌아가."

태환은 아무 일 없다고 했지만, 최 상무는 무언가 달라졌다는 느낌을 지울 수가 없었다. 돌아가라 말하는 태환의 태도가 마치 자신을 밀어내는 듯 보였기 때문이었다. 이 찜찜한 기분으로 태환을 보낼 순 없었던 최 상무는 한 번 더 그를 붙잡고 말했다.

"기주원 팀장이 무리한 요구나 말도 안 되는 얘길 꺼냈다면 언제든 제게 말씀해 주세요. 대표님 손 더럽힐 필요 없이 제가 나서서 처리하겠습니다."

그러자 태환의 눈빛이 한층 날카로워졌다. 그는 제 앞에 서있는 최 상무의 얼굴을 직시하고, 얼음장처럼 차가운 목소리를 꺼내놓았다.

"그런 식으로… 내 뒤에서 제멋대로 행동하고 다니는 건가?"

"네?"

"아니겠지. 적어도 자네는."

"그게 무슨 말씀이신지…."

"자네는 내가 어떤 사람인지, 누구보다 잘 이해하고 있을 테니 말이야."

태환이 넌지시 꺼내놓는 말들은 의심인지, 믿음인지, 아니면 협박인지 좀처럼 파악하기 힘들었다. 표정에서 나오는 일말의 감정을 엿

보려고 해도, 서태환의 포커페이스는 좀처럼 속내를 드러내 주질 않았다.

최 상무는 복잡해지는 머리를 뒤로한 채 일단 그가 바라는 대답부터 꺼내놓았다.

"당연한 말씀입니다. 저는 대표님의 뜻대로만 움직인다는 거 아시지 않습니까."

어찌 보면 틀에 박힌 답변이었으나, 굳어있던 태환의 입꼬리가 부드럽게 올라갔다.

"그래, 그렇겠지…."

이번엔 예전과 다름없는 나직한 목소리였다. 하지만 왠지 모르게 느껴지는 한기는 아직도 지워지지 않았다.

"대표님, 기 팀장과 불미스러운 일이 있었다면…."

최 상무는 그런 태환을 붙잡고 한 번 더 주원과의 만남에 관해 물어보려 했다. 그러나 질문이 다 끝나기도 전에 태환은 그에게서 몸을 돌렸다.

"그럼 회사에서 보자고."

다시 출구 쪽으로 향하는 그의 걸음에는 일말의 미련도 보이지 않았다. 최 상무는 멀어지는 그를 가만히 응시했고, 차가운 뒷모습이 시야에서 완전히 사라지고 나서도 한동안 자리로 돌아가지 않았다. 그저 무표정한 얼굴로 한참이나 생각에 잠겨 있을 뿐.

## 적군과 아군은
## 한 끗 차이

    드디어 옷을 골라 입은 도담이 옷장 문을 닫았다. 그리고는 방에 걸려있던 거울을 보며 매무새를 정돈했다. 오늘은 계진상 부장의 부탁대로 유수영과 면담을 하는 날. 평소엔 출근 복장에 그리 신경 쓰지 않는 도담이었지만, 오늘은 조금이라도 흠 잡힐 구석이 없도록 제대로 갖춰 입었다. 얼마 전 대놓고 물었다고 해도 과언이 아닌 양은화 팀장이 함께하는 자리이기 때문에, 한시도 긴장의 끈을 놓쳐선 안 됐다.

    "평소처럼 잘하면 돼. 아니, 평소보다는 좀 더 잘."

    도담은 거울 속 자신을 보며 심기를 다지고는 방에서 걸어 나왔다. 때마침 그녀에게로 가는 중이었던 주원이 기다렸다는 듯 도담을 반겼다.

    "준비 다 됐어?"

"네. 질문할 내용은 다시 한번 검토했고, 와인 감식자료 요약한 서류도 챙겼고, 혹시 몰라서 개인 휴대폰이랑 임무용 휴대폰 둘 다 챙겼어요."

"잘했어. 그럼 나가자."

주원은 도담보다 먼저 신발을 신으려 했다. 하지만 도담은 그런 그를 붙잡고 넌지시 말했다.

"아니요, 오늘은 저 혼자 갈게요."

"이런 일에 어떻게 너 혼자 보내? 말도 안 되는 소리 하지 마."

"진심이에요. 나 혼자 가고 싶어요. 지금 한창 근무할 시간이라 사람도 많을 텐데, 팀장님이 내 비서 노릇 하는 것처럼 보일까 봐 걱정된단 말이에요."

단호한 그녀의 말에, 주원은 착잡한 표정을 지어 보였다. 아무래도 비공식적인 사내 연애이니만큼 주변 시선들이 신경 쓰이는 건 사실이지만, 주원에게는 그런 시선보다 양은화 팀장의 해코지가 더 걱정스러웠다. 사건을 담당하는 팀의 총 책임자인 만큼 이번 미팅에서 양은화 팀장이 빠질 수는 없을 텐데. 도담 혼자 노련한 양 팀장을 감당할 수 있을지 확신이 서지 않는다.

"양은화 팀장님도 올 텐데 혼자 가도 되겠어?"

주원은 걱정 어린 눈빛으로 그녀에게 물었다. 불안해하는 그를 의식한 도담은 신발부터 야무지게 챙겨 신으며 씩씩한 목소리로 대답했다.

"저 정글 가는 거 아니에요. 회사 가는 거예요. 법 없는 정글에서야 그분 손에 죽든 죽창에 찔려죽든 하겠지만, 회사에서는 그런 무시무시한 일 없을 거예요. 무사히 살아 돌아올게요."

"그래도…."

"그리고 자꾸 따라다니면서 걱정하지 마요. 이렇게 버릇 들이면 나중에 나 혼자 할 수 있는 일이 하나도 없어진다고요. 아빠도 아니고, 참!"

너스레를 떠는 도담은 주원의 긴장을 풀어주려는 게 분명했다. 그런다고 편안해질 마음이 아니었으나, 잠시 고민하던 주원은 이내 그녀가 원하는 대로 한발 뒤로 물러나기로 했다. 원래 그녀처럼 큰 도약을 준비하는 사람에게는 달라붙어서 하나부터 열까지 챙겨주는 보호자보다, 멀리서 믿고 지켜봐 주는 응원군이 더 필요한 법이다.

"…알았어. 그럼 조심히 다녀와. 무슨 일 생기면 연락하고."

주원은 도담을 붙잡는 대신 어깨를 두드려주었다. 그의 배웅을 받으며 현관문을 연 도담은 나가기 전 마지막으로 주원을 바라보았고, 발꿈치를 들어 쪽! 입을 맞췄다.

"씩씩하게 잘 기다리고 있으면 선물 줄게요. 이따 봐요!"

애교 넘치는 그녀의 인사에 주원의 입가에도 부드러운 미소가 어렸다. 더도 말고 덜도 말고, 돌아올 때도 딱 저만큼만 밝으면 좋을 텐데. 떠나는 그녀를 지켜보는 마음이 복잡해졌다.


오랜만에 혼자 남게 된 집.

시간도 빠르게 흘려보낼 겸, 업무 책상 앞에 앉은 주원은 생각보다 더 정신이 없었다. 하루에도 수십 건씩 밀려 들어오는 메일부터 배정받은 나머지 업무들, 그리고 비공식적으로 수사 중인 서재이 사건까지 처리하느라 입사 이래 이렇게 바쁜 날이 또 있었나 싶다. 그래도 오늘은 일에 치이고 있는 게 차라리 다행이었다. 안 그랬으면 계속해서 거실을 돌아다니며 도담만 걱정하고 있었을 테니.

지이이잉 지이이잉.

점심시간이 지날 무렵까지 모니터만 들여다보고 있는데 책상 위에 진동 모드로 올려놓았던 주원의 휴대폰이 울렸다. 완전히 집중한 상태일 때는 크게 울리는 벨소리도 듣지 못하는 그였지만, 물가에 내놓은 애 같은 존재가 있는지라 눈동자는 곧장 휴대폰 액정으로 향했다.

하지만 전화를 건 사람은 주원이 기다렸던 도담이 아닌, 전혀 다른 인물이었다. 직접적으로 연락할 사이는 못 되지만, 그래도 이쯤 되면 한 번쯤 날 찾을 거라 예상했던….

"네, 서 대표님. 연락 기다리고 있었습니다."

태환의 전화를 받은 주원이 냉랭한 첫마디를 건넸다. 휴대폰 너머에서는 태환의 헛웃음 소리가 작게 들려왔다.

—제가 어떤 의미로 연락드릴 줄 아시고.

주원은 군이 대답할 필요가 없다는 걸 알면서도 지지 않고 대답했다.

"뭐, 전에 만남을 그렇게 끝냈으니까요. 서로 이렇다 할 결론은 도출하지 못했잖습니까."

아직 그를 완전히 믿지 않는 주원은 곧바로 취조 태세를 갖췄다. 여유롭게 굴면서도 왠지 모를 날이 선 목소리는 태환에 대한 경계심을 대놓고 드러냈다. 하지만 태환은 그런 그에게 전혀 굴하지 않고 본론부터 꺼내놓았다.

—전에 그 얘긴 또 누가 알고 있습니까?

"문제의 와인에 대한 거라면, 부장님께만 보고드렸습니다."

—왜 그랬죠? 정확하지도 않은데. 혹여나 그 모든 게 착각이었다면 저희 측에서는 크게 되돌려드릴 겁니다.

난데없는 협박이었다. 이런 반응 역시 충분히 예상했던 주원은 눈 하나 깜짝 않고 대답했다.

"대표님과 이렇게 공격적인 통화를 하고 있는데, 인제 와서 그런 걸 두려워할 것 같습니까."

—역시 재밌는 사람이네. 사회생활은 못하는 것 같지만.

'사회생활' 부분에서 주원의 미간이 노골적으로 구겨졌다. 애초부터 동족 혐오였던 건지, 아니면 형제지간이라 닮은 건지. 웃는 낯으로 열받는 멘트만 골라 하는 건 완전히 서재이 판박이였다. 주원의 성질을 슬쩍 건드려놓고서, 그가 꺼내놓는 말은 좀처럼 의중을 파악하기 힘들었다.

—내 말 잘 들어요. 이건 명령조로 들릴지 몰라도, 명령이 아니라 개인적인 부탁입니다.

"또 무슨 말씀을 하시려고 이러십니까. 내부의 정보는 어떤 상황에서든 유출할 수…."

—저희 쪽에서 제출했다는 증거자료. 나한테 다시 보내주세요.

"예…?"

—그쪽에서 수사한 내용을 공개해 달라는 게 아닙니다. 그런 건 됐고, 운성 중공업 이름으로 제출했다는 그 핵심 증거만 제게 보내세요.

태환이 말하는 핵심 증거란 운성 중공업 측에서 제시한 자료였다.

그가 구하고 싶었다면 주원에게 연락할 것이 아니라, 자신의 비서를 시켜 뽑아오게 하면 될 일이었다. 그걸 군이 주원에게 연락해서 얻으려 하는 태도는 여간 부자연스러운 게 아니었다.

"어차피 회사 측에서 보내온 자료인데, 저에게 부탁 같은 거 안 해도 쉽게 얻을 수 있지 않습니까?"

이 상황이 납득가지 않았던 주원은 의심을 가득 담아 태환에게 물었다. 그러자 태환은 긴 한숨부터 내쉬었고, 이내 낮게 가라앉은 목소리로 대답했다.

―서재이 사건이 정말 하나부터 열까지 조작된 거라면… 용의 선상에 올릴 만한 사람이 있습니다.

"용의 선상이요?"

―회사 안에서 저와 아주 밀접한 관계인 사람입니다. 상황이 이렇다 보니, 사건에 관한 자료는 내부에서 구하기보단 기 팀장님한테 받는 게 더욱 정확할 거라 판단했습니다.

태환은 차분하게 상황을 설명했으나 주원은 그 모습이 더 미심쩍을 뿐이었다. 저번 만남 때만 해도 생사람을 잡는다며 길길이 날뛰다가, 인제 와서 갑작스럽게 의심 가는 인물이 있다니. 앞뒤가 안 맞아도 이렇게 안 맞을 수가 없었다. 불신만 가득해진 주원은 냉랭하기만 한 목소리로 대꾸했다.

"이런 협조는 반갑기보단 당황스럽군요."

그 말에 담긴 속내를 다 들여다보고 있다는 듯, 태환이 담담하게 말을 이었다.

―만만한 희생양 잡아서 의심을 그쪽으로 돌리고, 적당히 돈 뿌려

서 나의 죄를 희생양 머리에 씌우고….

"…."

―그런 뻔한 짓을 할 거라면 진작 판을 깔아놨을 겁니다. 당신이 애초부터 날 의심하지 못하게. 그리고 이런 식으로 이상한 타이밍에 직접 전화를 걸어서 의심을 사진 않았겠죠.

태환의 말에는 딱히 반박할 구석이 없었다. 하지만 그렇다고 해서 순순히 아군으로 받아들이기는 곤란했다. 그의 요구를 들어주느냐, 거절하느냐는 시간을 두고 오래 고민해 봐야 할 문제였다.

하지만 인내심이 길지 않은 태환은 한 번 더 노골적으로 주원을 붙잡았다.

―압니다. 믿기 힘든 거. 그러니까 부탁이라고 말씀드리는 겁니다.

"…."

―나에게도 무조건적인 믿음 하나쯤은 있고, 그 믿음을 의심하는 데까지는 시간이 필요했습니다. 이제 진실을 열어볼 준비가 되었으니, 일단 내 눈으로 먼저 확인해 봐야겠습니다.

"…."

―나를 둘러싼 주변 상황이 도대체 어떻게 돌아가고 있는지.

지금껏 서재이를 죽이겠다고 가장 앞장섰던 사람. 그런 사람이 진실을 논한다. 자신이 해온 일들을 전부 물거품으로 만든다는 걸 알면서도, 객관적인 눈으로 돌아가는 상황을 확인해 보겠다는 그가 지금까지는 이번 사건에서 가장 주관적이었다고 해도 과언이 아니다. 하지만 그렇다고 해서 매몰차게 태환을 밀어내기엔, 주원의 상황이 너무나도 열악했다.

만약 그의 말이 진심이라면 이보다 더 훌륭한 천군만마가 없을 텐데….

'나는 그를 믿어도 되는 걸까.'

그의 복잡한 속내를 아는지, 태환은 그를 보채는 대신 마지막 인사를 남겼다.

―그럼 도움 기다리고 있겠습니다.

거친 폭풍 속에서도 흔들림 없는 함선처럼 강하고 억센 남자가 꺼내놓은 '도움'이라는 단어. 그런 그에게 답을 내려줘야 하는 주원은 긴 한숨만 내뱉었다. 그래 봤자 혼란스러운 감정은 하나도 풀리지 않았지만.

\* ◆ \*

NSO 본부 정문 앞.

잠시 두 발을 멈춰 선 도담은 거대한 정문을 바라보았다. 입사한 지 오래되지는 않았어도 이 문을 제법 드나들었던 것 같은데, 이렇게 긴장해 본 건 오늘이 처음이었다.

'아니야. 호랑이 굴에 들어가도 정신만 똑바로 차리면 산다고 했어. 양은화 팀장님 앞에서도 정신만 똑바로 붙잡고 있으면 돼.'

도담은 들고 온 가방끈을 꽉 쥐며 나름대로 심기일전을 마쳤다. 그러고는 다시 걸음을 옮겨 안으로 들어서려 하는데 가방 안에서 휴대폰 벨 소리가 요란하게 울렸다. 긴장한 상태였던 도담은 화들짝 놀라며 휴대폰을 꺼내 들었다.

"네, 네! 부장님!"

─온도담, 도착은 했겠지?

"네, 도착했습니다! 지금 정문이에요!"

받자마자 꼬투리 잡을 준비부터 하는 계 부장은 평소보다도 목소리가 작았다. 주변에서 들려오는 소리를 듣자 하니, 아무래도 본인 자리에서 전화를 건 모양이었다. 그렇게 조심스럽게 묻는 질문은 확실히 은밀한 내용이었다.

─그 와인 감식 결과 정확한 거 맞지?"

"네? 아, 그럼요!"

─정확해야 해. 안 그러면 너희 괜한 생사람 잡고 있는 거야. 양 팀장, 독한 구석은 있어도 지금까지 허튼짓은 한 번도 안 한 사람인 거 알지?

"네, 알고 있습니다."

자신이 무슨 일을 벌이고 있는 건지, 정말 확실히 알고 있는 도담은 또렷한 목소리로 대답했다. 하지만 돌아오는 계 부장의 답변은 한숨만 담겨있을 뿐이었다.

─하, 새파랗게 어린 신입이 알기는 뭘 안다고….

이렇게 못 미더워할 거면 왜 물어봤는지. 도담은 한 번 더 신뢰를 줘야 하나 하고, 잠시 잠깐 고민했다. 그러나 애초부터 제 할 말만 전할 생각이었던 계 부장은 곧바로 본론을 꺼내놓았다.

─면담 시작할 때에 맞춰서 내가 양은화를 내 방으로 호출할게. 시간을 얼마나 벌 수 있을진 몰라. 길어봐야 삼십 분 안짝일 거야.

"네, 알겠습니다."

—너는 그사이 신속하게 와인에 대해 캐내고, 유수영만이 알고 있는 정보도 전부 다 빼내. 공식적인 심문도 게을리하진 말고.

"걱정하지 마세요. 물어볼 건 빠짐없이 물어보겠습니다."

—아, 그리고 심문을 참관할 녀석은 내 밑에서 일하는 놈이야. 유수영이랑 나눈 대화는 비공식적으로 나한테만 전달될 테니까, 그 여자한테도 마음 놓고 다 털어놓으라고 해.

"감사합니다!"

그는 비협조적인 것치고는 꽤나 적극적이었다. 정말 도와주고 싶어서가 아니라, 순전히 훗날 자신에게 문제가 생길까 봐 이러는 것이겠지만 도담은 그걸로도 만족했다. 하지만 이어진 말은 그에 대한 신뢰감을 뚝 떨어트렸다.

—분명히 말해두는데, 나는 양은화 팀장을 의심한다기보다는 그냥 수많은 가설 중에 하나를 확인해 보려는 것뿐이야.

"네? 그게 무슨…."

—그동안 양은화가 운성 중공업이랑 밀접한 연락을 주고받은 건 사실이잖아. 너희 팀 일인데 너무 과하게 관여하려 하기도 했었고.

"…."

—정말 이 사건이 조작된 거라면 운성 중공업 혼자 판을 짤 수는 없는 거고, 우리 쪽에서도 조력자가 필요했겠지. 나는 그중 한 사람으로 양은화를 올려둔 것뿐이야.

도담보다 칠 년은 더 계 부장을 겪어본 기주원이 그랬다. 우리 쪽에 협조하고는 있지만, 그는 분명 위기의 상황이 오면 제일 먼저 얍삽하게 우리와 손절할 거라고. 그러니 그를 너무 믿지 말라고 했지만, 도담은 그에게 신뢰를 주고 싶다. 그녀가 아닌 무고한 재이를 믿고 지지해 줬으면 한다.

"그 가설은 곧 증명될 거예요. 그러니까 걱정 붙들어 매세요."

도담은 휴대폰을 꼭 부여잡고 다짐하듯 말했다.

또각 또각 또각.

뒤편에서부터 익숙한 발소리가 들려왔다. 께름칙한 느낌에 서둘러 고개를 돌려보니, 주차장 쪽에서부터 느긋하게 걸어오고 있는 사람은 다름 아닌 양은화 팀장이었다.

"저… 부장님, 그럼 끊겠습니다."

도담은 계 부장과의 통화를 종료하고, 다가오는 양 팀장에게 허리 숙여 인사했다.

"…안녕하십니까. 오늘 잘 부탁드립니다."

돌아올 반응이 곱진 않을 게 분명했다. 그래서 각오를 단단히 하고 있었는데… 의외로 양은화 팀장은 아무 일 없다는 듯 도담의 인사를 받아주었다.

"어, 도담 씨! 여기까지 오느라 힘들었지? 기 팀장은 어디 있어?"

"네?"

"오늘은 바빠서 안 데려다줬나?"

마치 그동안의 싸움을 다 잊은 사람처럼 그녀의 표정은 밝기까지 하다. 도담은 이런 반응이 당황스러웠지만, 최대한 내색 없이 대답했다.

"네, 오늘은 저 혼자 왔습니다."

그러자 그녀는 특유의 사람 좋은 미소를 입가에 머금었고, 도담의 어깨를 톡톡 토닥이며 말했다.

"들어가자. 유수영은 안에서 벌써 대기 중이야."

다가온 양은화 팀장의 손길은 분명 부드러웠다. 하지만 묘한 서늘함까지 감출 수는 없었다. 이 웃는 얼굴 안에 어떤 칼을 숨기고 있을지…. 잔뜩 긴장한 도담의 어깨가 딱딱하게 경직되었다.

취조실 복도까지 오는 동안에도 양은화 팀장의 표정은 밝기만 했다. 단순히 표정만 그런 것이 아니었다.

"오늘이 얼마나 중요한 날인지 알지? 유수영이 우리한테는 입을 꽉 닫고 있어서, 좀처럼 수사 진도가 안 나가고 있었거든."

"아, 네…."

"그래도 도담 씨가 도와준다고 해서 다행이야. 한시름 놓았어."

입에 발린 말을 아끼지 않는 그녀는 누가 봐도 진심으로 고마워하는 사람 같았다. 아마 지나다니는 사람들의 시선을 의식한 것이 분명했다. 그걸 뻔히 아는 도담은 그녀의 미소가 불편할 따름이었지만, 솔직한 감정이 드러나지 않도록 표정 관리에 애를 썼다.

"아… 맞다, 도담 씨한테 줄 게 있는데."

취조실 앞에 도착해 문을 열기 전, 양은화 팀장이 도담을 마주 보고 섰다. 도담은 여전히 긴장한 눈빛으로 그녀를 올려다보았다.

"유수영한테 캐내야 할 자료야. 지난번엔 유수영이 갑자기 공격하는 바람에 제대로 시작도 못 했던 거 알지? 이번엔 꼼꼼하게 해줬으면 좋겠어. 부탁할게, 도담 씨."

양 팀장이 내미는 건 지난번 유수영과의 일대일 면담 때도 받았었던 질문지였다. 공식적으로는 그녀의 수사를 돕기 위해 이 자리에

온 것이니, 이것도 어찌 보면 도담이 해내야 할 일 중 하나였다.

"네, 노력해 보겠습니다."

도담은 건조하게 대답하며 자료를 받아 들었다. 그러자 양은화 팀장은 그런 그녀의 어깨에 팔을 둘렀고, 조곤조곤한 목소리를 흘려보냈다.

"그리고 또 하나 전달할 게 있는데… 그건 업무 메일로 보내놨으니까 오늘 안에 확인해 봐."

그 말끝에 양은화 팀장은 의미심장한 미소를 머금었다. 굳이 확인해 보지 않아도, 그녀가 전달할 사항이 좋은 내용은 아니라는 것쯤은 알 수 있었다.

"…네, 알겠습니다."

단조로운 대답과 함께 양은화 팀장의 팔에서 벗어난 도담은 서둘러 취조실의 문을 열었다. 얼마 전까지만 해도 재이가 안쓰럽게 머물렀던 자리에는 더 마른 듯한 유수영이 가만히 앉아있었다.

"안녕하세요, 선배님."

도담은 그녀 앞에 앉기 전에, 예의를 차린 인사부터 올렸다. 양 팀장은 그런 도담을 바라보며 슬쩍 헛웃음을 흘리는가 싶더니, 이내 수영을 바라보며 신신당부하듯 말했다.

"유수영 씨, 그렇게나 찾던 온도담이 왔어. 이번에는 멱살 잡아 뜯지 말고 사람답게 대화 나누길 바랄게."

"…."

수영은 도발하는 양 팀장에게 아무런 반응도 보이지 않았다. 아주 현명한 판단이었다. 심사가 비뚤어질 대로 비뚤어진 양은화 팀장은 반응해 줄수록 더 자극하려고 들 테니.

"오랜만입니다. 오늘 잘 부탁드릴게요."

도담은 그에 비해 부드러운 태도로 수영을 대하며 맞은편에 앉았다. 양 팀장 역시 그녀의 옆에 앉으려 의자를 빼냈다. 하지만 제대로 자릴 잡기도 전에 양은화 팀장의 휴대폰이 길게 진동했다. 상황이 계획된 대로 흘러가고 있다면, 계 부장일 것이 분명했다.

"네, 부장님."

양은화 팀장은 경직된 목소리로 전화를 받았고, 이내 곤란한 표정을 지어 보였다.

"지금요? 하지만 저는 지금 취조실 나왔는데요. 아닙니다. 네, 알겠습니다. 바로 올라가겠습니다."

짧은 통화가 끊어졌다. 휴대폰을 집어넣은 양 팀장은 짜증이 섞인 말투로 도담에게 말했다.

"급한 호출이야. 잠깐 위에 좀 다녀올 테니까 먼저 시작해. 오래 걸리진 않을 거야."

다른 상사였다면 곧 죽어도 자리를 지키려 했을 텐데, 상대가 성질 더러운 계 부장이라 맞춰주려는 모양이었다. 도담은 양 팀장을 향해 짧게 고개를 끄덕이는 것으로 대답을 대신했다.

"하아… 이 양반 참, 바쁜데 오라 가라 하기는."

이윽고 바쁜 걸음으로 취조실을 빠져나가는 양 팀장은 불만이 가득해 보였다. 그런 그녀를 예의 주시하던 도담은 취조실 문이 닫히자마자, 기다렸다는 듯 유수영에게로 고개를 돌렸다. 그러고는 다급한 목소리로 그녀에게 말했다.

"선배님. 이제 편히 말씀하셔도 돼요. 부장님이 만들어주신 자리 니까요."

"계 부장님?"

"네, 부장님이 와인에 대한 정보를 더 확실히 알아오라고 하셨거 든요. 저 안에서 참관하시는 분도 상황 알고 있으니까 걱정하지 마 세요."

"계진상 부장한테 말했단 말이야?"

수영의 얼굴에 불안함이 어렸다. 그동안 사내에서 '서재이한테 미 친 여자'로 낙인찍혀 온갖 고생을 했던 그녀는 NSO 사람들에게 질 린 모양이었다. 수영을 안심시킬 시간이 없었던 도담은 그녀를 달래 는 대신 심각하게 돌아가는 지금의 상황을 전했다.

"사건의 진상이 확실히 드러날 때까지는 비밀리에 진행하고 싶었 지만 저도 어쩔 수 없었어요. 재이 씨가 구속됐거든요."

"구속이라니? 이제 재이 씨가 완전히 범인으로 몰려버린 건가?"

"거의 비슷하다고 봐야죠. 양 팀장님이 구속 수사로 밀어붙이셨어 요. 아무래도 사건을 빠르게 종결지어 버리려고 하는 것 같아요."

"그렇겠지. 늘어질수록 앞뒤 안 맞는 부분만 드러날 테니까."

수영은 착잡한 표정으로 도담이 꺼내놓은 책상 위 자료들을 확인 했다. 그중 하나는 분명 감식반으로부터 온 서류였다. 그걸 확인한 수영은 안도의 한숨을 내쉬며 감식 결과를 집어 들었다.

"그래도 다행히 와인은 잘 받았나 보네."

"네, 감식까지 끝냈어요. 감식은 기 팀장님이랑 대학교 때부터 친 한 후배가 도와주셨고요."

수영은 그를 알고 있다는 듯 고개를 작게 끄덕였다. 그때까지만 해도 그녀는 평점심을 유지하려 애쓰는 듯했지만, 겉표지를 넘겨 결과를 확인하자마자 안색은 하얗게 질려버렸다.

"이건…."

도담은 그런 그녀에게 최대한 침착하게 자세한 내용을 전했다.

"수면마취제가 발견됐어요. 치사량은 아니지만 수 분 안에 혼절시켜버릴 수 있는 양이라고 해요. 중국에서만 밀수해야만 하는 품목이구요."

"제이 씨를 자리에서 끌어내리는 게 아니라 죽일 생각까지도 있었던 모양인데."

"설마… 파티장인데 그렇게까지 했을까요?"

"파티장이니까 그렇게까지 했겠지. 이 수면마취제는 마약류의 효과를 증폭시킨다고도 알려져 있어. 이만한 양은 수면마취제 하나만 봤을 때는 치사량까진 아니겠지만, 마약이 섞이면 치사량이 되지."

"그럼….."

"혹시 거기서 일이 잘못되었었더라면, 마약을 투입해 죽일 생각까지도 있었다고 봐."

수영은 담담하게 도담이 놓치고 있던 부분을 설명했다. 그러나 그 말을 듣는 도담의 등줄기에는 소름이 끼쳐 올랐다. 만약 그날 그녀가 나를 납치하지 않았더라면, 내가 파티장에서 사라지지 않았더라면, 서재이가 파티장을 나오지 않고, 순순히 선물 받은 와인을 마셨더라면…. 그는 싸늘한 시신이 되어 지금쯤 세상을 떠났을지도 모르는 일이었다.

"대체 왜 이렇게까지 재이 씨를 못 무너트려서 안달일까요. 그 사람은 운성 중공업에 티끌만큼도 욕심이 없는데…."

도담은 가여운 재이를 떠올리며 깊은 한숨을 내쉬었다. 수영은 그런 그녀에게 조금 더 몸을 가까이했고, 그동안 홀로 서재이의 주변을 조사하며 얻었던 정보를 넌지시 흘려보냈다.

"내가 재이 씨를 담당했을 때부터 들려온 소문이 있었어. 재이 씨의 생일 파티를 운성 중공업 최우석 상무가 맡으려고 뒷돈까지 뿌렸다는 얘기."

"뒷돈이요?"

"그래, 회장님의 신임을 얻고 있는 이사한테 부탁했대. 이번 행사를 운성 중공업 측에서 주최할 수 있도록 자연스럽게 분위기를 몰아 달라고."

그건 확실히 이상한 얘기였다. 회장님의 신임을 얻고 있는 서재이를 위한 행사. 만약 걸리는 게 없다면 그냥 자원하면 될 일이었다. 굳이 뒷돈까지 뿌려가면서 '자연스러워 보이도록' 연출할 이유가 없었다. 게다가 정말 운성 중공업 측에서 그런 수작을 부리고 있었다면, 이해가 안 되는 사람이 한 명 있었다.

"하지만 서태환 대표는 파티에 굉장한 반감을 보였어요. 자기 측에서 주최하는 것 자체가 기분 나쁜지, 행사에도 안 나왔고요. 그게 다 연기였단 말씀이세요?"

도담은 재이와는 엮이는 것조차 끔찍하게 싫어했던 태환을 떠올렸다. 수영도 그를 잘 알고 있다는 듯 차분히 대답했다.

"서태환 대표는 이 일을 아예 모르고 있을 가능성이 커. 그 사람,

무자비한 구석은 있어도 더러운 수는 안 쓰거든. 편법 자체를 자존심 때문이라도 용납 못 할 성격이야."

그건 도담도 동의하는 바였다. 그 증거로, 운성 중공업은 운성 그룹 계열사 중 유일하게 대기업 특별 감사에서 온전히 살아남는 기업이었으니까. 도담은 이쯤 되니 주동자로 확실해지는 인물의 이름을 입에 담았다.

"그럼 최우석 상무 혼자서 판을 짜놓은 거란 말씀이세요?"

그러자 수영은 심각한 표정으로 도담은 미처 몰랐던 파티의 비밀에 대해 털어놓았다.

"내가 의심하는 바로는 그래. 그날, 파티장에 재이 씨를 위한 룸이 따로 마련되어 있었지?"

"네, 그랬어요. 가장 안쪽 방이요."

"그것도 최 상무의 오더였어. 재이 씨를 위하는 척, 보안이 철저하게 보장되는 프라이빗 룸을 마련해 달라고 했다더라. 그쪽으로는 최 상무 측에서 직접 고용한 직원만 갈 수 있게 손을 써놨고."

"어쩐지, 운성 중공업 측에서 제시한 자료가 급조된 것처럼 뜬금없다 했더니… 원래는 파티장이 무대였군요."

도담의 짐작에 수영은 고개를 끄덕거렸다.

"내가 중간에서 와인을 빼돌렸기에 망정이지, 안 그랬으면 우리도 손쓸 수 없는 일이 벌어졌을지도 몰라. 최우석은 아주 철저한 인간이거든."

도담도 최 상무에 대해서라면 익히 알고 있었다. 사람을 못 믿기로 소문난 서태환 대표가 유일하게 아군이라 생각하는 최우석 상무는 운성 중공업에 큰 발전을 가져다준 핵심기술의 연구 총책임자였다. 어찌나 서 대표의 신뢰가 깊은지 사내 중대 임무는 전부 그 사람 손을 거쳐 간다고 해도 과언이 아니었다.

"확실히 그쪽을 찌르면 답이 나올 것 같은데. 인제 와서 증거를 찾기가…."

어쩌면 서 대표보다 더 무서울지 모르는 상대와 맞닥뜨리게 된 도담이 걱정하는 기색을 내비쳤다. 수영은 그런 도담을 보며 자신감 있는 목소리를 내뱉었다.

"걱정 마. 지금까지 조사하고 수집했던 자료 및 증거들은 내가 안전한 곳에 보관하고 있으니까."

"와인 말씀이신가요?"

"아니, 와인은 지금 꺼낼 카드가 아니야. 와인이 재이 씨 입으로 들어간 게 아닌 이상, 최 상무는 무슨 수를 써서든 교묘하게 책임에서 빠져나오려 할 거야."

"그렇긴 하겠네요. 그럼 뭘 어떻게…."

"NSO에 제출된 증거가 완전히 조작된 것이라는 사실을 밝혀내야 해. 쉽게 말해서 증거의 증거를 찾는 거지."

증거의 증거. 그것은 그날의 범행 증거 때문에 구속된 재이에게 가장 절실한 것이기도 했다. 하지만 뭘 어디서부터 어떻게 건드려야 할지, 쉽게 감이 오지 않아 착잡한 한숨만 내쉬고 있던 그때, 수영이 도담의 손을 꼭 잡았다. 이윽고 꺼내놓은 부탁은 절실하고 애절했다.

"도담 씨가 꼭 그 인간들의 거짓을 수면 위로 끄집어내 줬으면 좋겠어."

"선배님…."

"재이 씨의 숨통을 노리는 최 상무도, 그런 인간의 손을 잡은 양은화 팀장도… 도담 씨만이 단죄할 수 있어."

그녀의 입에서 비장하게 흘러나온 '단죄'라는 단어. 그것은 무너져 가는 재이를 볼 때마다 도담이 이 악물고 되새기는 것이었다. 이 사건을 해결하기 위해 제 모든 것을 내던진 수영과 지금껏 덫이라는 걸 알면서도 속아준 재이를 위해서라도, 악의 축은 반드시 처절하게 단죄해야만 했다.

도담은 수영의 손을 같이 맞잡아주며 고개를 끄덕였다.

"네, 걱정하지 마세요. 선배님."

도담의 약속을 들은 수영은 그제야 작은 한숨을 내쉬었다. 앞뒤가 보이지 않는 칠흑 같은 밀실에서 드디어 작게 새어 나오는 빛을 발견했다는 듯이.


수영과의 모든 일정을 마치고 돌아오는 버스 안.

도담은 NSO로 향할 때보다 더 착잡한 표정이었다. 수영이 그녀의 어깨에 짊어준 무거운 책임감 때문이었다. 재이를 둘러싸고 무서운 음모가 벌어지고 있는 건 알겠다. 상대해야 할 적이 누구인지도 이제 대충 짐작이 간다. 하지만 적을 안다고 해서 뾰족한 해결책이 생기는 건 아니었다. 어디서부터 어떤 식으로 접근해야 '증거의 증거'를 잡을 수 있을지, 앞길이 막막한 도담은 머릿속만 복잡해질 뿐이다.

"하아… 믿어주고 수고해 주신 만큼 좋은 결과를 내야 할 텐데."

도담은 한숨을 내쉬며 가방에서 휴대폰을 꺼냈다. 수영이 전해준

이야기들을 간략하게 정리한 메모를 확인하기 위해서였다. 하지만 막상 휴대폰을 보니 그보다 더 신경 쓰이는 것이 생각났다.

'그리고 또 하나 전달할 게 있는데… 그건 업무 메일로 보내놨으니까 오늘 안에 확인해 봐.'

양은화 팀장이 했던 의미심장한 말. 그게 결코 좋은 의미로 들리진 않았던 도담은 불안한 표정으로 휴대폰을 내려다보았다. 양 팀장이 보내놓은 건 속 뒤집어놓을 소식일 게 분명하지만, 쇠뿔도 단김에 뽑으랬다고. 이런 건 마음먹은 김에 확인하는 편이 나을 것 같았다.

"그래, 나빠져 봐야 뭐 얼마나 나빠지겠어?"

굳게 마음먹은 도담은 비장한 표정으로 업무용 메일을 확인했다. 오늘 도착한 메일들 중 단연 눈에 띄는 양은화 팀장의 메일은 도담이 NSO에 도착하기 십 분 전쯤 전송되어 있었다.

도담은 잔뜩 긴장한 눈빛으로 제목란에 적힌 글을 읽었다.

산업보안1팀 사건 조사 및 현장 임무의 공식 종결의 건

도담은 숨까지 멈춘 채 얼어붙어 버렸다. 주원과의 마지막이 너무나도 갑작스럽게 눈앞에 다가와 있었다.

# 프러포즈를
# 받는 이의 자세란

"하아…."

집 앞에 도착한 도담은 한숨부터 내쉬었다. 평소에는 진짜 우리 집이 아니어도 돌아올 때마다 마음이 편안해지곤 했었는데 오늘은 눈앞의 현관문이 착잡하기만 하다. 양은화 팀장의 메일은 돌아오는 길에 내용까지 전부 확인했다. 쉽게 말하면 주원과의 동거를 끝내라는 내용이었고, 내일까지 모든 짐을 빼라는 통보였다. 서재이와 관련된 사건도 이제는 개입할 권한이 없으니, 새롭게 배정된 다른 임무에 집중하라는 내용도 빠지지 않았다. 어찌 보면 당연한 순서였다. 그러나 도담은 이곳에 남은 추억을 하루아침에 정리할 자신이 없다. 원래도 미련이 많은 성격이라, 이곳에서 쌓은 시간들을 떠나보내는 게 아쉬울 따름이다.

도담은 힘없이 현관 비밀번호를 눌러 집 안으로 터벅터벅 들어섰다.

평소보다 처진 그녀의 어깨를 눈치챈 주원이 하던 걸 멈추고 도담에게 물었다.

"이제 왔네. 무슨 일 있어?"

"예? 아니요…. 아무것도 아니에요."

"유수영이랑 얘기가 잘 안 된 거야?"

"아니요, 주동자가 누군지에 대한 단서는 잡은 것 같아요. 선배님도 잘 협조해 주셨고요."

그건 다행이었으나 소식을 전하는 도담의 표정은 그리 좋지 못했다. 집 안에 들어오니 이젠 익숙해진 주원의 향기가 발목을 붙잡는 것 같다. 주원은 그런 그녀를 가만히 바라보다가 무심한 목소리로 말했다.

"다행이네. 방에 들어가서 짐 대충 정리하고 보고해."

"네? 짐 정리라니요?"

의미심장한 그의 말에 도담의 눈동자가 흔들렸다. 그러자 주원은 아무렇지 않은 목소리로 아쉬운 통보에 대해 말했다.

"양은화 팀장님이 너한테도 메일 참조해서 보냈던데, 못 봤어?"

"팀장님도 받으셨어요?"

"받았지. 너한테 보내는 걸 나한테는 안 보낼 리가 없잖아."

그러고 보니 주원의 발밑에는 진작 챙겨놓은 짐 가방이 놓여있었다. 도담은 미련 없이 정리를 시작한 그가 괜히 서운하게 느껴졌다.

"생각보다 담담하시네요. 벌써 짐도 싸놓고."

아쉬움 가득한 도담의 말에, 주원은 미련 없다는 듯 대답했다.

"여기서 계속 살 건 아니었잖아."

"그래도 정 많이 들었는데…."

"새로운 집에 정 붙이도록 노력해 봐. 위치는 마음대로 정하게 해 줄 테니까."

"새로운 집?"

그의 말 속에 은근슬쩍 수상한 단어가 끼어들었다. 혹시 그 '새로운 집'이라는 게 내가 생각하는 그 집이 맞나 싶었던 도담이 미심쩍은 눈빛으로 그를 바라보았다.

주원은 짐가방을 들어 현관문 앞쪽으로 옮겨놓고는 도담의 앞에 마주 섰다. 그런 뒤 꺼낸 말은 몹시 당혹스러웠다.

"이제 진짜 우리 신혼집 알아봐야지. 설마 우리가 앞으로 완전히 따로 살 줄 알았어?"

"신혼집이요? 그걸 이렇게나 빨리 구한다고요?"

"그럴 생각이야, 난."

이제 보니 주원은 잠깐의 이별을 아쉬워할 틈도 없이, 다음 계획을 준비하고 있었나 보다. 이 남자의 추진력은 도대체 어디까지인 건지. 도담은 로켓 부스터라도 단 듯한 이 예비 신랑의 행보가 당황스럽기까지 하다.

"너무 서두르는 거 아니에요? 아직 예비 시부모님한테는 허락도 못 받았는데…."

도담은 아들의 연애 소식도 모를 주원의 집안을 걱정하며 말했다. 주원은 그런 그녀의 어깨에 손을 얹고, 당당한 목소리로 쓸데없는 확신을 드러냈다.

"우리 집안에는 이미 수년 전에 독신주의자라고 통보해 놓은 상태야. 부모님은 그 뒤로 꿈도 희망도 잃은 채 살아가고 계시지."

"꿈, 희망… 뭐요?"

"그러니까 널 데려가자마자 바로 식장부터 잡으라고 성화실 거야. 어쩌면 나보다 더 서두를걸."

도담은 그리 말하는 주원을 가만히 올려다보았다. 한때는 아무리 용을 써도 잡기 어려운 남자였건만. 지금의 기주원은 내 인생에 아주 찰싹 달라붙어서 잠시도 떨어지려 하지를 않는다.

이런 행복한 구속이 싫지는 않았던 도담은 피식 웃음을 흘렸다.

"추진력 하나는 알아줘야 해, 진짜…."

귀엽게 올라가는 도담의 입꼬리는 주원이 참 좋아하는 것이었다. 주원은 허리를 숙여 그녀의 볼에 가볍게 입을 맞추고, 그녀의 귓가에 간질간질한 목소리를 속삭였다.

"널 계속 옆에 두고 싶어. 그러니까 내가 조금 서두르더라도 이해해 줘."

그 말에 두근대는 가슴은 참 줏대도 없다 싶다. 이 집을 떠난다는 사실에 대한 서운함은 솜사탕 녹듯 사라지고, 그와의 신혼집에 대한 기대감만 풍선처럼 부풀기 시작했다.

도담은 아직 가까이에 있는 주원의 볼을 쓰다듬으며 애정 섞인 당부를 건넸다.

"나랑 잠깐 떨어져 사는 동안 내 생각 많이 해야 해요."

"응."

"아침에 일어나서도 섭섭해하고, 밥 먹을 때도 아쉬워하고, 혼자 잠들 때는 엄청 외로워해야 해요. 알았죠?"

"당연하지…."

나직한 대답과 함께 주원의 입술이 도담의 입술에 지그시 맞닿았다. 자연스럽게 이어지는 서로의 호흡은 오늘도 참 다디달았다. 벌써 여러 번 나누어본 키스지만, 할 때마다 처음처럼 설레는 기분. 너무 행복하면 불안하다고 하는데 지금이 딱 그렇다.

주원의 온기를 만끽하고 있는 도담은 이 순간의 감정이 사라질까 두렵다. 그를 절대 놓치고 싶지 않았던 도담은 주원의 허리를 꼬옥 끌어안았다. 그녀의 간절함이 그에게도 전해진 걸까. 맞닿은 주원의 입술 새로 작은 웃음이 샜다. 이윽고 더욱 깊어지는 키스는 마치 절대 사라지지 않겠다는 대답처럼 느껴졌다. 적어도 평생을 이 남자와 함께하고 싶은 그녀에게는.

* ◆ *

NSO와 제법 멀리 떨어진 곳에 위치한 폐건물에 국내에서는 구하기 힘들다는 하얀 외제 차 한 대가 들어섰다. 뽑은 지 얼마 되지 않아 보이는 그 차에서 내리는 사람은 다름 아닌 양은화 팀장이었다. 그녀는 으스스한 건물 안을 차분한 걸음으로 가로질러 페인트칠이 다 벗겨진 계단을 말없이 올랐다. 그 걸음은 가장 높은 4층에서 멈춰 섰다. 다소 긴장한 기색으로 주변을 두리번거리던 양은화 팀장은 머지 않아 익숙한 실루엣을 찾아냈다.

"안녕하십니까, 최 상무님. 갑작스럽게 무슨 일이세요?"

양은화 팀장은 난간 쪽에 서 있는 최 상무에게 다가가며 물었다.

난간 아래 펼쳐진 공터를 내려다보고 있던 최 상무는 시선을 옮기지 않은 채 낮은 목소리로 말했다.

"아무래도 일이 순탄하게 흘러가고 있는 것 같지 않아서, 중간 점검도 할 겸 뵙자고 했습니다."

"왜… 그렇게 생각하시죠?"

"요즘 사내 분위기가 좋지 않습니다. 대표님이 평소보다 예민해지신 걸 보면 그쪽 상황을 알 만하지 않나요?"

양 팀장은 최대한 침착하게 대답했다.

"큰 문제는 없어요. 걱정하실 필요 없습니다."

그 말을 들은 최 상무의 시선이 양 팀장에게 향했다. 오랜만에 마주한 그의 눈동자는 한겨울의 칼바람보다도 매서웠다.

"원래 큰 문제는 작은 문제가 점점 몸뚱이를 부풀려 나가면서 생기는 겁니다."

아무래도 그의 앞에서 무탈한 척하는 건 아무 소용도 없을 것 같다. 내부 꼴이 어떻게 돌아가는지, 귀신같이 파악하곤 했던 그였으니까. 잠시 고민하던 양은화 팀장은 시선을 아래로 떨어트리며, 바로 오늘 있었던 일부터 그에게 보고했다.

"사실… NSO 측에서 수상한 움직임을 보이고 있긴 합니다. 오늘 온도담과 유수영 요원의 심문 조사가 있었는데, 계 부장이 가장 중요한 타이밍에 절 호출했어요. 그다지 급한 용건도 아니었던 걸 보면 일부러 붙잡아두기 위해서 불렀던 거겠죠."

그 말을 들은 최 상무의 미간이 좋지 않게 구겨졌다.

"십오 분이라…. 그사이 어떤 얘기가 오갔어도 이상하지 않겠군요."

"가능성 있는 말씀이에요. 유수영이 어디까지 알고 있는지는 모르겠지만."

"제가 이해한 게 맞다면 지금 유수영의 손과 발이 되어주고 있는 사람은 온도담이 맞습니까?"

"비슷한 역할이긴 하죠. 지금 붙잡혀 있는 유수영 대신 활발하게 사건을 뒤쫓고 있는 건 그쪽이니까요."

돌아가는 상황을 파악한 최 상무는 깊은 한숨을 내쉬었다. 그에게서 전해지는 한기는 등골이 오싹해질 만큼 살벌했다. 하지만 그 살벌함 끝에 맺히는 건 옅은 미소였다.

"그럼 그 손과 발을 잘라버리면 되는 문제겠군…."

혼잣말처럼 알 수 없는 말을 내뱉은 최 상무가 품 안에서 작은 서류 봉투 하나를 꺼냈다. 양 팀장은 어리둥절한 표정으로 봉투를 받아들었고, 곧바로 내용물을 꺼내 확인했다.

"이건…."

맹수처럼 빛나는 그녀의 눈빛은 쓸모 있는 미끼라도 발견한 듯했다.

서재이와 드라이브를 즐기는 온도담, 서재이와 분위기 좋은 레스토랑에서 식사하는 온도담, 서재이와 애절하게 끌어안고 있는 온도담, 야심한 밤에 그의 집으로 망설임 없이 들어가는 온도담.

지금 막 그녀의 손에 들어온 두 사람의 수많은 사진들은 어떻게 이야기를 붙이느냐에 따라 장르가 달라질 수도 있을 것 같다. 그녀를 쳐다보는 재이의 애틋한 눈빛은 분명 그 이야기에 큰 힘을 실어줄 듯하다. 최 상무의 뜻을 정확하게 파악해 낸 양 팀장은 굉장한 건수 하나 물었다는 표정으로 그를 바라보았다. 최 상무는 그런 그녀를 향해 비웃음 섞인 목소리를 흘려보냈다.

"그 정도면 서재이랑 엮어서 동시에 보내버릴 수 있을 겁니다. 어차피 서재이의 집에 밤이고 낮이고 들락날락했으니, 추잡한 뒷소문도 섞으면 좋겠군요."

"추잡한 뒷소문라면…."

"이 열애설의 헤드라인은… '용의자와 수사관의 수위 높은 밀회' 정도가 어떻겠습니까?"

온도담을 보내버리다 못해, 이쪽 업계에서 아예 없애버릴 수도 있는 악랄한 계획이지만 양 팀장은 그 악랄함에 찬사를 보내고 싶었다. 어쩌면 이 계획이 안 그래도 눈에 거슬리던 존재를 시원하게 뽑아낼 기회가 될지도 몰랐다.

"그렇게까지 엮는다면 확실히 활개를 치고 다니진 못하겠네요."

양 팀장은 두말할 필요도 없다는 듯 곧바로 동의했다. 최 상무는 그런 양 팀장을 보며 서늘한 미소를 지어 보였고, 차분하지만 힘이 실린 어조로 명령했다.

"지금부터 온도담이 하는 말은 다 서재이에게 홀려서 지껄이는 개소리가 되는 겁니다. 서재이는 이번에도 여자 요원에게 더러운 마수를 뻗쳤고, 온도담도 지금까지의 다른 요원들이 그러했듯이 그 장단에 놀아난 것입니다."

"…."

"이때껏 잘해왔으니… 이번에도 잘 처리할 수 있겠죠?"

지금까지 그와 함께 잘 쌓아놓은 시나리오가 있으니, 이번에도 두 사람을 그렇게 묻어버리는 것쯤은 일도 아닐 터였다.

양 팀장은 최 상무를 똑바로 마주 보며 망설임도 없이 대답했다.

"당연하죠. 맡겨만 주세요."

다시 자신감을 되찾은 양은화 팀장의 태도가 마음에 들었는지, 최 상무는 그녀를 바라보며 작게 고개를 끄덕였다. 그러고는 늘 그렇듯 딱딱한 인사를 마지막으로 먼저 자리를 떴다.

"그럼 먼저 나가보겠습니다. 다음번에는 조금 더 즐거운 분위기에 서 뵙도록 하죠."

마치 저승사자처럼 서슬 퍼런 한기만을 남겨놓고 홀연히 떠나가 는 그 남자. 저승은 멀리 있지 않았다. 지금까지 쌓아온 모든 시간이 저승으로 가는 길이었고, 그녀의 손에 들린 사진들이 나약한 이들을 기꺼이 그곳으로 끌고 갈 터였다. 정작 저승 문을 코앞에 두고 있는 그들은 모르겠지만, 그건 안타깝기보다는 오히려 잘된 일이었다.

"하아… 그러니까 조금만 나댔으면 좋았을 것을."

스산한 바람이 활개치는 폐건물 4층 난간 밖 공터를 내려다보는 양 팀장의 얼굴에 희열이 어렸다. 정말 오랜만에 느껴보는 승리에 대한 강한 자신감이었다.

\* ◆ \*

"생각보다 짐이 별로 없네…."

무언가를 하기엔 너무 늦고, 자기에는 아직 이른 까만 밤. 제 짐을 캐리어 안에 모두 넣어둔 도담이 손을 탈탈 털고 일어섰다. 처음에 는 여길 어떻게 떠나야 하나 고민이 참 많았는데, 막상 짐들을 다 캐리어 안에 쑤셔 넣고 나니, 공허해진 공간이 어색하게 느껴진다.

"내일 아침에 일어나서 정리할걸 그랬나. 너무 창고 같아져서 잠이 안 올 것 같네…."

도담은 구시렁거리며 캐리어를 한쪽 벽에 잘 세워두었다. 그러고 나선 얼룩이 남아있는지도 확인할 겸, 허리에 손을 얹고 방 안을 둘러보았다.

똑똑.

"온도담."

주원이 살짝 열려있는 방문을 두드리며 그녀의 이름을 불렀다. 도담은 문 쪽으로 몸을 돌려 그에게 대답했다.

"네, 들어오세요."

하지만 주원은 방 안으로 들어오는 대신 재차 그녀를 밖으로 불렀다.

"밖으로 나와봐."

"응? 왜요?"

"잠깐… 아니다, 그냥 나한테 시간 좀 내줘."

"시간?"

갑작스러운 부름에, 도담은 어리둥절한 얼굴로 방을 나섰다. 그러자 눈에 들어온 건 모든 전등이 꺼진 집 안에서 유일하게 향초로 불을 밝힌 식탁이었다. 작은 초콜릿 케이크와 정갈하게 놓인 과일 접시, 제법 먹음직스러워 보이는 연어 카나페. 거기에 촛불 덕분에 더욱 영롱한 빛을 띠는 샴페인 한 병까지. 기분 탓이 아니라면, 눈앞에 차려진 예쁜 음식들은 하나같이 로맨틱한 분위기를 자아내고 있었다.

"이게 다 뭐예요?"

도담은 휘둥그레진 눈으로 식탁 앞에 다가서며 물었다. 그러자 주원은 한쪽 의자를 빼주며 나직한 목소리로 대답했다.

"일단 한잔 마시면서 얘기하자. 몰래 준비한다고 고생했는데."

어쩐지 오늘따라 유달리 달콤하게 느껴지는 그의 행동들. 순간 도담의 머릿속에 네 글자로 된 어떤 단어 하나가 빠르게 스쳐 지나갔다. 이런 걸 미리 눈치채고 싶진 않지만, 그녀를 감싼 공기까지 죄다 힌트를 주고 있다.

'설마… 오늘이 바로 그날인가!'

심상찮은 분위기를 읽어낸 도담은 잠깐 고민했다. 그리고 이내 빠른 결단을 내렸다. 대부분의 로맨스 영화 속 여주인공이 그렇듯, 나도 프러포즈가 그의 입 밖으로 나올 때까지는 필사적으로 모른 척해야겠다고. 원래 로맨스 명장면은 아무것도 모르고 있던 여자가 남자의 진정성 있는 프러포즈를 받고, 화들짝 놀라며 감격에 겨워 눈물을 흘릴 때였다.

"와아… 예쁘다. 이런 걸 왜 준비했을까?"

그 감격의 순간을 자기 인생에서 맞닥뜨린 도담은 곧바로 내숭 모드에 돌입하며, 눈물 한 바가지를 미리 장전했다. 원래 프러포즈는 정말 모르고 있다가 서프라이즈 이벤트처럼 받고 싶었는데, 생각해보니까 미리 눈치채길 정말 잘한 것 같다. 감격은 이미 받았으니, 나는 로맨스 여주인공처럼 아름답게 우는 데에만 집중하면 되잖아.

이미 자신의 역할에 흠뻑 빠진 도담은 벌써부터 코가 시큰거렸다. 결혼의 '결' 자만 나와도 예쁜 눈물이 또륵 흘러질 정도의 느낌이었다.

자, 이것으로 받을 사람은 모든 준비를 마쳤다. 이제 그걸 하는 사람이 그럴싸한 멘트만 날려준다면, 우리의 아름다운 추억 한 페이지가 또 한 장 탄생하는 것이다.

도담은 혹시나 이 감정선이 깨질까 싶어, 귀여운 척 주원을 보챘다.

"오늘 무슨 날이에요? 내 생일인가?"

내 생일이 아닌 건 내가 제일 잘 알아. 그러니까 얼른 고백해! 나랑 결혼하자고!

겉으로는 멀쩡한 척하지만 속으로는 안달이 난 그녀의 마음을 알아준 걸까.

"크흠."

작게 목소리를 가다듬은 주원은 주머니에서 작은 벨벳 상자를 꺼냈다. 그러면서 흘려보내는 목소리에는 늘상 침착한 기주원답지 않은 수줍음이 가득했다.

"온도담. 내가 너한테 이런 말을 하게 될 줄 몰랐는데…."

"네? 무슨 말이요?"

"오늘 우리의 동거는 막을 내리지만… 나는 너와 앞으로도 계속하고 싶다는 마음이 들어. 그러니까… 너도 내가 좋다면…."

준비한 대사를 읊듯이 드문드문 나오는 멘트. 도담은 느린 전개가 답답했지만, 혼신의 힘을 다해 능청스러운 연기를 선보였다. 그 사실을 알 리 없는 주원은 긴장한 눈빛으로 도담을 똑바로 바라보며 가장 중요한 질문을 던졌다.

"…다음 임무도, 다다음 임무도 같이하는 파트너가 되어주겠어?"

주원이 작은 벨벳 케이스를 열었다. 그 안에서 반짝! 빛나는 배지는 단번에 도담을 사로잡았다.

"아아…."

그래, 반지가 아니라 배지였다. NSO 마크가 떡 하니 붙어있는, 도담의 것과는 색만 다른 주원의 배지. 상황이 뭔가 굉장히 예상과 빗나갔다는 걸 깨달았지만, 준비하고 있던 눈물이 자기 멋대로 타이밍에 맞춰 예쁘게 흘러나왔다.

"흐으으…."

이래서 사람은 너무 준비성이 철저해도 문제가 된다고 하나 보다. 이런 된장 발라 먹을….

"온도담…?"

주원은 닭똥 같은 눈물을 떨어뜨리는 그녀를 당황스러운 눈빛으로 바라보았다. 마치 이게 울 일이냐는 표정이었다. 그건 도담도 잘 알고 있었다. 하지만 이미 시작된 눈물을 멈출 수 없었던 도담은 울음기 가득한 목소리로 대답했다.

"아니… 그…."

"진정해. 그렇게 울면 좋다는 건지, 싫다는 건지 잘…."

"지금 안 울고 싶어요, 나도. 근데 자꾸 눈물이 나오는 걸 어떡해요…."

아이처럼 울던 도담이 티슈를 뽑아 들었다. 흥! 야무지게도 코를 푸는 그녀는 그 뒤로도 한동안 훌쩍임을 멈추지 못했다. 그렇게 얼마나 눈물 콧물을 빼냈을까. 섣부른 복받침을 겨우 진정시킨 도담이 아직 그렁그렁한 눈을 닦아내며 말했다.

"나는 프러포즈인 줄 알았단 말이에요…."

"프러포즈?"

"네, 결혼하자고 하는 그거…."

순간 주원의 얼굴이 새빨갛게 화악 달아올랐다.

"프러포즈…."

"….".

"그러니까 프러포즈…."

갈 곳 잃은 그의 눈빛은 도담의 발언에 몹시 당황한 듯 보였다. 물론 그렇겠지. 일에 미친 사람답게 앞으로 우리의 임무 계획에 대해 멋들어지게 얘기하고 싶었을 텐데, 나는 그걸 인생의 계획으로 받아 버렸으니.

도담은 혹시나 그가 미안해할까 싶어, 서둘러 오해를 수습했다.

"괜찮아요. 그거 못 받았다고 우는 것도 아니고, 실망도 안 했어요. 어차피 안팎으로 상황 복잡한 거 나도 아는데요, 뭐. 내가 너무 김칫 국 마셨던 거니까 괜히 마음 쓰지 마요."

하지만 주원의 표정은 좀처럼 나아지질 않았다. 이내 고개까지 푸 욱 떨구는 그는 난처하다 못해 침울해 보이기까지 했다. 그런 반응 이 의아하게 느껴졌던 도담은 어리둥절한 눈으로 주원의 정수리를 바라보았다.

머지않아 주원의 입이 조심스레 열렸다.

"프러포즈 맞는데…."

"네?"

이윽고 이어진 말은 상황을 새로운 국면으로 접어들게 했다.

"결혼하자는 얘기였는데… 멘트 별로였어?"

"그게요?"

"…그래. 그게."

아까 전의 배지가 그녀의 뒤통수를 세게 내리쳤다면, 지금은 누가 머릿속에서 섬광탄이라도 터트린 기분이다. 한순간에 눈앞이 새하얘지고 머릿속이 아찔해진다. 이 끔찍하리만큼 곤란한 상황에서 어떤 반응을 가장 먼저 보여야 할지. 도담의 입술 새로 애꿎은 탄식이 흘러나왔다.

"아아…."

다시 고갤 들어 올린 주원은 어색하게 미소를 유지하고 있는 상태였다.

"별로였구나. 그냥 남들 하는 것처럼 할 걸 그랬다. 태생이 이과 머리인데 나만의 멘트는 무슨…."

"아, 아니요! 멘트가 별로라기보단! 반지가 아니라 배지를 주길래!"

"반지도 있어. 그런데 프러포즈 멘트에 맞춰서 내 배지부터…. 아니야, 이것도 괜한 짓이었던 것 같네."

주원은 그리 말하며 꺼내놓았던 벨벳 케이스를 되가져갔다. 야심차게 열었던 케이스를 도로 닫는 그의 표정은 봐주기 안쓰러울 만큼 시들어있었다. 점점 망해가는 상황에 몹시 당황한 도담은 의자에서 몸을 반쯤 일으킨 채 열심히 호들갑을 떨었다.

"아, 아니에요! 아니에요! 멘트 괜찮았어요! 프러포즈 같았어요!"

"일 분 만에 말 바꿔도 소용없어. 이제 와서 수습하려고 하지 마."

"진짜예요! 내가 너무 꼬아서 생각했나 봐요! 딱 들었을 때 프러포즈다, 싶었는데 나 혼자 김칫국 마시는 걸까 봐 수줍어서…!"

"괜찮다니까. 다음에 다시 할게. 지금 건… 그냥 잊어줘."

하지만 그 어떤 말도 그의 진심까지 닿지는 못했다. 애꿎은 샴페인만 들이켜는 것으로 보아 아무래도 자괴감에 빠진 듯했다. 일생일대의 최고의 순간을 성급한 판단으로 망치게 생긴 도담은 열심히 머리를 굴렸다. 어떻게 해야 다 죽어가는 분위기를 살릴 수 있을까. 도대체 어떤 멘트를 날려야 이 남자의 마음을 풀어줄 수 있을까. 짧은 시간 동안 치열하게 고민한 끝에 생각해낸 방법은 역시 딱 한 가지뿐이었다. 무식하긴 해도 이게 가장 직방이었고, 효과가 확실했다.

"후우…."

도담은 어깨를 안쓰러울 만큼 추욱 내리고 있는 주원을 보며 깊은 심호흡을 했다. 그러고는 결심이 선 눈빛으로 자리에서 일어섰다. 그의 옆자리로 성큼성큼 향하는 걸음은 비장해 보이기까지 했다. 갑작스럽게 다가오는 그녀가 신경 쓰였던 주원은 풀이 죽은 와중에도 시선을 들어 도담을 바라봤다.

도담은 그 타이밍을 놓치지 않고 그의 뺨을 단단히 붙잡았고 주원이 질문을 다 끝내기도 전에 꾸우우욱 입술 도장을 찍어 눌렀다.

"지금 뭐 하는 거… 읍!"

당황한 주원은 숨까지 멈춘 채 얼어붙었지만, 도담은 아랑곳하지 않고 적극적으로 그의 입술을 탐했다.

얼마나 집요하게 입을 맞췄을까. 쪽! 소리와 함께 입술을 떼어낸 도담이 주원의 눈을 똑바로 내려보았다. 다시 마주한 그의 눈동자는 놀란 토끼처럼 휘둥그레져 있었다.

도담은 그런 그에게 당찬 목소리로 대답했다.

"좋아요. 결혼해요."

"온도담…?"

"나, 주원 씨 프러포즈 받아들일게요."

너무 빠르게 돌아가는 전개를 따라가지 못한 주원은 두 눈만 감았다 뜨기를 반복했다. 하지만 그녀에게 기주원의 반응은 그다지 중요한 게 아니었다. 어차피 무뚝뚝한 얼굴로 무슨 생각을 하고 있는지는 내 손바닥 안처럼 훤히 꿰뚫고 있었으니.

도담이 그의 뺨에서 손을 떼어내며 물었다.

"그럼 이제 샴페인 한 병 마시고 내 침대로 가면 되는 건가요?"

그 말을 듣는 순간, 복잡하게 돌아가던 주원의 머리가 잠시 멈췄다. 자신의 미숙함에 대한 자책도, 프러포즈의 감동을 날려 먹었다는 자괴감도 말끔히 사라지고, 두근대는 심장박동에만 온 신경이 쏠린다. 꿀꺽 마른침을 삼킨 주원은 그녀의 손목을 꽉 붙들었다. 이윽고 흘러나오는 목소리는 그의 가슴만큼이나 달아올라 있었다.

"아니, 지금…."

"…."

"지금 가. 샴페인은 침대로 가서 터트려도 되니까…."

도담의 방문이 다소 격하게 열렸다. 뒤따라 들어오는 두 남녀는 입을 맞추랴, 침대로 향하랴 정신이 없었다. 무지막지하게 그녀에게 달려드는 주원 때문에 숨 쉴 타이밍조차 못 찾고 있었던 도담은 잠시 입술을 떼어냈다.

"주, 주원 씨. 조금 천천히…."

하지만 새빨개진 얼굴로 그렇게 말해봤자 주원의 마음을 진정시킬 수 없었다. 잔뜩 달아오른 주원은 입술 대신 그녀의 목덜미를 탐하며, 기어코 그녀를 침대 위에 눕혀버린다.

"미안해…. 프러포즈가 프러포즈 같지 않아서…."

주원은 곧바로 그녀의 몸 위로 올라타며 사과했다. 어차피 다 이뤄진 마당에 꺼내보는 무의미한 말이었다. 그 말을 들은 도담은 그의 머리카락 사이사이를 부드럽게 쓰다듬어 주었다.

"프러포즈 같았어요. 딱 내가 평소에 꿈꾸던 프러포즈가 이런 거였는데요?"

"프러포즈인지도 몰랐으면서…."

"그러니까 말이야. 난 프러포즈 받을 때까지 프러포즈인 줄도 몰랐다가, 받고 나서 깜짝 놀라고 싶었단 말이에요…."

도담의 입가에 수줍은 미소가 맺혔다. 갑작스러운 도발로 사람 마음을 이만큼이나 달궈놓았으면서, 저렇게 웃을 땐 참 맑고 투명해 보이는 여자였다.

"놀랐으면 다행이고…."

주원은 도담의 이마에 가볍게 입을 맞추고, 점점 아래로 키스를 이어나갔다. 달빛이 전부인 방에서도 유달리 반짝이는 눈 옆에 한 번. 다음으로는 사랑해마지않는 붉은 뺨에 한 번. 지금 당장이라도 잘근잘근 깨물고 싶은 입술에 또 한 번. 그렇게 몇 번의 가벼운 입맞춤을 가진 뒤 본격적으로 탐하기 시작한 곳은 도담의 목덜미였다. 그의 입술이 목 언저리의 보드라운 살결을 머금는 순간, 바로 가까이서 들려오는 숨소리는 도담의 말초 신경을 제대로 자극한다.

"나… 그쪽 약한데…."

도담은 그리 말하면서도 다리로 주원의 허벅지를 은근하게 옭아 맸다. 그건 좀 더 가까이 다가오라는 그녀만의 신호였다. 그 명령을 그대로 따라주기로 한 주원은 그녀의 허리를 부드럽게 쓰다듬었고, 티셔츠를 올리기 전 숨결 같은 고백을 속삭였다.

"내가 이 말 한 적 있던가? 사랑한다고⋯."

"이미 들었지. 그건."

"그럼 또 들어."

"아, 낯간지럽게⋯."

"⋯널 사랑해. 진심으로. 너무 많이."

그 말을 듣는 순간 기분 좋은 흥분감이 온몸을 감싸고 돌았다. 귓불을 간질이는 그의 입술 때문인지, 마음을 쿡쿡 찌르는 고백 멘트 때문인지는 모르겠지만, 심장이 튀어나올 듯이 쿵쿵거리고 왠지 모르게 울컥한다.

도담은 함께 있는 것만으로도 가슴 벅차게 만드는 이 남자의 두 뺨을 소중하게 감싸 쥔 채 시선을 맞췄다. 그런 뒤 꺼내보는 부탁은 그녀답게 순수하고도 발칙했다.

"정말 날 사랑한다면 내가 좋아하는 모습 보여줘요."

"좋아하는 모습?"

"인상 쓴 얼굴 있잖아. 나는 주원 씨 그냥 인상 쓴 모습도 좋아하지만, 침대에서 인상 쓸 때가 제일 섹시해 보이더라⋯."

도담의 도발에, 주원의 입꼬리가 나른하게 올라갔다. 지금껏 수많은 기싸움에서 이겨왔던 주원이었지만, 그를 품 안에 두고 이리 녹였다 저리 녹였다 하는 이 여자는 역시 감당할 수가 없다.

"원하시는 대로…."

웃음기 섞인 대답을 건넨 주원은 커다란 손으로 그녀의 뺨을 감싸듯 붙잡았다. 그러고는 본격적으로 깊은 키스를 건넸다. 수줍게 흘러들어온 그의 숨결은 점점 더 노골적으로 그녀를 탐하기 시작했다. 서로의 온기가 맞닿을 때마다 마주치는 눈빛은 뜨거워졌고, 감정은 그들의 몸만큼이나 아름답게 얽혀들었다. 호흡이 맞부딪히는 순간마다 피어나는 희열은 숨 쉬는 것도 버거울 만큼 두 사람의 가슴을 한계까지 달아오르게 만들었다.

그렇게 시작된 두 사람의 뜨거운 밤. 무르익는 시간을 보내며 새롭게 알게 된 사실이 있다면…. 달은 생각보다 빨리 사라지고, 태양은 생각보다 훨씬 더 빨리 떠오르더라. 물론 태양이 뜨고 나서도, 나는 찬란한 당신의 모습에 눈이 멀어 한동안 눈치채지 못했지만.

* ♦ *

푸르른 빛이 하늘을 물들인 새벽.

그때까지 집무실을 떠나지 못한 태환은 서서히 동이 터오는 하늘을 가만히 응시했다. 딱히 해야 할 일이 남아서 이곳에 있는 건 아니었다. 그저 태환에겐 하루 중 가장 많은 시간을 보내는 이 집무실이 그의 저택보다 더 편할 뿐이었다. 오늘처럼 생각해야 할 게 많을 날엔 더더욱 절실하기도 했고.

"하아…."

긴 한숨을 내쉬는 태환의 시선은 허공을 향하고 있었다. 두 눈에 초점은 없었지만, 그는 머릿속으로 누군가의 얼굴을 또렷하게 그려내는 중이었다.

'형, 잘 지냈어? 우리 되게 오랜만에 보는 것 같아.'

항상 속 뒤집힐 만큼 뻔뻔하게 먼저 인사를 건네던 그놈.

'그렇게 무섭게 처다보지 마. 나는 형이 한 번이라도 날 반가워했으면 좋겠는데….'

내게 미움만 받는 걸 알면서도 감히 정을 바라던 그놈.

'형 바쁜 사람인 건 알지만, 올해는 꼭 참석해 줬으면 좋겠어. 난 이번에 형이랑 꼭 술 한잔하고 싶어.'

거부당할 걸 알면서 계속 내게 다가오고,

'형이 날 그렇게 나쁜 사람으로 생각하는 이유를 모르겠어. 조금이라도 알면 고쳐보기라도 할 텐데…. 정말 하나도 몰라서 뭘 어디서부터 바로잡아야 할지도 모르겠어, 형.'

내 발에 짓밟히는 순간까지도 나에게 찾아와 애원하던…. 존재 자체가 끔찍한 반쪽짜리 핏줄. 그렇지만 아무리 부정해도 어쩔 수 없는 나의 동생.

"서재이…."

재이의 이름을 입에 담는 태환의 표정은 복잡 미묘했다. 이미 예전부터 범인은 서재이였는데. 날 망칠 수 있는 사람은 그가 유일하다고 생각했는데. 며칠 전부터 계속… 내 주변을 물들이는 까만 먹구름은 그가 아닐지도 모른다는 생각이 든다. 내가 마음껏 응징해도 되는 상대가 서재이라면 좋겠지만, 마음에 품은 서늘한 칼날은 다른 이를 노리고 있다.

"서재이… 서재이여야 하는데…. 서재이가 아니면 안 되는데…."

솔직히 말해서 태환은 이런 의심들을 다 덮어놓고 싶었다. 어차피 거의 다 끝난 사건이니만큼, 태환만 침묵을 지킨다면 서재이 하나 수장시키고 이번 일을 마무리 짓는 것도 가능했다. 그러나 태환에게는 그 침묵이라는 게 가장 두렵고 어려운 일이었다. 이렇게 정당하지 못한 방법으로 그를 끝내려는 것부터가, 제 힘으로는 서재이를 당해 내지 못한다는 걸 인정해 버리는 꼴이니까.

다시 한번 깊은 한숨을 내쉰 태환은 전면 유리창을 향해 있던 의자를 업무 책상 쪽으로 돌렸다. 그러고는 책상 위 휴대폰을 집어 들어, 어제저녁 도착한 메시지를 다시 확인했다.

[서울 마포구 혜은로20길 대은 상가 1층. 장미호프.]

주원에게서 받은 서재이의 범행 모의 장소였다. 그는 분명 이곳에 있었다. 그날 찍힌 사진이 범행을 증명해 주었고, 근처 CCTV 영상도 확보했다. 하지만 어딘지 모르게 어긋난 퍼즐처럼 부자연스럽게 느껴졌다. 그 균열을 가만 덮어두지 않기로 한 태환의 눈빛이 착잡해졌다. 단단한 것일수록 더 추한 꼴로 박살나게 될 것이라는 아버지의 말이 이명처럼 귓가를 떠나지 않는다.

오늘이 지나면 나는 너를 어떤 눈으로 바라보게 될까.

나는 너를 계속 증오하고 싶지만, 그럴 수 있는 가장 합리적인 이유가 산산이 조각나 버릴까 봐, 오직 그것만이 두려울 뿐이다. 어차피 막다른 골목, 충돌은 이미 목전에 다가왔는데도.

# 거짓이 모습을
# 드러낼 때

하수구 냄새가 코를 찌르는 뒷골목에 위치한 지저분한 상가 1층, 허름한 식당. 서재이가 범행 모의를 했다는 장소는 사진보다 더 볼품없었다. 음식 냄새보다 담배 냄새가 더 진동하는 입구하며, 소주 광고 포스터가 덕지덕지 붙어있는 유리창까지. 절대 서재이가 찾아올 만한 곳이 아니었고, 약속 장소로 삼을 만한 위치도 아니었다.

굳은 얼굴로 가게 문을 바라보던 태환은 고요한 걸음을 내디뎠다. 그때까지도 그의 머릿속에 자리 잡은 생각은 단 하나뿐이었다.

'이곳에 서재이가 왔다는 사실만 확인하면 돼. 이 사진이 조작되지 않았다는 것만 증명하면, 서재이가 어떤 거짓말을 지껄이든 확실히 무너트릴 수 있어.'

입구에 선 태환은 조용히 심호흡까지 하고 나서야 문을 열었다. 사람을 많이 마주치고 싶지 않아서 일부러 낮 시간대에 왔건만, 가게 안엔 대낮부터 술잔을 기울이는 손님들이 더러 있었다. 최대한 그들과 얼굴을 마주치지 않고 가게를 둘러보던 태환은 이윽고 나이가 지긋이 든 중년 여성을 찾아냈다. 카운터 앞에서 장부를 정리하고 있는 걸 보니, 이 술집의 주인이거나 그와 비슷한 역할쯤은 되어 보였다.

"실례하겠습니다."

태환의 낮은 목소리에 그녀는 장부에서 눈을 뜨고 그의 얼굴을 확인했다.

"어머, 이 시간에 멀끔하게 차려입은 손님이 웬일이야? 우리 점심 메뉴는 없는데."

초면부터 반말을 툭툭 내뱉는 그녀의 태도는 태환이 가장 싫어하는 유형이었다. 하지만 기름 냄새가 진동하는 이곳에 오래 있고 싶지 않았던 태환은 무례함을 지적하는 대신 본론만 빠르게 묻기로 했다.

"한 가지 확인할 게 있어서 찾아왔습니다. 이 사진이 이곳에서 찍힌 것이 맞습니까."

태환은 질문과 함께 제 휴대폰 속 증거 사진을 꺼내 보여주었다. 미간까지 찌푸린 채 자세히 들여다보던 그녀는 겨우 기억이 났다는 듯 활짝 웃었다.

"어어, 우리 가게 맞네! 이날 온 손님들도 맞고!"

"이 사진에 찍힌 사람들… 하나도 빠짐없이 이곳에 온 게 확실합니까?"

"응, 확실해. 우리 가게에 하도 손님이 많아서 원래는 잘 기억 못하는데, 이 친구 때문에 똑똑히 기억해. 딱 보면 눈에 들어올 만큼 예쁘잖아."

그녀는 그리 말하며 사진 속 인물 중 단 한 사람을 가리켰다. 바로 문제의 서재이였다. 그 손끝에 걸린 얼굴을 확인하는 순간, 태환의 심장은 혹한의 눈보라보다도 차갑게 얼어붙는다.

"이 사람이… 왔었다는 말씀입니까."

"그렇다니까 그러네. CCTV라도 보여줘?"

"아닙니다. 그건 이미 여러 차례 봤습니다."

다 보고도, 혹시 아닐지도 모른다는 생각에 잠시 덮어두고 있었던 것뿐. 들어설 때보다 더 싸늘하게 식은 태환의 눈빛은 사진 속 재이를 가만히 들여다보았다.

혹시나 하는 의심이 다 헛것이 되어버린 지금, 태환은 재이보다도, 그가 아니라고 우겼던 기주원보다도, 그들에게 속아 여지를 주었던 자신을 가장 원망하는 중이었다. 그 언젠가 아버지는 나를 이렇게 평가했었다. 나의 가장 큰 단점은 지나치게 강직한 것이라고. 나의 이 강직함이 작은 균열을 만들면, 그 균열 때문에 모든 것이 와르르 무너져 버리고 말 거라고. 그 말을 들은 순간부터 하루에도 수천 번씩 나 자신을 돌아보며, 내 안에 균열이 생기진 않았는지 정신병처럼 확인하곤 했었는데…. 순간의 방심 때문에 균열을 만들어버렸다. 아마 이것까지가 나의 자리를 노리는 서재이의 계획이었을 것이다.

태환은 이를 악문 채 휴대폰을 다시 집어넣었다. 그러고는 감정을 정리하는 데 가장 큰 도움을 준 그녀에게 가볍게 고갤 숙이며 말했다.

"도움 감사합니다. 사례금은 지금 바로…."

하지만 그의 말이 다 끝나기도 전에, 그녀가 무언가 생각났다는 듯 입을 열었다.

"아, 맞다. 그 친구 그날 잘 들어갔지?"

이해할 수 없는 질문을 들은 태환의 눈빛이 의아한 기색을 띠었다. 그러자 그녀는 걱정스러운 표정으로 믿기지 않는 말을 꺼내놓았다.

"왜, 그 있잖아…. 임신 초기라서 그런지, 화장실에서 계속 헛구역질하던데. 입덧이 되게 심한가 보더라고."

"…임신?"

"배가 나오고 말고를 떠나서, 여자는 임신 초기가 가장 힘든 법이야. 그쪽이 누군지 모르겠지만 혹시 남편이면 옆에서 잘 챙겨줘."

지금까지 들었던 모든 걸 단번에 뒤바꿀 만한 충격적인 단어에, 그녀의 말을 똑똑히 다 들어놓고도 소화하지 못한 태환이 흔들리는 눈빛으로 대답했다.

"임신일 리가… 없을 텐데요."

"응? 모르고 있었던 거야?"

"그 사람은…."

무언가를 말하려던 태환이 다시 휴대폰을 꺼냈다. 그러고는 한 번 더 증거 사진 속 재이의 얼굴을 확인했다. 서재이였다. 워낙 가게가 어둑해서 화질은 좋지 않았지만. 누가 봐도 서재이처럼 보였다. 얼굴 정면이 온전히 드러난 것이 아니라 멀리서 찍은 측면으로만 판단해야 했지만.

'혹시….'

사진을 내려다보던 태환은 굳은 결심이 선 얼굴로 한 번 더 그녀에게 휴대폰 화면을 보여주었다. 그리고 물었다.

"사진 속 이 사람… 혹시 여자였습니까."

"아는 사람 아니었어? 성별도 몰라?"

"묻는 말에 대답해 주세요. 여자 확실합니까."

다시 한번 사진을 흘끔 쳐다본 그녀는 이상한 소릴 한다는 표정으로 태환을 흘겼다. 그리고 확신에 찬 목소리로 대답했다.

"그럼 임신을 여자가 하지, 남자도 해? 키가 크긴 했어도, 목소리나 얼굴부터가 틀림없이 여자였어! 애 가졌단 얘기도 직접 들었는데, 뭐!"

그녀의 또렷한 대답을 듣는 순간, 조금 전과는 다른 의미로 싸늘해지는 등골. 태환의 시선이 또 한 번 사진 속 그 사람의 얼굴로 향했다. 여전히 서재이와 비슷한 그 얼굴은….

"하…."

다시 보니 몹시도 낯설었다. 술잔을 기울이며 웃는 그 얼굴은 분명 서재이의 이목구비를 가지고 있는데도 서재이 같지 않아서. 홀로 수천수만 번 되새기며 증오했던 그 순수한 미소와 전혀 닮아있지 않아서.

＊ ◆ ＊

도담의 아파트 단지 앞.

차는 진작 주차까지 마쳤지만 주원은 쉽사리 시동을 끄지 못했다. 어제까지만 해도 대수롭지 않게 생각했던 동거의 끝이 갑자기 실감나서였다. 당연하다는 듯 그녀와 함께 있는 생활에 익숙해질 대로 익숙해졌는데, 이렇게 그녀를 돌려보내고 난 혼자 살던 그 집으로 돌아가야 한다니. 태어나서 처음으로 '외로움'이라는 감정이 피부에 와 닿는다. 결혼까지 약속한 사이니 떨어져 있는 시간이 길진 않겠지만, 그래도 이별은 이별인가 보다.

"도착했네…."

주원은 애꿎은 핸들만 만지작거리며 씁쓸한 목소리를 흘려보냈다. 혹시나 덕지덕지 달라붙은 미련이 드러날까 싶어 시선은 차창 밖으로 돌린 채였다. 머지않아 조수석에서 들려오는 목소리는 주원만큼이나 우울했다.

"하아… 배고프다. 아침에 그냥 햄버거 시킬걸."

빠직. 다가온 이별의 순간, 뜬금없는 햄버거 타령을 들은 주원의 미간에 내 천 자가 새겨졌다. 헤어지기 싫다고 울먹거릴 때는 언제고, 막상 때를 맞이한 그녀는 평소와 다를 거 없는 모습이다.

주원은 그제야 도담에게 홱 시선을 옮기며 매섭게 따져 물었다.

"넌 지금 햄버거 얘기가 나와? 이제 너는 너희 집으로, 나는 내 집으로 찢어지게 생겼는데?"

그러자 돌아온 도담의 대답은 뭐가 문제냐는 듯 아무렇지도 않았다.

"임무가 끝났으니까 각자 집으로 돌아가긴 해야죠."

"내 말은, 아쉽지도 않냐고."

"에이, 아쉬울 게 뭐 있겠어요. 그 집은 우리 집도 아니었잖아요."

이쯤 되니 어제의 온도담과 오늘의 온도담이 같은 사람이 맞나 싶기도 하다. 어쩜 이렇게 다를 수가 있는지, 조금의 서운함도 없이 또랑또랑한 눈빛이 야속하게만 느껴진다. 어제와 달리 미련밖에 안 남은 주원은 토라진 마음을 가득 담아 툴툴거렸다.

"어제는 연기였어? 나랑 헤어지는 거 싫다고 집에 들어와서부터 우울해했잖아."

그 말을 들은 도담이 그의 얼굴을 똑바로 바라보며 말했다.

"그랬었죠. 그랬었는데…."

"…."

"주원 씨 프러포즈를 받고 생각이 달라졌어요. 어제 주원 씨 계획 들어보니까 우리 결혼이 임박해 온 것 같은데, 떨어져 있는 시간 동안 준비에 박차를 가해야지요!"

그녀의 눈빛은 언제 이별을 슬퍼했냐는 듯 기쁨으로 가득 차 있었다. 그 모습은 살짝 괘씸하긴 해도, 우울해하는 모습보다는 백번 천번 나았다. 늘 그렇듯 따라갈 수 없는 그녀의 흥에 감탄하며, 주원은 피식 웃음을 흘렸다.

"너무 단순하잖아."

얼핏 흉보는 것처럼 들리는 그의 혼잣말에 도담이 능청스레 대답했다.

"내가 단순하니까 여기까지 따라와 준 줄 알아요. 조금이라도 복잡한 성격이었어 봐. 만난 지 한 달 만에 결혼할 생각을 어떻게 하겠어요? 그것도 주원 씨처럼 막무가내인 남자랑."

"뭐?"

"그러니까 잘하라고요. 떨어져 있는 동안 내 생각 많이 하고."

도담은 그리 말하며 주원의 뺨 위에 손을 얹었다. 언제 봐도 감탄사가 나오는 그의 얼굴은 잠시 헤어져야 하는 순간이 오니, 더더욱 근사하게 느껴졌다. 그를 가만히 올려다보던 도담은 안전띠를 풀고 조금 더 몸을 가까이 가져갔다. 그때까지만 해도 주원의 얼굴에는 아쉬움이 가장 짙게 남아있었지만.

쪽.

부드러운 그의 입술에 가벼운 키스를 건넨 순간, 달콤한 설렘이 아쉬움을 감쪽같이 덮어버렸다. 보기 좋게 물든 두 볼은 혼자 보기 아까울 지경이다.

"나 없는 동안 혼자서도 잘 먹고, 잘 자고, 보고 싶어도 꾹 참을 자신 있죠?"

도담은 얼굴을 아주 가깝게 마주한 채 달콤한 목소리를 흘려보냈다. 그러자 주원의 예쁜 입꼬리가 부드럽게 휘었고, 다시 입술을 맞댄 채 작게 속삭였다.

"잘 먹고 잘 자는 건 자신 있는데, 보고 싶은 걸 꾹 참을 자신은 없네. 내가 태어날 때도 인내심 없어서 네 시간 만에 태어났거든."

"치… 멀쩡히 잘 지낼 거면서 빈말은."

"진심이야. 보고 싶으면 언제든 데이트 신청할게. 잠깐이라도 얼굴 보여줘."

어리광 같은 애정 표현 끝에 주원은 한 번 더 그녀에게 키스를 건넸다. 조금 전 나누었던 것보다 깊은 키스였고, 어제보다 애틋하게 느껴지는 숨결이었다. 시작할 때부터 언젠가는 다가올 걸 알고 있었지만, 예상과 많이 다르게 흘러간 우리의 끝. 그래도 다행인 점이 있다면 이별의 순간, 또 다른 시작을 이야기할 수 있다는 것이었다. 지금까지 쌓아온 인연보다 앞으로가 더욱 깊어질 거라 생각하니, 벌써 가슴이 벅차기 시작한다.

\* ◆ \*

퇴근 시간이 가까워진 서울의 고속도로.

꽉 막힌 교통상황은 운전대를 붙잡은 태환의 마음 같았다. 앞으로도 갈 수 없고, 뒤로도 빠질 수 없고, 옆으로 벗어나지도 못하는 그의 세단처럼 태환도 무언가에 발목이 묶인 채 옴짝달싹하지 못하는 기분이다. 오늘 확신하게 될 줄은 몰랐는데, 더 이상 고집부리며 외면하지 못할 만큼 명확하게 드러나 버린 거짓. 시선은 앞차 뒤꽁무니에 가있지만, 태환의 눈앞에는 전혀 다른 존재가 어른거리고 있었다. 오늘 아침까지만 해도 서재이라고 확신했던 증거 사진 속 그 얼굴은 시시각각 전혀 다른 사람의 얼굴로 변하며 태환을 조롱한다.

'대체 무슨 일이 일어나고 있는 건지….'

태환은 운전대를 꽉 붙잡으며 이성을 뒤흔드는 혼란을 견뎌보려 노력했다. 그러나 두통만 더 심해질 뿐, 복잡한 감정은 조금도 추슬러지지를 않았다. 지금껏 원망하고 또 원망해 오던 대상의 죄는 나의 증오를 합리화할 기회나 다름없었다. 하지만 그 죄가 꾸며진 일이었을지도 모르는 지금, 이제 나는 누구를 믿고 누구를 단죄해야 하나.

"서재이…."

태환은 지박령처럼 자신의 삶을 따라다니는 그의 이름을 한숨처럼 불러보았다.

"서재이…."

그의 어머니는 눈을 감는 순간까지 한 번도 입에 담지 않았고, 누이들은 온갖 악담을 퍼부을 때나 들먹였던 그 이름. 집안에서는 재앙이었고, 태환에게는 저주 그 자체였던 역겨운 그 이름. 하지만 오직 단 한 사람, 아버지만큼은 '서재이'를 즐겨 불렀다. 누가 본처의 아들이고, 누가 상간녀의 새끼인지 구별하지 못하는 듯 재이를 부를 때 늘 다정했고 살가웠다.

아마 거기서 비롯된 것 같다. 서재이를 떠올릴 때마다 불쑥 고개를 드는 이 증오심은. 그 이름이 아버지에게도 고통이었다면 서재이에 대한 감정이 이렇게까지 뒤틀리고 썩어 문드러지지 않았을 것이다.

사실 브로커 사건에 대한 거짓이 탄로 났다고 해도, 태환은 쉽사리 옳은 판단을 내릴 수가 없었다. 오랜 시간 동안 층층이 쌓인 서재이에 대한 악감정들은 이미 화석처럼 굳어버려서, 이대로 그가 눈앞에서 사라질 때까지 침묵을 지키는 쪽을 택하고 싶다. 그러나 그런 식으로 이기는 것만큼 굴욕적인 패배는 없다고 생각하기에, 태환은 한번 더 차갑게 이성을 식히고 근본부터 찾아가기로 했다. 개인적인 감정은 다 덮어두고, 이 관계에 가장 큰 해악을 끼친 아버지란 작자의 머릿속부터 찬찬히.

고속도로 갓길에 차를 멈춰 세운 태환은 곧바로 서윤택 회장의 개인 비서에게 연락을 취했다.

―안녕하십니까, 서태환 대표님. 저에게까지 무슨 일이십니까?

머지않아 전화를 받은 비서는 사무적인 목소리로 용건을 물었다. 태환은 마른침을 삼키며 목소리를 가라앉혔고, 딱딱하게 굳은 표정으로 입을 열었다.

"회장님, 지금 어디에 계십니까."

바로 꺼내놓은 본론에, 돌아오는 대답은 마침 바라던 것이었다.

―오늘은 양평 별장에서 휴식을 취하고 계십니다. 지난 주 해외 스케줄 때문에 몸에 무리가 오셨는지, 오한이 든다고 하셔서요.

서 회장의 직계 가족만이 출입할 수 있는 양평의 별장. 거기만큼 개인적인 감정을 솔직하게 꺼내 물을 수 있는 장소도 없지.

"제가 간다고 전해두세요. 급한 용건이니까 꼭 뵈어야 한다고."

태환은 일방적인 통보 후에 전화를 끊었다. 그리고 다시 액셀을 밟았다.

오늘은 임원 회의를 비롯한 여러 스케줄이 남아있었으나, 그런 건 개의치 않기로 했다. 지금 그의 머릿속을 잠식하고 있는 건 떼려고 발악해도 도저히 떼어낼 수가 없는 서재이라는 존재뿐이었다. 그에게 내려진 잘못된 사형선고. 어쩌면 이건 그를 눈앞에서 지워버릴 수 있는 절호의 기회일지도 모르지만….

그 기회를 붙잡기 전 마지막으로 태환은 아버지를 만나보려 한다. 모든 일의 원흉이나 다름없는 그가 서재이를 그토록 아끼는 이유를 한 번이라도 제대로 듣기 위해.


운성 그룹 오너 일가만 드나들 수 있는 서울 외곽의 한 대저택.

삼엄한 경비를 뚫고 검은 세단 한 대가 들어섰다. 다가오는 차를 매서운 눈으로 예의주시하고 있던 보안요원은 번호판을 확인하자마자 허리를 구십 도로 꺾었다.

끼이이익.

다소 급하게 멈춰선 차에는 태환이 타고 있었다. 굳은 표정으로 창문을 반쯤 내린 태환은 보안요원에게 시선을 두지 않은 채 차갑게 말했다.

"회장님 뵈러 왔습니다."

"네, 대표님. 말씀 들었습니다. 회장님은 골프 라운지에 계십니다만, 응접실로 모실까요?"

"아닙니다. 제가 라운지로 직접 찾아가죠."

"알겠습니다. 그럼 바로 문 열어드리겠습니다."

태환에게 한 번 더 인사를 건넨 보안요원은 곧바로 거대한 게이트를 열어주었다. 고급 리조트나 다름없는 내부가 그의 눈앞에 드러나자, 태환의 눈빛은 더욱 싸늘하게 식었다.

사실 서 회장과의 만남은 단 한 번도 달가운 적이 없었다. 잘못한 것도 없는데 발걸음이 무겁고, 원수진 사이도 아닌데 대하기 어렵고. 가끔은 몸속에 흐르는 그 사람의 피가 불쾌하게 느껴지기도 했다. 사춘기에 접어들 무렵부터 아버지가 아닌 '회장님'이라는 칭호로 불러서인지, 한 번도 가족으로 여겨본 적 없었던 사람. 그런 그를 찾아왔다는 건 태환으로서는 큰 결심이었다.

'서재이를 이대로 생매장하는 쪽이 가장 간단하고 쉬운 방법인데…. 그걸 알고 있으면서 대체 뭘 하자는 건지.'

태환은 회의감을 느끼면서도 순순히 골프 라운지에 차를 세웠다. 수십 명의 정원사가 달려들어 관리하는 골프 라운지는 언제 봐도 숨막히게 넓었고, 소름 끼치도록 깔끔했다. 태환은 구겨지는 미간을 마지막으로 정리하고, 차에서 고고히 몸을 내렸다.

"안녕하십니까, 대표님."

"…."

차에서 내린 그의 모습에 라운지를 지키고 있던 직원들이 모두 허리 굽혀 인사했다. 그들을 묵묵히 스쳐 지나간 태환은 저 멀리 서 있는 서 회장을 어렵지 않게 발견했다. 서재이의 구속 소식을 모르진 않을 터인데, 그저 여유롭고 걱정 없는 그의 표정. 오늘따라 컨디션이 좋아 보이기까지 해 도무지 의중을 알 수 없었다.

뭐, 원래부터 속을 뻔히 내비치는 양반은 아니었지만.

그에게 가까이 다가간 태환은 고갤 숙여 건조한 인사부터 건넸다.

"오랜만에 뵙습니다. 회장님."

서 회장은 태환의 인사를 맞받아쳐 주는 대신, 골프채를 신중하게 고르며 대답했다.

"무슨 일이냐. 부르기도 전에 니가 제 발로 다 찾아오고."

"여쭤볼 게 있어서 찾아왔습니다."

"그래? 나한테는 그다지 궁금한 게 없을 줄 알았는데."

끝까지 태환을 바라보지 않는 시선은 장남에 대한 서 회장의 무관심을 여실히 드러내고 있었다. 그러나 이런 사사로운 감정에 휘둘리지 않고, 태환은 서 회장의 뒤통수를 똑바로 바라보며 본론을 꺼내놓기로 했다.

"서재이를…."

"재이는 이제 그만 괴롭힐 때도 되지 않았나. 형이라면 동생을 인정할 줄도 알아야지. 그게 형제잖아."

입을 떼기가 무섭게 서 회장이 근엄한 목소리로 태환이 가장 싫어하는 단어를 입에 담았다. 형제…. 그가 우리를 그런 사이로 정의 내릴 때마다 얼마나 속이 새까맣게 썩어 들어가는지, 그는 분명 알고 있다. 알면서도 일부러 사람 속을 긁어놓는 게 분명하다.

"너야 뭐, 이복동생이 없었다면 이 집안의 귀한 독자로 더 안정적인 삶을 살았을 테지만 이미 생긴 걸 어쩌겠니. 받아들이고 품어줘야지."

끝까지 뻔뻔한 서 회장의 태도는 역한 감정을 불러일으켰다. 그러나 심호흡 한 번으로 뿌리 깊은 혐오감을 내려놓고, 태환은 쓸데없는 사설을 중단하기 위해 중요한 질문부터 던졌다.

"그 애를… 왜 그렇게 아끼십니까."

"뭐?"

"분명히 회장님도 처음엔 기생충보다 못하게 취급하시지 않았습니까."

"…."

"대체 그 아이의 어떤 점이 아버지의 눈에 더 찼던 건지, 제 머리로는 도저히 이해가 되지 않습니다."

서 회장의 시선이 그제야 태환에게로 향했다. 그도 그럴 것이, 이렇게 적나라하게 서재이에 대한 감정을 캐묻는 것은 이번이 처음이기 때문이었다. 잠시 멈칫하나 싶던 서 회장은 이내 평정심을 되찾은 얼굴로 입을 열었다.

"넓은 바다에 눈에 거슬리는 흉측한 섬이 하나 생겼어. 파도로 들이받아도 살아나고, 뭉개버려도 다시 떠오르고…."

"…."

"그래서 아예 폭파해 버리려고 했는데도, 제 꼴이 어떻게 되든 끝까지 가라앉지 않고 버티더군."

맥락 없이 꺼내진 이야기 같았으나 무엇을 뜻하는지 파악하는 일은 그리 어렵지 않았다. 그래서 입술을 꾹 닫은 채 서 회장의 시선을 맞받아치고만 있으니, 서 회장은 씨익 입꼬리를 들어 올리며 되물었다.

"너라면 그 섬을 들어 올려서라도 없애버리겠냐, 아니면 이왕 이렇게 된 거 인정하고 공생할 거냐."

얼핏, 이 집안에 악착같이 붙어있을 서재이를 받아들이라는 것처럼 들렸다. 그러나 태환은 하늘이 둘이 아니라 수백 조각으로 갈기갈기 찢어져도 그딴 짓만은 하고 싶지 않았다. 그것이 돌아가신 어머니를 위한 마지막 의리였고, 유일한 자존심이었다.

태환은 예리하게 날이 선 눈빛으로 제 아버지를 바라보았다. 서 회장은 그 얼굴을 똑똑히 마주하면서도 아무렇지 않게 뒷말을 이었다.

"나에게 이 그룹은 바다고, 서재이는 그곳에 떠오른 섬이나 마찬가지야. 처음엔 너무 거슬려서 없애버리려고도 했지만, 그놈은 지금까지 악착같이 버티고 독하게 살아남았지."

"…."

"난 거기서 가능성을 보았다. 그 가능성을 최대한 끌어내 주기로 했고."

주변 눈치만 보고 사는 서재이 같은 부류에게 가능성이란 과분한 단어였다. 터무니없는 호평이었고, 분노만 돋구는 개소리였다. 차라리 젊은 시절 불같이 붙어먹었던 상간녀의 자식이라, 더 애착이 간다는 말을 대놓고 하지. 나의 인정도 바라지 말고, 나와 형제로 엮지도 말고, 혼자서 그 새끼를 챙기든 감싸고돌든 하지.

'그랬으면 당신 하나만 한심스럽게 여기고 뒤돌아설 수도 있었을

텐데….'

태환은 고래고래 내지르고 싶은 원망을 손바닥 안에 몰아넣고, 으스러트리듯이 주먹을 꽉 쥐었다. 지금의 악감정을 모두 서재이의 죄로 덧씌워주자, 존재 자체가 죄라는 걸 똑똑히 깨닫게 해주자. 그렇게 결심하고 또 결심하던 그때, 서 회장이 웃음기 섞인 목소리로 뒷말을 마저 이었다.

"지금 돌아가는 꼴을 봐. 모두가 나의 자리를 탐내는 게 아니라 서재이가 뭐 하나라도 가져갈까 봐 그 애 하나만 죽도록 견제하잖니."

지금껏 태환이 해석한 의도와는 전혀 다른 내용이었다.

"…예?"

순간 제 귀를 의심한 태환은 이해되지 않는다는 얼굴로 서 회장을 바라보았다. 그러자 그는 재미있는 이야기 풀어내듯 말을 이었다.

"따져보면 그 애 이름으로 된 건 아무것도 없는데, 단지 이사직에 이름 한번 올려줬다는 것 가지고 자기들끼리 물고 뜯고…. 누가 보면 내 후계자 자리에 올려놓기라도 한 줄 알겠어. 하하하."

소름 끼치는 비웃음은 서재이를 물고 뜯는 모든 이들에게 향해있었다. 지금껏 서재이를 이유 없이 아낀다고 생각했던 서 회장의 감춰진 이면을 이제야 확인하게 된 태환은 머릿속이 혼란스러워서 어떤 대답도 하지 못했다.

서 회장은 그런 그에게 자랑하듯 당당하게 말했다.

"그게 서재이의 재능이야. 모두의 시선을 끌어당겨서 정작 중요한 게 뭔지 모호하게 만들지. 대체 무엇이 그 애를 그렇게 미움받게 만드는지…."

"…."

"뭐, 그건 내가 알 바 아니다만 성능 하나는 확실해. 그렇게 똑똑한 너까지도 홀려놓을 정도면 말 다 했잖아."

"미끼…라는 말씀입니까."

태환이 떨리는 목소리로 물었다.

그러자 서 회장은 헛웃음 같은 미소를 흘려보냈고, 다시 골프채로 시선을 옮기며 대답했다.

"미끼라니. 그렇게 말하니까 그 애가 너무 가엾게 들리는구나. 그거보다는 좀 더 유한 표현을 써야지."

"…."

"날 향한 총알들을 막아줄 방탄복. 우리끼리는 그냥 그렇게 부르자고."

서 회장이 거론하는 재이는 마치 물건 같았다. 요긴하게 쓰고 수명이 다하면 버려질, 그저 그런 물건 같은 것. 그는 서재이를 아끼는 게 아니라 자신에게 주어진 물건을 잘 활용하는 중이었고, 본인에게 쏟아질 견제의 화살을 서재이에게로 돌리기 위해 대외적인 자리에서 유난스레 굴었던 것이었다. 덕분에 그의 계획대로 이 집안의 모든 원망과 증오를 떠안고 살아야 했던 서재이. 지금 와서 한 가지 신경 쓰이는 사실이 있다면….

서재이는 이 사실을 알고 있었을까. 다시 생각해 보니 서 회장이 나서서 감싸줄 때마다 서제이는 웃으려고 노력했던 것 같다. 잘 들어 올려지지도 않는 입꼬리를 끌어당겨, 필사적으로.

"하아…."

325

흐린 숨을 내뱉은 태환은 서 회장을 떨리는 눈빛으로 바라보았다. 서 회장은 이런 얘기가 대수롭지도 않은 듯 다음 골프공을 고르는 데 여념이 없었다. 그러면서 꺼내놓는 목소리는 나직하지만 단호했다.

"내가 이런 말을 왜 너에게 털어놓는 건지, 알 거라 믿는다. 너는 눈치가 빠른 아이니까."

"…."

"빠른 시일 내에 되돌려 놓거라. 그 애가 태어난 본분을 다할 수 있도록, 원래 있던 그 자리에."

이건 회유가 아니라 명령이라는 걸 알고 있다. 하지만 이상하게 입이 떨어지질 않았다. 서재이를 이대로 놓아주는 것이 싫어서는 아니었다. 다만….

'아무리 발버둥 쳐도 그의 장기짝밖에 되지 못하는 운명이 나와 별반 다르지 않구나. 내가 긴 시간 동안 증오하고 시샘했던 너도.'

태환은 혼란스러운 감정을 얼굴에서 싹 지우고 다시 한번 서 회장에게 허릴 숙였다.

"…돌아가 보겠습니다."

서 회장은 그 인사에 눈인사 한번 없이 잠시 중단했던 골프를 이어 나갔다. 아무리 애를 쓰고 노력해도, 이 순간 핀 위에 올려진 골프공보다 이목을 끌지 못하는 존재.

이다음에 죽도록 미워해야 할 건 저 공이 되려나.

거지 같은 현실을 뼛속까지 실감한 태환의 입술 새로 헛웃음이 샜다. 물론 습관처럼 그를 외면하는 서 회장은 그 눈에 서린 독기조차 발견하지 못했지만.

"아… 저녁 먹을 때 지났네. 주원 씨는 제대로 챙겨 먹기나 했나?"

침대 위에 길게 누운 도담은 자나 깨나 주원 걱정뿐이었다. 오늘 미련이 뚝뚝 떨어지는 걸 보고 헤어져서 그런가, 아직도 눈앞에 그의 서운한 표정이 어른거리는 듯하다. 잠시 고민하던 도담은 이젠 익숙해진 그의 번호로 전화를 걸었다. 짧은 통화 연결음 끝에 들려오는 목소리는 겨우 몇 시간 떨어져 있었으면서도 괜히 반가웠다.

—무슨 일이야.

"주원 씨, 저녁 먹을 때 됐길래 잘 챙겨 먹나 궁금해서 전화했어요. 집 냉장고 텅텅 비어있지 않아요?"

—오는 길에 된장찌개 끓이려고 두부 사 왔어. 원래 진작 먹었어야 했는데 짐 정리가 지금 끝나서 식사가 늦었네.

"그새 짐 정리를 다 했어요? 나는 낮잠 자고 일어난 지 얼마 안 됐는데."

—이것도 근무야. 집에 갔다고 풀어져 있지 말고 내일 출근할 준비나 해.

누가 일에 미친 사람 아니랄까 봐. 주원은 숨 돌릴 틈도 없이 제 할 일부터 끝내둔 모양이었다. 어제도 제대로 못 잤으면서, 이 남자의 계획은 하루도 어긋나는 법이 없다. 원래 같았으면 그런 그가 존경스러웠을 테지만, 지금 도담은 팀장님의 일 처리 능력보다도 연인의 몸 상태가 더 신경 쓰이는 입장이었다.

"쉬어가면서 해요. 하루쯤 느긋하게 군다고 누가 잡아먹나?"

도담이 애교 섞인 목소리로 툴툴거렸다. 그녀가 무슨 표정을 짓고 있을지 훤히 보이는 주원은 능글맞은 말투로 그녀를 놀렸다.

—아까는 하나도 안 아쉬운 척하더니, 막상 헤어지니까 내가 많이 보고 싶은가 봐.

약 오르기는 해도, 사실은 사실로 인정할 수밖에 없었던 도담은 씩씩한 목소리로 대답했다.

"사랑하는 사람인데 당연히 많이 보고 싶지. 숨 쉴 때마다 보고 싶어 하는 중이니까 내일 회사에서 만나면 반갑게 인사해 줘요."

—반갑게? 어떻게?

"맨날 그랬던 것처럼 뚱한 표정으로 고개만 까딱하지 말고, '우리 도담이 왔어?' 하면서 다정하게 안아달라고요."

천하의 기주원이 해주지 않을 걸 알면서 장난스럽게 건네보는 부탁이었다. 물론 기주원 성격에 절대 못 할 일이라는 건 알지만, 그래도 연인 사이가 됐으니 주변 사람들에게도 은근슬쩍 티 내고 싶은 마음이었다.

하지만 돌아오는 주원의 대답은 기대와는 영 달랐다.

—아, 잠깐만. 물 끓는다. 이따 전화할게.

뚝.

언제 닭살스러운 대화를 나누었었냐는 듯이 어이없게 끊겨버렸다. 역시 이 남자에게 애정 표현을 바라는 건 욕심이었나 보다. 내일 회사에서 만난다 해도 전과 다를 바 없이 딱딱하게 굴게 분명하다.

그게 아쉽기는 해도, 한편으로는 그런 그를 좋아했던 도담은 씨익 미소 지었다.

"그래도 이 정도면 크나큰 발전이지."

전화가 끊어진 휴대폰을 내려다보던 도담은 한 글자 한 글자에 사랑을 담아 주원에게 메시지를 적었다.

[밥 맛있게 먹어요! 이따 자기 전에 또 전화할게요! 쪽쪽!]

그렇게 달콤한 멘트로 식사 인사까지 보내고 나니, 불현듯 한 사람이 떠오른다. 알아서 잘 챙겨 먹는 누군가와 달리, 따라다니면서 끼니를 걱정해 줘도 식사를 거르기 일쑤였던 그 사람. 신경 쓰이는 일이 있으면 더 입을 꾹 닫고 아무것도 안 먹는 사람인데….

"재이 씨는… 끼니 안 거르고 있으려나."

이제 더는 연락할 방법이 없어 흔한 안부조차 묻지 못하지만, 도담에게 재이는 여전한 걱정거리였다. 비록 떠올릴 때마다 가시처럼 깊이 박힌 죄책감이 그녀를 괴롭히긴 해도, 항상 가슴 한편에 묻어두고 살 수밖에 없는 존재였다.

지금은 그의 안녕을 바랄 자격조차 없지만 언젠가는 다시 편히 인사할 수 있게 되길 바라며, 도담은 재이만이 알고 있는 업무용 휴대폰을 가만히 들여다보았다. 오늘따라 유독 재이의 우는 얼굴이 생생하게 떠올랐다. 괜히 지금도 울고 있을까 봐 불안하게.

## 후회하기 싫어서
## 결혼하려고

"아이고, 도담아! 드디어 여기로 컴백했구나!"

자동문 사이로 들어오는 도담을 본 혜인이 한달음에 달려와 그녀를 끌어안았다. 이게 도대체 얼마 만에 보는 건지. 한때는 종이와 펜처럼 딱 붙어있던 사이였는데, 외근하는 동안에는 연락도 제대로 못했었다.

"언니! 잘 지냈어? 그동안 아무 일 없었고?"

도담은 극성스럽게 반기는 혜인을 마주 안으며 물었다. 그러자 혜인은 괜히 눈가를 닦는 척하며 능청스레 대답했다.

"아무 일 없었긴! 너 그리워서 죽을 뻔했지! 내가 너 아니면 같이 팀장님 까낼 사람이 있니, 아니면 점심시간에 몰래 코인 노래방 갈 사람이 있니."

"그럼 그동안 노래방 한 번도 안 갔던 거야?"

"아니, 혼자 가서 제대로 당겨주고 왔지. 팀장이 뭐라는 줄 알아? 점심때마다 혹시 코스 요리 먹고 오는 거냐고 하더라."

"하하하, 진짜 못 말려."

한동안 연락을 못 하고 지냈어도 혜인은 꼭 어제 만난 사람처럼 익숙하게 그녀를 대했다. 덕분에 오랜만에 돌아온 산업보안부는 그저 편안했고, 주말 뒤에 찾아온 월요일 아침과 별반 다르지 않게 느껴졌다.

"오늘 노래방은 내가 동행할게. 걱정하지 마."

도담은 좋은 친구의 소중함을 절실히 느끼며 제 자리로 향하려 했다. 하지만 혜인은 그녀가 한 발짝 움직이기도 전에, 그녀의 팔목을 덥석 붙잡았다.

"잠깐 잠깐! 물어볼 거 있어."

"물어볼 거?"

"이리 와봐. 얼른."

혜인은 도담을 사무실 밖 엘리베이터 앞으로 데려갔다. 도담은 대체 무엇 때문에 그러냐는 표정으로 혜인을 말똥말똥 쳐다보았다. 그러자 혜인은 그런 그녀보다 사무실 안쪽을 더욱 신경 쓰며 속삭이듯 물었다.

"너 중대 사업은 어떻게 됐어?"

"중대 사업이라니?"

"왜 모르는 척을 해! 성격 파탄 난 일벌레랑 무려 썸이라는 걸 타고 있었잖아!"

"아아… 그거…."

맞다. 이 사람은 한창 실랑이할 때 이후로 우리 소식을 못 들었지.

잠시 고민하던 도담은 혜인에게 더 가까이 다가오라는 손짓을 했다. 혜인은 별 의심 없이 귀를 가져다 댔고, 도담은 그녀에게 솔직하게 털어놓았다.

"연애는 되게 짧았어."

"어머, 사귄 거야?"

"응. 사귀었지. 그리고 얼마 안 돼서…."

"하유, 내가 이럴 줄 알았지."

도담의 말은 아직 끝나지 않았건만, 혜인의 얼굴에 짙은 그림자가 드리워졌다. 단번에 찌그러진 그녀의 미간은 무언가를 오해해도 단단히 오해한 게 틀림없었다.

"내가 그럴 줄 알았다, 그 인간."

"그럴 줄 알았다니?"

"딱 봐도 여자한테 지지리도 못할 스타일이잖아. 그런 놈한테는 차였다고 상처받을 필요도 없어!"

"내가 차였다고 생각하는 거야?"

"그럼, 뭐. 차인 거 아니면 차이듯이 찼나?"

아니나 다를까. 혼자 멋대로 결론지어버린 혜인은 주원과의 관계에 일말의 기대도 없어 보였다. 도담은 그녀에게 얼른 해명하려 했으나, 때마침 눈에 들어온 얼굴 때문에 홀랑 정신을 빼앗겨 버렸다.

"어…?"

그러나 본인 이야기에 너무 심취한 혜인은 입을 멈추지 않았다.

"야야, 기주원 그놈 싹 잊어. 너도 할 만큼 했어. 여자가 자존심이 있지. 평생 그런 성격 파탄자 뒤만 졸졸 따라다닐 거야?"

"어, 언니… 잠깐만…."

"아마 기주원도 평생 후회할 거다. 이렇게 매력 넘치는 여자를 뻥뻥 차버린 거."

"아니, 그게 아니고…."

"아, 차이듯이 찬 거라고 했나? 그럼 너한테 못 할 짓만 한 거 평생 후회하라고 하지. 뭐!"

그리 말하는 혜인은 금방이라도 기주원에게 꿀밤이라도 먹일 기세였다. 하지만 그럴 필요는 없었다. 그녀가 그렇게나 부르짖는 성격파탄자는 다름 아닌 그녀 뒤에 있었으니.

"…후회하기 싫은데."

"꺄악! 깜짝이야!"

바로 뒤에서 들려온 저승사자 같은 목소리에 진심으로 놀란 혜인이 경기를 일으켰다. 그러거나 말거나, 특유의 예민하고 까탈스러운 표정으로 그녀를 바라보는 주원은 이미 뿔이 나있었다.

"그 팀 아침 조회할 때 안 됐습니까?"

"기, 기 팀장님…."

"회의 준비하기에도 빠듯한 시간일 텐데, 김혜인 씨는 새벽 서너 시쯤부터 출근했나 봅니다."

"저기… 방금 들으신 말은 팀장님이 아니라 귀주원이라는 제 친구 얘기인데요…."

몹시 당황한 혜인은 사색이 된 얼굴로 변명하려 했다. 그 말을 흘려 듣던 주원은 도담과 눈이 마주치자 싱긋 입꼬리를 올려 미소 지었다.

그리고 꺼내는 목소리는 미소보다도 달콤했다.

"우리 도담이 안녕?"

애정이 가득 담긴 기주원의 아침 인사였다. 어제 농담 반 진담 반 섞어 전화상으로 부탁하긴 했다만….

'그걸 여기서 이런 식으로 한다고? 진짜?'

당황한 도담보다 더 당황한 혜인이 휘둥그레진 눈으로 두 사람을 번갈아 보았다. 많은 설명을 필요로 하는 듯한 얼굴이었다. 도담은 그런 그녀를 바라보며 어색하게 미소 지었고, 뒤늦은 결혼 발표를 수줍게 털어놓았다.

"그렇게 됐어."

"뭐가 그렇게 돼…?"

"연애 기간이 엄청 짧긴 하지만… 결혼하려고! 우리!"

"뭐? 결… 뭐?"

어찌나 크게 소리를 질렀는지, 사무실 안에 있던 직원 몇몇도 유리 문 바깥쪽을 흘끔 바라보았다. 아직 만천하에 열애 사실이 공개되는 게 부끄러웠던 주원은 괜한 헛기침으로 주위를 분산시켰다. 그리고 는 혜인에게만 들릴 만큼 낮은 목소리로 말했다.

"결혼하고 나면 와이프 친언니라고 생각하고 대우할 테니까 편하게 제부라고 부르세요."

"어머나, 부담스러워라…."

"곧 편해지겠지. 앞으로 도담이 만나려면 나도 봐야 할 텐데."

내가 저 인간 때문에 못 살아, 정말.

부끄러워서 사람들한테 결혼 소식도 제대로 못 전할 거라 생각했던 기주원은 생각보다 제 사랑에 당당했다. 덕분에 그의 몫까지 수줍어진 도담의 얼굴만 터질 듯이 붉어졌다.

* ◆ *

한때는 집보다 더 정겹게 느껴졌던 사무실이었다. 하지만 오래간만에 돌아온 이곳은 남의 공간이 아닐까 싶을 만큼 어색했다. 하긴, 벌써 사 년째 살고 있는 주원의 아파트도 마찬가지였다. 어제 현관문을 열고 딱 들어갔을 때, 느낀 공허함이 얼마나 낯설게 느껴지던지. 벌써부터 혼자 있는 걸 못 견뎌서 결혼까지 어떻게 버틸까 싶다.

주원은 흔치 않은 미소를 입가에 머금은 채 입고 온 정장 재킷부터 걸었다. 그러고는 들뜬 마음도 뒤로하고 오늘의 업무를 준비해 보려던 그때 노크도 없이 사무실 문이 열리며, 계 부장이 격한 걸음으로 들어왔다. 잔뜩 성이 난 그의 얼굴을 보니 무슨 일이 있어도 있는 모양이었다.

"어쩐 일이십니까."

주원은 그런 그에게 표정을 굳히고 물었다.

그러자 계 부장은 문을 쾅! 닫아두는가 싶더니, 소매를 걷어붙이며 본격적으로 분노를 표현하기 시작했다.

"어쩐 일? 내가 개망나니한테 협조하게 만들어놓고 어쩐 일!"

"무슨 말씀이신지 자세하게 말씀해 주시겠습니까. 이런 식의 감정적인 표현은 전하고자 하시는 말씀이 하나도 전달되지 않습니다."

주원의 침착한 대답에 계 부장은 헛웃음을 내뱉었다. 그러고서 그의 책상 위에 내던지듯 꺼내놓는 것은 몇 장의 사진과 보고서였다.

"이게 뭐길래…."

그때까지만 해도 별 감흥 없었던 주원은 사진 속 얼굴을 확인하자마자 딱딱하게 굳어버렸다.

도담이 술에 취한 채 재이의 집에서 나오는 사진, 도담이 재이와 바에서 이야기를 나누는 사진, 재이의 차에 자연스럽게 올라타는 도담의 사진, 아무도 없는 길가에서 서로를 꼬옥 마주 안고 있는 두 사람의 사진…. 족히 열 장은 되어 보이는 도담과 재이의 사진은 하나같이 의미심장하게 보였다.

계 부장이 무엇을 오해하고 있는지 그제야 똑똑히 파악한 주원은 사색이 된 얼굴로 해명부터 꺼내놓았다.

"이건 사실과 다릅니다."

"너는 그렇게 얘기할 줄 알았다. 그런 식으로 잘못을 피할 수 있을 것 같아? 양은화 팀장이 그동안 서재이랑 온도담 사이에 무슨 일이 있었는지 윗선에 보고까지 했어!"

그녀가 보고하는 자리에 있지 않았지만, 그녀가 무슨 헛소리를 늘어놓았을지는 불 보듯 뻔했다. 주원은 답답함을 가득 담아 계 부장을 사납게 내려다보았고, 다소 격양된 어조로 따져 물었다.

"그렇게 말씀드렸는데도 양은화 팀장님의 보고서를 믿는 겁니까?"

"내가 분명히 말했지! 나는 누군가의 편을 드는 게 아니라 중립을 지키는 거라고!"

"지금은 중립을 지켜야 할 상황이 아닙니다! 양 팀장님이 왜 이런 구설수까지 만들어내는지, 정말 의도를 모르시겠습니까!"

"니가 그렇게 나올까 봐 사진이 조작된 건 아닌지 뒷조사까지 했어! 이 두 것들이 다닌 곳들 CCTV까지 확인하고 다른 목격자들 중인까지 확보했다고! 이래도 다 거짓말이라고 할래?"

"악의적인 해석이 문제지, 이게 원본인지 아닌지는 중요하지 않습니다!"

"그게 왜 안 중요해! 왜! 밤낮없이 서재이 집 들락날락 거리고, 끌어안고, 데이트하고! 이걸 붙어먹은 거 아니면 뭐라고 해석해야 하냐!"

흥분한 계 부장이 고래고래 내지르는 언성에, 밖에 있는 직원들의 이목까지 사무실로 집중되었다. 몇몇은 수군거리기까지 하는 걸 보니, 이런 식으로라면 사내에 악성 루머가 퍼지는 건 순식간 일 듯했다.

"하아… 미치겠네."

궁지에 내몰린 주원은 정갈하게 올린 머리를 흩트리며 깊은 한탄을 내뱉었다. 그걸 본 계 부장이 가슴을 내리치며 소리쳤다.

"내가 미치겠다. 내가 미치겠어! 너희들 때문에!"

계 부장은 욕설을 한 바가지 쏟아부은 후에야 다시 사무실 문 쪽으로 몸을 틀었다. 보기 싫은 사진들은 챙겨가지도 않은 채였다.

"어쨌든 이번 일은 확실하게 책임을 물을 거야! 각오해 둬!"

사무실을 박차고 나가기 전, 주원의 눈을 똑바로 바라보며 내뱉은 계 부장의 매서운 협박.

쾅!

요란한 소리와 함께 문이 닫히자마자, 주원은 책상 위에 있는 사진

들을 한 손에 쥐고 힘주어 구겼다.

차라리 나를 괴롭히고 나를 욕보일 것이지.

아무 힘도 없는 신입을 두고 몹쓸 짓을 벌이는 양 팀장은 연인 관계를 떠나 인간적으로 용서할 수 없다. 도대체 무엇이 정의롭던 그녀를 괴물로 만들었는지, 이젠 이해해 주지도 못할 것 같다.

수많은 덫과 함정들이 오직 도담만 죽일 듯이 공격하는 이 비겁한 싸움. 그녀 혼자 전장으로 내몬 것 같은 기분에, 주원의 가슴이 더욱 더 착잡해졌다.

<br>

* ◆ *

<br>

이곳에 갇힌 지 얼마나 지났더라. 딱히 계산을 안 해봐서 정확히는 모르겠다. 하지만 아직 더 심한 곳으로 넘기질 않는 걸 보면, 내게서 뽑아내야 할 게 더 있는 모양이다.

재이는 작은 창 앞에 의자를 두고 앉아 네모난 하늘만 멍하니 바라보고 있었다. 이건 재이가 시간을 흘려보내는 방법이었다. 미세하게 바뀌는 하늘만 할 일 없이 올려다보며, 그는 담담하게 자신의 끝을 준비하곤 했다. 아마 긴 조사가 끝나면 공식적인 법적 절차가 진행되겠지. 써먹을 빼도 없는 지금이라면, 꽤 많은 형량을 받게 될지도 몰라. 그리고 나서 출소할 때면, 나는 이미 서윤택 회장에게 그 어떤 가치도 남아있지 않을 텐데.

'난 이렇게 정말 혼자가 되어버리는 걸까. 찾아갈 사람도 없고, 찾아주는 사람도 없고, 내가 죽는다 해도 알아줄 사람 하나 없는 완벽

한 혼자가….'

한평생 '살아남는' 법만 배워왔던 재이는 혼자 '살아가는' 일엔 자신이 없었다. 그래서 기생충 취급을 받더라도 서씨 집안에서 버텼던 것이지만, 고독은 결국 제 주인을 찾아오듯 성큼성큼 재이의 눈앞으로 다가와 버렸다.

하지만 재이는 겁을 먹기보다는 애써 의연해지기로 했다. 지금의 고통을 내가 다 떠안는다면 그녀는 다 괜찮을 테니까. 적어도 나는 그렇게 믿고 있으니까. 재이는 결백한 그에게 떨어진 잔인한 형벌을 어떻게든 견뎌보려 한다. 그것이 한때 나에게 희망이 되어주었던 그녀를 위한 마지막 선물이다.

"도담이는 괜찮을까…."

재이는 안부를 물을 수도 없는 그녀를 떠올리며 한숨을 내쉬었다. 그렇게 흘러가는 구름만 바라보고 있던 그때. 굳게 닫혀있던 유치장 문이 열렸다. 슬쩍 시선을 둔 그곳에는 재이를 이송하던 보안요원 몇 명이 입구를 지키고 서있었다.

"면회가 있습니다."

그들의 용건은 언제나 재이를 취조실로 데리고 가는 것이었으나, 오늘만큼은 달랐다.

"면회…요?"

처음 겪어보는 방문객의 소식에 재이의 표정에 불안이 어렸다. 이런 상황에서 그를 찾아올 사람은 아무리 생각해도 그녀밖에 없었기 때문이다.

"오늘은… 아무도 만나고 싶지 않아요."

재이는 혹시나 도담을 보고 마음이 약해져 버릴까 싶어, 단호하게 거절했다. 하지만 보안요원은 그 말을 들었으면서도 안으로 들이닥쳤고, 가만히 앉아있는 재이의 손목을 붙잡아 올렸다.

"서재이 씨가 거절할 수 있는 상대가 아닙니다. 일단 나가서 입을 닫고 있든, 어쩌든 마음대로 하세요."

기어이 재이에게 수갑을 채운 보안요원은 강압적인 태도로 그를 일으켜 세웠다. 그들에게 저항할 힘도 남아있지 않았던 재이는 순순히 일어나 주는 대신, 지금부터 입을 꾹 닫았다.

절대 무너지지 말아야지. 절대 흔들리지 말아야지. 아무리 그녀가 욕심나도 티 내지 말아야지. 수없이 다짐하고 또 다짐하며.

머지않아 도착한 면회실. 재이는 입구에서부터 고개를 푸욱 숙인 채, 보안요원의 손길에만 의존해 자리를 찾아 앉았다. 맞은편에서부터 느껴지는 누군가의 시선은 재이의 마음을 무겁게 짓누르는 듯했다. 재이는 숨소리까지 죽인 채 그 사람이 먼저 말문을 열기를 기다렸다.

"고개 들어. 죄지었어?"

이윽고 들려온 목소리는 예상치 못한 남성의 음성이었다. 놀란 재이는 흔들리는 눈빛 그대로 고개를 들어 올렸고, 유리벽 너머에 앉아있는 그를 시선에 담았다.

"형…?"

떨리는 재이의 부름에, 태환은 가라앉은 시선으로 본론부터 꺼내놓았다.

"너한테… 해줄 말이 있어서 왔어."

"…."

"나도 내가 왜 이러는지 모르겠으니까 자세한 건 묻지 말고 그냥 듣기부터 해."

"형… 여긴 왜….'

보고도 믿기지 않는 그 사람은 분명 태환이었다. 재이와 한 공간에 있는 것 자체를 끔찍이도 싫어해서, 먼저 찾아가지 않는 이상 좀처럼 얼굴 보기가 힘들었던 사람. 그런 그가 직접 자신을 찾아온 건 이번이 처음이었다. 예상치 못한 형의 등장에 잠시 얼어붙었던 재이는 이내 이성을 되찾고 그에게 차분히 말했다.

"혹시 내가 고집부리고 있을까 봐 걱정돼서 온 거면 그럴 필요 없어. 나 최선을 다해서 협조 중이야. 내가 저지른 짓들, 저지르려고 했던 짓들…. 하나도 빠짐없이 다 털어놓고 있어."

"…."

"그러니까 형은 아무 걱정하지 말고…."

하지만 그 말이 다 끝나기도 전에 태환은 다시 입을 열었다.

"나는 니가 싫어."

아는 얘기였다. 그것도 가슴 아플 만큼 똑똑히. 그래서 아무 대답도 하지 않았더니, 태환은 고해성사하듯이 자신의 진심을 꺼내놓기 시작했다.

"갑자기 내 인생에 끼어들어서 쑥대밭을 만들어놓은 것도, 뻔뻔하게 이 집안의 한 자리를 차지하고 앉은 것도, 이런 내 속을 알면서 계속 웃는 낯짝으로 다가오려 하는 것도…."

"…."

"정말 끔찍하게 싫어. 할 수만 있었다면 벌써 수백 번도 넘게 너의 목을 졸랐을 거야."

그의 저주는 언제 들어도 고역이었다. 그가 눈을 똑바로 마주한 채 이런 얘기를 꺼낼 때마다 재이는 서러움이 복받쳐 오르는 듯했다. 그래서 한때는 야속한 형을 불편해하기도 했으나, 머리가 자랄 대로 자란 지금은 확실히 알고 있다. 미움받는 사람보다 미워하는 사람의 인생이 더욱 고통스럽다는 것을.

"알아. 전부 다."

재이의 대답을 들은 태환이 미간을 좁혔다. 하지만 재이는 굴하지 않고 말을 이어나갔다.

"만약 나한테 시간을 돌릴 수 있는 능력이 있었다면, 이 집안사람들 앞에 나타나지 않았을 것 같아. 나 하나 나타났을 뿐인데, 힘들어하는 사람이 너무 많잖아."

"…."

"그런데 나한테는 그런 능력이 없으니까… 계속 날 미워해도 돼. 그렇게 해서 언젠가 형의 상처가 나을 수만 있다면 난 수백 번 목이 졸려도 상관없어."

이건 태환에게 가증으로밖에 안 보일 말들이었다. 하지만 누가 뭐라 해도 재이의 진심이었고, 이뤄질 수 없는 그의 바람이기도 했다. 원치 않게 상처가 되어버린 재이가 형에게 해줄 수 있는 건, 그의 증오를 오롯이 견뎌내는 것뿐이었으니.

"하아…."

태환은 깊은 한숨만 내쉴 뿐, 언제나처럼 말이 없었다. 재이는 그런 그를 응시하며 언제나처럼 비수 같은 악담을 기다렸다. 그러나 아주 오랜 침묵 끝에 그가 꺼내놓은 말은 전혀 예상치 못한 것이었다.

"…구해줄게. 내가 너를."

똑똑히 듣고도 믿기지 않는 그의 제안에 잠시 재이의 숨이 멎었다. 그래서 떨리는 눈으로 태환의 얼굴만 보고 있으니, 그는 마른침을 삼키며 목소리를 정리하고는 납득하기 힘든 얘기를 이어나갔다.

"니가 빠진 함정이 무엇이건, 누가 밀어 넣었건 간에… 너 구해내는 데 내 힘을 다 바칠게."

"형…."

"적어도 나만큼은 너의 결백을 알고도 모른 척하지 않겠다고, 그 말 하러 왔어."

태환의 입에서 나온 '결백'이라는 단어는 재이를 혼란스럽게 만들었다. 그동안 간절하게 매달려 애원해도 좀처럼 들어주지 않던 그였는데, 도대체 무엇이 태환을 진실 앞으로 이끌어준 건지…. 갑작스럽게 다가온 변화에 적잖이 당황한 재이는 섣불리 어떤 대답도 하지 못하고 그대로 굳어버렸다.

태환은 그런 재이에게 가장 중요한 말을 꺼내놓았다.

"그 대신 조건이 있어. 니가 가지고 있는 운성 준공업 주식을 다 나한테 넘겨."

"주식…?"

"그래, 회장님이 대외적으로 너에게 준 주식들. 그 외에도 받은 게 있다면 전부 다 내 앞으로 옮겨줘."

"그걸 왜…."

"단도직입적으로 말할게. 앞으로 니가 회장님의 수하가 아니라 나의 뒤에 있었으면 좋겠어."

재이의 눈동자가 의아함으로 물들었다. 불안하게 떨리는 눈동자를 보니, 이 상황을 어떻게 받아들여야 할지 아직 판단이 서지 않는 모양이다. 하지만 태환은 이런 반응을 각오했다는 듯이 자신의 속마음을 솔직하게 털어냈다.

"알아, 내 말이 어떻게 들릴지. 지금 너의 눈엔 내가 욕심에 눈멀어서 날뛰는 거로 보이겠지."

"…."

"그런데 이게 니가 사람답게 살 수 있는 유일한 방법이야. 서 회장이 너한테 쥐여준 게 있다면, 정말 좋은 것이든, 허울만 그럴싸해 보이는 것이든 전부 다 나한테 떠넘겨."

"…."

"그리고 제발 구걸하지 말고 사람답게 살아. 어차피 태어난 목숨인데, 한평생 누군가의 미끼 노릇만 하는 건 너무 비참하잖아."

사람답게 살라는 그 말이 주제넘은 참견이라는 걸 태환은 너무 잘 알고 있었다. 그동안 똑바로 봐준 적도 없었고, 단 한 번도 도구로 이용되는 삶에 관심을 둔 적도 없었고, 정말 단 한 번도 사람 대 사람으로 대해준 적이 없었던 형이니까. 지금의 관계라면 결백을 믿는다는 얘기도, 사람답게 살라는 얘기도 그가 가진 것을 빼앗기 위한 수작으로만 비칠 게 분명했다. 그러나 아무리 밤새워 고민해 봐도 시작부터 뒤틀려버린 운명의 악순환을 끊어내기 위해선 이 방법밖에 없었다.

태환은 제 진심을 보다 똑바로 전하기 위해 힘겹게 다짐한 결심을 꺼냈다.

"그렇게만 해준다면 너의 인생은 내가 끝까지 책임질게."

"형…."

"사랑해 주진 못해도… 적어도 너를 싫어하진 않을게."

스스로가 생각해 봐도 염치없는 딜. 하지만 본인조차 믿기지 않은 그 마음이 태환의 진심이었다.

나는 아버지처럼 살기 싫어. 욕망에 눈이 멀어서 매번 인간성을 져버리는 선택만 하는 짐승 새끼가 되고 싶지 않아. 내 몸에 흐르는 그의 피가 아무 소용 없도록 그와는 다른 인생을 살 거야. 그러니까… 아버지가 본인 목숨 부지하기 위해 널 이 빌어먹을 전장에 내보낸 거라면, 가진 무기를 전부 다 내려놓고 나에게로 와. 나는 적어도 널 나의 방탄복으로 이용하진 않을 테니, 아무리 내가 자격 없는 형이라도 나의 뒤에 숨어.

'이 말을 해주고 싶은데… 아직 나도 제대로 정리하지 못한 이 감정이 너에게 전해지기나 할지.'

착잡한 태환을 더 불안하게 만들 작정이라도 했는지, 재이는 가만히 작은 숨만 내쉴 뿐 한동안 대답이 없었다. 둘 사이에 흐르는 침묵은 단두대에 걸린 칼날처럼 무겁고 아슬했다. 태환은 무거운 공기를 버텨내지 못하고 고개를 떨구었다. 그렇게 선고를 기다리는 죄수처럼 얼마나 기다렸을까.

"하…."

유리벽 너머에서 울음기 가득한 재이의 숨소리가 들려왔다. 처음엔 어떻게든 버텨보려는 듯 눈가에 매달려 있다가, 이내 주체할 수 없을 만큼 뚝뚝 떨어지는 눈물은 그동안 재이가 억눌러 놓았던 설움 같았다. 그게 억울함인지 서러움인지 알 수 없었던 태환은 한 번 더 그를 설득해 보려 했다.

"물론 날 못 믿겠지만 원한다면 공증이라도…."

순간, 태환을 똑바로 바라본 재이가 떨리는 입술을 열었다.

"처음이야. 그 말…."

"뭐…?"

"내 인생을… 끝까지 책임져 주겠다는 말."

그 말을 다 내뱉을 때쯤 재이의 울음소리는 처절하게 느껴질 만큼 거세져 있었다. 누군가가 나약함을 이토록 생생하게 목격한 적이 없었던 태환은 여러 감정이 뒤섞인 눈빛으로 무너진 재이를 마주 보았다. 그러나 재이는 약점 따위 감출 필요도 못 느끼는 사람처럼, 흐르는 눈물을 닦아내지도 않고 말을 이었다.

"형이 원하는 건 다 해줄게. 시키는 건 다 할게. 내 인생 책임 안 져 줘도 되고, 나 억지로 좋아하지 않아도 돼. 그냥 딱 하나…."

"…."

"제발 날 혼자 두지 마…."

떨리는 재이의 손이 유리벽을 붙잡았다. 닿을 수 없다는 걸 알면서도 애타게 뻗어 나온 그 손은 태환의 오랜 아집도 부숴버릴 만큼 안쓰러웠다.

태환 역시 처음이었다. 그 손을 잡아주고 싶었던 적은. 형편없이 울고 있는 재이를 안아주고 싶었던 적도 이번이 처음이다. 아버지의 말이 다시 떠올랐다.

'너의 가장 큰 단점은 사람이 너무 강직하다는 거야. 누군가와 타협도 않고 적당히 물러설 줄도 모르고, 빈틈없이 단단하게 너 자신을 옥죄며 살지.'

'그런데 말이다. 단단한 것일수록 더 형편없이 부서진다는 거 알아? 단 한 번의 균열이면 돼. 너도 눈치채지 못할 아주 작은 균열.'

'너의 안에 그 균열이 생기는 순간, 너는 손 쓰지도 못하고 두 쪽으로 쩌억 갈라지고 말 거야.'

역시 빌어먹을 노인네가 통찰력 하나는 귀신 같다. 그가 미처 짚어내지 못한 게 있다면, 내 안의 단단한 벽이 부서지는 이 순간의 느낌이 그리 끔찍하진 않다는 것이었지만.

태환은 크게 숨을 고르는 것으로 재이의 아픔에 대한 위로를 대신했다. 그리고 그의 볼품없이 젖은 눈을 똑바로 바라보며 입을 열었다.

"기다려. 내가 다시 널 찾아올 때까지."

"형⋯."

"많은 시간이 필요하진 않을 거야. 지금부터 널 빼내는 데에만 총력을 기울일 테니까."

그러자 기다렸다는 듯 고개를 끄덕이는 재이는 처음 만났을 때의 어린아이로 보였다. 존재했다는 사실 자체가 너무 끔찍해서 태환이 떠올리는 것조차 싫어했던. 너무 나약해서 남들의 비위를 맞추는 것밖에 할 수 있는 일이 없었던, 가엾고 서러웠던 그때의 서재이로.

"도담아! 온도담!"

점심시간이 막 끝난 오후, 혜인이 사색이 된 얼굴로 도담의 자리에 찾아왔다. 늘어놓았던 서류를 정리 중이던 도담은 어리둥절한 표정으로 혜인을 맞이했다.

"누구한테 쫓기는 중이야? 왜 그렇게 헐레벌떡 와?"

그녀의 물음에 혜인은 난처함 가득한 표정으로 한숨을 푸욱 내쉬었다.

"하아… 반응 보니까 너 아직 모르나 보구나."

"무슨 일인데 그래."

"기지배야, 너 지방으로 전근 가게 생겼어…."

"뭐? 내가?"

갑작스러운 소식을 들은 도담의 눈동자가 휘둥그레졌다. 정직원이 되고 산업보안부에 배정된 지 일 년도 안 된 이 시점에 발령이라니. 말도 안 되고 부조리한 처사였다.

주동자가 누구인지 어렵지 않게 추측해낸 도담은 최대한 침착하게 되물었다.

"그 말, 어디서 들었어?"

"회의실에 자료 심부름 갔다가 우리 팀장이랑 3팀 팀장이랑 얘기하는 거 들었어. 그러기로 하고 국장한테 보고 넘기러 간대."

"3팀 팀장이면… 양은화 팀장님?"

"응. 그분 너랑 사이좋지 않았어?"

좋았었다, 한때는. 주원이 유일하게 호의적으로 대하던 선배이기도 했고. 하지만 지금은 적수일 뿐이었다. 그녀와 싸워야 하는 도담인 이런 소식에 일일이 반응하기보단 이성적으로 의연해지기로 했다.

도담은 돌아가는 상황을 하나도 이해하지 못한 혜인부터 진정시키려고 했다. 그러나 입술을 막 떼어내기가 무섭게 팀장실 문이 쾅 앙 소리와 함께 열리며 극도로 흥분한 주원이 성큼성큼 방을 빠져나왔다. 바람 앞의 촛불처럼 흔들리고 있는 그의 눈동자를 보니, 무슨 일 때문에 이러는지 충분히 알 수 있을 것 같았다.

"팀장님….".

그런 그를 걱정스럽게 바라보던 도담은 벌떡 자리에서 일어났다.

"언니, 미안한데 나중에 얘기하자!"

"어, 어디 가! 너 뒤집어엎으러 가는 거 아니지?"

"뒤집어엎으러 가는 사람은 내가 아니라…. 어쨌든 나중에 다 설명할게!"

도담은 당황한 혜인을 뒤로한 채 주원이 나선 길을 그대로 따라나섰다. 주변 사람들은 다급한 두 사람을 의아한 시선으로 바라보았지만, 한 번 수틀리면 위아래 안 가리는 그의 성격을 잘 아는 이상 가만있을 수만은 없었다.

"팀장님! 기 팀장님!"

애타게 그를 부르며 달려간 곳에는 마침 엘리베이터에 올라타는 주원이 있었다. 도담은 전속력으로 달려가 아슬아슬하게 엘리베이터 문을 붙잡았고, 가쁜 숨이 섞인 목소리로 주원을 말렸다.

"어디 가요. 혹시 내가 생각하는 짓 하러 가는 거면 가지 마요."

"…."

"지금 이렇게 감정적으로 행동할 때 아니에요! 가서 뒤엎어봤자 팀장님한테만 불똥 튀니까 가지 말라고요!"

하지만 그에게 연신 애원해도 주원은 비장한 표정으로 정면만 응시하고 있을 뿐이었다. 타오르는 그의 눈동자는 이미 전투 태세를 갖춘 후였다. 이렇게 말로 해서는 소용없겠다 싶었던 도담은 무턱대고 그의 손목을 붙잡았다. 그러고는 온 힘을 다해 엘리베이터에서 주원을 빼내려 했다. 한동안 버티던 주원은 안간힘을 쓰느라 빨개진 그녀의 얼굴을 착잡한 표정으로 바라보다가, 하는 수 없다는 듯 끌려나왔다. 주원을 붙잡은 도담이 고집스럽게 향한 곳은 인적이 드문 비상계단이었다.

"온도담, 너 지금…."

주원은 비상계단 문이 닫히자마자 자신을 가로막는 그녀를 다그치려 했다. 지금 도담이 얼마나 위험한지, 저 위에서 당신을 두고 무슨 대화를 나누고 있는지, 이대로 있다간 도담이 어떤 꼴을 당할지. 돌아가는 상황을 똑똑히 알게 된다면 이렇게 뜯어말리지도 못할 거라고 생각하며.

그러나 말을 시작하기도 전에, 도담은 달려들 듯 그의 허리를 감싸 안았다. 온 힘을 다해 주원을 꽉 끌어안은 그녀의 두 팔은 필사적이었다. 예상치 못한 포옹에 놀란 주원은 그녀를 마주 안지도 못하고 굳어버렸다.

도담의 목소리는 차분하고도 단호했다.

"흥분 가라앉히고 내 얘기 한 번만 들어줘요. 나는 괜찮으니까 아무 걱정하지 말고."

안 괜찮은 사람이 전하는 괜찮다는 말이 주원에게 위로가 될 리 없었다. 그래서 아무 대답 하지 않았더니, 도담은 그를 더 품에 넣으며 말을 이어나갔다.

"말했잖아요. 다 각오하고 한 일이라고. 내가 이런 보복에 눈 하나 깜짝할 것 같아요? 이런 게 두려웠으면 애초부터 시작도 안 했어요."

눈앞에 닥친 현실이 두렵지 않은 건 어디까지나 앞으로의 상황을 내다보지 못하기 때문일 것이다. 하지만 벌써 팔 년 동안 NSO에 뿌리를 박고 있는 주원은 다 알고 있다. 이렇게 응징하듯 지방으로 내려보낸다는 건 새 출발이나 하라는 의미가 아니라, 그곳에서 피를 말려 죽이겠다는 선전포고라는걸.

"그딴 거 각오하지 마. 넌 이제 막 날개를 편 신입이야. 나야 책임자니까 처벌할 수 있다 쳐도, 약한 널 상대로 해코지하는 건 내 눈으로 절대 못 봐."

주원은 여전히 공격적이었다. 이대로 올라가 양 팀장의 멱살이라도 잡을 기세였고, 앞뒤 안 가리고 다 깨부술 분위기였다. 그러나 도담은 그 격한 감정 가운데 숨어 있는 그의 진심을 느낄 수 있었다. 한마디 한마디 꺼내놓을 때마다 파르르 주원의 눈이 흔들렸다.

지금 이 남자는 두려워하고 있다. 혹시라도 내가 상처 입을까 봐, 자신의 힘으로 지켜주지 못할까 봐, 갑작스럽게 닥친 위기를 그저 혼란스러워하고 있다.

그 모습을 본 순간, 도담은 마음속에 있던 일말의 걱정마저 지워버리기로 했다. 내가 용감해져야 그도 나를 보며 희망을 놓지 않을 수 있을 테니.

도담은 조심스러운 손길로 그의 뺨을 쓰다듬었다. 그러고는 불안한 주원의 눈을 똑바로 마주 보며 꿋꿋하게 입을 열었다.

"팀장님, 저 그렇게 약하지 않아요. 원래 뭘 모르는 사람이 용감하다고, 나 아무것도 모르는 신입이라서 하나도 겁 안 나요."

도담의 엄지손가락이 떨리는 주원의 속눈썹을 살며시 매만졌다. 그 손길에 저도 모르게 눈을 감은 주원은 들려오는 도담의 목소리에 더욱 귀를 기울였다.

"그러니까 진정하고… 우리 이성적으로 생각해요. 주원 씨가 나선다고 해서 수습될 상황도 아니고, 잘못하면 주원 씨랑 재이 씨만 더 위험해질 거예요."

"…."

"이럴 때일수록 감정은 내려놓고 우리가 가진 진실로만 싸워야 해요. 어차피 양 팀장님이 휘두르는 건 거짓뿐인데, 거짓은 절대 진실을 이기지 못해요. 적어도 난 어릴 때부터 그렇게 배웠어요."

뻔하게 들릴 수 있는 위로였고 억지스럽게 보일 수 있는 희망이었다. 그러나 또렷한 그녀의 눈동자를 바라보고 있자니, 차마 여기서조차 내 고집을 부리진 못하겠다. 그녀는 제 일에도 이토록 의연하게 대처하는데, 나에 대한 걱정까지 안겨주는 것은 사랑하는 사람으로서 할 짓이 아니었다. 가만히 눈을 감은 채 거친 숨을 정돈하던 주원은 도담을 마주 안으며 눈꺼풀을 들었다. 이윽고 흘러나온 음성은 이전의 흥분기 없이 그저 차분했다.

"내가 지켜줄게. 누가 널 해칠 생각도 하지 못하게. 너한테는 아무 일도 안 일어날 거야."

어떻게 보면 꼭 그렇게 해줘야만 한다고, 스스로를 다그치듯이 꺼낸 약속. 하지만 그가 지켜줘야 할 공주님보다는 같이 싸울 수 있는 용사가 되고 싶었던 도담은 고개를 끄덕이는 대신 씩씩하게 대답했다.

"무슨 일이 좀 일어나면 어때요. 어차피 난 팀장님 옆에 있을 건데."

"온도담…."

도담은 주원의 눈을 빤히 마주치며 입꼬리를 곱게 휘며 미소 지었다. 그러고는 주원의 넓은 등을 부드럽게 쓸어주며 고백했다.

"난 주원 씨 옆에 있으면 하나도 무섭지 않아요. 주원 씨가 내 빛이고 내 하늘이니까. 아무리 어두운 동굴 속에 갇혀있어도 주원 씨 하나만 보고 끝까지 걸어갈 수 있어요."

"…."

"그러니까 주원 씨야말로 걱정 내려놔요. 우린 다 괜찮을 거예요."

다정한 도담의 손길에, 주원의 호흡이 그제야 평온을 되찾았다. 무턱대고 괜찮을 거라 하는 걸 제일 싫어하는데, 왜 그녀의 말에는 이토록 안심되는지. 주원은 그녀를 힘주어 안아주는 것으로 대답을 대신했다. 오늘따라 더 크게 느껴지는 그녀는 어느새 나보다 더 소중해진 사람이었다. 앞으로 그 어떤 폭풍이 몰아닥쳐도 절대 그 옆을 떠나고 싶지 않을 만큼.

## 고요한 최후를
## 선사하는 법

안개가 걷히지도 않은 이른 아침.

최우석 상무는 아직 아무도 출근하지 않은 회사에서 자신의 집무실을 지키고 있었다. 특별히 바빠서는 아니었다. 공식적으로 정해진 출근 시간보다 두 시간 먼저 출근해, 오늘의 업무를 확인하고 미리 준비해 두는 건 그가 신입사원 때부터 지켜온 나름의 규칙이었다.

오늘의 업무 스케줄을 대략적으로 파악한 최 상무는 늘 가지고 다니던 스케줄러를 꺼내 펼쳐놓았다. 그러자 눈에 띈 이번 주의 이벤트는 딱딱하게 굳어있던 그의 입꼬리가 풀리기에 충분했다. 바로 이번 주 금요일이 운성 중공업 브로커 사건의 첫 공판 날이었기 때문이었다.

서재이가 최고형을 받을 수 있도록 붙일 수 있는 죄목이란 죄목은 다 이용했고, 서재이는 상상도 하지 못할 정도로 유능한 변호사를 선

임했다. 그러고도 어딘지 모르게 불안해서 검사와의 은밀한 거래까지 수월하게 진행해 두었다. 그 과정에 필요한 조서들은 지금까지 잘 조력해 줬던 양은화 팀장이 알아서 작성해 둔다고 했으니, 이제 이 지긋지긋한 개싸움도 며칠 뒤면 마무리되는 셈이다.

"축제를 준비해야겠군…."

철저하게 준비한 만큼 처절하게 서재이를 짓밟을 수 있을 거라 자신하는 최 상무는 확신에 찬 비소를 흘려보냈다.

똑똑.

때이른 승리감에 흠뻑 젖어있던 그때 누군가 최 상무의 집무실 문을 두드렸다. 아직 비서도 출근하기 전이라는 걸 인지한 최 상무는 수첩을 덮어두고 날 선 목소리로 물었다.

"누구시죠."

"시간 있나."

대답 대신 문을 열고 들어온 사람은 예상 밖의 인물이었다. 태환의 얼굴을 확인한 최 상무가 앉은 자리에서 서둘러 일어났다. 무슨 일이 있을 때마다 위로 부르기는 했어도, 한 번도 아래에 찾아온 적은 없던 사람인데. 오늘은 대체 무슨 바람이 불어서 이른 아침부터 이곳을 방문했는지 모를 일이다.

"안녕하십니까, 대표님. 아침부터 어쩐 일로…."

"한 번쯤 얼굴은 봐야 할 것 같아서 찾아왔어. 자네가 아무도 없을 시간부터 출근하는 사람이라 다행이군."

당황 섞인 최 상무의 질문에도, 태환은 느긋하게 대답하며 집무실 소파에 앉았다. 여느 때보다도 평온한 표정을 보니 별일이 있어 찾아온 것 같진 않았다. 최근 들어 그에게서 께름칙한 변화를 느끼고 있던 최 상무는 불안한 눈빛으로 물었다.

"요즘 무슨 일 있으십니까?"

"무슨 일?"

"부쩍 얼굴 찾아뵙기도 힘들어진 것 같습니다. 많이 바쁘신 겁니까?"

"아아, 바쁘긴 했지. 오랜 시간 묵혀왔던 일 때문에. 처음엔 금방 끝낼 수 있을 거라고 생각했는데, 보기보다 처리할 게 많더군."

그는 일 때문에 시간이 없었다 하지만, 최 상무는 그 말이 거짓이라고 확신할 수 있었다. 그동안 이 회사의 모든 대소사를 함께 의논해 왔던 그는 일주일간 나를 찾지도 않았으니까. 그뿐만이 아니었다. 누구보다 완벽주의자였던 그는 한동안 회의실에 그림자조차 비추질 않았고, 그게 걱정되어 찾아가도 매번 자리를 비워놓기 일쑤였다. 게다가 아직 완벽하게 마무리되지 않은 서재이 사건에 대해선 남 일인 듯 관심조차 두질 않으니, 최 상무의 눈에는 사람이 완전히 달라진 것처럼 보일 정도였다.

이런 부정적인 감정들을 드러낼 수 없었던 최 상무는 애써 평온한 표정을 유지했다.

"우선 커피라도 내어오겠습니다."

하지만 태환은 그가 걸음을 옮기기도 전에 집무실 소파에 앉으며 말했다.

"대접받으러 온 게 아니라 인사나 하러 온 거니까 그냥 앉지."

"인사요?"

"그래, 인사. 서로 예의를 차리는 차원에서 간단하게."

태환은 인사 따위를 하러 일부러 들를 사람이 아니었다. 최 상무는 그런 그가 의아했으나, 별 내색은 하지 못한 채 맞은편에 자릴 잡았다. 그런 뒤 태환이 꺼낸 질문은 최 상무의 호흡을 잠시 멎게 만들었다.

"부사장님 정년퇴직이 올해 말이었던가?"

은퇴를 앞둔 부사장의 자리는 이 년 전부터 최대 쟁점이었다. 이 이야기를 특별히 개인 집무실까지 찾아와 은밀하게 꺼낸다는 것은 최 상무로 하여금 왠지 모를 기대감을 불러일으켰다.

그러나 최 상무는 반색하는 대신 알지도 못하고 있었다는 말투로 받아쳤다.

"좋으신 분이었는데 벌써 그렇게 되었습니까?"

확정되기 전까지는 노골적으로 그 자리를 탐내는 것도 좋아 보이진 않을 것이다. 신중하고 예민한 태환의 성격상, 자신을 보필할 부사장의 자리는 욕심 없이 그의 뒤만 받쳐줄 사람에게 줄 터이니.

태환은 가벼운 웃음과 함께 살짝 고개를 떨구며 말을 이었다.

"자네는 내 마음속에서 거의 확정이었어. 왠지 자네와 함께라면 뭐든 가능할 거라는 생각이 들었거든. 실제로도 우린 많은 일을 해냈었고."

"하지만 그 자리는 회장님이 서재이 이사님께…."

"그래, 너도 그렇게 볼 수밖에 없을 만큼 그 양반이 그 애를 참 많이 아꼈지. 지금보다 한참 어린 사춘기 때는 사실 내가 반쪽짜리 핏줄은 아닐까, 의심한 적도 있었으니까 말이야."

그 말을 들은 최 상무의 눈빛이 순간 노골적으로 식었다. 함께 많은 일을 해온 건 본인이지만, 서 회장의 총애를 받고 있는 건 서재이라는 태환의 말이 가시처럼 박혔다.

　최 상무는 아주 오래전부터 그 생각을 갖고 있었다. 아무것도 모르는 놈이 단지 회장님의 피가 흐른다는 이유 하나만으로 공적을 가로채려 한다는 건, 떠오를 때마다 피가 거꾸로 솟는 일이었다. 회장이 감싸고 도는 꼴을 보니 지금은 아닌 척해도 부사장 자리를 내어주려는 게 확실하다.

　나는 그 집안사람이 아니라는 이유 하나만으로 여기서 더 나아가지 못하고 막혀버리겠지.

　"그런 경영권엔 관심 없습니다. 대표님이 믿어주시는 것만으로도 충분하니까요."

　최 상무는 재이를 향한 뿌리 깊은 박탈감을 철저히 감춘 채 가식적으로 대답했다. 하지만 어차피 서재이를 증오하는 태환이니만큼, 그에 대한 불신감까지 숨기지는 않았다.

　"다만… 이왕 회사 경영에 참여하시게 된 거 조금 더 성실하게 임하셨으면, 하는 바람은 있었습니다."

　"…."

　"어떻게 보면 운성 중공업은 우리의 함선이나 다름없는데, 이쪽 경험이 부족하신 분에게 운전대를 맡기는 건…."

　원래의 태환이었다면 그의 지적에 몇 번이고 고개를 끄덕여주었을 것이다. 그러나 진실을 마주한 지금은 그 말에 들어간 '우리'라는 단어가 몹시 거슬렸다. 최우석 상무가 선을 넘어버린 이유가 바로 저 단어 안에 스며든 주인의식 때문인 것 같아서.

'제 눈에 거슬린다는 이유로 서재이를 끌어내릴 정도라면 언젠가 나의 목도 노리겠지. 그럴 만한 합리적인 여건이 된다면….'

태환은 등받이에 비스듬히 기대앉았던 몸을 꼿꼿이 펴고 대답했다.

"자네 말이 맞아. 함선은 믿고 맡길 사람에게 맡겨야 해."

"…."

"아직 쥐여주지도 않은 키를 제 것인 줄 알고 설치다가, 함선 자체를 침몰시켜 버릴 위험인물 말고."

일부러 주어는 넣지 않았다. 어차피 욕망에 눈이 먼 그는 제멋대로 생각할 테니까. 이것으로 들을 말은 다 들었다 생각한 태환은 자리에서 일어났다. 그런 뒤 건네는 인사는 평소보다도 컨디션이 좋아 보였다.

"얘기 즐거웠어. 난 슬슬 가봐야겠군."

"아, 돌아가시는 겁니까. 제가 바래다 드리겠습니다."

"됐어. 인사 나누러 온 건데 괜히 미련만 생기잖아."

태환은 따라나서려는 최 상무에게 가만히 서있으라는 제스처를 취하고는 문 쪽으로 걸음을 옮겼다.

"조심히 가."

그를 완전히 떠나기 전 마지막으로 건넨 한마디. 최 상무는 그런 그에게 공손히 고갤 숙여 예의를 갖췄다.

"평온한 하루 되시길 바랍니다, 대표님."

하지만 문이 닫히고 태환의 발소리가 아득히 멀어지자마자, 그의 눈빛은 의아한 기색으로 물들었다.

"조심히… 가라고?"

어차피 의미를 깨달았을 땐 이미 늦어버린 후겠지만.

* ◆ *

갑작스러운 시한부 선고를 받고 일주일 후. 끝을 인지한 지는 꽤 되었지만 도담의 일상은 놀랍도록 평온했다. 마치 이 안엔 날 노리는 사람이 아무도 없는 것처럼, 매일매일 업무에 치여 살았고 다른 팀의 팀원들도 스스럼없이 그녀를 대했다. 이게 다행인 일인지, 괜히 더 피 말리는 일인지는 모르겠지만, 어쨌든 도담은 오늘도 평범한 출근길에 오른 참이었다.

"하아… 계속 이렇게 무사히 지나갔으면 좋겠는데."

그녀는 작은 바람을 혼잣말처럼 중얼거리며 부지런히 정문으로 향했다.

"온도담! 온도담! 온도담!"

주차장 쪽에서부터 요란한 목소리가 들려왔다. 이렇게 요란하게 그녀를 반겨줄 사람은 이 건물에 단 한 사람뿐이었다. 도담은 잠시 걸음을 멈추고, 자신을 부르는 쪽을 향해 고갤 돌렸다. 기다렸다는 듯 달려오는 혜인의 손엔 늘 그렇듯 아이스커피가 들려 있다.

"도담아, 오늘 일찍 출근했네?"

"응, 아침에 좀 일찍 깼어. 아침은 챙겨 먹고 커피 마시는 거야?"

"커피가 아침이지. 나 이거 없으면 퇴근 때까지 못 버티잖아."

혜인이 씨익 웃으면서 가방을 뒤적거렸다. 그 안에서 꺼내는 건 출입증과 카페에서 사 온 초콜릿이었다.

"자, 선물."

"어? 내가 좋아하는 아몬드 초콜릿이네?"

"응, 기분 꿀꿀할 때 한입 하라고. 오늘 카페 갔는데 눈에 보이길래 너 생각나서 사 왔어."

그날 이후 도담의 문제에 대해서는 일부러 아무것도 묻지 않고 있는 혜인이었지만, 이래저래 걱정되는 건 어쩔 수 없는 모양이었다. 하긴, 일을 떠나서 가장 친한 친구니까. 돌아가는 상황들이 불안할 만도 하겠지.

"고마워. 언니 덕분에 오늘은 꿀꿀한 일 생겨도 아무 걱정 없겠다."

도담은 초콜릿을 받아들며 씩씩하게 웃었다. 혜인은 그런 그녀가 대견하다는 듯, 어깨를 토닥여주며 NSO 정문으로 향했다.

거기까진 다른 날들과 다를 바 없었다. 아침 공기에 겨우 말짱해진 정신도, 부서로 향하며 동료와 나누는 잠깐의 수다도, 오늘도 어제와 같이 평범하게 지나갈 거라 말해주는 듯했다. 하지만 그 믿음은 로비에 들어서자마자 불안하게 흔들리기 시작했다. 엘리베이터 쪽 벽에 붙은 공문 근처로 사람들이 잔뜩 모여있었다. 그들의 웅성거림이 왠지 모르게 도담의 신경을 사로잡는다.

"얘 여기 온 지 얼마 안 되지 않았어요?"

"그러니까 말이야. 이건 거의 쫓겨나는 꼴인데?"

"어디 원수진 건 아닌가 모르겠네요. 아직 일 년도 안 된 애를 이렇게 보내버리는 거 보면 큰 실수한 건 아닌가 싶기도 하고…."

멀찍이서 들려오는 수군거림이었으나 앞뒤 맥락을 파악하는 건 그리 어렵지 않았다. 이건 대충 흘려듣기에도 전부 자신의 얘기였으니까.

'올 게 왔구나.'

순간 심장이 철렁 내려앉은 도담은 잠시 숨을 멈췄다. 그러나 자그마치 일주일 전부터 예상하고 또 각오해 왔던 일을 이제 와서 두려워하고 싶진 않았다. 매도 바로 맞는 게 낫다고, 언젠가는 터질 일 하루라도 빨리 터져버리는 게 속 시원하기도 했다.

"후우."

짧게 심호흡을 한 도담은 비장한 표정으로 발걸음을 떼어냈다.

"가지 마. 굳이 그럴 필요 없어."

곧바로 뻗어진 혜인의 손이 도담의 걸음을 막았다. 그녀를 바라보는 두 눈에는 걱정 근심이 가득 담겨있었다.

"사람들 많잖아. 우선 올라가자. 응?"

"내 얘기일 게 뻔한데 내가 봐야지 누가 봐."

"그래도 여기서 헛소리 듣는 것보단…."

"걱정 마, 언니. 별일이야 있겠어? 저기서 내 얼굴 모르는 사람도 많을 거야."

도담은 일부러 대수롭지 않은 듯 대답하며 혜인의 손을 거둬내고, 애써 씩씩하게 호기심 가득한 사람들을 향해 걸어갔다.

"어, 저 사람이에요. 저 사람. 신입사원 온도담."

"어디? 아아, 쟤였어요?"

"그 팀 갈 때마다 혼나고 있던데 결국 사고를 쳤네…."

가까워질수록 그녀에 대한 말들과 불쾌한 시선들이 화살처럼 박

혀왔지만, 도담은 아무것도 안 보이고 안 들리는 척 공문 바로 앞에
멈춰 섰다.

산업보안부1팀 / 온도담 / 정직원 / 인사 명령 : 퇴사

적혀있는 내용 중 모르는 단어는 없는데, 단 하나도 제대로 납득되
지 않는다. 완전히 그녀를 보내버리겠다는 악의 짙은 처분은 경악스
럽다 못해 헛웃음만 나오게 한다.

"하… 퇴사…."

받아들일 수 없는 현실에 직면한 순간, 도담의 안에서 용솟음치는
건 설움이 아닌 분노였다. 어처구니없는 소문을 만들어낸 인간들도
문제지만, 그 소문만 믿고 꼬리 자르듯 도담을 퇴출해 버리는 윗선은
비열하기 짝이 없었다.

눈에 불을 켜고 공문을 노려보던 도담은 당장 양은화 팀장부터 찾
아가려 했다. 하지만 그럴 필요도 없었다. 마침 양 팀장은 1층 로비
한복판에서 도담을 똑바로 바라보고 있었으니. 도담은 굳은 얼굴로
몸을 돌려, 그녀에게로 성큼성큼 걸음을 옮겼다. 양은화 팀장은 다가
오는 도담을 주시할 뿐, 딱히 자리를 피하려고는 하지 않았다. 그게
더 기가 막혔던 도담은 그녀 앞에 멈춰 서자마자 날카로운 목소리로
물었다.

"양은화 팀장님. 이건 정말 아니라고 생각하지 않아요? 제가 왜
이렇게 통보받듯이 쫓겨나야 하죠?"

주변 사람들의 시선이 불꽃 튀는 두 사람에게로 향했다. 그러나

양 팀장은 오히려 가소롭다는 듯 웃음을 흘리며, 여유로운 목소리로 대답했다.

"도담 씨, 도담 씨가 이렇게 나오면 나도 정말 곤란해. 다 끝난 일인데 매달린다고 해서 번복할 수 없다는 거 알잖아."

"뭐라고요?"

"아무리 불미스러운 일 때문에 나가는 거라고 해도, 우리 마무리는 좋은 모습으로 하자. 주변 사람들한테도 본보기가 될 수 있게."

"하…."

너무 기가 막히면 할 말을 잃게 된다고 하던가. 지금 도담의 상황이 딱 그랬다. 양 팀장의 뻔뻔함을 제대로 맞닥뜨린 도담은 이걸 어떻게 받아쳐야 할지 막막할 따름이다. 그래서 독기 어린 눈으로 죽어라 노려보고 있는 도담에게 양 팀장은 비웃음 섞인 말을 조용히 흘려보냈다.

"어차피 니가 할 수 있는 일은 아무것도 없어…. 괜히 기운 빼지 말고 얌전히 떠나."

그리 말하는 양은화 팀장에게선 승리에 대한 확신까지 느껴졌다. 자신이 저지르는 짓에 대한 죄책감은 하나도 없이, 그저 눈에 거슬리는 것만 치워내는 데 혈안이었다. 그런 파렴치한 사람에게 맥없이 당해야 하니 너무 분해서 눈물이 나올 것만 같았다.

가장 만만한 나를 제거하면 다음 희생자는 재이 씨나 주원 씨가 될 텐데. 이대로 물러날 수는 없어. 그렇다고 해서 맞서 싸울 힘도 없어.

'그러면 난… 어떡해야 하지?'

궁지에 몰린 도담은 절망 속에서도 한 줄기 희망을 찾고 싶었다.

하지만 지금 당장 할 수 있는 일이 떠오르지 않아, 애만 태우던 그때

등 뒤에서부터 규칙적인 구둣발 소리가 들려왔다.

저벅 저벅 저벅.

소란스러운 공간 속에서도 단연 독보적인 그 발소리는 숨이 멎을

만큼 위압적이었다. 도담은 홀린 듯이 고갤 돌려 다가오는 얼굴을

확인했다. 모두의 시선을 사로잡은 존재는 도담은 물론 패기롭던 양

은화 팀장까지 얼어붙게 했다.

"저 사람이… 왜…."

손에는 갈색 서류봉투를 든 채, 그 누구의 호위도 없이 홀로 나타난

그 남자. 모든 이의 주목을 끌어당길 만큼 살벌한 기운을 내뿜는 그는

운성 중공업의 대표이자 서재이의 친형, 서태환이었다.


\* ◆ \*


산업보안부1팀 팀장실.

…위와 같은 이유로 온도담을 요원직 박탈 및 퇴출에 처한다.


주원은 메일로 먼저 날아온 통보서의 마지막 문장을 읽고 또 읽었

다. 이맘때쯤이면 징계 결과가 나오리라 예상은 했었지만, 이런 식의

부당한 해고가 이뤄질지는 상상도 못 했다.

상황이 이렇게까지 악화되게 하지 하려고 주원은 수없이 노력했

다. 팀원들과 배 팀장에게 협력을 부탁하고, 계진상 부장을 찾아가

끊임없이 설득하고, 더 나아가 국장에게까지 면담 신청을 하고. 그러나 팀원과 배 팀장은 객관적으로 봐도 큰 도움이 되지 못했고, 계진상 부장은 제 목숨만 걱정하느라 주된 의견에 편승했으며, 국장은 처리하기에 더 편하고 쉬운 쪽을 택했다. 혼자서만 고군분투하던 와중에 받은 도담의 퇴출 통보는 주원을 분노케 하기 충분했다.

쾅!

주원은 책상을 내리치며 자리에서 일어섰다. 그러고는 망설일 것도 없이 팀장실을 나섰다. 지금껏 도담을 위해 참고 참아왔던 분노를 두 주먹에 꽉 실은 채.

말로 해서 안 된다는 건 알았다. 좋게 해결할 수 없는 문제라는 것도 인지했다. 그렇다면 이제부터 해야 할 일은 답답한 상부를 때려 부숴서라도 억울한 상황에서 벗어나는 것. 눈에는 눈, 이에는 이라고 했다. 위에서 이렇게 더럽게 나온다면 주원도 그동안 이곳에서 근무하면서 모아온 추잡한 약점들을 다 들이밀어서라도 원하는 것을 얻을 생각이다. 이러다 잘못되면 주원이 쌓아온 팔 년간의 공적은 한 순간에 종잇조각이 되겠지만, 끝장날 각오는 진작 했다. 그동안엔 두 눈에 불을 켜고 말리는 사람이 있어서 부딪히지 못했을 뿐.

주원은 아무리 연락해도 만나주지 않는 국장에게 직접 쳐들어갈 각오로 팀장실을 나섰다. 문을 거칠게 열어젖히자마자 마주한 공기는 다른 때보다도 싸늘했다. 하지만 주원 때문은 아니었다. 사람들이 수군거리며 놀란 눈으로 바라보는 쪽에는 위압적인 눈빛으로 성큼성큼 걸어오는 태환이 있었으니까.

"서태환… 대표님?"

예상치 못한 그의 등장에, 주원은 잠시 그 자리에 그대로 얼어붙었다. 때마침 그런 주원을 본 태환이 얼마 떨어지지 않은 거리에 멈춰 섰다. 그가 고개만 숙여 건네는 침묵의 인사는 왠지 모르게 의미심장했다. 오랜만에 미주한 눈빛은 예전의 서슬 퍼런 독기도 온데간데없이 사라진 상태였다. 주원은 제 목적지도 잊은 채 그런 그를 바라봤다.

"아이고, 대표님! 여긴 어쩐 일로!"

그때, 태환이 등장했다는 소식을 듣고 누구보다 빠르게 달려 나온 계진상 부장이 모습을 드러냈다. 두 사람의 앞으로 달려온 계 부장은 허리를 반쯤 굽히며 태환에게 인사를 건넸다.

"안 그래도 연락드리려 했습니다! 상황 보고할 때가 되었는데, 저희 쪽에서 내부적으로 해결해야 할 일이 있어서…!"

하지만 그가 구구절절한 변명을 다 늘어놓기도 전에, 태환은 단호하게 내뱉었다.

"그럴 필요 없습니다. 운성 중공업 산업 브로커에 관한 건을 취하하고자 찾아왔으니까요."

태환의 폭탄 발언에 주원의 눈이 휘둥그레졌다. 그보다 더 놀란 건 이번 사건에 가장 골머리를 썩고 있던 계진상 부장이었다.

"수사가 거의 다 끝난 사건인데 왜…."

계 부장은 공판만 남겨둔 단계에서 사건을 종식시키려는 태환을 이해 못 하겠다는 표정으로 바라보았다. 태환은 그런 그에게 단호한 목소리로 대답했다.

"형사 고소할 대상이 변경되었습니다."

"변경이요?"

"최우석 상무와 공모하여, 애초부터 발생하지도 않았던 산업 브로커 사건의 범인을 서재이로 조작한 양은화 팀장을 뇌물수수 및 증거위조, 명예훼손, 무고죄로 검찰에 넘길 예정입니다."

"무고⋯죄? 아니, 지금 대체 무슨 말씀이신지⋯."

"그 외에 붙일 수 있는 죄가 있다면 법무팀을 총동원해서 엄중한 처벌을 받을 수 있도록 조치할 겁니다. 이 과정에서 NSO의 적극적인 협조 부탁드립니다."

태환의 입에서 나온 단어들은 하나같이 살벌했다. 계 부장은 여전히 아무것도 이해 못 하겠다는 표정이었으나, 상황을 단번에 파악한 주원은 일렁이는 눈빛으로 태환을 바라보았다.

"대, 대표님!"

그때 마침 입구 쪽에서 고함과 비슷한 목소리가 들려왔다.

"이제 브로커 사건의 담당 부서는 저희 쪽으로 바뀌었습니다! 저랑 얘기하시죠!"

호랑이도 제 말하면 온다고, 이 폭탄 선언의 당사자인 양은화 팀장이었다. 그녀를 본 계 부장은 대뜸 소리부터 버럭 내질렀다.

"양 팀장, 이게 다 무슨 소리야? 뇌물수수니, 증거위조니, 이거 다 무슨 말이냐고!"

"부장님! 오해가 발생해서 벌어진 문제입니다! 제가 다 설명해 드릴게요!"

"뭘 했길래 그런 불명예스러운 오해를 사! 얼른 수습 안 해!"

양은화 팀장은 필사적인 얼굴로 태환의 앞에 섰다. 이미 위기인 것은 직감했으니, 어떻게든 여기서 빠져 나가보려는 모양이었다. 태환은 그런 그녀를 보며 헛웃음을 쳤고, 그 미소에 비해 살벌한 목소리를 내뱉었다.

"거기서 더 나가지 않는 편이 좋을 텐데요."

태환이 손에 들고 있던 서류 파일을 양은화 팀장에게 내밀었다. 순간 싸늘해지는 주변 공기는 그녀에게 떨어질 벼락을 경고하는 듯했다. 양 팀장은 떨리는 손으로 서류 파일을 받아 들었다. 하지만 직접 안을 열어보는 데까지는 꽤 오랜 시간이 걸렸다. 이 안에 무엇이 들어있을지 상상하는 건 그리 어려운 일이 아니었으니까.

"확인… 안 하실 겁니까?"

태환이 협박하듯 날카로운 눈빛으로 그녀를 재촉했다. 양 팀장은 그런 그를 보며 마른침을 꿀꺽 삼켰고, 이내 조심히 봉투를 열어 내용물을 확인하고는 숨도 쉬지 못하고 굳어버렸다.

태환이 그간 사활을 걸고 모아온 자료들에는 증거 위조를 위해 서재이 대역으로 세웠던 여성의 진술서부터, 최우석이 양은화에게 송금했던 내역, 오랜 기간 두 사람이 다른 NSO 요원들을 모함해 왔었다는 정황까지 전부 다 담겨있었으니까.

"하아… 말도 안 돼…."

자신의 업보를 손에 든 양은화 팀장은 털썩 그 자리에 주저앉았다. 그와 동시에 떨어지는 증거 자료들은 계진상 부장의 눈에도 똑똑히 들어왔다.

"이게 다 무슨…."

그동안 양은화 팀장과 최우석 상무가 벌여온 범행을 이제야 깨달은 계 부장은 믿기지 않는다는 얼굴로 고갤 내저었다. 그런 그를 바라보던 양은화 팀장은 주원에게로 시선을 옮기고, 사시나무처럼 떨리는 음성으로 물었다.

"무슨 짓을 한 거야? 대체 무슨 짓을…."

무너진 그녀를 보는 주원의 표정은 비웃음조차 없이 건조할 뿐이었다. 실제로 사건의 추악한 진실이 기적적으로 드러났다고 해서, 기분 좋게 웃을 리가 없었다. 몰아치듯 분노했던 만큼 그들의 최후가 통쾌할 줄 알았는데, 눈앞에 주저앉은 양 팀장의 모습은 그저 안타깝기만 할 뿐이다. 얼마 전까지만 해도 늘 당당하던 그녀가 이토록 처참하게 무너질 줄은 상상도 못 했다.

주원은 더 이상 양 팀장을 바라보지 못하고 고갤 돌렸다. 양 팀장은 그런 주원에게서 공격적인 눈빛을 거두지 않았다. 하지만 그 저항은 그리 오래가지 못했다. 마침내 태환이 그녀에게 내린 잔혹한 선고 때문에.

"확실히 말해두지만 두 사람에게 선처는 없습니다. 사내 법무팀과 집안 인맥들을 총동원해서라도 저지른 모든 벌에 대한 대가를 톡톡히 치르도록 할 겁니다."

"하…."

"그래도 다행이라고 생각하세요. 여긴 적어도 저지른 죄를 갚는 거니까."

초점을 잃은 양은화 팀장의 눈에서 투명한 눈물이 흘러나왔다. 처음엔 툭툭 떨어지던 그녀의 눈물은 이내 얼굴을 적실만큼 쏟아져 내렸다. 반성의 눈물은 아닐 것이라 확신한다. 그게 가능한 사람이었다면 멈출 수 있었던 수많은 기회를 모른 척하진 않았을 테니.

"그럼 이쪽에 전할 말은 다 전했으니, 저는 이만 위로 올라가 보겠습니다."

주원이 혼자 힘으로는 도저히 풀 수 없을 것 같았던 문제에 대형 폭탄을 터트려 해결한 태환은 유유히 입구 쪽으로 등을 돌렸다.

황폐해진 이곳에서 유일하게 꼿꼿한 그의 뒷모습. 그건 누가 봐도 승자의 모습이었다. 단단한 아집과 오랜 상처를 드디어 깨고 나온, 자신에게서 승리한 자만이 보일 수 있는 그런 뒷모습.

* ◆ *

그야말로 신의 타이밍이었다. 도담의 퇴사 명령이 떨어진 당일, 서태환이 서재이의 무죄를 입증해 낸 건. 재이가 공판에 넘겨지기 전에, 두 번 살펴볼 것도 없이 확실한 내부비리 증거들이 제출된 것도 하늘이 내려준 기적이었다. 유수영이 목숨 걸고 남겨놓은 와인은 이제야 안전하게 검찰로 넘겨졌고, 주원이 미리 준비해 놓은 와인 감식 결과는 드디어 제 용도에 맞게 사용되었다.

"이쯤 되면 빠르게 인정하는 쪽이 낫겠군요. 운성 브로커 사건은 사건 자체가 조작된 것이었고, 그 일에 양은화 팀장이 개입되어 있었다고 공식 발표하세요."

사건의 내막을 처음부터 끝까지 훑어본 국장이 단호하게 내린 결정에, 위원으로 참석한 이들은 모두 고개를 끄덕였다.

"서재이 씨는 그럼 어떻게 할까요?"

"사건 자체가 성립이 안 되는 마당에, 계속 유치장 신세를 지게 할 생각입니까? 당장 내보내세요. 그에 대한 피해 보상도 빠른 시일 내에 논의해야 할 겁니다."

"알겠습니다. 국장님. 서재이 씨에 대한 건은 오늘 내로 처리하겠습니다."

이로써 서재이는 드디어 범죄자라는 프레임에서 벗어났다. 자기들끼리 모였을 땐 그를 오만가지 비속어로 부르던 사람들은 그제야 '서재이'라는 이름으로 정중히 불러주었다. 국장과 가장 가까운 자리에서 이 광경을 지켜보고 있던 태환이 넌지시 입을 열었다.

"입장문에 피해를 입은 개인에 대한 직접적인 사과가 없다면 문제 삼을 겁니다. 회피하지 말고 똑바로 처리해 주시길 바랍니다."

그 말끝에 태환은 주원과 시선을 마주쳤다. 날카롭고도 강인한 그의 눈은 이 뒤는 자신에게 맡기라는 듯 보였다.

한편, 주원은 그의 마음이 돌아선 이유를 알고 싶었다. 그토록 강한 증오심이 어째서 순식간에 눈 녹듯 사라져 버린 건지, 한 번쯤 묻고 싶었다. 하지만 굳이 캐묻지는 않기로 했다. 영원할 것 같았던 감정도 하루아침에 무너지곤 하는 게 사람 인생이니까.

겨우 1차 회의가 끝나고, 머리도 식힐 겸 휴게실로 온 주원은 커피부터 뽑아 들었다. 순식간에 몰아닥친 일들 때문에 지끈거리는 머리를 식히기 위해서였다. 그런 그를 뒤따라온 배호영 팀장이 자연스럽게 그의 커피를 빼앗아 가며 말을 걸었다.

"수고했어. 더러운 사건 넘겨받고 진짜 개고생했다."

주원의 인상이 살짝 구겨졌다. 이런 건 선배라고 해도 안 봐주는 그였지만, 오늘은 특별한 날이니 넘어가 주기로 했다.

"대체 왜 그랬을까. 양 팀장. 직업 만족도 높은 양반인 줄 알았는데."

주원의 커피를 한 모금 훌짝인 배 팀장은 혼잣말 같은 질문을 중얼거렸다. 주원은 다시 자판기에 동전을 넣으며 무심한 목소리로 대답했다.

"원래 햇볕이 들지 않는 그늘에서 자라난 민들레는 밖으로 고개를 뻗는 법이니까요."

"그게 무슨 뜻이야?"

"말 그대로입니다. 자칫 누굴 탓하는 얘기로 들릴 수 있으니 자세한 풀이는 못 해드리겠지만."

배 팀장은 하나도 이해하지 못하는 눈치였으나, 주원은 더는 아무 말 않겠다는 듯 새로 나온 커피를 입가로 가져갔다. 바로 그때, 요란하게 탕비실 문이 열리며 수선스러운 목소리가 들려왔다.

"기 팀장님! 거기 있었어요? 도담이는 어쩌고?"

이젠 자연스럽게 주원에게서 도담을 찾는 그녀는 다름 아닌 혜인이었다. 갑작스럽게 나온 그녀의 이름에, 주원은 어리둥절한 표정으로 물었다.

"온도담을 왜 여기서 찾습니까."

"아, 서재이 무죄 증명됐다는 얘기 듣고 뛰어나가길래 팀장님한테 달려가는 건가 했죠!"

"그랬습니까…?"

좋은 일 때문이라고 해도 도담이 뛰어나갔다는 건 걱정스러웠다. 혹시 자신이 모르는 다른 문제라도 있나 싶었던 주원은 들고 있던 커피를 혜인에게로 넘겼다.

"커피 마셔요."

"어, 어? 이걸요? 제가요? 왜요?"

"한입도 안 마신 겁니다."

그러고는 뒤도 안 돌아보고 성큼성큼 걸음을 옮겼다. 서재이의 죄가 벗겨진 이 순간을 가장 간절히 기다렸을 그녀에게로.

"도담이 찾으러 가시게요? 기 팀장님! 오늘은 저랑 축하 파티 할 거니까 약속 잡지 마세요!"

혜인은 휴게실을 나서는 주원의 뒤통수에 대고 크게 소릴 질렀다. 옆에서 듣고 있던 배 팀장은 어리둥절한 표정을 지어 보였다.

"쟤가 저렇게 팀원을 아꼈었나? 원래 사내에서 친분 안 쌓기로 유명했잖아. 나랑도 팔 년째 보는데 팔 년째 서먹한데."

"에이, 온도담은 다르죠."

"뭐가 달라? 둘이 파트너 해봐서?"

"둘이 결혼하잖아요."

"푸흡! 뭐?"

"악! 더러워!"

배 팀장은 머금은 커피를 바로 내뿜었다. 둘이 연애 감정이 싹텄다고 해도 놀랄 마당에 결혼이라니. 방금 제대로 들은 게 맞는지 귀를 의심할 지경이었다.

"뭐가 어쩌고 어째?"

"앗! 아니, 배 팀장님 침이 더럽다는 얘기가 아니고요…!"

"결혼은? 진짜? 저 둘이 갑자기 왜?"

혜인은 득달같이 달려드는 배 팀장을 보며 잠시 당황했다. 생각해 보니까 둘의 관계를 다른 사람들은 모른다고 했었는데, 잠깐 방심한 사이에 입방정을 떨고 말았다. 뒤늦게 정신을 차린 혜인은 어색한 미소와 함께 시치미를 뗐다.

"아하하하. 제가 그랬나요? 결혼이라고?"

"그래. 똑똑히 들었다. 둘이 결혼한다고. 언제 그렇게 됐대? 임무 전부터 그런 관계였던 거야? 아니, 기주원 저 바쁜 놈이 대체 무슨 시간이 있어서…."

하지만 집요하게 캐묻는 배 팀장은 쉽사리 호기심을 거두지 않을 것 같았다.

이제 난 기주원한테 죽었다.

# 달콤한 사랑 고백은
# 옥상에서

도담을 찾아 여기저기 헤매던 주원이 마지막으로 도착한 곳은 옥상이었다. 그녀가 갈 만한 데는 구내식당까지 다 뒤져봤으니, 남은 곳은 이곳뿐이었다. 주원은 걱정 가득한 표정으로 문고리를 잡고, 조심스럽게 문을 열었다. 후욱 밀려 들어오는 바람에는 다행히 익숙한 향기가 섞여있었다. 조금 시선을 틀어보니, 옥상 구석 쪽에서 가만히 하늘을 바라보고 있는 도담의 뒷모습이 보였다.

"하아… 온도담. 여기 있었어? 한참 찾았잖아."

주원은 안도의 한숨을 내쉬며 서둘러 그녀의 곁으로 다가갔다. 도담은 주원의 목소리를 들었으면서도 그를 돌아보지 않고 대답했다.

"왔어요?"

"여기서 뭐 해?"

"그냥… 하늘 보고 있었어요. 오늘 날씨가 좋길래."

내 눈엔 곧 비가 내릴 것 같이 우중충하기만 한데 하늘 구경이라니.

주원은 그녀를 이해 못 하겠다는 표정으로 바라보았다. 그래도 끝끝내 돌아보지 않는 게 오늘따라 무언가 이상했다. 하지만 기쁜 소식을 들으면 활기를 되찾을 거라 생각한 주원은 조금 전 있었던 일부터 넌지시 꺼내놓았다.

"소식 들었어? 서태환 대표가 서재이 편으로 완전히 돌아섰어."

"…."

"그렇게 금방 마음을 바꿔줄 줄 몰랐는데, 정말 하늘이 도운 건가 싶기도 하고…."

"…."

주원의 전한 반가운 뉴스에도, 도담은 아무런 반응이 없었다. 분명 화색이 된 얼굴로 잘된 일이라며 좋아해 줄 줄 알았건만, 고집스럽게 돌아선 몸은 그와 마주할 생각을 않는다.

"온도담. 너 왜 그러는데."

결국 주원은 하던 말을 멈추고 도담의 어깨에 손을 얹었다. 그러자 화들짝 놀라며 눈가를 문질러 닦는 것이 아무래도 수상했다.

"너 울어?"

주원은 심각해진 표정으로 도담의 몸을 돌려세웠다.

"아니에요! 그런 거!"

도담은 얼굴을 가리며 끝까지 잡아떼려 했으나, 이미 축축한 소매는 주원의 걱정을 불러일으키기 충분했다. 주원은 도담의 손을 억지로 치우고, 눈물범벅이 된 얼굴을 똑바로 확인했다. 도대체 언제부터 올라와서 이러고 있었던 건지, 이미 퉁퉁 부을 대로 부은 눈.

"무슨 일이야. 내가 모르는 문제라도 있어?"

주원이 심각한 표정으로 물었다.

이제 눈물을 숨길 수도 없게 된 도담은 몇 번 더 눈가를 문질러보더니, 아무래도 안 되겠는지 대놓고 울음을 터트렸다.

"그게… 이제 다 끝났다고 생각했는데…. 갑자기 해결되니까… 흐으으엉…."

그동안 가장 마음고생이 심했던 그녀는 솟아오르는 안도감에 버티지 못하겠는 모양이다. 아이처럼 엉엉 우는 모습을 보니 그동안 혼자서 얼마나 전전긍긍했을지, 제대로 실감이 난다. 그런 도담이 짠했던 주원은 그녀를 끌어안고 다정하게 토닥였다.

"그래, 울어. 그동안 걱정 많이 했으니까."

"흐으으으엉…."

그러자 기다렸다는 듯 더 크게 우는 그녀는 다정한 그의 손길에 모든 걸 내맡기려는 듯했다. 남들 앞에선 애써 씩씩한 척했지만 역시 두려움과 불안은 그녀의 주변을 빙빙 맴돌고 있었나 보다.

"내가 얼마나 마음 졸인 줄 알아요? 주원 씨도, 재이 씨도 이대로 다 잘못될까 봐! 요 며칠 동안은 밤에 잠도 못 자고 계속 그 걱정만 했어요! 흐어어엉…."

"제일 위험했던 사람이 누군데 그런 걱정을…."

"나는 그래 봤자 말단이잖아요! 그런데 주원 씨는 나 때문에 불이익 받기엔 너무 아까운 사람이고, 재이 씨는 나한테 상처만 받은 너무 착한 사람이니까! 둘한테 진 마음의 빚을 어떻게 갚아야 하나 했다고요!"

격한 목소리로 한탄하는 도담은 벼랑 끝에서도 남 걱정이었다. 물론 그 예쁜 마음이 그녀를 좋아하는 수만 가지 이유 중 하나였지만.

주원은 우는 그녀의 몸을 더 꽈악 품에 안아 넣었다. 그러고서 잇는 말은 애틋하게 느껴질 만큼 나직했다.

"니가 다 괜찮을 거라고 했잖아. 정말 말 그대로 다 괜찮아졌으니까 이제 불안한 생각은 그만해."

그만하라는 말에 내려놓을 수 있는 불안이었으면 진작 내려놓았다. 지금껏 쌓아온 감정은 그리 쉽게 사라지는 것이 아니었다.

"흐으으으… 자꾸 눈물이 나는 걸 어떡해요…."

도담은 주원의 셔츠를 손수건 삼아 뜨거운 눈물만 퐁퐁 쏟아냈다.

"온도담 고개 좀…."

주원이 도담의 뺨을 부드럽게 감싸 쥐었다. 그와 시선이 닿게끔 들어 올리는 손길은 참 따뜻하고 부드러웠다. 도담은 영문을 모르는 와중에도 순순히 고갤 들어 주원을 마주 보았다. 그 시선에 신호라도 받은 듯이 곧바로 시작된 키스.

처음엔 입술 근처만 서성이던 감촉은 조금씩 깊게 그녀 안으로 파고들었다. 자극적인 마찰음은 온 신경을 짜릿하게 곤두세웠고, 키스가 농밀해지면 농밀해질수록 두 사람의 숨은 점점 더 가빠져 왔다. 예상보다 본격적인 키스에 긴장한 도담은 저도 모르게 주원의 허리를 꼬옥 붙잡았다. 하지만 그녀의 손길은 주원의 본능만 더 일깨울 뿐이었다. 그녀의 머리카락 사이로 단단히 얽혀드는 손가락은 이 순간 주원이 얼마나 달아올랐는지를 보여주었다. 천천히, 하지만 그 어느 때보다 깊숙이 얽혀 들어온 호흡이 절정에 다다랐을 무렵 이성의 한계를 느낀 주원이 깊은 심호흡과 함께 입술을 떼어냈다.

"하아…."

그녀의 목덜미를 단단히 붙들고 있는 그의 손끝은 폭발하는 감정을 억누르려 애쓰는 중이었다. 차갑도록 이성적인 그의 흥분한 모습에, 도담은 눈물도 뚝 그치고 주원의 허리만 가만히 쓸어내렸다. 능숙하게 리드하던 모습과 달리, 붉어질 대로 붉어진 그의 얼굴이 미치도록 좋았던 도담은 아직 정리하지 못한 눈물을 마저 닦으며 말했다.

"회사에서 이렇게 달아오르면 어떡해요. 사리 분별 확실히 하는 사람이…."

그러자 빨갛게 물든 입술을 꽈악 깨무는 그의 모습이 어찌나 사랑스러운지. 도담은 어느새 웃음기 어린 눈으로, 그녀만이 볼 수 있는 광경을 만끽했다. 주원은 마른침을 삼키며 애써 표정을 정돈했고, 난데없이 화난 듯한 목소리로 운을 띄웠다.

"저기요, 온도담 씨. 내가 부탁할 게 있는데."

"네? 뭐요?"

"자꾸 그렇게 귀염 떨지 말아줬으면 좋겠어요."

"뭘 떨어요?"

하지만 분위기와 다른 낯뜨거운 멘트는 도담을 당황하게 만들었다. 그래서 놀란 눈만 깜빡이고 있자, 곧바로 이어지는 대사는 어딘지 모르게 익숙했다.

"내가 직장에서는 온도담 씨 편애하는 거 내색 안 하고 싶은데, 이런 모습 볼 때마다 참지를 못하겠네요. 그러니까 직장에서만큼은 행동을 조금 덜 사랑스럽게 바꿔보는 게 어떨까…."

"잠깐, 그 말⋯."

순간, 도담의 머릿속에서 오래된 기억 하나가 떠올랐다. 바로 이 옥상에서 이뤄졌던 첫 고백의 순간이었다. 그땐 내 마음을 털어놓자 마자 오만상을 쓰며 질색하더니, 그걸 이런 식으로 고스란히 되돌려 줄 줄이야.

"그날⋯ 아직도 기억하는 거예요?"

도담이 얼떨떨한 표정으로 묻자, 주원은 다시 싱긋 입꼬리를 올리 며 망설임 없이 대답했다.

"많이 놀라긴 했으니까."

"좋은 의미로?"

"당연히 안 좋은 의미로."

솔직해도 너무 솔직한 그의 대답은 살짝 얄미웠지만, 도담은 그렇 게라도 제 마음을 기억해 주는 그가 고마웠다. 그날 탕비실에서 쪽 지를 건넨 다음 여기까지 오는 동안 얼마나 가슴을 졸였던지. 사랑 만 받았던 시절의 주원은 가늠하지도 못할 거다. 새삼 그때의 감정 에 젖은 도담은 먹먹한 눈빛으로 그를 올려다보았다. 그런 뒤 속삭 이듯 건넨 말은 똑같은 장소에서 전하는 또 다른 고백이었다.

"진짜 많이 좋아했어요. 주원 씨가 깐깐한 내 상사이던 그때."

"지금은?"

"지금은 진짜 많이 사랑하고."

뻔한 사랑 타령인데도 기주원의 입꼬리가 둥근 호를 그리며 들려 올라갔다. 누가 봐도 사랑에 빠진, 그래서 더 혼자만 두고 보고 싶은 아름다운 미소였다. 예쁜 표정으로 속삭이는 대답은 첫 고백 때와 달랐다.

"나도 그래. 어쩌면 너보다 더 널 사랑하는지도 모르겠어."

그리 말하며 그녀의 입술 위로 살짝 끌어내리는 시선. 이젠 그의 눈빛만 봐도 무엇을 원하는지 알 수 있다. 도담은 살며시 눈을 내리 감고, 입 맞추기 좋은 각도로 고개를 들어 올렸다.

"한 번 더 하고 싶으면 해요. 눈치 보지 말고."

안 그래도 그러려고 했다. 내 품 안의 당신은 한 번만 머금기엔 너무나도 사랑스러운 존재였으니.

주원은 그녀의 뺨을 감싸 쥐고 조심스레 입술을 내렸다. 또다시 맞닿는 그녀의 숨결은 어쩐지 아까보다도 더 달게 느껴졌다. 이러다 심장이 다 녹아버릴까 봐 걱정스러워질 정도로.

\* ◆ \*

"여기 맡겨두셨던 짐입니다."

관리 직원이 가져갔던 지갑과 휴대폰, 외투를 플라스틱 바구니에 담아 내밀었다. 가만히 내려다보던 재이는 별 대꾸 없이 제 물건을 가져갔다. 풀려나는 사람치고는 아무 감흥도 없는 그가 몹시도 신경 쓰였던 계 부장은 벌써 삼십 분째, 그의 곁에 딱 붙어 연신 사죄하는 중이었다.

"아무쪼록 이번 일은 정말 죄송하게 되었습니다! 부하 관리를 제대로 하지 못한 제 탓입니다!"

"…."

"제가 생각해도 이사님은 범죄에 휘말릴 분이 아니셨는데, 제가 제 부하를 너무 신뢰했던 모양입니다! 그동안 귀찮게 해드렸던 걸 어떻게 다 보상해 드려야 할지…."

"…."

하지만 좀처럼 재이가 입을 열지 않아 주변 공기만 점점 더 싸늘하게 만들 뿐이었다. 이럴 때 생각나는 건 도담이었다. 서 대표의 부탁 때문에 혼자 내려오긴 했지만, 이렇게 냉랭할 줄 알았으면 온도담을 데리고 올 걸 그랬다.

제 짐을 모두 챙긴 재이는 미련 없이 건물 출구로 향했다. 계 부장은 그 뒤를 졸졸 따르며 국장이 신신당부했던 말을 대신 전했다.

"아, 보상 얘기가 나와서 말입니다만… 그 건에 대해선 걱정하지 마세요. 섭섭지 않게 해드리라는 국장님의 특별 지시가 있었습니다. 그러니까 언론에 너무 요란하게 보도하지는 말아주셨으면…."

하지만 이제 막 본론을 꺼낼 무렵, 재이는 잠시 걸음을 멈추는가 싶더니 계 부장에게로 시선을 돌렸다. 똑바로 마주한 그의 얼굴엔 의식적인 미소가 얹혀있었다. 그 웃는 얼굴이 더 무섭게 느껴졌던 계 부장은 마른침만 꿀꺽 삼켜 넘겼다. 그러나 이윽고 흘러나온 재이의 목소리는 예상과 달리 친절했다.

"괜찮습니다. 그럴 수도 있죠."

"예, 예?"

"그땐 사정이 그랬잖아요. 이해해요."

진심인지 뭔지는 모르겠지만 꽤나 긍정적인 반응이었다. 거기에 희망을 건 계 부장은 반가운 얼굴로 얼른 동조를 했다.

"아휴, 이해해 주시는구나! 네, 맞습니다! 그땐 저희 사정이 서 이사님을 그쪽으로 몰 수밖에 없는 그런 상황이었습니다!"

그 사정에 일방적으로 희생당한 건 억울한 일이었으나, 재이는 애초부터 NSO에 책임을 물을 생각이 없었다. 혹시나 이번 사건에 한부분을 담당했던 도담에게도 책임이 갈까 싶어서였다. 그런 속내를 솔직하게 드러낼 수는 없어서, 재이는 최대한 그럴싸한 이유로 계 부장을 안심시켰다.

"이번 건은 저희 회사 내부에서 발생한 일이기도 합니다. 언론에서 시끌벅적하게 다루는 건 회사 입장에서도 곤란한 일이에요. 게다가 제가 아는 서태환 대표님은 뒷수습이고 뭐고, 빨리 덮기를 원하실 거고요."

하지만 계진상 부장은 그 말에 고개를 끄덕일 수 없었다. 긴급회의 때, 서태환 본인에게 직접 들었던 엄포 때문이었다.

'뒷수습은 똑바로 하셔야 할 겁니다. 혹시라도 대충 덮으려는 모습이 보인다면 제가 나설 수밖에 없습니다.'

'제가 얼마나 지독한지… 여러분들은 굳이 확인할 일 없으셨으면 좋겠네요.'

차라리 쌍욕을 듣는 편이 덜 무서웠을 법했던 그의 마지막 발언. 그 목소리를 또렷하게 기억하고 있는 계 부장은 등골이 다시 싸늘해지는 기분이다. 그러나 그 마음을 알 리 없는 재이는 계 부장에게 고갤 숙여 작별 인사를 건넸다.

"안 나오셔도 돼요. 바쁘실 텐데 올라가서 일 보세요. 그럼 이만."

공손하고 순한 사람이라는 건 알지만, 계 부장은 그의 등 뒤에 저승사자처럼 버티고 선 형이 두려웠다.

"예? 아… 예…. 그럼 서 대표님께는 안부 잘 전해드리고…."

"좋게 헤어질 사이는 아닌데, 작별 인사가 꽤 기네."

계 부장이 잔뜩 얼어붙은 목소리로 배웅하는데, 출구로 향하는 복도 끝에서부터, 기억 속의 낮고 차가운 음성이 들려왔다.

"어이고, 깜짝이야…!"

아직 그의 살기를 잊지 못한 계 부장은 화들짝 놀란 얼굴로 정면을 바라보았다. 하지만 그보다 더 놀란 건 재이였다.

"형…?"

절대 마중 나오지 않을 것 같은 사람이 눈앞에 나타났다. 그 자리에 얼어붙은 재이는 믿기지 않는다는 눈빛으로 태환의 얼굴만 바라보았다. 태환은 그 시선을 슬쩍 피하려는가 싶더니 이내 다시 똑바로 마주 보고, 어색해 보일 만큼 경직된 표정으로 물었다.

"시간 있으면… 얘기 좀 할까."


운전기사마저 자리를 피해준 탓에, 차 안에는 재이와 태환 단둘만 남아있었다. 넓다고 생각했던 차 뒷자리가 오늘따라 왜 이렇게 좁게 느껴지는지. 형제는 각자 다른 곳으로 시선을 돌리고 있으면서도, 옆에 앉은 상대방에 온 신경을 쏟아붓는 중이다. 고개를 떨군 채 제 손끝만 만지작거리고 있던 재이는 애써 차분한 목소리로 말문을 열었다.

"…고마워. 도와줘서."

태환은 들을 자격이 없다고 생각하는 감사 인사였다. 재이를 범인으로 확신하고 밀어붙였던 사람으로서, 그 마음을 고이 받을 수가 없었던 태환은 여전히 차창 밖만 바라보며 딱딱하게 대꾸했다.

"넣어둬. 감사 인사까지 들을 일 아니야."

"그래도…."

말투가 너무 정 없었던 탓일까. 그럴 생각이 아니었는데, 재이는 태환의 말에 더욱더 기가 죽어버렸다. 아무리 정색을 하고 밀어내도 잘만 들이대던 녀석이 오늘은 왜 이렇게 움츠러들어 있는지. 누가 보면 진짜 큰 죄라도 지은 줄 알겠다.

태환은 잠시 분위기를 풀어볼까 했으나, 안타깝게도 그에게는 그럴 만한 말주변이 없었다. 고민하던 태환은 재이에게로 슬쩍 시선을 돌렸고, 돌아가는 현 상황을 담백하게 전했다.

"앞으로 상황이 복잡해질 거야. 나한테 모든 주식 넘겼다는 걸 아시면 회장님도 날뛸 거고, 방패막이를 되찾겠답시고 온갖 회유와 협박으로 널 괴롭히겠지."

"응. 알아…."

"사람들이 뭐라고 하든 아무 반응하지 마. 호시탐탐 너 물어뜯을 궁리만 하는 인간들이라는 거 명심하고. 앞으로는 모든 걸 경계하고 또 의심해야 해."

"알았어. 그렇게 할게…."

순순히 대답하는 재이의 목소리는 시시각각으로 기어들어 가는 중이었다. 아무리 나대는 게 꼴 보기 싫었던 녀석이라도, 축 늘어져 있는 건 이것대로 불편했던 태환은 노골적으로 미간을 좁혔다. 하지만 그렇게 사나운 인상으로 꺼낸 말은 전혀 예상치 못한 질문이었다.

"…좋아하는 나라가 어디야?"

"어?"

"여행 가고 싶었거나, 가보니까 좋았거나⋯. 그런 데 하나쯤은 있을 거 아니야."

그가 처음으로 묻는 자신에 관한 개인적인 질문. 재이는 한 마디도 놓치지 않고 똑바로 들었으면서도, 하나도 이해하지 못한 눈빛으로 태환을 바라보았다. 태환은 그의 시선이 맞닿자마자 다시 정면으로 고갤 돌리는가 싶더니, 이내 인상을 풀지도 않고 말을 덧붙였다.

"여행 보내줄 테니까 이참에 상황 정리될 때까지 머리라도 식히고 오라는 소리야. 전쟁터에 있어봤자 좋은 꼴 못 보잖아."

그리 말하는 태환의 인상은 여전히 곱지 않았다. 그러나 그게 예전처럼 서럽지는 않았다. 표정이나 말투에서 드러나는 것보다 더 많은 감정이 마음에서 마음으로 전해지기 때문이었다.

그는 이제 나를 원망하지 않고, 증오하지 않고, 밀어내지도 않는다. 차마 마주하지 못하고 있는 눈동자도 더 이상 나를 외면하는 게 아니다. 적어도 나를 싫어하진 않겠다는 약속처럼, 어떻게든 나라는 존재를 받아들여 보려 하고 있다. 서툰 그의 노력을 누구보다 잘 아는 재이는 태환의 얼굴을 빤히 들여다보았다. 그런 뒤 조심스럽게 흘려보내는 말은 마치 감탄사와 비슷했다.

"형⋯ 이제 정말 나 안 싫어하는구나."

그러려고 노력했다. 숨 쉬는 순간마다 아주 많이. 하지만 굳이 제 속내를 드러내고 싶지 않았던 태환은 입술을 꾹 닫은 채 아무 말도 하지 않았다. 그런 그를 바라보던 재이는 흐린 한숨을 내쉬며 제 손끝으로 시선을 끌어내렸다. 이윽고 꺼내놓는 이야기는 십수 년간 꽁

꽁 감춰왔던 혼자만의 비밀이었다.

"있잖아. 나 이제 와서 말하는 건데… 사실 우리 집에서 형이 제일 좋았어."

"뭐…?"

"유일하게 날 안 건드렸잖아. 이용하지도 않고, 때리지도 않고, 빼앗지도 않고, 나한테 뭘 강요하지도 않고…. 그렇게 날 싫어하면서도 안 건드렸잖아. 단 한 번도."

상상하지도 못했던 동생의 진심은 얼어붙은 태환의 가슴 깊은 곳에 송곳처럼 박혔다. 차라리 내 비위 맞춰주려고 그냥 하는 말이라면 좋을 텐데. 눈웃음으로 젖어드는 눈동자를 감추고 있는 재이의 말은 의심할 여지도 없다. 태환은 아플 만큼 꽉 조여드는 가슴을 무시하려 애썼다. 하지만 이어지는 고백은 태환을 감정을 송두리째 흔들어놓기에 충분했다.

"밖에 있으면 새아버지 발소리만 들려도 겁이 나고, 새어머니가 뭘 집어 들기만 해도 자지러질 것 같았는데, 이상하게 형은 무섭지가 않았어."

"…."

"형이 날 조금만 덜 미워했어도 도와달라고 엄청 달라붙었을걸. 나 때문에 형 인생 진짜 피곤해질 뻔했어."

재이는 마지막 말을 장난스럽게 내뱉었지만, 태환은 도저히 웃는 얼굴로 들을 수가 없었다. 종교처럼 품고 있던 증오심이 얼마나 왜곡되어 있었는지, 이제야 적나라하게 보여서였다. 그는 재이가 이 집에 멋대로 쳐들어왔다는 이유로 싫어했지만, 그건 저 아이의 결정이 아니었다. 제 어머니를 분노하게 한다는 이유로 싫어했지만, 그것도 저 아이의 의도가 아니었다. 온종일 울며불며 온 집안을 시끄럽게 만든다는 이유로 싫어했던 것도, 결국 저 아이의 잘못이 아니었다. 그러다 더 이상은 울 수도 없게 되어버린 재이가 어떤 상황에서든 웃는 얼굴을 유지해야 했을 때도….

'어머니 장례식에서 딱 한 사람, 너만 웃고 있었던 거. 난 아직 똑똑히 기억해.'

'니가 어디서부터 잘못됐는지, 아직도 파악이 안 돼?'

태환은 그 낯짝을 끔찍이 증오해 왔으나, 그것 역시 저 아이의 선택이 아니었다. 그 어느 것도 저 아이의 죄가 아니었다. 그저 죄인으로 낙인찍는 사람들만 넘쳐났을 뿐. 자신의 분노가 무엇을 가리고 있었는지, 뒤늦게 깨달은 태환은 이번에도 입을 다물었다. 아까처럼 솔직해지고 싶지 않아서는 아니었다. 사실 그에게 해야 할 말들이 아주 많이 쌓여있는데, 무엇부터 어떻게 꺼내야 할지 좀처럼 정리되지 않았다.

덕분에 두 사람의 침묵만 더 무거워지고 길어질 때쯤, 태환이 먼저 어렵사리 입술을 떼어냈다.

"널 오래 미워했어…."

다 알고 있는 진심 뒤에 이어지는 건, 생각지도 못했던 고해성사였다. 재이는 처음으로 제 속마음을 내비치는 태환을 일렁이는 눈빛으로 바라보았다. 그에게는 누구보다 강인하고 서늘했던 형은 믿기지 않을 정도로 유약한 눈빛을 띠고 있었다.

"살아있는 게 분하고, 살아가는 게 답답한데 그걸 풀 길이 없어서… 널 죽도록 미워했어. 돌이켜 보면 나한테는 내 감정을 쏟아낼 대상이 필요했는지도 모르겠어."

"형…."

태환은 가만히 얘기를 들어주는 재이에게로 먹먹한 시선을 건넸다. 그러고서 넌지시 건네는 말은 기대조차 하지 않았던 사과였다.

"미안하다. 가여운 널 더 가엾게 만들어서…."

순간, 태환과 마주한 재이의 눈동자가 놀란 듯 휘둥그레졌다. 잠시 굳었던 그의 눈빛은 잔물결처럼 일렁이는가 싶더니, 이내 축축하게 젖어들고 만다. 미안하다는 말은 기대조차 하지 않았는데. 태환이 어렵사리 꺼내놓은 사과는 그동안의 시간과 맞물려, 재이를 하염없이 서럽게 만든다.

"하아…."

재이는 흐느낌을 감추기 위해 깊은 한숨을 내쉬었다. 하지만 그걸로는 솟구치는 감정을 좀처럼 가라앉힐 수 없어서, 결국 애꿎은 옷깃만 붙잡은 채 숨죽여 흐느꼈다. 그런 재이를 바라보던 태환은 차창 밖으로 시선을 돌렸고, 그의 눈물이 사그라들 때까지 말없이 곁을 지켜주었다.

영원히 서로를 외면할 것처럼 팽팽한 평행 가도를 달리다가, 기적적으로 교차점을 만난 두 사람. 이 순간 절절하게 깨달은 사실이 있다면, 각자의 위치에서 치열하게 살아왔던 형제의 시간은 우습게도 참 많이 닮아있었다는 것이다. 어떤 것이 너의 삶이고 어떤 것이 나의 삶인지 구분도 안 될 만큼. 무엇이 그토록 밉고 원망스러웠는지 생각도 안 날 만큼.

＊ ◆ ＊

고속도로 가로등이 별처럼 빛나는 밤.

도담은 주원의 차 조수석에 앉아있었다. 주변 사람들이 알아챌 수도 있으니까 혼자 가겠다고 했지만, 한사코 데려다주겠다며 나선 극성맞은 예비 신랑 덕분이었다.

"우와, 야경 정말 좋네요. 주원 씨는 퇴근할 때마다 맨날 감상해서 좋겠어요."

도담은 차창 밖에 펼쳐진 한강을 바라보며 감탄사를 내뱉었다. 마음속 커다란 걱정거리가 없어져서 그런지, 오늘따라 더 기분 좋아 보이는 목소리였다. 주원은 그런 그녀를 한 번 흐뭇하게 바라보고는 다시 운전에 집중하며 대답했다.

"앞으로 너도 계속 볼 텐데, 뭐."

"응? 나?"

"결혼하면 같이 출근하고 같이 퇴근할 거 아니야."

무심하게 지나가는 결혼 얘기에 곧바로 도담의 가슴이 반응했다. 이쯤 되면 그가 나의 남편이 될 거라는 사실에 적응할 만도 한데, 아직 결혼이라는 단어가 낯뜨겁고 수줍게 느껴진다.

도담은 반사적으로 붉어진 뺨을 매만지며 주원을 흘끔 바라보았다. 그리고 물어보는 질문은 참 새삼스러웠다.

"있잖아요. 주원 씨."

"응."

"나랑 결혼해야겠다고 결심한 순간이 언제인지 물어봐도 돼요?"

391

"결심한 순간이라니."

"왜 그런 거 있잖아요. 아! 이 여자다! 싶었던 그런 순간."

그동안 대놓고 캐묻지는 못했지만 언젠가는 한 번쯤 들어보고 싶었던 얘기였다. 그렇게나 철벽을 세우던 기주원이 어쩌다 나한테 반한 건지. 비혼을 외치던 이 남자가 무슨 연유로 나와 미래를 엮어나가기로 한 건지. 사실 주원의 사랑 타령을 들으면서도 이 남자가 어쩌다 이렇게까지 변했을까, 참으로 궁금하던 터였다.

도담은 잔뜩 긴장한 눈빛으로 그의 대답을 기다렸다. 주원은 앞차 뒤꽁무니에 시선을 고정한 채 한동안 말을 아꼈고, 차가 꽉 막힌 도로에 잠시 멈춰 서고 나서야 천천히 입술을 뗐다.

"정신 차려보니까 물들어있었어. 너한테."

"물들어있었다니?"

"나는 내 방식대로 잘살고 있으니까 다른 인간관계는 전혀 필요 없다고 생각했는데, 니가 내 삶에 끼어든 이후부터는 많은 것들이 다르게 느껴졌어. 그렇게 귀찮던 관심이 느슨해지니까 서운하고, 내 뒤만 쫓아다니던 시선이 다른 놈한테 가니까 화가 나고…."

"그 다른 놈이라는 건… 혹시 재이 씨?"

도담이 유추해 내기 쉬운 이름을 은근슬쩍 담았다. 그러자 곧바로 구겨지는 주원의 눈썹은 이미 그때를 회상하고 있는 듯했다.

"그래. 일이고 뭐고 한동안 서재이랑 너랑 붙어있는 꼴 보기 싫어서 속 터질 뻔했지."

프로페셔널하기로 소문난 사람이 솔직하게 밝히는 질투. 그게 어떤 의미인지는 도담이 가장 잘 알고 있었다. 일보다 더 신경 쓰이는 존재가 되었다면, 그의 세상에서 가장 중요한 존재로 자리 잡았을 수도 있겠다.

"주원 씨…."

도담은 감동 받은 기색이 역력한 눈빛으로 주원을 바라보았다. 그녀에게 알게 모르게 많은 것을 허락해 준 주원은 민망함을 감추지 못하고 괜히 운전대만 꽉 부여잡았다.

하지만 그 모습은 도담의 마음만 달궈놓을 뿐이었다. 사납게 올라간 눈에서 길게 뻗어 나온 속눈썹도, 날카롭게 솟은 콧날도, 동굴 같은 목소리와 어울리지 않게 도톰하게 귀여운 입술도. 오늘따라 더 예쁘고 사랑스럽다. 도담은 당장이라고 그의 얼굴에 뽀뽀 세례를 퍼붓고 싶은 마음을 꾸욱 억누르고, 웃음기 밴 목소리로 속삭였다.

"기주원 씨, 제가 사랑하는 거 알죠?"

그 말을 들은 주원이 픽, 입꼬리를 들어 올렸다.

"글쎄다. 잘 모르겠으니까 더 사랑해 줘야 할 것 같은데."

좋으면서 엇나가는 건 기주원식 애교였다. 그에게 익숙해질 대로 익숙해진 도담은 하하 웃으며 너스레를 떨었다.

"아이고, 욕심도 많아라. 여기서 얼마나 더 사랑해 줘야 만족하는 거야. 이 남자는."

그렇게 오랜만에 마냥 행복한 대화를 나누며 돌아가고 있던 그때 도담의 가방 안에서 휴대폰이 짧게 진동했다. 도담은 곧바로 제 휴대폰을 꺼내 메시지함을 확인했다. 하지만 그녀의 휴대폰에는 아무런 연락도 도착하지 않았다.

"뭐야, 그냥 팝업 알림인가?"

도담은 대수롭지 않게 여기며 휴대폰을 도로 집어넣으려 했다. 순간, 가방 안에서 새어 나오는 또 다른 불빛 하나. 아직 반납하지 않은 그녀의 업무용 휴대폰이었다. 잠금화면에 선명하게 떠오른 메시지 표시는 왠지 도담의 가슴을 철렁 내려앉게 만든다.

'혹시….'

도담은 혹시나 하는 기대 반, 걱정 반인 눈빛으로 단 한 사람만 저장된 그 휴대폰을 꺼내 들었다. 그리고 또렷이 눈에 들어온 이름 석자에 잠시 숨을 멈추었다. 한동안 닿고 싶어도 닿을 수 없었던 그는 그녀가 오래도록 기다려왔던 사람이었기에.

[새로운 메시지 / 서재이]


얼마 전까지만 해도 주민으로 지냈던 오피스텔 근처의 카페.

이곳은 재이와 시간이 날 때마다 자주 들렀던 곳이었다. 익숙한 직원들의 인사를 받으며 카페 안으로 들어선 도담은 자연스레 재이가 자주 앉는 창가 쪽부터 훑었다.

"도담! 여기야."

들어온 그녀를 보자마자 벌떡 일어나 이름을 부르는 그는 야경이 잘 보이는 창가에 자릴 잡고 있었다. 오랜만에 마주한 얼굴은 더 핼쑥해진 것 빼고는 다행히 별 이상 없어 보였다.

"재이 씨!"

도담은 재이만큼이나 반가운 얼굴로 그에게 다가갔다. 맞은편에 앉는 도담을 가만히 쳐다보던 재이는 이내 생글 웃으며 말을 걸었다.

"바로 나와줘서 고마워. 너도 할 일 많았을 텐데."

"재이 씨가 불렀는데 할 일이 많아도 다 제쳐놓고 나와야죠. 어디 아픈 데는 없어요? 정말 아무 탈 없이 풀려난 건 맞고요?"

누가 걱정쟁이 아니랄까 봐. 도담은 재이를 보자마자 그동안의 걱정부터 풀어놓았다. 정작 당사자인 재이의 대답은 해맑기만 했다.

"도담이 나 많이 걱정했구나."

"당연하지! 당신이 날 제일 많이 걱정시켜! 제일!"

쩌렁쩌렁한 도담의 목소리에 주변 손님들의 시선이 두 사람에게로 향했다. 재이는 그들의 눈길을 의식하는 듯 얼굴을 가렸고, 도담에게만 들릴 만큼 작은 목소리로 속삭였다.

"목소리 낮춰. 사람들이 나 보면 어떡하려고 그래…."

"왜요? 왜 보면 안 되는데? 아직 의심받고 있는 거예요?"

"아니. 그런 건 아니고…."

"그럼 뭔데. 왜 그러는데!"

재이는 득달같이 캐묻는 그녀를 보며 깊은 한숨을 내쉬었다. 그러나 이어지는 말은 김이 확 샐 만큼 어이없었다.

"여기 있는 서너 명쯤은 나한테 반할 게 뻔하니까. 귀찮은 일 안 만들려고."

"아, 진짜… 걱정했잖아!"

도담은 분위기 파악도 못 하고 실없는 농담만 하는 재이의 손등을 찰싹 내리쳤다. 재이는 뿔난 그녀의 표정을 보면서도 속 편히 하하하 웃을 뿐이었다. 태평한 그 모습은 살짝 얄미웠지만, 그래도 한편으로는 안심이었다. 예전과 똑같은 모습으로 장난치는 걸 보면 정말 무탈하게 풀려난 게 맞는 모양이다.

"내가 찌워놓은 볼살 쏙 빠졌네…."

도담은 재이의 얼굴을 찬찬히 들여다보며 말했다. 그 말을 들은 재이는 제 뺨을 매만지며 먹히지도 않을 변명만 늘어놓았다.

"그냥 나이 들어서 빠지고 있는 거야."

"나잇살이면 보통 찌지. 누굴 바보로 아나."

"누구 덕분에 위 많이 늘어나서 이제 밥도 많이 먹을 수 있다니까? 진짜 걱정 안 해도 돼."

"나도 걱정 안 하고 싶다. 특히 밥걱정은 더더욱."

도담은 입술을 삐죽 내밀고 재이를 흘겨보았다. 어째 만난 다음부터 잔소리만 계속되는 느낌이었으나, 재이에게는 죄책감에 시달리는 그녀보다 툴툴거리는 그녀를 보는 쪽이 훨씬 더 마음 편했다. 하지만 그 편안함 뒤에 이어지는 건 착잡하게 내려앉는 감정이었다. 모든 것이 잘 해결된 지금, 재이는 여기까지 그녀를 만나러 오는 동안 남몰래 결심한 것이 하나 있다.

"도담."

재이는 차분한 목소리로 그녀의 이름을 불렀다. 제 앞에 놓인 물을 홀짝이던 그녀는 토끼처럼 동그란 눈동자를 그에게로 옮겼다. 재이는 그런 그녀를 보며 무슨 말을 꺼내려다가, 결국 그냥 고개를 떨구어버렸다. 이름을 괜히 부른 건 아닐 텐데, 아무 말 없이 커피잔만 매만지는 그는 초조해 보이기까지 했다.

"분위기가 또 왜 이래요. 뭔 일 있어요?"

그를 가만히 들여다보던 도담이 넌지시 물었다. 그녀의 물음에도 좀처럼 입을 열지 못하던 재이는 한참이 지나서야 잘 들리지도 않는 목소리를 흘려보냈다.

"하아… 큰일이네."

"뭐가 또 큰일이야. 뭐가."

"아무래도 안 되겠어."

뜻이 온전히 전해지진 않아도 왠지 모르게 불안한 그의 혼잣말에 도담은 재이의 얼굴을 빤히 들여다보았다. 머지않아 고개를 든 재이는 그 시선을 똑바로 마주했고, 준비하지 않았던 고백을 건넸다.

"나 그동안 연습 많이 했어. 다시 우리가 예전으로 돌아가려면 내 마음을 정리해야 하니까. 널 봐도 흔들리지 않으려고 정말 노력했어. 그런데…."

잠시 하던 말을 멈추고 마른침을 삼킨 그는 다시 억지로 입술을 움직였다.

"…아직 널 좋아해."

"재이 씨…."

"아마 한동안 이럴 것 같아. 사람 마음이라는 게 정리하고 싶다고 해서 깔끔하게 정리할 수 있는 게 아니었나 봐."

그리 말하는 재이의 눈동자엔 고백의 설렘보다 두려움이 더 짙게 배어있었다. 자신의 마음에 대해 도담이 어떤 대답을 할지, 그도 이미 알고 있는 모양이었다. 그 예상에서 조금도 빗나갈 수 없었던 도담은 흐린 탄식부터 내쉬었다.

"아…."

뻔한 거절이라고 해도 최대한 아프지 않게 전하고 싶은데. 이미 상처투성이인 사람에게는 스치는 손길조차 고통이 되어버릴 것 같다.

재이는 아무 대답도 하지 못하는 그녀에게 다정히 말했다.

"괜찮아. 너한테 무슨 대답 들으려고 이 얘기 또 꺼내는 거 아니야."

"그럼….

"나, 당분간 해외에 나가 있으려고."

"해외요? 어디?"

갑작스러운 출국 얘기에 도담의 눈동자가 휘둥그레졌다. 그에 비해 뒷말을 이어나가는 재이의 얼굴은 평온하기만 했다.

"어디로 갈지는 아직 못 정했어. 내 마음도 그렇고, 주변도 그렇고 정리할 게 많아서…. 일단 꽂히는 곳으로 출발해 볼 생각이야."

목적지도 없는 여행은 왠지 불안하게 들렸다. 이 순간, 도담은 훌쩍 떠나는 이유가 자신 때문일까 봐 겁나기까지 한다.

"내가… 재이 씨를 도망치게 만드는 건 아니죠?"

또 한 번 그를 내모는 사람이 되고 싶지 않았던 도담은 염치없다는 걸 알면서도 그에게 물었다. 그러자 돌아온 재이의 대답은 그 어느 때보다도 단호했다.

"도망치는 거 아니야. 나 이제 그러지 않아도 돼."

"그러지 않아도… 된다니?"

"돌아올 곳이 있거든."

"돌아올 곳?"

어느 것 하나 제대로 설명해 주는 게 없는 답변. 하지만 '돌아올 곳'이라는 말에, 문득 한 사람이 그려지는 이유는 왜일까.

"혹시 서태….

도담은 재이의 억울함을 벗겨내는 데 가장 큰 역할을 했던 그의 이름을 언급하려 했다. 그러나 다 꺼낼 새도 없이, 재이가 먼저 말문을 열었다.

"나… 지금까지는 내가 외로운 이유를 항상 다른 사람한테서 찾았어. 엄마가 날 떠난 거고, 가족이 나를 외면하는 거고, 주변 사람들이 나한테서 멀어지는 거라고 생각했어."

"…."

"그런데 있잖아, 다시 돌이켜 보니까 그 사람들이 변한 게 아니라 내가 너무 한자리에 고여있었더라. 다들 그때그때 변화를 받아들이면서 앞으로 나아가는데, 나만 여덟아홉 살쯤에 가만히 멈춰있었어."

"…."

"오랜 세월 동안 흐르지 않고 고여있었으니까 누구도 내 옆에 머무를 수 없었겠지. 하다못해 그 살기 좋다는 1급수짜리 강물도 한곳에 고여버리면, 물고기 한 마리 못 사는 썩은 물이 되잖아."

자신의 삶을 돌이키는 재이의 눈빛은 씁쓸했다. 그때까지만 해도 도담은 그에게 되돌려줄 위로를 떠올리려 노력하는 중이었다. 하지만 뒤따라오는 재이의 이야기는 그럴 필요가 없게끔 했다.

"그런 내 삶으로 흘러들어온 사람이 있어. 그 사람도 만만치 않게 고집쟁이라서 나만큼이나 오랫동안 한자리에 머물러 있었는데…. 나 혼자 외롭게 썩어가는 걸 보면서 먼저 용기를 냈대."

재이는 그 말끝에 다시 똑바로 도담을 바라보았다. 그리고 차분히 건네는 건 고백보다도 진솔한 다짐이었다.

"나… 그 사람을 위해서라도 변해보려고 해. 과거에 묶이지 않고, 변하는 것들을 붙잡지 않고, 그냥 앞으로만 흘러가 보고 싶어."

그리 말하는 재이의 눈빛은 어느 때보다도 차분하고 침착했다. 웃고 있어도 그 안에 서린 절망이 보여서 늘 불안하던 사람이었는데, 지금 이 순간만큼은 어떤 시련도 헤쳐나갈 수 있을 것처럼 담대하게 느껴진다.

그래서 더 이상 말리지도 못하는 도담에게, 재이는 씩씩한 목소리로 작별 인사를 건넸다.

"그동안 고마웠어. 내가 다시 돌아왔을 땐 많은 것들이 달라져 있을 거야. 물론 좋은 쪽으로….."

담담한 그의 다짐은 도담의 머릿속에 남아있던 걱정들을 모두 밀어내기에 충분했다. 평온해 보이는 표정도, 고르게 내쉬는 숨결도 이때까지 보아온 모습 중 가장 후련해 보였으니. 지금의 서재이라면 어딜 가든 잘 해낼 거라는 확신이 든다. 절망스러웠던 그의 과거는 더 높이 뛰어오를 수 있는 발판이 되어 그를 외로움에서 구출해 줄 거라 믿는다.

제 안의 걱정을 모두 정리한 도담은 테이블 위에 올라온 그의 손을 꼬옥 붙잡았다. 그러고는 재이의 눈을 지그시 마주하며, 도담이 할 수 있는 가장 그녀다운 약속을 했다.

"돌아오면 우리 집에 밥 먹으러 와요. 재이 씨가 제일 좋아하는 거로 대접할게요."

그 말에 재이의 눈동자가 옅게 일렁였다. 금세 울어버릴 것 같은 눈이었으나, 그는 용케 울지 않았다. 재이는 도담의 손을 부드럽게 맞잡으며 고개를 끄덕였다.

"응….."

그리 대답하는 재이의 얼굴에는 아이처럼 예쁜 미소가 번져있었다. 거친 폭풍우를 헤치고 나왔으면서도 어디 한 군데 금가거나 더럽혀진 구석이 없는, 오직 서재이만이 지을 수 있는 천진한 미소였다.

\* ◆ \*

지하주차장의 엘리베이터 쪽에서 익숙한 발소리가 들려왔다. 주차해 둔 차 주변에서 초조하게 서있던 주원은 고갤 돌려 다가오는 얼굴을 확인했다.

"주원 씨! 기다릴 거면 들어가서 기다리지!"

저 멀리서부터 손을 방방 흔들며 달려오는 사람은 주원이 오매불망 기다렸던 도담이었다. 떠날 때만 해도 그녀의 얼굴엔 걱정이 절반쯤 차있었는데, 돌아온 그녀는 십 년 묵은 체증이라도 가라앉힌 사람처럼 후련해 보였다. 그건 정말 다행인 일이었다. 퇴근길에 급하게 차를 돌려서 서재이한테 보냈는데, 울상이 되어 돌아왔다면 참 힘빠질 뻔했다.

"얘기는 다 끝냈어?"

주원의 가벼운 물음에 도담은 고개를 끄덕거렸다. 그 모습을 본 주원의 머릿속에는 다음 질문들이 득달같이 떠올랐다. 무슨 얘기를 나누었는지, 다시 만난 그는 어떤 표정이었는지, 불안해하던 것들은 다 떨쳐낸 건지, 또 앞으로는 어떤 사이로 지낼 생각인지…. 하지만 꺼내려다가 그냥 관두었다. 두 사람이 맺은 끝은 두 사람만 간직하고 있는 것이 옳다는 생각에서였다.

"잘 끝냈으면 됐어. 차에 타. 데려다줄게."

주원은 생글생글 미소만 띠고 있는 도담을 차 쪽으로 이끌었다. 바로 그때, 재킷 안에 넣어둔 주원의 휴대폰이 울렸다. 곧바로 휴대폰을 꺼내 확인한 이름은 방금 도담과 헤어졌을 사람의 것이었다.

"서재이…?"

난데없는 재이의 연락에, 주원은 잠시 걸음을 멈추었다. 그사이, 먼저 차 앞에 도착한 도담은 조수석 문을 반쯤 연 채 주원에게 물었다.

"안 타요?"

"먼저 타. 나는 전화가 와서… 통화 마치고 갈게."

그녀를 재촉하는 주원의 손짓에, 도담은 고개를 갸웃하면서도 순순히 그의 차에 올라탔다. 그런 그녀를 바라보던 주원은 차 문이 제대로 닫히고 나서야 통화 버튼을 눌렀다.

"여보세요."

그의 목소리는 상대가 상대이니만큼 경직되어 있었다. 그에 비해 휴대폰 너머에서 들려오는 재이의 음성은 태연하기만 했다.

—도담이랑 같이 있는 거 알아요. 길게 말 안 할게요. 듣기만 해도 돼요.

"…말씀하세요."

도대체 무슨 말을 하려고 몰래 전화까지 한 건지. 주원은 불편함이 고스란히 느껴지는 목소리로 대답했다. 그러나 곧바로 들려온 재이의 한마디는 주원을 몹시 당황하게 만들었다.

—고마웠어요.

"뭐?"

—고마웠다고요. 기주원 씨한테. 정말 많이….

재이의 감사 인사는 주원이 받을 이유가 전혀 없다고 생각했던 말이었다. 그를 꺼내보겠다고 용을 쓴 사람은 도담과 수영이었고, 그가 무사히 풀려나도록 실질적인 도움을 준 사람은 태환이었으니.

"제가 그런 얘기를 들어도 되는지 모르겠네요."

주원은 회의적인 태도로 대답했다. 매정하게 들릴지 몰라도, 받을 자격 없는 감사를 받고 싶진 않아서였다. 하지만 그의 냉소적인 반응에도 굴하지 않고, 재이는 간직했던 진심을 풀어놓았다.

—돌이켜 보면 내가 눈엣가시처럼 거슬렸을 텐데…. 그걸 무턱대고 뽑아내는 대신 기다려줬잖아요. 내가 마음 추스를 수 있을 때까지.

"…."

—쉬운 일 아니었다는 거 알아요. 그래도 덕분에 좋은 모습으로 이별할 수 있었어요. 그러니까 고맙다는 인사 받아도 돼요. 난 진심으로 고마웠으니까.

생각지도 못한 이야기에 주원은 잠시 침묵했다. 기다려주는 일보다 본인이 키운 마음을 스스로 정리하는 게 더 큰일이었을 텐데. 그런 걸 보면 감사해야 할 사람은 내가 아니었을까 싶기도 하다.

"그야 뭐…."

어렵사리 입술을 뗀 주원은 그에게 무슨 대답을 할지 잠시 고민했다. 아무리 고민해 봐도, 평범한 작별을 원하는 사람에게 전해야 할 건 식상한 위로나 조언이 아닌 평범한 인사인 듯했다. 결단을 내린 주원은 남아있던 긴장감을 모두 지워내고 입을 열었다.

"청첩장도 전해줄 겸… 나중에 술이나 한잔하죠."

처음으로 적의 없이 편안하게 꺼낸 한마디. 수화기 너머에서는 얼핏 숨결과 비슷한 재이의 웃음소리가 되돌아왔다. 경계심 없이 편안하기만 한 반응에, 그를 대하는 주원의 마음도 한결 가벼워졌다.

―…도담이랑 행복하세요.

그 말을 마지막으로 재이와의 통화는 일방적으로 끊어졌다. 통화 종료음을 듣고서도 한동안 휴대폰을 내려놓지 못하던 주원은 차분한 숨을 내쉬며 도담에게로 시선을 돌렸다. 호기심 가득한 눈으로 주원을 지켜보다가 눈이 마주치자마자 예쁘게 눈웃음 짓는 그녀. 바라보는 것만으로도 행복해지는 그녀는 누구의 부탁 때문이 아니더라도 반드시 행복하게 만들어주고 싶은 사람이었다. 이제 나에게는 세상 그 어느 것보다 소중한 존재니까.

주원은 휴대폰을 꼭 쥔 채 도담에게로 천천히 걸음을 옮겼다. 닫혀 있던 운전석 문을 열자, 도담이 기다렸다는 듯 주원에게 물어왔다.

"통화 짧게 끝났네? 누구였어요?"

"어….."

잠시 고민하던 주원은 적당히 둘러댈까, 하다가 그냥 솔직하게 대답하기로 했다.

"그냥… 친구."

지금은 아직 그런 사이가 아니라고 해도. 훗날 다시 만났을 때는 왠지 그렇게 불러도 될 것 같으니.

# 영원한 사랑을 약속한
# 그대에게

신부 온도담 · 신랑 기주원 / 동백홀

웨딩홀 로비에 선명히 떠오른 이름을 본 혜인이 씨익 미소 지었다. 오늘 아침까지만 해도 얘가 정말 천하의 기주원이랑 결혼을 하는 건가 마는 건가 긴가민가했었는데, 이렇게 웨딩홀에 사진까지 떡 걸어둔 걸 보니 혼사 준비를 성공적으로 마친 모양이다.

혜인은 환히 웃고 있는 사진 속 도담을 보며 작게 속삭였다.

"이렇게 꾸며놓으니까 애티는 벗었네. 누가 봐도 새신부야, 새신부."

내 친구라서 그런가, 이 웨딩홀에 있는 어떤 신부들보다도 반짝반짝 빛나는 느낌이다. 그렇게 인상 안 좋아 보이던 기주원도 활짝 웃고 있으니 세상 사람 좋아 보인다.

"묘하게 닮은 거 보니까 둘이 잘 살겠다."

혜인은 흐뭇한 미소를 지으며 웨딩홀 2층에 위치한 동백홀로 다시 걸음을 옮기려 했다.

"헤이, 레이디. 동백홀을 찾으시나요?"

그때, 바로 옆에서 굉장히 작위적인 목소리가 들려왔다. 어리둥절한 혜인의 눈앞에 서있는 건, 어쩐지 묘하게 익숙하다 싶은 앳된 남자였다.

"웅? 어디서 본 것 같은데…."

남자의 얼굴을 본 혜인은 미간까지 찡그린 채 중얼거렸다. 그러자 한쪽 어깨는 벽에 기댄 채 겉멋을 부리며 서있던 남자가 버터 향 가득한 미소를 머금었다. 그러면서 은근슬쩍 흘려보내는 건 구십 년대 드라마에서나 나왔을 법한 우스꽝스러운 작업 멘트였다.

"혹시 같은 걸 느꼈나요? 우리?"

"같은 거요?"

"저도 당신을 보는 순간 깨달았죠. 이 느낌, 예사 느낌이 아니야. 어쩌면 우리는 운명의 데스티니…!"

"야! 너 온도담 동생이지!"

혜인이 클라이맥스로 향하던 개수작을 중단시키고 버럭 소리쳤다. 순간, 그의 얼굴은 언제 실실거렸냐는 듯 딱딱하게 굳어버렸다.

"아, 뭐야…. 온도담 친구였어?"

이 반항기 가득한 얼굴을 보니 확실히 생각난다. 온도영. 예전에 도담이 임무 중에 작전지를 뛰쳐나갔을 때, 주원과 그녀를 잡겠다고 따라가서 만났던 온도담의 동생. 이놈은 멀쩡한 허우대와 그렇지 못한 정신세계를 가진 도영이 확실하다.

싹싹한 혜인은 오랜만에 만난 도담의 동생에게 반가움을 드러냈다.

"누나가 갑자기 시집간다니까 기분이 어때? 어젯밤에 베갯잎 좀 적셨나?"

"적시긴 뭘 적셔요. 원래 눈만 마주치면 싸우던 사이라 속이 다 시원하구먼."

그에 비해 도영의 대답은 까칠하기만 했다. 밖에 나가면 하도 동생 욕을 하고 돌아다니는 온도담 탓에, 그녀의 친구와는 엮일 수 없다는 걸 잘 알기 때문이었다. 그러거나 말거나 혜인은 도영의 어깨에 팔까지 두르며 친근한 대화를 이어나갔다.

"오늘 누나 결혼식이라고 때 빼고 광낸 거야? 전에 봤던 동네 백수 같은 모습과는 사뭇 다른걸?"

"한 번 봐놓고서 뭘 그렇게 아는 척이에요? 참나…."

"이 넓은 지구에서 한 번 봤으면 많이 본 거지. 이야, 그래도 넌 걱정은 없겠다! 아주 듬직한 매형이 들어와서!"

"내가 원하는 매형이 누구였는지 알기나 해요? 아무것도 모르면서!"

아직까지도 재이를 잊지 못한 도영은 몹시 예민해진 목소리로 툴툴거렸다. 안 그래도 아까부터 그 형을 찾겠다고 두리번거리고 있는데, 나오라는 형은 안 나오고 웬 아저씨들만 잔뜩이라 짜증나던 참이었다. 하지만 그 마음을 알 리 없는 혜인은 징징거리는 도영의 앞에서 주원을 포장해 주려 애썼다.

"야, 너희 매형 진짜 대단한 사람이야. 나중에 너도 큰 덕 볼걸?"

"덕? 무슨 덕? 숨겨둔 돈 많대요? 빨간 재규어 있대요?"

"아니, 그런 거 말고 다른 쪽으로…. 니가 혹시라도 나쁜 길로 빠지면 너희 매형이 가장 먼저 달려가서 널 체포해 줄 거야! 더 큰 죄의 늪으로 빠지기 전에!"

"하아… 그것 참 듣던 중 좋은 소식이다. 듣던 중 좋은 소식이야."

도영은 헛소리만 늘어놓는 혜인에게 대놓고 빈정거리면서도, 그녀를 2층 동백홀로 이끌었다.

도담과 주원의 결혼사진이 대문짝만 하게 걸려 있는 동백홀 앞은 여기가 회사인지, 결혼식장인지 분간이 안 될 정도로 익숙한 얼굴들뿐이었다. 사회생활 마스터인 혜인은 보이는 사람마다 허리 숙여 인사하며 살갑게 인사했다.

"김 대리님, 안녕하세요! 오늘 멀끔하게 빼입으셨네! 어, 송 차장님은 얼마 만에 면도하신 거예요? 훨씬 깔끔하네요! 아, 애요? 아니! 애인 아니고 온도담 동생!"

도영은 도도한 얼굴과 달리 과하게 수선스러운 그녀를 바라보며 절레절레 고갤 저었다.

"어후… 목청 봐. 온도담 같아."

하지만 그 표정도 오래가진 못했다. 동백홀 입구에서 저승사자처럼 살벌하게 서있는 예비 매형 기주원 때문이었다.

"윽… 언제 봐도 인상이 세. 세도 너무 세."

도영은 저도 모르게 뒷걸음질을 치며 혼잣말을 중얼거렸다. 마침 대충 인사를 마친 혜인은 도영의 시선이 향한 쪽으로 고갤 돌렸다. 그제야 마주한 주원의 얼굴은 혜인이 보기에도 심하다 싶었다. 사람이 얼마나 긴장을 했는지, 안 그래도 무서운 얼굴이 훨씬 더 사납게 경직되어 있다.

"하이고… 우리 기 팀장님. 잔뜩 얼어붙으셨구면."

그를 구제해 줘야겠다 생각한 혜인은 손을 살랑살랑 흔들며 주원에게로 다가갔다.

"기 팀장님. 여기 보세요. 기 팀장님!"

"아…."

혜인을 발견한 주원은 괜히 멀쩡한 옷매무새를 가다듬었다. 이제 와서 의연한 척하기엔 늦었다는 걸 본인만 모르는 듯했다. 혜인은 그런 주원의 앞에서 제 입꼬리를 보란 듯이 끌어올렸다.

"새신랑이 그렇게 굳어 있으면 어떡해요? 방긋 웃어야죠. 방긋!"

"나… 웃고 있지 않았습니까?"

주원이 당황한 표정으로 물었다. 그 압도적인 위엄은 다 어디로 갔는지, 사정없이 떨리는 눈빛은 겁먹은 토끼나 다름없었다. 혜인은 그런 그에게 솔직히 대답했다.

"지금 신부한테 돈 받으러 온 사채업자 같아요."

"말도 안 돼."

"그 말도 안 되는 표정을 기 팀장님이 짓고 있다니까요?"

혜인의 타박에, 주원은 제 얼굴을 쓱 매만져 보았다. 잔뜩 힘이 들어간 안면근육은 굳이 거울을 보지 않아도 표정이 상상이 가능했다. 이럴 줄 알고 오늘 아침 약국에서 청심환까지 먹고 왔는데, 사기당한 게 아닌가 싶을 정도로 듣지를 않네.

"후우…."

주원은 깊은 한숨과 함께 마음을 진정시키려 애썼다. 그 모습을 본 혜인은 피식 웃음을 흘리며 물었다.

"그렇게 떨리세요?"

"뭐가요."

"이렇게 떠는 모습 처음 봐서요. 이제 보니까 기 팀장님도 평범한 사람이다, 싶네요."

혜인은 놀리듯 말했지만 오늘 주원이 떠는 것이 당연했다. 지금껏 경주마처럼 앞만 보고 달리느라 사랑이나 결혼 같은 건 상상도 못 해 봤던 삶. 그런 그가 진심으로 사랑하는 사람을 만나 결혼까지 다다랐다는 건, 기적이라 불러도 좋을 만큼 믿을 수 없는 일이었으니까.

일생일대의 사건을 목전에 둔 주원은 민망해 죽겠다는 목소리로 솔직한 새신랑의 심경을 고백했다.

"평범한 사람이 특별한 사람을 만나서 남은 인생을 함께하게 되었는데… 침착한 게 더 이상하지 않나."

점점 빨개지는 그의 얼굴은 마치 사춘기 소년 같았다. 혜인은 처음으로 보는 그의 솔직한 모습에, 마음에 든다는 미소를 지어 보였다.

"그 대답, 정말 마음에 드네요. 팀장님 정말 좋은 남편 되겠다."

태어나서 처음 들어보는 종류의 칭찬. 결혼식이라면 의례적으로 할 수 있는 멘트인데도, 그 말에 조금 안심이 된다면….

'나, 벌써 너무 팔불출처럼 구는 걸까.'

주원은 잠시 고민했지만 이내 그런 생각은 다 떨쳐버리기로 했다. 어차피 내 사람 하나 행복하게 만들어주겠다고 결혼하는 건데, 팔불출이면 뭐 어때. 그런 말 들을 만큼 잘해줄 수만 있다면 그걸로 다행이지.

소란스러운 밖과 달리 아직은 한적한 동백홀 신부실.

그 안에는 새하얀 벨 라인 드레스를 예쁘게 차려입은 도담이 다소 곳이 앉아있었다. 평소보다 반짝반짝한 메이크업과 예쁜 꽃으로 장식한 헤어스타일, 거기에 길게 늘어트린 면사포만 봐도 그녀는 영락없는 오늘의 주인공이었다.

하지만 그보다 더 신부 티를 내는 건, 드레스에 달린 비즈보다도 반짝반짝한 그녀의 눈빛이었다. 바짝 긴장한 새신랑과 달리 기대와 설렘뿐인 그녀의 눈은 누가 봐도 이날만을 기다려온 모습이다.

"신부님. 곧 손님들 들어오실 텐데 사진 찍을 때 머리 조심하시고요. 많이 움직이시는 건 안 돼요. 아셨죠?"

도담의 결혼을 담당한 웨딩플래너는 눈에 띄게 신이 난 도담에게 신신당부를 했다. 하지만 도담은 그런 주의 사항들을 신경 쓸 겨를이 없었다. 신부대기실 벽면에 비치된 모니터 화면에서 자꾸만 잘난 모습을 드러내는 신랑 때문이었다.

"있잖아요, 플래너님. 우리 신랑 솔직히 너무 잘생기지 않았어요?"

도담은 웨딩 화보 속 주원의 얼굴을 빤히 바라보며 물었다. 스케줄을 확인하느라 바빴던 플래너는 흘끔 모니터를 확인하고는 친절한 미소와 함께 대답했다.

"잘생기셨죠. 처음에는 연예인인 줄 알았다니까요?"

"그렇죠? 저만 그렇게 생각하는 거 아니었죠? 아니, 어딜 다녀봐도 우리 신랑이 최고더라고요. 저렇게 생길 거면 모델이나 배우를 하지. 왜 평범한 회사 팀장님으로 사는 건지 도통 모르겠어요!"

까르르 웃으며 너스레를 떠는 도담은 누가 봐도 행복에 겨워 보였다. 밖에 서 있는 새신랑은 그녀를 하루하루 기쁘게 해주지 못할까 봐 전전긍긍하고 있지만, 정작 새신부는 그가 자신의 남편이라는 사실 하나만으로도 하루하루를 축제처럼 살아갈 듯하다. 물론 그거야, 이 결혼이 열렬한 짝사랑의 결실이나 다름없으니 당연하겠지만.

"신부님. 전화 왔어요."

그렇게 한창 단꿈에 부풀어 있던 그때, 플래너가 요란하게 진동하는 도담의 휴대폰을 내밀었다. 도담은 그제야 정신을 차리고 제 휴대폰을 받아 들었다. 휴대폰 화면에 두둥실 떠오른 이름은 날이 날이라서 더 반가운 사람의 것이었다.

"어, 재이 씨!"

통화 버튼을 누른 도담은 밝은 인사를 건넸다. 그러자 들려온 재이의 목소리에는 걱정이 가득했다.

―도담, 오늘이 결혼식이지? 내가 너무 늦게 전화한 거 아니야?

"늦게 전화하긴! 본식 사십 분 전이에요. 딱 좋을 때 전화했네."

―나 있는 동네랑 시차가 꽤 있어서 그런지, 시간 계산하기 어려워. 직접 보러 갔으면 좋았을 텐데 그러지 못해서 미안해.

재이는 사과부터 꺼내놓았지만, 오겠다는 그를 한사코 말렸던 건 도담이었다. 그도 그럴 것이 재이는 지금 한국으로부터 멀리 떨어진 북대서양 북동부의 섬, 아일랜드에 머물러 있으니까.

사건이 해결된 이후, 재이는 휴대폰 번호를 바꾸기 전 마지막으로 도담에게 연락을 해왔다. 어디선가 얼핏 이름만 들어봤던 섬으로 떠나겠다는 내용이었다. 언제 올지도 정해놓지 않았다는 재이의 말에, 도담은 무모한 그를 잠시 걱정하기도 했었다. 하지만 그럴 때 생각나는 건, 재이가 그녀에게 했던 마지막 다짐이었다.

'과거에 묶이지 않고, 변하는 것들을 붙잡지 않고, 그냥 앞으로만 흘러가 보고 싶어.'

어디에도 묶이지 않고, 아무것도 붙잡지 않고, 그저 흘러가고 싶다는 사람이 택한 아일랜드. 사진으로만 봐도 특유의 느긋한 분위기가 느껴지는 그 섬이라면, 그가 잠시 머물며 숨통을 트이기엔 제격이라는 생각도 들었다. 그곳에서의 휴식을 지켜주고 싶었던 도담은 결혼식에 불참한 재이가 미안해하지 않도록 일부러 너스레를 떨었다.

"참석 안 해도 되니까 축의금이나 많이 넣으라고 했잖아요. 얼굴이야 한국에 돌아왔을 때 실컷 보면 되지!"

―도담이 못 본 사이에 속물 다 됐구나! 축의금은 형도 보냈을 텐데, 그걸로는 성에 안 차는 거야?

"서 대표님 축의금도 충분하긴 한데, 많으면 많을수록 좋지 않겠어요?"

―하하하, 그렇게 말하니까 엄청 부담스러운데? 통장 잔고 좀 확인해 봐야겠어.

그녀의 명쾌한 대답을 들은 재이가 크게 웃었다. 웃음소리가 전에 통화했을 때보다도 밝아진 걸 보니, 하루하루가 즐겁고 행복한 모양이다. 걱정 대신 응원하는 마음으로 떠나보낸 보람이 절로 느껴지게.

"맞아, 아일랜드랑 한국이랑 시차가 여덟 시간 난다고 하지 않았나? 그럼 거긴 지금 새벽 아니야?"

도담은 신부대기실 벽에 걸린 시계를 확인하며 물었다. 여전히 생색내길 좋아하는 재이는 급작스럽게 피곤한 척, 대답했다.

—새벽이지. 이 전화 하겠다고 알람을 몇 개를 맞춰놨는지 몰라.

도담은 그런 그에게 피식, 웃음을 흘려주었다. 그런 뒤 꺼내는 질문은 늘상 물어보는 내용이었다.

"밥은 잘 챙겨 먹는 거지?"

이제 내려놓을 법도 한데, 저놈의 밥걱정은 끊길 새가 없다. 아마 삼시 열 끼를 먹어서 포동포동해져도 끼니는 계속 챙겨줄 것 같다.

재이는 그런 그녀를 안심시키기 위해 성심성의껏 대답했다.

—응, 잘 먹고 있어. 메뉴 읊어줄까?

"아니, 그렇게까지 세세하게 알려줄 필요는 없고…."

—아침에는 바게트랑 치즈, 그리고 우유. 점심에는 샐러드랑 피자 먹었고, 저녁에는 옆집 아줌마가 초대해 줘서 바비큐 파티 다녀왔고. 또 간식은….

"알았어요! 알았어! 잘 먹고 다녀서 다행이야! 그래!"

도담의 격한 반응에 재이의 웃음이 한 번 더 새어 나왔다. 이런 건 눈앞에서 직접 봐야 재미있는데, 멀리 떨어지니 실시간으로 다이내믹한 그녀의 표정을 못 보는 게 아쉬울 따름이다.

한참을 소리 없이 웃던 재이는 손목시계를 확인했다. 별로 많은 얘기를 나눈 것도 아닌데, 어느새 통화 시간은 오 분을 넘어가고 있었다.

"아, 도담. 너 이제 들어갈 때 됐지. 난 다른 얘긴 할 거 없고, 그냥…."

마음이 바빠진 재이는 목소리를 가다듬고, 준비했던 얘기를 꺼내려 했다. 하지만 그 순간, 휴대폰 너머의 결혼식장이 소란스러워졌다.

―도담아! 어머! 한떨기 은방울꽃이 따로 없네!

―앗, 내 사랑 혜인 씨! 일찍 왔네!

―늦을까 봐 택시 타고 달려왔지! 드레스 너무 잘 골랐다! 드레스 투어 때 봤던 것보다 훨씬 예뻐!

―언니의 안목이 한 건 했어! 역시 투어 데려가길 잘했지!

왁자지껄한 목소리가 가까웠다가 점점 멀어지는 걸 보니, 그녀의 정신은 이미 찾아온 손님에게로 넘어가 버린 모양이다.

"행복하냐고 물어보려고 했는데, 굳이 대답을 들을 필요도 없겠네."

재이는 아쉬움 가득한 혼잣말과 함께 조용히 전화를 끊었다. 그러자 기다렸다는 듯 화면에 떠오르는 건, 재이와 도담의 웨딩 사진이었다. 예전에 한번 그녀와 드레스를 고르러 갔다가 고집부려서 찍어냈던, 나에게만 참 의미 깊은 그 사진.

"이만큼 예쁘려나… 아니다, 이거보다는 훨씬 더 예쁘게 웃고 있겠다. 이번엔 진짜 신랑이랑 진짜 결혼하는 거니까."

사진 속 도담의 얼굴을 바라보는 재이의 눈빛엔 아직 지우지 못한 설렘이 남아있었다. 몸은 멀리 떨어져 있지만 마음은 그렇지 못해서, 아직까지도 그녀 생각으로 하루를 시작하고 또 그녀 생각으로 하루를 정리하곤 했다. 하지만 그것도 오늘로써 끝내야 할 일이었다. 삼십 분 뒤부터 그녀는 지구 반대편에서 그녀가 사랑하는 남자와 새로운 인생을 시작할 테니. 한동안 말없이 휴대폰 속 그녀의 얼굴만 톡톡 건드리던 재이는 이내 결심한 듯 손가락을 삭제 버튼 위로 옮겼다.

[이미지를 완전히 삭제할까요?]

떠오른 문구에 잠시 멈칫했으나, 이미 정해진 답을 거스를 순 없었다. 재이는 크게 숨을 들이마셨고, 두 눈을 내리감은 채 손가락을 움직였다.

[예.]

망설인 것에 비해 힘주어 누른 그의 선택지. 이 순간 바라는 것이 있다면, 그의 마음도 얌전히 아무는 일뿐이었다. 살다가 가끔 문득문득 생각나도 웃어넘길 수 있을 만큼, 흔적 없이 깔끔하게.

＊ ◆ ＊

"와, 신랑 봐. 전날 싸웠나?"

"그러게. 인물은 좋은데 표정이 영 심각하네."

큰일이 났다. 예식이 다가오면 다가올수록 경직되던 얼굴은 본식이 시작되고 나니 모아이 석상보다도 딱딱하게 굳어버렸다. 들려오는 주변 잡담을 의식한 주원은 '아이우에오'를 반복하며 어떻게든 얼굴 근육을 풀어보려 했다.

"자, 그럼 오늘의 남자 주인공 모셔보겠습니다. 신랑 입장!"

하지만 몇 번 하기도 전에 찾아온 자신의 차례에 철렁 심장이 내려앉은 주원은 '이' 상태에서 표정을 멈춘 채 사회자의 얼굴만 빤히 바라보았다. 오늘의 사회를 맡은 감식반 후배는 요지부동인 주원에게 얼른 나오라는 눈빛을 보냈다.

"아… 신랑 입장…."

그제야 정신을 차린 주원은 신랑 입장 음악이 시작되고도 한참 뒤에야 뻣뻣한 걸음을 움직였다. 사전 답사했을 땐 짧아 보였던 버진로드가 오늘따라 왜 이리도 길게 느껴지는지. 특수임무를 도맡으며 키워온 정신력이 아니었다면 기절을 했어도 수십 번은 했을 거다.

주원이 스포트라이트 아래 멈춰 서자, 사회자는 장난스러운 멘트를 이어나갔다.

"아하하하, 오늘 이 신랑분으로 말씀드릴 것 같으면, 학교 다닐 때 별명이 아이스 프린스였습니다! 왕자님 같은 얼굴로 어찌나 찬바람만 쌩쌩 휘날리던지, 다들 마음속에만 품고 선뜻 다가갈 생각은 못 했었죠!"

쓸데없는 얘기는 하지 말자고 사전에 약속했거늘, 입이 가벼운 후배는 기어이 기억도 안 나는 대학 시절 얘기를 풀어놓기 시작한다. 주원은 그런 후배에게 은밀한 눈총을 쏘았지만, 듣고 있는 하객들의 반응은 그저 좋기만 했다. 거기에 힘을 입은 후배는 좀 더 텐션을 높여 멘트를 이어나갔다.

"저는 이 선배가 영원히 아이스 프린스로 살 줄 알았습니다. 그런데 오늘 결혼식을 올린다네요! 그 콧대를 정복한 신부님이 과연 누구일지 너무 궁금해지는데요! 여러분도 궁금하시죠!"

"네에!"

"정말 궁금하세요?"

"궁금해요!"

이쯤 되면 후배의 장기자랑이었다. 대학 OT 때마다 사회자를 자처하더니, 그 끼는 세월이 흘러도 죽지 않은 모양이다. 주원은 민망함을 감추기 위해 괜히 구석으로 시선을 돌렸다. 하지만 이어지는 순서까지 무시할 수는 없었다.

"그럼 오늘의 여자 주인공 바로 모셔볼까요?"

후배의 멘트와 함께 은은하게 바뀌는 음악. 화려한 조명이 일제히 향하는 곳에는 오늘따라 믿기지 않을 만큼 사랑스러운 도담이 서있다. 오늘따라 더욱 화사한 그녀의 빛이 주원의 시선을 고스란히 붙잡아 버린다.

"신부 입장!"

후배의 씩씩한 목소리를 신호탄 삼아 한 걸음씩 다가오는 도담은 주원의 정신을 흔들어놓기에 충분했다. 저쪽에서부터 다가오는 사람이 온도담인지, 천사인지. 눈이 마주치자 살짝 눈웃음 짓는 사람은 온도담인지, 요정인지. 어느새 코앞까지 사뿐히 날아와서는 은근히 손을 잡는 사람은 온도담인지, 아니면….

"…내 신부 맞아?"

주원은 결혼식이라는 사실도 잊은 채 눈앞에 선 도담에게 물었다. 마찬가지로 그의 미모에 홀린 도담은 발그레한 얼굴로 너스레를 떨었다.

"어머, 아까 신부대기실에서 봤으면서 괜히 그런다."

그건 맞는 말이었지만 주원의 감동은 진정될 줄을 몰랐다. 오늘 새벽부터 본 얼굴을 보고 또 보고. 사진에서도 실컷 봤던 웨딩드레스를 보고 또 보고. 그렇게 새삼 감탄하는 그는 아이스 프린스가 아닌, 영락없는 새신랑이다. 후배는 그런 그를 놓치지 않고 포착해 멘트를 날렸다.

"아아, 우리 신랑님. 신부의 선녀 같은 모습에 감동한 모양인데요. 여기는 결혼식장입니다. 벌써부터 이렇게 달콤해지시면 곤란해요."

그제야 퍼뜩 정신을 차린 주원은 다시 하객 쪽으로 시선을 고정했다. 하지만 입장할 때처럼 표정이 딱딱하게 굳어있진 않았다. 도담과 나란히 서서 손을 맞잡은 지금, 주원의 입가엔 자기도 눈치채지 못한 은은한 미소가 배어있다. 하객들은 새로운 출발점에 선 두 사람을 흐뭇한 시선으로 지켜보았다.

다음 순서는 부부로서의 약속을 되새기는 혼인서약이었다. 어찌 보면 의례적인 절차였으나, 도담은 이 순간만을 간절히 기다려왔다. 어떤 멘트가 나은지 끊임없이 확인받았던 도담과 달리, 주원은 자신의 맹세를 결혼식장에서 들으라며 끝까지 비밀에 부쳐왔으니.

"먼저 신부의 혼인서약이 있겠습니다."

사회자의 멘트에, 근처에 서있던 웨딩 도우미가 준비해 둔 서약문을 건넸다. 서약문을 받아든 도담은 작게 목을 풀고, 차분히 읽어 내려가기 시작했다.

"나 온도담은 기주원을 남편으로 맞이하여…."

하지만 깔끔하던 도담의 목소리는 한 문장을 다 끝내지 못하고 흐트러지고 말았다. 기주원이라는 이름과 남편이라는 단어는 볼 때마다 흐뭇해서, 자꾸만 입꼬리가 들썩들썩 올라가려 한다. 잠시 눈을 감은 도담은 웃음기가 가시고 나서야 다시 맹세를 이어나갔다.

"…맞이하여, 기쁠 때나 슬플 때 행복할 때나 우울할 때나 기주원만을 위한 엔돌핀이 될 것을! 양가 부모님과 여러분들 앞에서 굳게 맹세합니다!"

목소리가 과하다 싶게 씩씩하긴 했으나 이 정도면 선방이었다. 서약을 마친 도담은 흐뭇한 표정으로 서약문을 넘겨주었고, 하객들을 향해 수줍은 인사를 건넸다.

"벌써부터 엔돌핀 팍팍 도는 신부님의 서약이었습니다. 다음은 신랑의 혼인서약이 있겠습니다."

이어지는 순서는 주원의 차례였다. 이 순간만 기다렸던 도담은 두 눈을 반짝이며 그의 얼굴을 바라보았다. 그 눈빛은 주원을 부담스럽게 만들 뿐이었지만, 그는 애써 마음을 가라앉혔다. 그리고 심장박동에 가까스로 제 속도를 찾았을 때에야 입술을 벌려 부드러운 목소리를 흘려보냈다.

"나 기주원은 온도담을 아내로 맞이하여…."

"어머, 아내라니…."

'기주원'과 '남편'에 흔들렸던 도담은 '온도담'과 '아내'에도 설레는 마음을 감추지 못했다. 노골적으로 번지는 미소는 하객들의 또 다른 볼거리였다. 주원은 그런 그녀에게 휘둘리지 않으려 애쓰며, 잠시 멈추었던 목소리를 이어나갔다.

"내 목숨이 다할 때까지… 아니, 다한 뒤에도 이 사람 하나만을 아끼고 사랑할 것을 여러분들 앞에서 굳게 맹세합니다."

내 목숨이 다할 때까지. 아니, 다한 뒤에도 사랑해 주겠다는 그의 약속.

그 말을 들은 도담의 눈동자가 휘둥그레진 채 주원을 향했다. 온 마음 다해 짝사랑하던 남자가 만인의 앞에서 꺼내놓은 사랑의 맹세는 도담이 감당하기엔 너무 벅찼다.

'난 아무래도 이 날을 위해 태어났나 봐!'

결혼식장에서 자신의 존재 이유까지 찾은 도담은 그렁그렁해진 눈으로 주원을 올려다보았다.

"주원 씨…."

금방이라도 떨어질 듯한 그녀의 눈물방울을 본 주원이 작게 입술만 움직여 속삭였다.

'울지 마. 바보같이.'

도대체 울지 말라고 하면 더 울고 싶어지는 사람 심보는 어디서 나온 걸까.

"흐으으… 주원 씨이이… 내 남펴어언…."

도담은 주원의 속삭임을 신호탄 삼아 닭똥 같은 눈물을 뚝뚝 떨구었다. 당황한 주원이 달래겠답시고 그녀의 손을 붙잡아주어도, 한번 시작된 눈물은 멈출 줄을 몰랐다. 얼핏 보면 신부가 속아서 강제로 결혼하는 것만 같은 상황이었다. 이럴 때 필요한 건 사회자의 빠른 진행이었다.

"자, 이것으로 신랑 기주원 군과 신부 온도담 양은 일가친척과 친지를 모신 자리에서 여생을 함께할 부부가 되기를 맹세했습니다. 앞으로 두 사람의 미래가 장미처럼 아름답고 향기롭기를 바라며, 이 혼인이 원만하게 이루어진 것을 엄숙히 선언합니다."

"흐으으…."

"신랑, 신부. 아름다운 입맞춤으로 부부의 연이 시작되었음을 보여주세요."

"흐으으… 입맞춤이요?"

도담은 우는 와중에도 입맞춤이라는 소리에 곧장 목덜미를 붙잡았다. 자신이 속아서 결혼하는 것이 아니라는 걸 이런 식으로라도 표현하려는 모양이었다.

엉뚱한 그녀의 모습은 하객을 개그 프로그램 관객처럼 빵빵 터트렸다. 그녀에게 붙잡힌 주원은 흔들리는 동공에도 그녀의 손길을 거부하진 못했다. 그리고 기다렸다는 듯 진하게 맞닿은 그녀의 입술.

"읍⋯!"

타오르는 그녀의 정열만큼이나 진한 키스는 주원의 두 눈을 휘둥그레지게 만들었다. 그에 비해 두 눈을 꼬옥 감고 사랑의 도장을 찍는 도담은 패기 그 자체였다. 바로 이런 점에 끌려서 주원은 제 마음까지도 빼앗겨버린 모양이다. 옆을 가린 경주마처럼 오직 주원만 보고 달려오는 사람은 세상천지를 뒤져봐도 이 여자밖에 없을 거다.

그 사실을 결혼식장에 와서 또 한 번 실감한 주원은 얼어있던 손을 뻗어 도담의 허리를 휘어 감았다. 잠시 떨어졌다가 다시 맞닿은 입술에선 달콤한 향이 났다. 이제까지 먹어온 그 어떤 디저트보다도 다디단, 그래서 이대로 영원히 나에게 녹아줬으면 싶은 향이었다. 마치 지금 나를 단단히 붙잡고 있는 이 사람처럼. 이 순간, 영원한 사랑을 약속한 당신에게 하고 싶은 말이 있다면. 앞으로 그 어떤 일이 우리 앞에 펼쳐진다 해도, 그대의 곁에 마련한 나의 자리를 떠나지 않겠다는 것이었다.

불안한 나의 등을 맡길 수 있는 내 인생에 파트너는 오직, 사랑하는 그대 하나뿐이니까.

# 시간은 많은 것을
# 변화시킨다

서울 목동에 위치한 한 종합병원.

도담은 초조한 기색으로 대기 의자에 앉아있었다. 하필 가장 사람이 많은 오후 시간대라, 기다린 시간만 벌써 사십 분째다. 병원을 끔찍이도 싫어하는 도담은 낯선 약품 냄새와 지나다니는 환자들의 불편한 안색 때문에 그야말로 좌불안석 상태였다.

"제발… 빨리 끝내고 가자. 빨리."

도담은 점점 차가워지는 손발을 주무르며 순서가 나오는 모니터 화면만 바라보았다. 그렇게 얼마나 애태우며 제 순서를 기다렸을까.

띵동.

경쾌한 소리와 함께 화면에 도담의 이름이 떠올랐다. 그걸 본 도담은 곧바로 자리에서 일어나 진료실로 향했다. 하지만 그녀의 거침없는 걸음은 진료실 문 앞에서 잠시 멈칫했다. 차가운 문고리를 잡는 순간, 본격적으로 긴장감이 몰려온 탓이었다.

"후우⋯."

도담은 심호흡으로 마음을 진정시켜 보려 했다. 그러나 얄미운 심장은 그녀를 놀리듯 더욱 빠르게 뛸 뿐이었다. 이러다가는 의사 선생님을 만나기도 전에 졸도하게 생겼다.

"일단 마음을 비우자. 난 그냥 검진만 받으러 온 거야."

도담은 가슴에 손을 올려놓고 주문 같은 혼잣말을 중얼거렸다.

"안녕하세요, 도담 씨."

자기 최면까지 해가며 겨우 진료실 문을 여니 잔뜩 움츠러든 도담과 달리 여유 가득한 의사가 친절한 인사를 건넸다. 화들짝 놀란 도담이 그녀와 어울리지 않는 소심한 목소리로 화답했다.

"아⋯ 안녕하세요, 선생님. 또 뵙네요."

"하하, 그러게요. 앉으세요."

"네? 아, 네."

도담은 진료 데스크 앞에 놓인 의자에 조심스레 착석했다.

"후우⋯."

또 한 번의 깊은 심호흡. 그런 그녀를 본 의사는 싱긋 미소를 지으며 물었다.

"긴장 많이 하셨네요? 어깨에 힘이 엄청 들어가 있어요."

"아무래도 좀⋯ 하하."

"원래 긴가민가할 때가 제일 떨리긴 하죠. 한 줄이 엄청 흐렸다고 했나요?"

"네, 엄청요. 저도 자세히 들여다봐야 알 수 있을 만큼⋯. 저도 처음엔 아닌 줄 알고 쓰레기통에 버릴 뻔했어요."

도담이 의사의 질문에 성심성의껏 대답하는 동안, 의사는 넘겨받은 차트를 쓰윽 훑어보았다. 그리고 꺼낸 말은 도담이 대기실에서 그토록 꿈꿔왔던 확진이었다.

"버리려고 했던 테스트기, 남편분한테 선물하셔도 되겠네요. 축하합니다! 임신이에요!"

"악! 진짜요?"

그토록 기다리던 '임신'이라는 단어에, 도담은 소리를 내지르며 벌떡 일어났다. 오늘 아침 불명확한 임신 테스트기를 확인한 후부터 지금까지 얼마나 끙끙 앓아왔던가. 겨우 듣게 된 희소식은 몇 시간 동안의 초조함을 싹 다 가시게 만든다.

의사는 잔뜩 들뜬 그녀에게 몇 가지 당부부터 건넸다.

"지금 임신 3주 차니까 조심, 또 조심해야 해요. 술이나 담배는 입에도 대면 안 되고요. 과로도 금물이에요. 스트레스 받을 환경은 애초부터 피하시고요. 아셨죠?"

하지만 이미 꽃밭을 거닐고 있는 도담의 귀에는 깊게 들어오지 않았다. 그녀의 머릿속엔 결혼한 지 일 년 만에 찾아온 이 선물을 남편에게 어떻게 알릴지에 대한 고민밖에 없다.

"저 그럼 이만 가볼게요! 조금만 늦어도 남편 엄청 바빠질 시간이라, 가려면 빨리 가봐야 하거든요!"

진료실에 걸린 시계를 확인한 도담은 서둘러 자리를 뜨려 했다. 그 마음을 충분히 이해한다는 듯, 의사는 기분 좋은 눈웃음과 함께 도담을 배웅했다.

"그럼 자세한 진료는 다음 주쯤에 신랑분이랑 같이 와서 받아보세요. 그때 주의 사항하고 전체적인 설명 다시 한번 해드릴게요."

의사의 말에 은근슬쩍 들어간 '신랑'이라는 단어는 나가려던 도담의 발목을 붙잡았다. 도담은 반쯤 열린 진료실 문을 붙잡고 의사에게 물었다.

"선생님, 지금 이 순간 가장 기쁜 게 뭔 줄 아세요?"

"뭔데요…?"

질문의 의도조차 파악하지 못한 의사는 넌지시 되물었고, 도담은 씩씩하고 자랑스러운 표정으로 대답했다.

"이 애가 기주원 애라는 거예요! 글쎄!"

그래 봤자 의사는 기주원이 누구인지도 몰랐다. 물론 그 사실은 행복에 겨운 도담에게 별로 중요하지도 않았지만.

\* ◆ \*

산업보안부 각 팀의 팀장들이 모인 NSO 사무실.

충분히 풀어질 수 있는 시간대임에도 불구하고, 그곳에는 긴장감만이 감돌고 있었다. 사흘간의 맹렬한 추격 끝에 해외로 도피해 버린 산업 스파이 때문에 단단히 화가 난 기주원 팀장 때문이었다.

"용의자가 해외 주거지를 알아보고, 표를 구매하고, 공항에 도착해서 비행기에 탑승할 때까지 검거 기회가 몇 차례나 있었습니다. 그때마다 번번이 눈앞에서 놓친 건 정말 실수인 겁니까, 아니면 고의인 겁니까."

두 눈을 매섭게 뜨고 몰아붙이는 주원은 연차가 쌓일수록 신입들에게 악명만 높아지고 있었다. 이렇게 일이 안 풀릴 땐 어찌나 더 예민해지는지, 최근엔 계 부장도 그의 앞에선 말을 삼갈 정도였다.

이 사건을 담당한 2팀의 배호영 팀장은 손사래를 치며 서둘러 해명했다.

"기 팀장! 고의라니, 말이 너무 심하잖아! 범죄에 가담했던 양은화가 아직도 감방에서 썩고 있는 걸 몰라서 그래?"

하지만 주원의 표정은 점점 더 살벌해지기만 할 뿐이었다.

"그렇다면 공항에선 대체 왜 놓친 건지 해명 부탁드립니다. 퇴로는 제가 다 차단해 놨는데 도대체 어느 구멍으로 샌 건지, 아무리 생각해도 이해가 안 돼서 말입니다."

"어디로 샜는지 알면 내가 잡았지! 일단 아일랜드로 튀었다는 것까지는 확보했으니까 우리 애가 가서 머리채 붙들어 올 거야! 그러니까 의심 좀 그만해!"

"용의자 머리채 붙들어 오면 그때 풀겠습니다."

배 팀장은 얄짤 없는 주원을 얄밉다는 듯 흘겨보았다. 둘의 팽팽한 접전을 바라보는 3팀의 김지윤 팀장은 덩달아 불편해 죽을 노릇이었다.

회의를 가장한 언쟁이 절정으로 치달을 무렵 혜인이 회의실 문을 벌컥 열고 들어왔다.

"배 팀장님! 아일랜드 현지 연결됐습니다!"

이 소식만을 기다렸던 배 팀장은 단번에 날을 거두고 간절한 눈빛으로 혜인을 바라보았다.

428

"거기 도착했대? 용의자 동선은? 소재지 확인은?"

"이제 막 연결됐으니까 배 팀장님이 직접 여쭤보세요. 현지 도착하자마자 소재지 쪽으로 이동하고 있는 것 같긴 합니다."

혜인의 설명을 들은 배 팀장은 벌떡 자리에서 일어났다. 기주원한테 잔소리를 더 듣기 전에, 얼른 현지 요원을 닦달해 용의자를 검거할 욕심에서였다. 하지만 주원은 배 팀장보다 먼저 제 물건을 챙겨 혜인에게로 다가갔다.

"현지 연결, 저도 참관하겠습니다."

주원의 간섭에 배 팀장의 눈이 뾰족해졌다.

"기 팀장! 너 아직 나 의심해서 그러는 거지? 맞지!"

"지원해 드릴 부분은 없나, 빠르게 파악하기 위해서 이러는 겁니다."

"놀고 있네. 호랑이가 개풀을 뜯어먹지."

주원의 간섭이 탐탁잖기는 하지만, 이거 먹을 방법이 없었던 배 팀장은 툴툴거리면서도 극구 말리지는 않았다.

"기주원 팀장님! 회의 이제 끝나셨습니까!"

그러나 회의실을 나서기가 무섭게 복도 끝에서부터 반가운 목소리가 들려왔다. 굳이 얼굴을 확인하지 않아도 누군지 알 수 있는 그 음성은 주원의 눈을 휘둥그레지게 만들었다.

"온도담…?"

"오면서 미리 연락하려고 했는데 택시에서 깜빡 잠들어버렸네. 혹시 바빠요?"

도담은 주변 사람들에게도 고개 숙여 인사하며, 주원에게로 총총총 걸어갔다. 날이 날이니만큼 그녀의 표정은 밝았으나, 정작 도담을 바라보는 주원의 눈엔 걱정이 가득 어려있었다.

"여긴 왜 왔어. 몸살 기운 때문에 병가도 냈으면서."

"아, 우리 팀장님한테 굉장히 개인적이고 사적인 소식을 전하고 싶어서요."

"안 그래도 너 컨디션 안 좋은 것 같아서 오늘 칼퇴근하려고 했는데, 이왕이면 집에 가서 얘기하지."

"그때까지 못 기다려요. 그리고 난 팀장님 옆에 꼭 붙어있어야지, 혼자 있으면 더 기운 빠지는 것 같더라."

도담은 그런 그에게 보란 듯이 씩씩하게 대답했다. 그래도 마음을 내려놓지 못한 주원은 도담의 등을 조심스레 쓸어내려 주었다. 그러고서 꺼내놓는 달콤한 멘트는 주변 이들을 충격에 빠트리기 충분했다.

"널 주머니에 넣고 다닐 수 있었으면 좋았을 텐데…."

지금 이 남자가 조금 전까지만 해도 시베리아 폭풍처럼 화를 내던 그 기 팀장이 맞는 걸까.

"어머머, 어머머…. 팀장님, 진짜 썸남도 없는 내 앞에서 너무 배려가 없으시다."

그 모습을 도저히 봐줄 수 없었던 혜인은 고개까지 절레절레 흔들며 난색을 보였다. 주원의 이중성에 더욱더 적응하지 못한 배 팀장은 노골적으로 미간을 좁혔다.

"그러니까 말이야. 아까 나는 그렇게 잡아먹을 듯 굴어놓고, 와이프는 세상 소중하다 이거지?"

주변 시선을 아주 잘 즐기는 도담은 이 기회를 놓치지 않고 과하게 염장을 질러댔다.

"그럴래요? 나 팀장님 주머니에 쏙 들어가 살까?"

"어느 쪽 주머니?"

"음… 이왕이면 뒷주머니! 나는 우리 남편 뒷태를 사랑하니까!"

그 모습에 도저히 적응하지 못한 배 팀장은 눈을 감은 채 등을 돌렸다. 혜인은 이런 상황이 익숙한지, 두 사람의 등을 엘리베이터 쪽으로 조용히 떠밀었다.

"자, 닭살은 팀장실에서 마저 떠십시오. 동료들 멘탈 관리 차원에서."

그녀가 미는 방향대로 밀려가던 주원은 엘리베이터 앞에서 살짝 고갤 돌려 배 팀장을 바라보았다.

"그… 현지 연결은….."

기주원답지 않게 망설이는 걸 보면, 이다음에 무슨 말을 할지는 불보듯 뻔했다. 애초부터 주원의 간섭을 피하고 싶었던 배 팀장은 반갑게 휘이휘이 손을 내저었다.

"알아서 할게. 알아서."

"…그럼 퇴근 전에 한 번 더 찾아뵙겠습니다."

"예, 그러세요. 예에."

배 팀장의 대답을 들은 주원은 마침 도착한 엘리베이터에 미련 없이 올라탔다. 아까까지만 해도 까칠하기 그지없었던 주원의 얼굴엔 어느새 수줍은 미소가 번져 있었다. 저들이 결혼한 지도 벌써 일 년인데, 두 사람은 왜 이렇게 아직도 연인 같은지 모르겠다. 실제로 연애한 기간이 짧아서 그런가, 서로를 바라보는 눈빛은 날이 갈수록 활활 타오르는 느낌이다.

배 팀장은 두 사람이 탄 엘리베이터 문이 닫히자마자 혀부터 끌끌 찼다.

"어휴, 저놈 저거 얄미워서 어떡하지? 응? 내가 어떡하면 좋지?"

혜인은 씩씩대는 배 팀장의 등을 가볍게 토닥이며 달랬다.

"우리 생각의 전환을 해보면 어떨까요? 어떻게 보면 기주원 팀장 님 전용 소화기가 같은 부서에 있는 셈이잖아요."

생각해 보면 혜인이 옳았다. 요즘 아무리 까탈스럽게 구는 기주원 이라고 해도, 결혼 전보다는 훨씬 인간적인 사람이 되었다는 건 인정 할 수밖에 없는 사실이었다.

"하긴, 저 성질머리에 결혼 생활까지 불행했어 봐. 저거 분명 국장 님 멱살도 잡을 거다."

배 팀장은 기가 막힌 주원의 변화에 피식 웃음을 흘렸다. 툴툴거 리던 그의 눈빛엔 어느새 흐뭇함이 물씬 스며있었다. 그의 말에 전 적으로 동의하는 혜인은 배 팀장을 따라 미소 지으며 말했다.

"맞습니다. 그런 의미에서 우리 기주원 가정의 평화를 빌어주며, 아일랜드 현지에 있는 에이스 선배님을 만나러 가볼까요?"

앞에서는 그만 좀 하라고 뜯어말리더니, 뒤에선 언제 그랬냐는 듯 부부의 앞길을 축복해 주는 두 사람. 그들은 도담과 주원의 행복에 큰 지분을 차지하는 훌륭한 동료이자 든든한 아군이었다. 비록 업무 가 업무이다 보니 웃으며 보는 날보다 언성 높이는 날이 더 많지만. 원래 한마음 한뜻으로 행복을 빌어주는 관계만큼 소중하고 든든한 인간관계는 없다고 했으니까.

아일랜드 먼스터주에 위치한 도시, 리머릭.

"Thank you. Have a good day."

일 년 반 동안 가장 많은 신세를 졌던 빵집에서 마지막 바게트를 산 재이는 주인에게 늘 하던 인사를 건넸다.

"Oh, just a minute."

흰 머리가 지그시 난 주인이 재이를 붙잡고, 계산대 옆 매대에 있던 수제 초콜릿 세트를 건넸다.

"응? 이거 뭐?"

재이는 어리둥절한 표정으로 초콜릿 상자를 바라보았다. 그러자 그는 고갯짓으로 재이 옆에 있던 커다란 캐리어를 가리켰다. 평소에도 눈치 빠르게 재이의 기분을 알아채던 그는 아마 오늘이 마지막 방문이라는 것을 알아차린 모양이다.

"아….."

초콜릿 상자를 조심스럽게 받아든 재이는 주인과 시선을 마주했다. 녹색 보석이 박혀있는 눈엔 이곳을 방문할 때마다 건네던 인자한 미소가 어려있었다. 그 눈웃음을 보자, 마침 좋은 선물이 떠올랐던 재이는 어깨에 걸치고 있던 가죽 가방을 뒤적였다.

한참을 뒤적거리던 그가 가방 안에서 꺼낸 건 평소 즐겨 쓰던 초록색 비니였다.

"It'll look good on you."

재이는 비니를 카운터가 아닌 주인의 손에 바로 전달했다. 껄껄

소리 내어 웃던 주인은 흔쾌히 비니를 눌러썼고, 태를 뽐내듯이 장난스러운 표정을 지어 보였다.

"멋지네! 모자가 이제야 자기 주인을 찾은 것 같아."

재이는 잘 어울린다는 뜻으로 엄지손가락을 치켜 올려주었다. 그의 얼굴에 어린 미소는 이곳에서 흐른 일 년 반이라는 시간이 무색할 만큼 더 앳되어 보였다. 미소뿐만이 아니었다. 아일랜드에서 보낸 나날들은 지칠 대로 지쳐있던 재이의 마음을 다시 푸릇푸릇하게 싹 틔워주었다.

내가 누구인지 아무도 모르고, 내가 어떤 삶을 살았는지 아무도 관심 없고, 내가 뭘 하는 사람인지 묻지도 않는 사람들 속에서 살아가는 삶. 사실 만족도로만 따지면 이곳에서 여생을 보내도 상관없겠다 싶었다.

그럼에도 불구하고 오늘 한국행을 택한 이유는….

Rrrrr Rrrrr Rrrrr.

빵집에서 나오자마자 득달같이 휴대폰이 울렸다. 누가 전화를 걸었을지, 불 보듯 뻔했던 재이는 발신인도 확인하지 않고 전화를 받았다.

"네, 재이입니다."

들려오는 목소리는 전혀 예상을 빗나가지 않았다.

—준비는 다 끝났어? 오늘 출발하는 거 확실한 거지.

일 년 동안 펜팔 친구처럼 엽서만 주고받다가, 몇 달 전 우연찮은 계기로 통화를 시작하고 나서는 조금 더 과감해진 이 사람.

"형, 속고만 살았어? 이번엔 진짜 돌아간다니까. 한국에는 수요일 오후 여덟 시에 도착하는 비행기야."

놀랍게도 태환이었다. 극적인 화해 직후 때만 해도 경계심 많은 야생동물처럼 재이의 주변만 서성였던 태환은 일 년 반 사이 보통의 형제들과 다를 바 없는 친형이 되어있었다.

—너한테는 꽤 속았지. 다음 주에 귀국한다는 소리만 서너 번은 들었으니까.

그렇다고 해서 살갑게 군다거나, 다정하게 챙겨주는 건 아니었지만 서태환의 무뚝뚝함은 본인도 어쩌지 못하는 천성인 듯했다. 하지만 재이에게는 이 정도도 충분했다. 평화로운 아일랜드 생활을 정리하고, 분노한 아버지가 기다리는 한국으로 돌아가는 이유가 형 때문이라고 해도 과언이 아닐 만큼.

"마중 나올 거야?"

재이는 공항으로 향하는 버스 정류소에 자릴 잡고 앉으며 물었다. 태환은 일 초의 고민도 없이 당연하다는 듯 대답했다.

—스케줄 따로 비워놨어. 저녁 식사할 장소도 예약해 놨고.

"아버지한테 바로 인사 안 드리러 가도 되나?"

—아직 너에 대한 배신감이 식지 않은 것 같던데. 인사하고 싶어?

"음… 아니, 피할 수 있을 때까지 피할래. 형이 알아서 책임져 주겠지."

—이제 다 맡겨버리네. 내가 쉬운가 봐.

"나 책임진다며. 뱉은 말은 지켜주셔야지."

살가운 통화를 이어가는 사이, 사거리 코너 쪽에 기다리던 버스가 모습을 드러냈다. 재이는 편히 내려놓았던 짐가방을 다시 챙겨 들며 태환에게 마무리 인사를 건넸다.

"형, 이제 공항버스 도착했다. 한국 시간으로 밤 열 시쯤 출발할 것 같으니까, 비행기 타고 연락할게."

—아, 잠깐만.

태환은 그런 그를 잠시 붙잡아놓는가 싶더니, 이내 잠깐 뜸을 들이다가 말했다.

—귀국하고 우리 집에 머물러도 된다고. 너만 안 불편하다면….

그 언젠가, 혼자되는 게 무섭다던 동생을 위해 몇 달 전부터 준비했던 태환의 비밀 프로젝트. 그건 자신의 공간에 재이가 편히 머물 수 있는 방을 만들어두는 것이었다. 재이가 귀국을 몇 번이나 취소하는 바람에 이불을 몇 번이나 꺼냈다 집어넣었다 했는지는 모르겠지만, 태환은 오늘도 그의 잠자리를 준비해 두었고 이젠 동생의 결정만 남았다.

"그래도 괜찮겠어?"

형이 어디까지 준비했는지 짐작도 못 하는 재이는 조심스레 물었다. 태환은 혹시나 재이가 신세를 진다 생각할까 싶어, 좀 더 힘을 실은 목소리로 대답했다.

—어차피 나 혼자 살기엔 컸으니까….

말꼬리가 사라지긴 했지만 태환이 직접적으로 드러내지 않은 마음은 여과 없이 전해졌다. 여기까지 오는데 혼자 얼마나 마음을 추슬렀을지, 형의 노력을 누구보다 잘 아는 재이는 웃음기 밴 목소리를 흘려보냈다.

"좋아. 그럼 당분간 잘 부탁해."

막 확답을 꺼내놓을 무렵, 때마침 도착한 버스가 정류장에 멈춰 섰다. 재이는 이제 정말 전화를 끊기 위해 서둘러 인사를 건넸다.

"그럼 형, 오늘 하루 수고하고…."

하지만 다 꺼내놓지 못하고 그대로 멈춰버리고 말았다. 재이의 앞에 도착한 공항발 버스에서 하차하는 익숙한 얼굴 때문이었다. 전보다 확 짧아진 검은 머리, 여전히 차분하고 깊은 눈, 늘 무언가를 쫓고 있는 듯 바쁜 걸음, 오랜만이라 그런지 아프게 했던 세월마저 무색하게 느껴지는 여자.

"수영아…."

재이는 놀란 눈만 끔뻑이며 그녀의 이름을 입에 담았다. 수영은 그제야 휴대폰에 고정되었던 시선을 들어 올렸고, 꿈에서도 그리워했던 얼굴을 흔들리는 눈빛으로 마주했다.

"재이…?"

# 그래도 영원토록
# 변치 않는 건

정류장 근처의 작은 핫도그 집.

재이와 수영은 오랜만의 재회 장소치고는 후줄근한 이곳에 앉아 있었다. 두 사람은 모두 갈 곳이 있었고 할 일이 있었으나, 오랜만에 먼 나라에서 마주친 인연을 그대로 스쳐 지나가진 못했다.

하지만 그렇게 어렵게 만든 자리에서, 두 사람은 침묵만 유지할 뿐이었다. 궁금한 건 많지만 뭐부터 물어봐야 할지 모르겠고, 하고 싶은 얘기는 많지만 어떤 주제부터 꺼내야 할지 모르겠고.

두 사람 중, 먼저 입을 연 건 재이였다.

"잘 지냈어?"

성의 없어 보일 만큼 정형화된 인사말이었다. 아차 싶었던 재이는 뒤늦게 다른 말도 덧붙였다.

"복귀했다는 얘기 들었어. 아, 어디 얘기한 적은 없으니까 걱정하지 말고."

그런 뒤 덧붙이는 웃음은 어쩐지 어색했다. 이렇게 긴장하는 건 어울리지 않는 사람인데, 우리가 많이 불편한 사이이긴 한가 보다.

제 앞에 놓인 커피잔만 매만지던 수영은 차분한 목소리로 대답했다.

"무역회사 경리야. 표면상으로는."

"아, 그렇구나. 그럼 나도 그렇게 알고 있어야 하나?"

"어차피 너한테는 숨길 면목도 없잖아. 동네방네 말할 사람 아니라는 것도 아는데, 뭐."

한 주제가 끝나자마자 또 한 번 찾아온 정적.

"재이는 어떻게 지냈어?"

이번엔 수영이 재이의 근황을 물었다. 재이는 일부러 밝은 목소리로 대답했다.

"난 정말 잘 지냈어. 일 년 반 동안 하는 일 없이, 아무 계획 없이 그냥 잘 지내는 데에만 집중했거든."

"그래 보인다. 마지막으로 봤을 때보다 안색이 훨씬 좋아졌네."

"그렇지? 내가 봐도 그런 것 같더라."

재이의 얼굴이 맺힌 미소가 한결 자연스러워졌다. 특유의 생글거리는 눈웃음은 일 년 반 동안 변하지 않고 그대로였다. 그건 수영에게 정말 다행인 일이었다. 이렇게 웃게 해주고 싶어서 지난 시간 동안 홀로 얼마나 고군분투 해왔는지…. 잘 지내냐는 질문에 망설이지도 않고 잘 지냈다 대답해 주는 재이를 보니, 힘겨웠던 지난날을 보상받은 기분이다.

"다행이다. 정말…."

재이를 물끄러미 바라보던 수영은 진심 어린 혼잣말을 중얼거렸다. 늘 딱딱하기만 했던 그녀의 입가엔 옅은 미소가 얹어져 있었다. 재이는 그 얼굴을 보며 잠시 할 말을 골랐다. 오랜만에 만난 사람이니까 이왕이면 계속 편한 얘기만 하고 싶은데, 함께 즐겁게 얘기할 수 있는 좋은 추억보다는 상처 주고 밀어냈던 기억만 떠올랐다.

이럴 때 필요한 건 옛날 일을 되새기는 것이 아닌, 때를 놓쳐 미처 꺼내지 못했던 진심을 전하는 일이었다. 한참 고민하던 재이는 처음보다도 어렵게 입술을 떼어냈다.

"…미안했어. 그동안."

한 번쯤 직접 만나서 하고 싶었던 말. 재이의 사과를 들은 수영의 눈동자가 옅게 흔들렸다. 순간 그녀의 주변 공기가 움츠러드는 게 느껴졌으나, 재이는 이 기회를 놓치지 않고 전하려 했던 진심을 꺼내 놓았다.

"날 위해서 애 많이 써줬다는 얘기 들었어. 짐이 되고 싶지 않았는데 너한테 너무 큰 신세를 져버렸네."

"아니야, 그게 내 일이었잖아."

"그래도 미안한 건 미안한 거니까…."

말끝을 얼버무리는가 싶던 재이는 한결 진지한 눈빛으로 수영과 시선을 마주했다. 그의 투명한 눈동자에 담긴 제 모습을 보자, 수영은 다시 호흡이 가빠지는 느낌이었다. 수영은 제 앞에 놓인 잔을 꼭 잡은 채 이 순간의 떨림을 내색하지 않으려 애썼다. 하지만 이어지는 재이의 한마디는 그녀를 무너트리기 충분했다.

"니가 힘겹게 싸우는 동안, 널 지켜주지 못해서 미안해."

단언컨대, 그를 위해 애쓴 시간을 알아주길 바란 적도 없었고, 그가 내 편이 되어주기를 기대한 적도 없었다. 모든 비밀을 알게 된 그가 처음으로 차가운 태도를 보였을 땐 심장이 산산조각 나는 느낌이었으나, 그것이 나의 업보라고 생각했고 그를 원망하지도 않았다. 그런데 지금의 수영은 마치 제 노력을 알아주기를 바랐던 사람처럼 그의 진심에 동요하고 있다. 의연하려고 해도 자꾸만 몸에 열이 오르고, 심장이 격하게 요동친다.

"아⋯."

익숙한 감정을 느낀 수영은 당황한 표정을 감추지 못했다. 그를 떠나보내고 일 년 반 동안 감정을 가라앉히는 연습만 해왔었는데, 여기서 더 있다간 그 노력이 모두 헛된 수고로 돌아가 버릴 것만 같다. 수영은 잠시 고개를 숙여 흔들리는 눈빛을 정리했다. 그리고 다시 재이를 바라보고는 속마음과 달리 차분하고 담담하게 말했다.

"이제 가야겠어. 급한 일 때문에 파견 나온 거라⋯."

"아, 그렇구나. 내가 바쁜 사람 붙잡고 있었나 봐."

"아니야, 앉은 지 이제 겨우 십 분 됐는데 뭐."

가방을 챙긴 수영은 서둘러 자리에서 일어났다. 재이는 그녀를 따라 곧바로 몸을 일으켰고, 테이블을 정리하는 그녀를 저지했다.

"내가 치울게. 난 공항버스 기다리려면 조금 더 있어야 하거든."

"그렇구나. 그럼 뭐 더 시켜줄까?"

"아니야. 괜찮아. 나 먹을 빵도 사 왔어. 저쪽에 단골 빵집이 있어서⋯. 아, 혹시 필요하면 알려줄까? 거기 바게트 진짜 잘하는데."

"바게트?"

"응, 왼쪽으로 한 블록 더 가면 초록색 간판 달린 정육점 있거든? 그 바로 옆옆 가게야. 폴스 베이커리라고…."

"그래, 고마워. 시간 나면 들러볼게."

수영이 생긋 미소를 띠고 대답했다.

재이는 그런 그녀를 보며 가볍게 고개를 끄덕였지만, 여유로워 보이는 겉모습과 달리 마음은 왠지 초조하고 찜찜해졌다. 분명 이제 더는 할 얘기도 없는데 뭔가 더 말해야 할 것 같고, 우리는 편히 수다 떨 사이가 아닌 것 같은데 어쩐지 이대로 헤어지면 안 될 것 같고.

"재이, 그럼 이제 정말 가볼게. 만나서 반가웠어."

그때, 수영이 차분한 목소리로 마지막 인사를 건넸다. 재이는 이번에도 고개를 끄덕였으나 초조함은 더욱더 커져만 갔다. 그사이 몸을 돌린 수영은 샌드위치 가게 정문을 향해 느린 걸음을 옮겼다.

"수영아."

수영이 문고리를 붙잡고 열어젖힐 때쯤 재이가 그녀의 이름을 불렀다. 그의 목소리를 무시할 수 없는 수영은 이번에도 어김없이 두 발을 멈추고 그에게로 시선을 가져다 놓았다. 재이는 그 눈을 바라보며 잠시 머뭇거리다가, 제 입술을 어렵사리 움직였다.

"나 오늘 귀국하는데…."

"…."

"다음 주말에 시간 괜찮으면 만나서 커피 한잔할래?"

생각지도 못한 재이의 데이트 신청에 수영은 재이를 가만히 바라보았다. 대답을 기다리는 재이에게서는 긴장감이 엿보였다. 마치 정말 기대하는 대답이라도 있는 것처럼. 그건 처음 있는 일이었다. 그녀에게 서재이란 사람은 빈말이라도 우리의 훗날을 기약하지 않던 사람이었으니까.

수영은 재이를 바라보며 잠시 고민에 잠겼다. 금방 사라질 신기루 같았던 그 사람과의 인연은 예전보다 많이 선명해진 느낌이었다. 그 인연의 시작점 앞에 선 수영은 짧게 망설인 끝에 대답했다.

"아니."

그 대답을 들은 재이는 잠시 숨을 멈췄다. 곧바로 흔들리는 눈동자는 어찌할 바를 모르고 있었다. 늘 여유만 부리던 그가 이렇게 당황한 모습은 또 처음이었다. 마음 같아선 좀 더 구경하고 싶었지만, 그를 괴롭히고 싶지 않았던 수영은 곧바로 다음 대답을 이었다.

"커피 말고 와인 마시자."

"와인?"

"응, 나 재이랑 자주 갔던 그 바 다시 가고 싶어."

그리 말하는 수영의 얼굴엔 아주 오랜만에 편안한 미소가 어렸다. 그걸 본 뒤에야 그녀의 대답을 확신한 재이는 수영이 기억하고 있는 예쁜 눈웃음으로 화답했다.

이렇게 티 없이 순수하게 서로를 마주 보고 선 적이 있었던가. 아마 이번이 처음인 것 같다. 그동안의 두 사람은 각자 비밀을 한 가지씩 감춘 채 숨기기에만 급급했었다.

"그럼… 안녕."

머지않아, 재이는 늘 그랬듯 다정한 인사로 수영을 보냈다. 수영에게는 그 어떤 모진 말들보다도 가슴 쓰린 인사말, 안녕.

"그래, 안녕."

하지만 이제는 그 말을 주고받는 순간이 더 이상 슬프고 아프지 않았다. 서로 다른 곳으로 발길을 돌리는 지금, 우리는 헤어지는 것이 아니라 다시 시작하는 중이었으니.

\* ◆ \*

올 때마다 서류가 점점 더 많아지는 듯한 바쁜 팀장님의 사무실.

도담은 이곳에서 잔뜩 긴장 중이다. 그에게 전해야 할 빅뉴스가 있는데 그걸 어떻게 전하면 잘 전했다고 소문날지 고민스러워서였다.

'어쩌지? 뭐라고 하면서 알려주지? 바로 오지 말고 집에서 이벤트라도 열어줄 걸 그랬나?'

주원의 업무 데스크 앞에 앉은 도담은 제법 심각한 얼굴로 계속 머리를 굴렸다. 그런 그녀를 가만히 지켜보던 주원이 다가와 물었다.

"무슨 일 있어?"

"네? 뭐, 뭐가요?"

"심각해 보이길래. 갑자기 찾아온 것도 그렇고."

눈치 빠른 주원은 심상찮은 도담의 낌새를 벌써 알아차린 듯했다. 잠시 당황한 도담은 어색하게 하하 웃었고, 되는대로 대답했다.

"아니요? 아무 일도 없어요!"

"병원은 가봤고?"

"아… 응, 당연히 가봤지!"

"몸살이래?"

"어어… 네, 몸살이래요! 약 이틀 먹고 푹 쉬면 낫는다는데요?"

그러다 보니 어쩐지 거짓말을 하는 꼴이 되어버렸다. NSO에서는 나름대로 임기응변의 천재로 알아주는 도담이건만, 남편에게만큼은 둘러대는 솜씨가 영 꽝이다.

주원은 어딘지 모르게 어색한 도담을 의심스러운 눈길로 바라보았다.

"몸살이면 집에 들어가지 여기까진 뭐하러 왔어."

"보, 보고 싶어서 왔다니까?"

"몇 시간 뒤면 보잖아. 원래는 내가 늦게 들어가도 별 신경 안 쓰면서 오늘은 왜?"

"그야… 아플 땐 사랑이 고파지는 법이니까…."

대화를 나누면 나눌수록 점점 더 수상쩍어지는 이 여자. 이리저리 흔들리는 시선도, 자꾸만 작아지는 말꼬리도 의심하기엔 충분했다. 그런 그녀를 무시하지 못한 주원은 심각한 표정으로 캐물었다.

"무슨 일 있는 거지."

"네? 일은 무슨 일?"

"위험한 일이야? 내가 맡은 사건이랑 관련되어 있나?"

NSO 내부 상황이 상황이니만큼 주원의 의심은 엉뚱한 곳을 향해 있었다. 그 반응이 더 당황스러웠던 도담은 서둘러 손사래를 쳤다.

"아니에요! 그런 거! 나 하나도 안 위험해요!"

"위험한 거네. 딱 봐도."

"진짜 아니라니까?"

"후우…."

그러나 한번 예민해진 주원은 좀처럼 불안을 내려놓지 못했다. 안 그래도 요즘 어렵고 위험한 사건만 맡아버린 터라, 주변 경계가 심해진 터였다. 이러다 분위기만 안 좋아지겠다 싶어진 도담은 이벤트고 뭐고, 이쯤에서 사실을 털어놓기로 했다.

도담은 비장한 표정으로 주원을 바라보았고 자신의 배 위에 슬쩍 손을 갖다 얹으며 말했다.

"사실 이 자리에 세 명이 있어요. 주원 씨랑 나 말고 한 사람 더."

그 말을 들은 주원의 눈동자가 휘둥그레졌다. 잠시 말이 없던 그는 이내 그녀의 배를 의심스레 내려다보며 물었다.

"…거기 있어?"

도담은 수줍게 고개를 끄덕였다. 그걸 보고 더욱더 굳어버린 주원의 얼굴. 그건 아기를 반기는 거라고 보기엔 반응이 너무 안 좋았다. 예상치 못한 반응에 화들짝 놀란 도담은 토끼 눈이 되어 주원을 바라보았다.

"표정이 왜 그래요?"

"어떤 놈이야?"

"어떤 놈이냐니… 혹시 지금 무슨 의심 하는 거예요?"

"의심 가는 놈이야 많지. 일단은 얼마 전 놓친 용의자가 가장 유력한 후보야."

"네? 누구요?"

"괜찮으니까 도청 장치 꺼내. 오히려 역추적할 기회일지도 몰라."

아아, 당신 지금 내 복부에 도청 장치가 붙어있다고 생각하는 거니? 하도 일에만 치여 살다 보니, 임신 소식도 똑바로 알아듣지 못하고 경계를 세우는 남편은 도담이 보기에 퍽 가여웠다. 보통 남자들 같았으면 이 시점에서 벌써 행복해졌을 텐데, 이 남자는 임신 소식을 듣고도 순진하게 받아들이질 못해서 더욱 심각해지고 말았다.

도담은 그런 그의 손을 부드럽게 감싸 쥐고, 무드 없더라도 조금 더 직관적으로 빅뉴스를 전하기로 했다.

"축하드립니다. 기주원 씨."

"뭘."

"아빠가 되셨어요."

"…."

순간 주원의 표정이 다른 의미로 눈에 띄게 굳어버렸다. 두 눈동자는 휘둥그레지고, 입은 반쯤 벌려놓고, 숨은 제대로 쉬는 건지 마는 건지 호흡 소리조차 들려오질 않는다. 도담은 그의 눈앞에서 손가락을 딱딱! 튕겼다.

"여보세요? 기 팀장 씨?"

"…."

"저기요. 기주원 씨."

하지만 주원은 좀처럼 집 나간 정신줄을 붙잡지 못했다. 그대로 멈춰서 움직이지도 못하는 것이, 마치 누가 일시정지 버튼이라도 눌러놓은 것 같다. 도담은 주원의 몸을 앞뒤로 흔들며 회사에선 절대 부르지 않는 평소의 호칭까지 소리 높여 불렀다.

"아, 오빠!"

그제야 허공에 멈춰있던 주원의 눈동자가 아주 느리게 도담을 향했다.

"정말?"

"응, 정말."

"내가…?"

"응, 오빠가."

그녀에게 두 번이나 확인을 받은 주원은 아직도 얼떨떨한 표정이었다. 충분히 이해 가는 반응이었다. 주원은 요즘 도담의 몸이 왜 으슬으슬했는지, 오늘 아침엔 화장실에서 왜 그리 오래 머물렀었는지, 하나도 모르는 상태였으니까.

예상치도 못한 선물에 놀란 주원을 위해 해줄 수 있는 건 따뜻한 포옹이었다. 자리에서 일어난 도담은 두 손을 뻗어 그의 허리를 꼭 끌어안으며 은근한 소망을 내비쳤다.

"우리 잘 키워봐요. 이왕이면 기럭지도, 얼굴도 우리 남편 닮았으면 좋겠다. 성격은 나를 닮고."

하지만 주원은 여전히 머릿속을 정리하지 못하고, 한동안 어안이 벙벙한 상태로 멈춰있었다.

"나 지금 무슨 말을 해야 할지 모르겠어. 정리가 안 돼."

돌아오는 대답은 여전히 혼란스러웠다. 그러나 도담은 그의 안에서 요동치는 감정들을 마주 안은 손끝에서 고스란히 느꼈다.

"그래그래, 다 이해해."

도담은 온몸에 퍼지는 그의 온기를 만끽하며 웃음기 번진 눈을 내리감았다.

"어우… 저 부부는 또 저렇게 붙어있네요."

"사내에서는 애정 표현 금지! 이렇게 딱 붙여놔야 해!"

그 모습을 팀장실 유리벽 너머로 확인한 혜인과 배 팀장은 사정도 모르고 난색을 보였으나, 이미 둘만의 세계에 빠진 부부의 귀에는 들어가지도 않았다. 오직 맞닿은 심장박동 소리만 선명하게 들려올 뿐.

* ◆ *

"와… 오늘 노을 되게 예뻐요."

해가 반쯤 저문 저녁. 주원의 손을 꼭 잡고 NSO 주차장으로 향하던 도담이 감탄사를 흘려보냈다. 그녀의 말에 시선을 들어 올린 주원은 한동안 보지 못했던 저녁노을을 두 눈으로 마주했다.

"그러게. 예쁘네. 퇴근이 늦어서 노을 못 본 지도 오래됐는데…."

그 말을 들은 도담은 입술을 삐쭉 내밀었다. 아무리 내부사정을 잘 알고 있다 해도, 너무 바쁘게 일하는 남편이 불만스러운 건 어쩔 수 없는 일이었다.

"부장님도 너무하시지. 어려운 일은 죄 우리 신랑한테 넘겨버리고."

도담의 귀여운 투정에, 주원은 그녀의 손을 더 힘주어 붙잡았다. 그러면서 꺼내놓는 말에는 미안한 기색이 가득 담겨있었다.

"이번 일만 해결되면 다음부턴 쉬엄쉬엄할게."

"치, 그게 뭐 마음대로 되는 문제인가."

"적어도 남의 일까지 떠안지는 말아야지. 그럼 일주일에 네 번은 같이 저녁 먹을 수 있을걸?"

딱히 멘트가 유달리 좋은 것도 아닌데, 이 남자가 달래주면 왜 이렇게 마음이 금방 녹아버리는 걸까. 이번에도 마찬가지였다. 저녁 식사가 주말까지 포함해서 일주일에 네 번이면 그리 많은 횟수도 아닌데, 도담의 마음은 언제 서운했냐는 듯이 싸악 풀어져 버린다. 왠지 저 다정한 목소리와 해가 지날수록 농염해지는 얼굴이 날 조련하는 것 같은 이 기분. 하지만 그런 그에게 굴복할 수밖에 없었던 도담은 이번에도 순순히 뾰족한 눈빛을 거두었다.

"같이 못 먹는 나머지 세 번이 아쉽긴 하지만, 그 정도는 잘생겼으니까 봐줄게요."

"또 무슨 소리를…."

"어디 보자. 눈도 잘생겼지, 코도 잘생겼지, 입술도 잘생겼지, 허리도 예쁘지. 아휴, 오늘도 완벽해서 화를 못 내겠네! 우리 팀장님은!"

그 대신 과하다 싶게 얼굴 찬양을 해주니, 수줍음 많은 주원의 눈동자가 당황한 듯 흔들리기 시작했다. 이쯤이면 적응될 만도 한데, 그녀의 적극적인 애정 표현이 아직도 민망한 모양이다.

"아직 회사야. 쓸데없는 소리 그만해."

주원은 혹시나 누가 이 꼴을 볼까 싶어, 서둘러 그녀를 저지했다. 그러나 장난기 넘치는 도담은 물러나지 않고 동요까지 개사해 부르기 시작했다.

"사과 같은 신랑 얼굴! 예쁘기도 하지요! 눈도 반짝! 코도 반짝! 입도 반짝! 반짝!"

하여간 남편 놀려먹을 땐 아직도 어린아이가 되어버리는 그녀. 한번 시작된 이 주책을 멈출 방법은 그녀의 관심사를 다른 데로 확 돌려버리는 것뿐이었다. 마침 도담이 좋아할 만한 소식을 알고 있던 주원은 그녀의 노래가 막 2절로 접어들려던 때쯤, 반가운 이름을 입에 담았다.

"아, 서재이 귀국한다고 하던데…."

"맞다, 재이 씨!"

아니다 다를까. 주원이 꺼내놓은 재이의 귀국 소식에 도담의 두 눈이 반짝였다. 한 달에 한 번꼴로 도착하는 재이의 엽서를 목 빠지게 기다리던 그녀는 그를 직접 만날 수 있다는 사실에 벌써 들뜬 모양이다.

"한국 온다는 거 들었구나! 나도 오늘 연락받았어요! 아까 출국장 들어갔다고 하는 거 보니까 이번엔 진짜 귀국할 건가 봐요."

"한동안 우리 와이프 엄청 바빠지게 생겼네. 서재이랑 놀러 다니느라고."

"안 그래도 이번 주말에 바로 만나기로 했는데. 그때 우리 집으로 초대해도 돼요? 집들이도 못 했잖아."

오랜만에 만난 재이에게 집구경부터 시켜주고 싶었던 도담은 기대감 가득한 눈빛으로 물었다. 하지만 주원은 곧바로 대답하지 못하고 고민에 잠겼다. 재이가 돌아오면 한 번쯤 집으로 불러 저녁이라도 대접하고 싶긴 했지만, 그랬다간 임신 초기에 들어선 도담이 무리하진 않을까 염려스러워서였다.

"집으로 초대하면 몸이 너무 고생하지 않겠어? 이제부터 조심해야 할 텐데."

주원이 은근슬쩍 드러낸 걱정에, 도담은 도리도리 고개까지 저으며 대답했다.

"나 그렇게 허약한 편 아니에요. 열 달 동안 건강하게 지낼 자신 있어요!"

"그게 마음먹는다고 되나."

"진짜거든요? 우리 엄마도 나 임신했을 때 입덧 한 번 안 했대요. 딸은 엄마 체질 닮는다니까 나도 별 고생 안 할 거예요."

그러나 걱정 많은 주원에게는 그녀의 해명이 먹힐 리 없었다. 안 그래도 온 신경이 도담에게 향해 있는 사람인데, 이제 아이까지 생겨버렸으니 그녀에 대한 기우가 열 배는 불어나게 생겼다. 그 마음을 잘 아는 도담은 우선 주원의 허리를 두 팔로 감쌌다. 그러고는 그의 약점이나 마찬가지인 온도담표 예쁜 미소를 온 얼굴에 퍼트렸다.

"너무 걱정하지 마요, 네?"

걱정을 이렇게 조른다고 해서 멈출 수 있는 게 아니었지만….

"우리 집에서 파티 하자아. 응? 팀장니임!"

연달아 보여준 애교는 철옹성 같은 그의 고집도 무너트리기에 충분했다. 도담이 이런 식으로 나올 때마다 버틸 재간이 없었던 주원은 이번에도 한 수 물러나고 만다.

"알았어. 그럼 파티 준비는 내가 할 테니까 넌 코치만 해줘."

"나 귀국 파티는 진짜 화려하게 해주고 싶어요! 현관에 갈런드도 달고, 플래카드도 써 붙여놓고!"

"어련하시겠어. 하고 싶은 거 다 하세요, 다."

주원은 벌써부터 잔뜩 신난 그녀를 못 말린다는 눈빛으로 바라보았다. 사람이 어쩜 이렇게 한결같을 수 있는지. 아마 이 사람은 언제까지고 밝은 에너지만 뿜어낼 것 같다.

"아 참, 우리 아기 생겼다는 소식 나은 언니한테도 전해야겠다. 엄청 좋아할 텐데."

주원에게서 원하는 대답을 얻어낸 도담은 그의 허리를 놓고 한층 경쾌해진 걸음으로 앞서 나갔다. 새로운 가족도 찾아왔겠다, 소중한 친구도 돌아오겠다, 오늘따라 좋은 일들만 잔뜩인 도담은 이대로 하늘로 날아가 버릴 기세였다.

주원은 그런 그녀를 애정이 담긴 시선으로 바라보았다. 신이 난 그녀가 한 걸음 내디딜 때마다 찰랑거리는 단발머리. 춤을 추듯 하늘하늘 흔들리는 손끝. 이 모든 걸 아름답게 비춰주는 노을빛까지. 이 순간 펼쳐진 풍경은 주원의 눈이 아닌 가슴에 새겨질 정도로 사랑스러웠다.

"온도담."

주원은 잠시 그 자리에 멈춰 서서 도담을 불렀다. 나직한 목소리를 따라 고개를 돌린 도담은 동그란 눈동자로 그와 시선을 맞추었다. 그 눈을 똑바로 바라보며 하고 싶은 말은 딱 한 가지뿐이었다. 사실은 매일 해도 모자라지만, 좀처럼 분위기가 잡히지 않아서 하지 못했던 말.

"앞으로 내가 더 잘해줄게."

"…."

"너한테도 아이한테도, 내 힘으로 할 수 있는 것보다 더 최선을 다할게."

이 세상 그 무엇도 부럽지 않을 만큼, 좋은 남편이자 좋은 아빠가 되겠다는 그의 다짐. 저녁노을과 분위기에 취해 내뱉는 말이 아니었다. 오늘부로 주원은 제 인생을 전부 소중한 가족에게 헌신할 생각이다. 물론 세상의 모든 걸 다 갖다주지는 못하겠지만, 적어도 사랑하는 사람들이 내 곁에서는 충분히 행복할 수 있게. 그래서 세상 전부를 가진 사람도 부럽지 않게.

"팀장님…."

주원을 바라보는 도담의 눈빛이 일렁였다. 그의 고백에 가슴이 뭉클해진 그녀는 누가 톡 건드리면 울 것만 같았다. 그렇게 그렁그렁한 얼굴로 하는 말은 뻔한 되물음이었다.

"팀장님, 내가 얼마나 사랑하는지 알죠?"

"왜 팀장님이야? 이런 로맨틱한 순간에."

"나한테는 팀장님이라는 호칭이 제일 설레거든요. 처음 반했을 때 생각나서."

당신을 부르는 호칭이 무조건 '팀장님'이었던 그 시절. 당신은 나에게 머나먼 별 같은 사람이었다. 닿을 수 있을 거란 기대도 없으면서 계속 바라보게 되고, 돌려받을 수도 없는 마음을 계속 전하고 싶었던 소중한 짝사랑.

그런 그가 나에게로 온 건 다시 생각해 봐도 기적 같은 일이다. 여기서 더 잘해주지 못한다 해도, 그가 날 위해 해줄 수 있는 게 많지 않다고 해도, 그의 존재는 여전히 내게 큰 축복이고 선물일 것이다.

도담은 몽글몽글 차오르는 애정을 두 팔에 가득 담아, 그의 목덜미를 꽈악 끌어안아 주었다.

"정말 사랑해요. 처음 반했을 때보다 훨씬 더 많이."

그녀가 꺼내놓은 사랑 고백은 몇 번을 반복해도 진심을 온전히 담아내기엔 부족했다. 마음을 내비치는 도중에도 우리의 사랑은 쑥쑥

자라나고 있었으니까.

"알아, 나도 마찬가지야."

주원은 달콤한 화답과 함께 그녀의 작은 등을 품에 넣었다. 맞닿은 가슴에서 느껴지는 서로의 심장박동은 두 사람의 온도를 올려놓기 충분했다. 더할 나위 없이 행복한 이 순간, 함께라서 더욱 기쁜 우리.

뻔하디뻔한 로맨스의 주인공 같은 이 두 사람의 미래를 감히 예견해 보자면…. 이들의 사랑은 따듯하게 부는 봄바람처럼 포근하고, 강렬하게 내리쬐는 햇볕처럼 뜨거울 것이다. 때로는 그대가 좋아서 웃고, 때로는 그대가 감격스러워 울며, 매일매일을 인생의 마지막 날처럼 아낌없이 사랑하고 또 사랑할 것이다.

누군가는 마음에도 유통기한이 있다고 말하고, 또 누군가는 영원한 건 절대 없다고 말하겠지만 세상에는 그런 얘기도 있지 않은가. 원래 이 세상은 믿는 대로 돌아가는 거라고. 오직 서로만을 맹신하는 두 사람에게 다가올 시간은 축복 그 자체였다. 마치 그대가 나의 전부이고 내가 그대의 전부가 된 듯이, 우리는 아주 오래오래 영원토록 행복할 테니.

# 팀장님은 신혼이 피곤하다 3

2024년 1월 24일 초판 1쇄 발행

**지은이** 강하다
**펴낸이** 박시형, 최세현

**책임편집** 김혜정 **디자인** 이정현
**마케팅** 권금숙, 양근모, 양봉호 **온라인마케팅** 신하은, 현나래, 최혜빈
**디지털콘텐츠** 김명래, 최은정, 김혜정 **해외기획** 우정민, 배혜림
**경영지원** 홍성택, 강신우 **제작** 이진영
**펴낸곳** 팩토리나인 **출판신고** 2006년 9월 25일 제406-2006-000210호
**주소** 서울시 마포구 월드컵북로 396 누리꿈스퀘어 비즈니스타워 18층
**전화** 02-6712-9800 **팩스** 02-6712-9810 **이메일** info@smpk.kr

쌤앤파커스(Sam&Parkers)는 독자 여러분의 책에 관한 아이디어와 원고 투고를 설레는 마음으로 기다리고 있습니다. 책으로 엮기를 원하는 아이디어가 있으신 분은 이메일 book@smpk.kr로 간단한 개요와 취지, 연락처 등을 보내주세요. 머뭇거리지 말고 문을 두드리세요. 길이 열립니다.